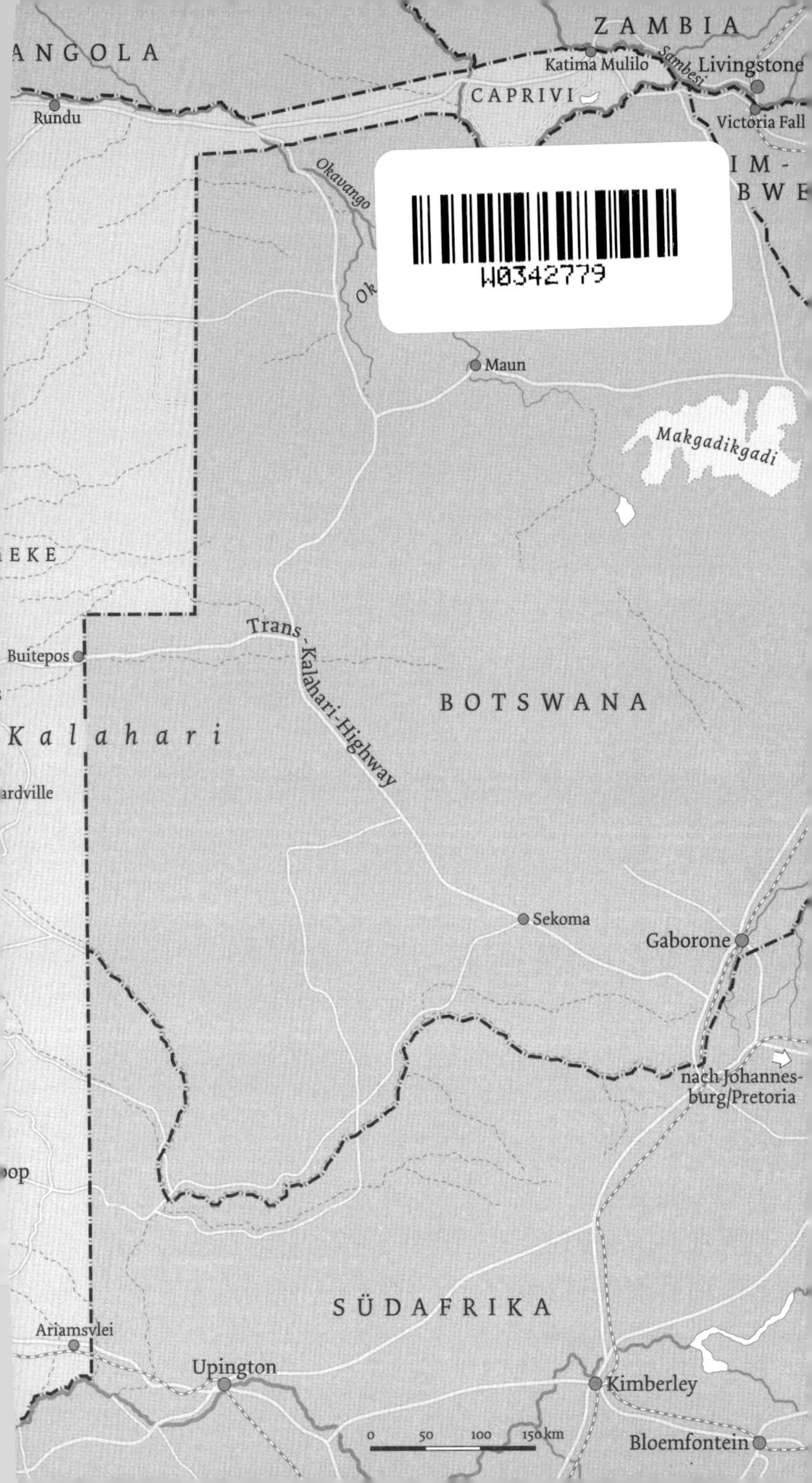

ZAMBIA
ANGOLA
Katima Mulilo
Sambesi
Livingstone
CAPRIVI
Victoria Fall
Rundu
Okavango
IM-
BWE
Ok
Maun
Makgadikgadi
EKE
Trans-Kalahari-Highway
Buitepos
BOTSWANA
Kalahari
ardville
Sekoma
Gaborone
nach Johannesburg/Pretoria
oop
SÜDAFRIKA
Ariamsvlei
Upington
Kimberley
Bloemfontein
0 50 100 150 km

K.

BERNHARD JAUMANN

STEINLAND

KRIMINALROMAN

KINDLER

1. Auflage März 2012

Karte Peter Palm, Berlin
Satz aus der Dolly PostScript
bei Dörlemann Satz, Lemförde
Druck und Bindung GGP Media GmbH, Pößneck
Printed in Germany
ISBN 978 3 463 40570 4

STEINLAND

1

Die Steine schrien aus dem Grau der Nacht. Sie seufzten nicht und jammerten nicht, es war kein Flüstern, kein Tuscheln, kein sachtes Wispern im Wind. Sie brüllten so laut, dass es in Elsa Rodensteins Ohren gellte und die sicher geglaubten Mauern ums eigene Ich ins Wanken gerieten. Elsa Rodenstein meinte zu spüren, dass auch der Boden unter ihren Füßen nachgab. Gleich würde sie im Sand zwischen den Steinen versinken, bis zu den Knöcheln, bis zur Hüfte, zum Hals, und dann wäre sie verschwunden. Sie nahm das Gewehr quer vor die Brust, tat zwei Schritte und setzte sich auf einen kniehohen Felsbrocken. Eine Kante drückte durch den Stoff ihrer Hose. So war es besser.

Der Wind war frisch, die Winternacht klar, und das Mondlicht floss wie Wasser über den Abhang des Hügels im Südwesten. Dort oben war einer ihrer bevorzugten Sundowner-Plätze gewesen. Man konnte mit dem Bakkie* bis zum höchsten Punkt fahren und hatte dann einen weiten Blick fast bis an die westliche Grenze der Farm. Vor allem nach einer guten Regenzeit, wenn das Gras wogte und im sterbenden Sonnenlicht golden erglänzte, konnte man sich keinen schöneren Platz auf Erden vorstellen. Gregor hatte sich immer ein Windhoek Lager aus der Coolbox geholt. Für Elsa hatte er einen Gin Tonic gemixt. «Nicht so viel Gin», hatte sie protestiert, und Gregor

* Glossar wichtiger Begriffe siehe Seite 314ff.

hatte gelächelt. Dann hatten sie nichts mehr gesagt, sondern nur noch in die Ferne geschaut, bis die Sonne am Horizont versickert war. Elsa Rodenstein war sich nicht sicher, ob sie jemals wieder auf den Hügel hinauffahren würde.

Doch, natürlich würde sie das irgendwann tun! Das Leben ging weiter, wie es immer weitergegangen war. Auch morgen würde für sie die Sonne aufsteigen. Und übermorgen. Und all die Jahre, die ihr noch blieben. Und wenn Elsa nicht mehr war, dann eben für die Generationen, die nach ihr kamen. Elsa durfte sich nicht gehenlassen, musste hart sein wie die Steine, die seit Ewigkeiten der Sommerglut und dem Winterfrost trotzten. Selbst wenn sie brachen, waren sie immer noch da. Und sie schrien nicht. In der Welt, die Elsa kannte, hatten sie nie geschrien. Sie wussten gar nicht, was das war: schreien. Elsa setzte den Kolben des Gewehrs vor ihren Füßen auf und strich sich eine Haarsträhne aus dem Gesicht.

«Geht jetzt!», sagte sie.

«Wir lassen dich nicht allein», sagte Schroeder. Mit den anderen vier Männern bildete er einen Halbkreis, fast so, als stünden sie um ein offenes Grab und warteten darauf, eine Schippe Sand auf den Sarg zu werfen. Nur, dass sie statt der Schaufel jeweils ein Gewehr in den Händen hielten. Der Vollmond schien so hell, dass ihre Körper Schatten warfen.

Schatten in der Nacht, dachte Elsa. Bewiesen sie nicht, dass es nie ganz dunkel wurde über diesem Land? Alles hatte seinen Zweck. Elsa sagte noch einmal: «Geht jetzt!»

«Herrgott», sagte Schroeder, «Tatort hin oder her, jeder wird verstehen, wenn du Gregor ins Farmhaus bringst, selbst unsere Polizei.»

Gregor? Elsa blickte auf den schwarzen Klumpen vor sich. Es hätte ein Felsbrocken sein können oder sonst etwas. Jedenfalls war es nicht ihr Mann. Höchstens ein toter Körper, der ihm zum Verwechseln glich. Elsa stellte sich vor, wie Gregor über ihnen schwebte und auf seinen Leichnam herabsah. Er würde es bei einem kurzen prüfenden Blick belassen, viel Aufhebens hatte er nie um sich gemacht. Er würde die Pumpe mustern. Die Sonnenkollektoren hatte er installiert, das Bohrloch war schon von seinem Großvater geschlagen worden. Bald würde Gregor die Augen abwenden, würde den Blick zu Kamp 3, in dem die Bullen standen, und zu Kamp 5 mit den Färsen wandern lassen, dann zu den Bergen im Norden, wo er die Leopardenspuren im Riviersand gefunden hatte, und schließlich zurück zu ihr. Wenn er könnte, würde er ihr zuflüstern, dass sie ihn dort drüben bei den anderen Gräbern begraben solle. Nach einem kurzen Zögern würde er hinzufügen, dass es damit gut wäre. Natürlich wusste er genau wie sie, dass das nicht stimmte. Manche Dinge konnte man nicht gut sein lassen.

Elsa sah nach oben. Über ihr schwebte niemand. Die Sterne blinkten kalt aus dem schwarzen Himmel. Nur rund um den Mond verschwanden sie im Grau.

«Elsa ...», sagte Schroeder.

«Es ist nicht Gregor, es ist nur sein toter Körper.»

«Gregor hätte nicht gewollt, dass du ...»

«Was?», fragte Elsa scharf. Sie wusste am besten, was Gregor gewollt hätte, doch darauf kam es jetzt nicht an. Es galt zu tun, was getan werden musste. Das fiel ihr nicht schwer. Sie war in Namibia geboren, sie war eine Farmersfrau, sie hatte lange genug auf diesem harschen Land gelebt, um zu wissen, wie das ging. Schroeder schwieg, und die anderen auch.

«Jedenfalls danke, dass ihr gekommen seid», sagte Elsa. Durch die Hose spürte sie, wie die Kälte des Steins in ihre Glieder kroch. Gleich würde sie aufstehen und sich bewegen. Bis zum Farmfriedhof hinübergehen und wieder zurück. Immer hin und her. Die ganze Nacht durch. Bis ihre Beine sie nicht mehr trugen. Doch solange ihre Nachbarn noch hier waren, würde sie sitzen bleiben, als wäre sie mit dem Felsbrocken verschmolzen. Elsa fixierte Haseney. Der musste den Anfang machen. Er hatte eine hochschwangere Frau zu Hause sitzen. Man wusste doch, dass die Wehen gern dann einsetzten, wenn der Mann weg war. Haseney wurde anderswo gebraucht, nicht hier.

«Ich würde einfach gern allein sein», sagte Elsa. Allein mit dem Leichnam, mit dem Dunkel und mit dem Land, das unter ihm schlummerte. Mit dem dürren Gras, dem Sand und den Steinen, die keineswegs schrien, sondern stumm bleiben würden bis zum Ende der Zeiten. Haseney nickte langsam. Er schlug die Augen nieder und wandte sich um. Zögernd folgten ihm die anderen. Nur Schroeder konnte sich noch nicht entschließen.

«Ich bleibe in deinem Haus. Wenn irgendetwas ist ...»

«Klar», sagte Elsa.

«Beim ersten Tageslicht schaue ich nach dir.»

«Ist gut», sagte Elsa. Sie sah Schroeder nicht hinterher. Als sie seine Schritte nicht mehr hörte, stand sie auf und streckte die Glieder. Von fern heulte ein Schakal. Ein anderer antwortete. Der war näher, vielleicht unten im Rivier. Elsa prüfte noch einmal, ob ihr Gewehr geladen war. Der Klumpen zu ihren Füßen hatte mit ihrem Mann nichts mehr gemein, aber es war immerhin ein menschlicher Leichnam. Sie konnte nicht zulassen, dass irgendwelche Aasfresser sich an ihm gütlich taten. Die Polizisten sollten erkennen können, was geschehen war. Sie sollten alles untersuchen, ihren Bericht schreiben und tun, was zu tun war. Darin bestand – verdammt noch mal – ihre Aufgabe.

Das Gestänge, auf dem die Sonnenkollektoren befestigt waren, glänzte im Mondlicht. Elsa strich über das Metall. Es fühlte sich kalt an. Und hart. Elsa drehte sich um, stapfte die hundert Meter zu den Gräbern hinüber, umrundete sie und kehrte zu dem Klumpen am Boden zurück. Der Sand knirschte unter ihren Sohlen, und die Steine, sie schrien doch. Unerträglich laut. Elsa legte das Gewehr ab und presste sich die Hände auf die Ohren.

Die Umfassung von Johann Rodensteins Grab war aus dem gleichen grauen Marmor, wie er in den Bergen am Rand der Farm zu finden war. Der rote Sand innerhalb des Rechtecks unterschied sich nicht von dem außerhalb. Nur ragte kein einziger verdorrter Grashalm aus ihm hervor, und statt der sich kreuzenden Käferspuren, die verwirrende Schriftzeichen rund um das Grab entstehen ließen, zeigte der sauber gerechte Sand hier dünne waagerechte Linien. Sie wirkten ein wenig wie die Zeilen eines unbeschriebenen Schulhefts, und tatsächlich war die Geschichte des Mannes, der hier begraben lag, nie aufgezeichnet worden.

Johann Rodenstein war im Oktober 1904 als Unteroffizier der kaiserlichen Schutztruppe nach Deutsch-Südwestafrika gekommen. Die Hereros waren schon geschlagen, als er in Swakopmund ausgeschifft wurde, doch Frieden herrschte deshalb noch lange nicht. Fast drei Jahre zog Johann Rodenstein gegen die Krieger der Nama-Chiefs Hendrik Witbooi und Jacob Morenga ins Feld. Er überlebte, und sobald es möglich war, nahm er seinen Abschied. Als 1908 bei Lüderitzbucht Diamanten gefunden wurden, begriff er als einer der Ersten, dass die aufgesammelten Reichtümer auch ausgegeben werden wollten. Was ihn auf die Idee brachte, Grammophone und die dazugehörigen Schellackplatten aus Deutschland zu importieren, war in der Familie nicht überliefert worden. Jedenfalls hatte er 1911 genügend Geld verdient, um sich in der Nähe von Karibib zwölftausend Hektar Land zu kaufen, es einzuzäunen und mit Rindern zu bestücken. Vielleicht als Andeutung auf seinen Nachnamen, vielleicht, um sich immer daran zu erinnern, woraus sein Besitz fast ausschließlich bestand, nannte er seine Farm «Steinland».

Im selben Jahr 1911 fand Johann Rodenstein eine Frau, die bereit war, seine Zukunft auch zu ihrer zu machen. Er holte sie selbst in Swakopmund vom Dampfer ab, an einem stürmischen Tag, an dem die Wellen des Atlantiks krachend gegen die Mole schlugen. Den Himmel auf Erden könne er ihr nicht versprechen, sagte er ihr zur Begrüßung, nur einen weiteren Himmel über einem weiteren Land, als sie sich das in Deutschland je vorgestellt hatte. Dann bestiegen sie die Eisenbahn nach Karibib.

Thalita beklagte sich nie, weder über das erste primitive Zuhause, in dem das Grammophon so fehl am Platz wirkte, noch in den folgenden Jahren, doch zur Heimat wurde Farm Steinland nur Johann Rodenstein. Trotz oder vielleicht gerade wegen der harten Aufbaujahre, der Internierung durch die Südafrikaner während des Ersten Weltkriegs, des doppelt schweren Neuanfangs danach, der Dürren und Seuchen, trotz oder wegen der Tatsache, dass zwei der fünf Kinder, die ihm Thalita schenkte, das erste Lebensjahr nicht überstanden und sie selbst bei der Totgeburt des sechsten starb.

Als zehntausend Kilometer nördlich die Nazis an die Macht gelangten, als seine deutschstämmigen Nachbarn Morgenluft witterten und heim ins Reich strebten, interessierte ihn das nicht. Da war er längst hier zu Hause. Die Dorflinden und Tannenbäume, die in den Liedern auf seinen Schellackplatten besungen wurden, waren ihm nur noch Worte. Zu Weihnachten schmückte er einen Weißdorn, und als er spürte, dass es mit ihm zu Ende gehen würde, ging er zu den Zypressen, die er nahe des ersten Bohrlochs gepflanzt hatte, und grub sich eigenhändig das Grab, in dem er bestattet werden wollte. Zwei Wochen später schippten seine Söhne es über seinem Sarg wieder zu. Da keiner von ihnen wusste, wo genau er geboren worden war, gravierten sie auf seinen Grabstein ein: Johann Rodenstein, geb. am 4. 11. 1878 in Deutschland, gest. am 12. 4. 1936 auf Steinland.

Die Schrift litt unter Wind und Wetter, doch Johann Rodensteins Nachkommen sorgten dafür, dass sie alle paar Jahre erneuert wurde. Bis heute, in der dritten Generation, wurde das Grab zweimal wö-

chentlich gesäubert, die Marmoreinfassung gekehrt und der Sand sorgfältig gerecht. Ob der Mann, der darunter lag, damit einverstanden gewesen wäre, konnte niemand wissen. Vielleicht hätte er es vorgezogen, Käferspuren über sich zu lesen. Vielleicht hätte er sein Grab gern ununterscheidbar von dem Land gesehen, das ihm zur Heimat geworden war.

In Katutura hatte sich am Morgen eine dünne Eisschicht auf dem Kübel Wasser gebildet, den Miki Selma regelmäßig für die streunenden Hunde hinausstellte. Hier draußen im offenen Farmland war es sicher noch zwei, drei Grad kälter gewesen. Davon zeugte bis jetzt der scharfe Wind, der anscheinend direkt vom Südpol kam. Obwohl die Sonne inzwischen ziemlich hoch stand, ließ er Kriminalhauptinspektorin Clemencia Garises frösteln. Frau Rodenstein schien ihn nicht zu bemerken. Angeblich hatte sie die ganze Nacht hier draußen gewacht. Spürte man keine Kälte, wenn der Ehemann erschossen und der Sohn entführt worden war?

«Vielleicht gehen wir besser rein.» Clemencia Garises deutete in Richtung des Farmhauses, das circa einen halben Kilometer entfernt lag.

Das graue Haar flatterte Frau Rodenstein übers Gesicht, aber sie selbst rührte sich nicht. Sie saß auf einem Stein und hielt mit beiden Händen ein Gewehr umklammert. Sie sollte loslassen. Das Gewehr und alles andere auch. Frau Rodenstein sollte sich an ihren Küchentisch setzen, eine warme Decke um die Schultern legen und eine Tasse Tee trinken. Clemencia sagte: «Ich muss Ihre Aussage aufnehmen. Schriftlich.»

Clemencias Kollege Tjikundu machte gerade die letzten Fotos vom Tatort. Als die Männer der Scenes of Crime Unit erfahren hatten, wie weit die Farm von Windhoek entfernt war, hatten sie plötzlich jede Menge unaufschiebbare Arbeit entdeckt.

So musste eben Tjikundu die Spuren sichern, die im niedergetrampelten dürren Gras um die Leiche vielleicht noch zu finden waren. Die uniformierten Kollegen aus Karibib hatten ihren Wagen bis zum Wassertank neben der Solarpumpe gefahren. Sie standen bereit, um die Leiche in den Wagen zu hieven. Clemencia fragte: «Frau Rodenstein?»

«Vielleicht kann *ich* Ihnen helfen? Ich war gestern Nacht dabei», sagte der Farmer, der sich als Gunnar Schroeder vorgestellt hatte.

«Dann kommen Sie eben auch mit», sagte Clemencia. In der Ferne peitschte der Wind feinen roten Sand über die Kante des Hügels. Sand, Steine, blattlose Dornbüsche und dürres Gras, so weit das Auge reichte. Wenn man in Windhoek lebte, vergaß man leicht, dass fast der ganze Rest Namibias aus nichts anderem bestand. Endlose wüste Weiten, die das Sterben natürlicher als das Leben erscheinen ließen. Nur war am Tod eines Menschen, dem eine Gewehrkugel den Schädel aufgerissen hatte, nichts natürlich. Die Leiche lag seltsam gekrümmt am Boden. Seitlich, mit angezogenen Knien.

Tjikundu nickte Clemencia zu und sprach dann mit den Uniformierten. Er gestikulierte, wandte sich kopfschüttelnd ab und kam zu Clemencia herüber. Auch die beiden Polizisten näherten sich zögernd. Sie hatten keine Bahre, keinen Leichensack, gar nichts. Tjikundu flüsterte Clemencia ins Ohr: «Ich habe extra nachgefragt, ob wir etwas aus Windhoek mitnehmen sollen.»

Die Polizisten bückten sich zu der Leiche hinab und griffen mit bloßen Händen zu. Endlich stand Frau Rodenstein auf. Ohne noch einmal auf ihren toten Mann zu blicken, wandte sie sich ab und lief mit schnellen Schritten los. Auf dem Trampelpfad zum Farmhaus schlossen Clemencia, Tjikundu und Gunnar Schroeder zu ihr auf. Der Wind schob nun von hinten, ließ das Gefühl entstehen, leicht bergab zu gehen, obwohl das

Gelände eben war. Schnell wurden die Bäume, die um das Haus gepflanzt waren, größer. Winterlich kahle Jacarandas überragten immergrüne Zitrusbäume, zwischen denen die weiß getünchten Mauern durchschimmerten. Das Dach über der großen Veranda wurde von zwei überdimensionierten Säulen getragen. Davor erstreckte sich eine Fläche kurz geschnittenen Rasens, auf dem ein einsamer Pfau herumstolzierte. Bei jedem Schritt ruckte er mit dem Kopf nach vorn, als wolle er nach irgendetwas picken. Dann blieb er stocksteif stehen.

Hinter Frau Rodenstein ging Clemencia auf die Stufen der Veranda zu und versuchte, sich schnell einen Überblick zu verschaffen. Ein gemauerter Braaiplatz fürs Grillen, ein Wasseranschluss mit Steinbecken, Stühle, die verlassen herumstanden. Die Nebengebäude lagen weiter hinten. Links knatterten große Planen, die über die Autounterstände gespannt waren, im Wind. Fünf Autos – meist Bakkies, aber auch ein Citi Golf – parkten darunter.

Dass sie nicht alle den Rodensteins gehörten, wurde Clemencia klar, als sie sah, dass im langgestreckten Flur des Hauses zwei weitere Farmer warteten. Der eine hieß Haseney, und auch der andere hatte einen deutschen Namen. Man stand eine Weile herum, bis Frau Rodenstein die Tür zu einem der Zimmer öffnete und mit einer Handbewegung alle einlud, Platz zu nehmen. Tjikundu blieb neben der Tür stehen. Clemencia zog den Stuhl am Kopfende des Tisches zurück und merkte gerade noch an den Blicken der anderen, dass das verkehrt war. Hier hatte wohl immer der Hausherr gesessen.

Clemencia ließ sich an der Längsseite nieder. Der Raum wurde von einem offenen, sauber ausgefegten Kamin beherrscht. An der gegenüberliegenden Wand stand ein antiker Schrank. Dunkles Holz mit eingesetzten bunten Glasscheiben. Auf der dazu passenden Vitrine thronte ein Grammophon mit elfenbeinfarbenem Schalltrichter. Das Radio daneben sah fehl am

Platz aus. Einen Fernseher konnte Clemencia nicht entdecken. Sie legte ihren Notizblock auf das polierte Holz vor sich, und wie auf Kommando begann Frau Rodenstein zu reden:

«Wir saßen hier, hatten gerade das Kaminfeuer angezündet und hörten nebenbei Radio, als der Anruf kam. Es muss kurz nach 19 Uhr gewesen sein, denn die Nachrichten des deutschen Dienstes hatten schon begonnen. Gregor ging ans Telefon, er sprach englisch und fragte zweimal, wer denn dran sei. Dann hörte er eine Weile zu, und als er den Anrufer fragte, woher er das alles wisse, legte der offensichtlich auf. Gregor setzte sich ruhig und teilte uns mit, dass er vor einem Überfall gewarnt worden sei. Eine Gruppe Krimineller wollte in der Nacht angeblich die Sonnenkollektoren von den Bohrlochpumpen stehlen. Das war nicht unwahrscheinlich, es ist in letzter Zeit einiges hier in der Gegend vorgefallen. Thomas, mein Sohn, bestand darauf, die Polizei zu benachrichtigen, obwohl uns allen klar war, dass keiner von denen wegen einer anonymen Warnung auch nur die Füße vom Tisch nehmen, geschweige denn bis auf die Farm herausfahren würde. Doch wir wollten uns nicht vorwerfen lassen, es nicht wenigstens versucht zu haben.»

Clemencia hätte ihre Kollegen in Schutz nehmen sollen. Nach den neuen Richtlinien musste jeder Kilometer, der mit einem Dienstfahrzeug zurückgelegt wurde, gerechtfertigt werden. Wenn überhaupt ein einsatzfähiger Wagen bereitstand. Und abgesehen davon hatten sie eben nur beschränkte Kräfte zur Verfügung. Was wussten denn diese Farmer schon davon, wie es in den Townships von Windhoek zuging! Da lebten zweihunderttausend Menschen dicht an dicht, und viele davon unter Bedingungen, die die Weißen hier kaum als Leben bezeichnet hätten. Natürlich rechtfertigte die Not keine Verbrechen, aber sie geschahen nun mal. In Katutura verging keine Nacht ohne Diebstähle, Überfälle, Messerstechereien,

Misshandlungen und Vergewaltigungen. Wenn ein paar Beamte dort durch die Nachbarschaft patrouillierten, taten sie zehnmal mehr für die Sicherheit im Land, als man sich das hier draußen vorstellen konnte.

Clemencia sagte nichts, nickte Frau Rodenstein nur zu fortzufahren.

«Gregor rief bei den Nachbarn an. Die Männer ließen alles liegen und stehen, packten ihre Gewehre ein und waren nicht einmal eine Stunde später da. Dann ...» Aus irgendeinem Grund stockte Frau Rodenstein.

Schroeder übernahm. «Das ist ein ungeschriebenes Gesetz bei uns. Wenn dich einer braucht, bist du zur Stelle, weil du genau weißt, dass du bei der nächsten Gelegenheit auf seine Hilfe angewiesen bist. Sei es bei einem Veldfeuer oder wenn du bei einem Puffotternbiss kein Serum hast oder eben bei einem Überfall. Wir kamen also, sprachen uns ab und bezogen an den Farmpads Posten, die möglichen Dieben als Anfahrt dienen konnten. Um 23 Uhr meldete Thomas über Funk, dass ein Wagen von der D 1953 abgebogen sei und der Fahrer die Scheinwerfer ausgeschaltet habe. Das mussten sie sein. Haseney erwartete die Kerle weiter westlich und übernahm die Überwachung. Bald war klar, dass sie zum Bohrloch nahe des Farmhauses wollten. Gregor ließ Elsa, also Frau Rodenstein, die Lichter im Haus löschen, um die Tsotsis in Sicherheit zu wiegen. Elsa ließ es sich nicht nehmen, uns zum Bohrloch zu begleiten. Mit dem Gewehr kann sie genauso gut umgehen wie einer von uns.»

«Waren Ihre Arbeiter auch dabei, Frau Rodenstein?», fragte Tjikundu von der Tür her. Frau Rodenstein schüttelte stumm den Kopf.

«Warum haben Sie den Wagen der Tsotsis nicht einfach angehalten?», fragte Clemencia.

«Damit die uns sagen, sie seien nur versehentlich vom Weg

abgekommen? Damit wir sie zur Polizei verfrachten, wo sie umstandslos laufengelassen werden, sodass sie es in der nächsten Nacht noch einmal versuchen können? Oder in der übernächsten? Nein, wenn du die Halunken nicht auf frischer Tat ertappst, wirst du das Problem nie los.»

Schroeder stützte die Ellenbogen auf der Tischplatte ab. Er hatte dicke Pranken, die es gewohnt waren, zuzupacken. Jede einzelne Schwiele kündete davon, dass Probleme dazu da waren, gelöst zu werden. War ein Zaun durchbrochen, flickte man ihn. Wurde die Weide in der Trockenheit knapp, fütterte man Luzerne zu. Wurde ein Leopard zum Problemtier, erschoss man ihn. Und wollten Tsotsis eine Farm berauben, trat man ihnen genauso mit der Waffe in der Hand entgegen. Auch auf die Gefahr hin, dass jemand sein Leben ließ. Das war nun mal so.

«Per Funk vereinbarten wir, sie einzukreisen, aber erst einmal in sicherer Entfernung zu bleiben», fuhr Schroeder fort. «Sobald sie das Solarpaneel abmontiert hatten, wollten wir sie stellen. Also pirschten wir uns aus verschiedenen Richtungen ans Bohrloch heran. Und dann ging irgendetwas schief. Wahrscheinlich schien der verdammte Mond einfach zu hell. Oder sie hatten uns vorher schon bemerkt und warteten auf uns. Ich war vielleicht fünfzig Meter entfernt, duckte mich hinter die Viehtränke und hatte ein ungutes Gefühl, weil ich bloß einen der Kerle am Gestänge des Kollektors herumturnen sah. Wie viele es waren, wusste ich nicht, doch sicher nicht nur einer. Die kommen nie allein, haben gar nicht den Mumm dazu. Ich konzentrierte mich auf ihren Wagen, den sie frech bis ans Bohrloch gefahren hatten. Die Türen standen offen, doch nichts regte sich. Wo waren die Kerle?»

Lag es am Ton, an der Wortwahl? Clemencia merkte, wie sich Schroeder in die Geschehnisse der vergangenen Nacht hineinredete. Wie sie ihm wieder lebendig wurden und gleichzeitig Worte fanden, die sich festsetzen und noch in zwanzig Jahren Verwendung finden würden, wenn er zu vorgerückter Stunde ins Erzählen geriete.

«Aus den Augenwinkeln nahm ich eine Bewegung wahr, gut dreißig oder vierzig Schritte vom Wagen entfernt. Ein Schatten wuchs aus der Erde hoch. Er sah seltsam aus, irgendwie ... jedenfalls dauerte es einen Augenblick, bis ich begriff, dass es zwei Männer waren, die miteinander rangen, und dann hörte ich Gregor aufschreien ...»

«Es war eigentlich kein Schrei», verbesserte Farmer Haseney, der neben Schroeder saß. «Es war ein scharfer Ruf, aus dem kein bisschen Angst herauszuhören war.»

«Das ist doch egal.»

«Nein, das ist überhaupt nicht egal», sagte Haseney. «Gregor hat nicht geschrien, sondern gerufen. Es klang nicht panisch, nur überrascht und ein wenig wütend.»

«Was hat er denn gerufen?», fragte Clemencia.

«Plötzlich herrschte Stille.» Schroeder fuhr fort, als habe er den Einwurf nicht gehört. «Die Art von Stille, bei der du unwillkürlich den Atem anhältst. Es kann sich nur um ein paar Zehntelsekunden gehandelt haben, aber in dem Moment habe ich den Himmel, das Land und mich selbst so intensiv wie selten zuvor gespürt. Alles war eins und gehörte so fraglos zusammen, dass ich wusste, es konnte nicht dauern. Das Gefühl werde ich nie vergessen. Und auch nicht, wie gleich darauf das Chaos losbrach. Haseney schaltete seine Taschenlampe ein, und Müller blendete auch auf, die Lichtkegel irrten übers Veld, und Thomas rannte brüllend in Richtung seines Vaters, und Metall schlug klirrend auf Metall, der Kerl oben am Sonnenkollektor ließ sich zu Boden fallen, und da waren noch mehr Schritte irgendwo, und ich sprang hinter dem Felsen vor und schrie irgendetwas, ich weiß nicht, was, und dann hatten die Handscheinwerfer Gregor erfasst. Der Tsotsi, der einen halben

Kopf kleiner war, stand schräg hinter ihm, hielt ihm das Gewehr an die Schläfe und brüllte: ‹Ich knalle ihn ab, wenn ihr nicht ...› Er beendete seinen Satz nicht einmal, oder?»

«Nein», sagte Haseney.

«Nein», sagte der dritte Farmer am Tisch.

«Keine Ahnung, ob Thomas ihn überhaupt verstanden hat», sagte Haseney.

«Er rannte wie verrückt, hätte gar nicht so schnell stoppen können», sagte der andere Farmer.

«Es war immerhin sein Vater, der da bedroht wurde», sagte Haseney.

«Wir haben nicht als Erste geschossen, keiner von uns», sagte der andere.

«Der Tsotsi hat einfach abgedrückt», sagte Schroeder.

«Einfach so?», fragte Tjikundu.

Clemencia sah verstohlen zu Frau Rodenstein hinüber. Mit durchgestrecktem Rücken saß sie auf ihrem Stuhl, ohne sich anzulehnen. Ob es ihr etwas ausmachte, den Tod ihres Mannes so noch einmal miterleben zu müssen, war ihrer Miene nicht zu entnehmen. Nicht einmal, ob sie überhaupt ein Wort mitbekommen hatte.

«Hören Sie», sagte Schroeder, «Sie werden von uns doch nicht erwarten, dass wir uns irgendwelche Entschuldigungen für den Mörder zusammenphantasieren? Der Kerl hat abgedrückt, bevor jemand die Chance hatte zu reagieren. Die Mündung des Gewehrs war keine zehn Zentimeter von Gregors Kopf entfernt. Da konnte sich jeder ausrechnen, was passieren würde. Das war vorsätzlicher Mord und nichts anderes. Wie ein Mensch so etwas tun kann, ist mir ein Rätsel.»

Clemencia blickte ihn an. Es lag nicht daran, dass ein Weißer einem Schwarzen das Menschsein absprach und dass das an längst vergangene Apartheid-Zeiten erinnerte. Die Hautfarbe hatte nichts damit zu tun, Clemencia hätte nur gerne auch die andere Seite gehört, bevor sie sich ihr Urteil bildete. Sie sagte: «Sprechen Sie weiter!»

«Der Schuss knallte, und im Strahl der Taschenlampe sah ich Gregor zusammenbrechen. Er sank erst auf die Knie, verharrte so einen Moment und kippte dann zur Seite weg. Ich legte mein Gewehr an, ganz ruhig, hatte nur den einen Gedanken, das Schwein zu erwischen, und das gelang mir auch mit dem ersten Schuss. Die Kugel riss den Kerl herum, das Gewehr glitt aus seinen Händen, aber er selbst blieb auf den Beinen, krümmte nur den Oberkörper nach vorn. Ich hätte ihm noch eine verpasst, das gebe ich offen zu, doch das ging nicht, weil Thomas mir ins Schussfeld lief. ‹Nein›, kreischte er, ‹nein, nein›, als ob es nicht längst zu spät gewesen wäre, und dann war er endlich dort, warf sich über seinen Vater, hob seinen Kopf an, fühlte nach seinem Puls.

Vom Farmhaus her kläfften die Hunde. Ich sah Elsa wie versteinert im Veld stehen und dachte noch, dass sie besser im Haus geblieben wäre. Dann nahm ich mein Gewehr wieder hoch, aber wie aus dem Nichts war da plötzlich einer der anderen Tsotsis und hob die Waffe auf, die zu Boden gefallen war. Er zielte nach unten, auf Thomas, und schrie: ‹Soll der auch noch dran glauben? Wollt ihr das?› Mit dem Gewehr im Anschlag ging ich langsam auf ihn zu, und die anderen von uns auch, nur Haseney hielt den in Schach, der vom Gestänge herabgesprungen war. Ich hatte keine Ahnung, wie es weitergehen sollte, war aber froh, geschossen zu haben. So musste den Kerlen klar sein, dass keiner von ihnen lebend davonkommen würde, wenn sie Thomas etwas antaten. Andererseits konnten wir auch nicht zuerst feuern. Wir haben alle gelernt, mit der Waffe umzugehen, das können Sie mir glauben, aber es war schlicht nicht möglich, den Kerl so zu treffen, dass er nicht noch den Finger krümmen konnte.

So standen wir uns auf ein paar Meter Entfernung gegenüber. Die Taschenlampen waren aus, da wir alle das Gewehr im Anschlag hatten, doch es war hell genug, um erkennen zu können, wie schrecklich Gregor zugerichtet war. Thomas hatte aufgegeben, saß apathisch im Sand und hielt die Hand seines Vaters. Der Mörder röchelte laut. Es hörte sich an, als entweiche die Luft durch die Wunde im Bauch. Ein Vogel, der wahrscheinlich durch die Schüsse aufgeschreckt worden war, flatterte vorbei. In den Angestelltenwohnungen beim Farmhaus gingen nun die Lichter an. Elsa rührte sich nicht. Ihr Mann lag tot im Sand, und jetzt sollte vor ihren Augen auch noch ihr Sohn ermordet werden? Trotzdem sagte ich dem Kerl, der Thomas bedrohte, dass er aufgeben solle, sonst würde ich schießen. Er lachte nur. Es klang gehetzt. Völlig verrückt. Ergeben würde der sich nicht. Entweder frei davonkommen oder an Ort und Stelle sterben und so viele wie möglich mit ins Verderben reißen, etwas anderes gab es für den nicht. Ich senkte das Gewehr und sagte: ‹Du lässt ihn gehen, und wir lassen euch gehen.› Er schüttelte den Kopf. Der mit der Schusswunde deutete auf Thomas und presste hervor: ‹Wir nehmen ihn mit.› Ich schüttelte den Kopf. Verdammt, es war, als müssten wir einen Handel abschließen und könnten uns nicht einigen, wer noch etwas drauflegen sollte. Der Dritte, der von Haseney in Schach gehalten wurde, rief herüber: ‹Wir lassen ihn laufen, sobald wir sicher sind, dass uns keiner verfolgt.› Er ließ die erhobenen Hände sinken und kam näher. Haseney hinderte ihn nicht daran.»

«Was hätte ich denn tun sollen, Herrgott?», fragte Haseney.

«Der Kerl zog Thomas hoch, der andere drückte ihm den Lauf des Gewehrs in den Rücken und dirigierte ihn zu ihrem Wagen. Der mit der Schusswunde wankte hinterher. Ich hoffte, dass wenigstens er vor meinen Augen krepieren würde, doch er war zäh genug, um es bis in den Wagen zu schaffen. Ohnmächtig mussten wir zusehen, wie sie losfuhren. Von Thomas haben wir seitdem nichts mehr gehört.»

«Sie hatten einen blauen Ford Escort mit der Nummer N212-346W», sagte Haseney.

«Haben Sie das Kennzeichen dem Notruf durchgegeben?», fragte Clemencia.

«Sobald wir am Farmhaus waren. Die Polizei versprach, die Leute an den Roadblocks und die zuständigen Einsatzkräfte zu alarmieren. Ob das gemacht wurde, wissen wir natürlich nicht.»

Von einer Fahndung hatte Clemencia nichts mitbekommen. Als sie am Morgen informiert worden war, hatte keiner das Kennzeichen erwähnt. Es hätte nur einen Anruf gekostet, um den Halter des Fahrzeugs herauszufinden, und nicht viel mehr Mühe, um festzustellen, ob es sich um einen einschlägig Vorbestraften handelte. Wertvolle Stunden waren vergeudet worden, und wenn Clemencia nachforschte, würde sie wahrscheinlich feststellen, dass das auf irgendeine haarsträubende Banalität, gepaart mit Gedankenlosigkeit, zurückzuführen war. Vielleicht hatte irgendwer in der Notrufzentrale alle Stifte mitgehen lassen, um die Kinder in der weiteren Verwandtschaft für den Schulunterricht auszustatten. Vielleicht hatte man auch nur vergessen, Büromaterial nachzubestellen, oder es gab einen anderen Grund, dass der diensthabende Beamte das Kennzeichen nicht notieren konnte. Und als er es aus dem Kopf weitergeben wollte, hatte er die letzten zwei Ziffern vergessen. Statt sich die Blöße zu geben, das einzugestehen oder noch einmal bei den Zeugen nachzufragen, hatte er die Information einfach unter den Tisch fallen lassen. Er würde behaupten, sie nie erhalten zu haben. Ein paar Stunden später würde er das wahrscheinlich sogar selbst glauben.

«Waren Sie nahe genug dran, um das Kennzeichen zweifelsfrei lesen zu können?», fragte Clemencia.

«Hundertprozentig», sagte Schroeder.

«Der Mond schien so hell, man hätte Zeitung lesen können», sagte Haseney.

«Gut», sagte Clemencia und stand auf. Sie wandte sich an Frau Rodenstein. «Ich brauche noch ein Foto.»

«Ein Foto?» Frau Rodenstein schien nur schwer aus den Gedanken zurückzufinden, in die sie sich verbissen hatte.

«Von Ihrem Sohn.» Natürlich würde Clemencia alles daransetzen, Thomas Rodenstein unversehrt zurückzubringen, doch die Chancen standen schlecht. Wenn die Angreifer ihn tatsächlich während ihrer Flucht ausgesetzt hätten, müsste er sich längst gemeldet haben. So leer war das Land hier draußen auch wieder nicht, dass man nicht nach ein paar Stunden Fußmarsch zu einem Farmhaus gelangt wäre. Also blieben nur zwei Möglichkeiten. Im besten Fall hielten die Tsotsis den jungen Rodenstein immer noch in ihrer Gewalt. Aber warum hätten sie das tun sollen? Und wie? In den Townships Windhoeks, wo sie wahrscheinlich untergekrochen waren, irgendetwas oder irgendjemanden vor seinen Nachbarn zu verbergen, war praktisch unmöglich. Das hatte Clemencia oft genug selbst festgestellt. Wenn die Täter es für zu riskant gehalten hatten, Thomas Rodenstein laufenzulassen, musste es ihnen noch riskanter erscheinen, ihn weiter mit sich herumzuschleppen. Im schlechtesten und leider auch wahrscheinlichsten Fall hatten sie ihr Problem so gelöst, wie es auch die weißen Farmer gern getan hätten. Mit der Schusswaffe.

Als Frau Rodenstein ihr ein Passfoto in die Hand drückte, hatte Clemencia das Gefühl, noch irgendetwas Tröstliches sagen zu müssen. «Ich möchte Ihnen ...»

«Ja?»

Clemencia blickte auf das Foto hinab. Der Mann darauf war um die dreißig, hatte hellblondes, lockiges Haar und eine spitze Nase. Er lächelte nicht. Das war völlig normal. Auf Passfotos lächelte man nicht. Clemencia wusste nicht, wie sie den begonnenen Satz zu Ende führen sollte. Sie sagte: «Ich halte Sie auf dem Laufenden.»

Frau Rodenstein begleitete Tjikundu und sie vor die Tür. Der Wind war böiger geworden. In einem halben Kilometer Entfernung peitschte er den Staub um Pumpe und Wassertank. Der Wagen, der Gregor Rodenstein abtransportieren sollte, war verschwunden. Auch sonst gab es da draußen nichts zu sehen. Nur dürres Gras und Steine und wehenden roten Sand, der das eingesickerte Blut überdecken würde. Tjikundu nickte Frau Rodenstein zu und ging zum Auto vor, das im Windschatten des Nebengebäudes parkte.

«Wann geben Sie die Leiche frei?», fragte Frau Rodenstein.

Die Leiche? Es handelte sich um ihren Mann, mit dem sie seit zig Jahren verheiratet war! Um einen Menschen, der einen Namen hatte! Sicher, Frau Rodenstein mochte unter Schock stehen, sie mochte ihre Trauer in der eiskalten durchwachten Nacht eingefroren haben, sie mochte sich vorgenommen haben, vor niemandem und schon gar nicht vor einer schwarzen Polizeiinspektorin Schwäche zu zeigen, aber Clemencia verstand sie dennoch nicht. Diese Distanz, diese Kälte. Vielleicht war Clemencia ihr Unbehagen anzusehen, denn Frau Rodenstein schob schnell nach: «Wegen der Beerdigung. Es gibt einiges zu erledigen, die Trauerfeier, der Pfarrer, die Todesanzeige in der Zeitung, und wenn ich das Datum wüsste ...»

«Ein paar Tage wird es wohl dauern», sagte Clemencia.

«Ich würde es gern hinter mich bringen.»

«Natürlich», sagte Clemencia. In der Nähe des Autounterstands wirbelte der Wind im Kreis herum. Eine dünne Staubsäule baute sich auf und lief ein paar Meter aufs Haus zu, bevor sie in sich zusammenbrach. Leise sagte Clemencia dann doch noch: «Mein Beileid!»

Frau Rodenstein nickte nicht einmal.

Clemencia wandte sich ab. Tjikundu saß schon im Wagen. Als sie die Farmpad entlanghoppelten, musterte Clemencia die dürren, vom Wind gepeitschten Dornbüsche neben der Fahrspur. Hinter jedem hätte ein Toter liegen können. Eine zweite Leiche, deren Namen Frau Rodenstein nicht mehr aussprechen würde. Clemencia presste ihre Stirn schräg gegen die Seitenscheibe und blinzelte in den stahlblauen Himmel. Ob es hier Geier gab, die durch ihr Kreisen zeigten, wo sich der Tod niedergelassen hatte? Doch sosehr sie auch suchte, der Himmel blieb wie leer gefegt.

Erst auf der Hauptstraße fragte sich Clemencia, ob sie an Frau Rodensteins Stelle ihren Mann beerdigen würde, solange ihr gemeinsamer Sohn vermisst wurde. Dann wurde ihr bewusst, dass Frau Rodenstein ihren Sohn am Schluss überhaupt nicht erwähnt hatte. Berührte sie die Ungewissheit über seinen Verbleib so wenig? Und wie konnte sie über die Beerdigung ihres Mannes reden, als handle es sich um ein rein organisatorisches Problem?

Tjikundu blieb die Fahrt über schweigsam. Nur einmal fragte er, was Clemencia davon halte, dass die Rodensteins ihre schwarzen Arbeiter nicht mit auf die Verbrecherjagd genommen hatten.

«Warum?», fragte Clemencia zurück. «Würdest du sie für zuverlässigere Zeugen halten?»

«Das nicht, aber wenn es gefährlich wird oder Drecksarbeit zu erledigen ist, schicken die Weißen doch immer ihr Personal vor.»

Clemencia zuckte mit den Achseln. Aus Gründen, die sie selbst nicht genau verstand, atmete sie auf, als sie sich der Stadt näherten und die ersten Brennholzverkäufer mit ihren Bündeln am Straßenrand hockten. Der Verkehr wurde dichter, die Schornsteine des Van-Eck-Kraftwerks rauchten, und auf den Trampelpfaden, die von den Hüttensiedlungen hinter den kahlen Hängen zur B1 und weiter ins nördliche Industriegebiet führten, trotteten Menschen hin und her. Fast so, als hätten sie ein Ziel.

Der blaue Escort mit der Nummer N212–346W war erst vor drei Monaten auf einen gewissen Tobias Kausiku überschrieben worden. Der wohnte in Big Bend Extensions, einer ehemals illegalen Hüttensiedlung, die von der Stadt Windhoek allmählich mit der grundlegenden Infrastruktur ausgestattet wurde. Elektrischen Strom gab es noch nicht, aber im Abstand von zweihundert Metern standen öffentliche Wasseranschlüsse, von denen man sich gegen eine monatliche Einheitsgebühr von hundert Namibia-Dollar die nötigen Eimerfüllungen nach Hause schleppen konnte. Alles in allem war es keine Gegend, in der sich irgendwer ein Auto leisten konnte. Außer einem einsamen Taxi vor einer illegalen Kneipe und einem ausgeschlachteten VW-Bus war auch nirgends ein Wagen zu sehen.

Clemencia Garises und ihr Kollege Bill Robinson fuhren langsam Richtung Westen. Längs der Staubstraße standen Toilettenverschläge, ein paar Meter dahinter Wellblechbehausungen, die weder stabiler und behaglicher noch wesentlich größer wirkten. Clemencia ließ immer wieder stoppen, um nach Tobias Kausiku zu fragen, denn erkennbare Grundstücksnummern waren nur an wenigen Hütten aufgemalt. Zum Glück kannte man sich hier. Hinter einem großen Zelt, das irgendeiner evangelikalen Sekte als Kirchenersatz diente, waren sie am Ziel.

Kausiku musste tatsächlich in letzter Zeit zu Geld gekommen sein. Jedenfalls war sein Grundstück das einzige, das von einer Mauer umgeben war. Offensichtlich war sie ganz frisch hochgezogen worden. Der oben aufgeworfene Putz, in den senkrecht Glasscherben gedrückt worden waren, schien nicht einmal ganz durchgetrocknet zu sein. Das zweiflügelige Gittertor war noch nicht in die Maueröffnung eingelassen, lag aber schon bereit. Mit seiner goldfarbenen Lackierung, den schneckenförmigen Verzierungen und den gedrehten Spitzen an der Oberseite hätte es auch einem europäischen Adelssitz gut angestanden.

«My home is my castle», sagte Robinson spöttisch.

Die Hütte selbst unterschied sich nicht von denen auf den Nachbargrundstücken. Die Plastikplanen auf dem Dach waren mit Steinen und alten Autoreifen beschwert. Die Wände bestanden aus einem wilden Gemisch von Wellblech, Brettern, Kunststoffplatten und aufgeschnittenen, zu einer Fläche geklopften Kanistern. Neben der Tür hatte jemand mit weißer Farbe «Emmy's Hair Salon» aufgepinselt. Das «Y» von «Emmy's» war zu einer Zeichnung erweitert worden, in der man mit viel gutem Willen eine stilisierte Schere erkennen konnte. Die Frau, die links neben der Tür auf einem Plastikstuhl saß und einen Säugling stillte, war deutlich jünger als Clemencia. Zu ihren Füßen wiegte ein etwa vierjähriges Mädchen eine Waschmittelflasche in den dünnen Armen, als wäre es eine Puppe. Die Reste des fast ganz abgeschabten Etiketts ließen auf eine Flasche der Marke Ship schließen.

Robinson wies auf die Reifenspuren im Sand. Clemencia nickte. Es war noch nicht lange her, dass hier ein Auto gestanden hatte. Sie grüßte und fragte die Frau nach Tobias Kausiku.

«Geht es um das Auto?»

Clemencia und Robinson sahen sich an. Über die Hintergründe ihres Besuchs hatten sie noch kein Wort verlauten lassen.

Die Frau deutete auf das Loch in der Mauer und sagte: «Die haben ausgenutzt, dass das Tor noch nicht fertig ist. Wir hatten den Wagen gestern Nachmittag hier abgestellt, und heute

Morgen war er weg. Er muss in der Nacht geklaut worden sein. Tobias ist gerade bei euch, bei der Polizei, um den Diebstahl anzuzeigen.»

«In der Nacht geklaut?», fragte Clemencia. Ausgerechnet in der Nacht, in der mit diesem Wagen ein Überfall verübt worden war, der in Mord und Entführung geendet hatte?

«Oder schon am Abend. Tobias und ich sind früh schlafen gegangen.»

Das klang sehr nach einem unverlangten Alibi für ihren Mann. Clemencias Misstrauen wurde dadurch nicht geringer. Sie fragte: «Sie haben nichts gehört?»

«Nein.»

Clemencia musterte die Hütte. Die einzige Fensteröffnung war nur mit Plastikfetzen verklebt. Man musste schon einen festen Schlaf haben, um nicht aufzuwachen, wenn ein paar Meter entfernt ein Auto kurzgeschlossen wurde. Noch dazu, wenn es das einzige war, das es weit und breit gab. Clemencia sah auf die Uhr. Es war kurz vor halb vier. Sie fragte: «Warum hat Ihr Mann den Diebstahl nicht gleich heute Morgen gemeldet?»

«Er ist nicht mein Mann.»

«Gut», sagte Clemencia, «warum hat Tobias ...?»

«Er ist der Vater meines zweiten Kindes, aber er sorgt auch für das erste. Er ist ein guter Mann.»

«Ich möchte ja nur wissen, wieso er nicht gleich zur Polizei gegangen ist.»

Die Frau zuckte die Schultern. «Wer geht schon gern zur Polizei?»

Da war etwas Wahres dran. Nicht nur in dieser Gegend waren die Leute überzeugt, dass die Polizei ausschließlich eingriff, wenn man gut auf sie verzichten konnte. Weil man eine Kneipe ohne Lizenz betrieb oder nicht nachweisen konnte, woher die Handys stammten, die man verhökerte. Wurde man dagegen selbst überfallen, war nie ein Uniformierter zu sehen. Und hatte die Nachbarschaft mal einen gestellt, der ein Schulmädchen vergewaltigt hatte, verhinderte die Polizei sogar, dass man ihn mit Benzin übergoss und anzündete. Mit dem, was in den Gesetzbüchern stand, hatte das Gerechtigkeitsempfinden in den Townships wenig gemein. Ein paar Dinge fanden darin überhaupt keinen Platz. Zum Beispiel einen guten Mann, der sich sogar um nicht leibliche Kinder sorgte, zu verpfeifen.

«Ein schönes Hoftor habt ihr da», sagte Robinson. «Hat sicher eine Stange Geld gekostet?»

«Ging so», sagte die Frau.

«Und das Auto?»

«Mein Friseurladen läuft ganz gut.»

Robinson lachte, als habe er gerade einen besonders guten Witz gehört. Ob er auch gelacht hätte, wenn statt dieser Emmy eine Frau seiner eigenen Hautfarbe vor ihm gesessen hätte? Nein, dann hätte er gar nicht so gefragt. Das wirklich Schlimme daran war, dass Robinsons Reaktion nicht nur von schlecht verstecktem Rassismus zeugte. In der Sache hatte er wohl recht. Man konnte mit an Sicherheit grenzender Wahrscheinlichkeit davon ausgehen, dass der plötzliche Wohlstand im Hause Kausiku nicht mit legalen Mitteln zustande gekommen war.

Clemencia schickte Robinson los, um die Nachbarn zu befragen. Sie selbst setzte sich auf den Sandboden und lehnte den Rücken an die Wellblechwand. Das kleine Mädchen verzog sich mit ihrer Plastikflaschenpuppe hinter die Hütte. Clemencia deutete auf den Säugling und fragte nach seinem Namen.

«Sie hat noch keinen», sagte die Mutter.

«Wie alt ist sie denn?»

«Sechs Wochen.»

Sechs Wochen, und noch keinen Namen? Clemencia erinnerte sich, dass Miki Matilda einmal erwähnt hatte, das sei anfangs durchaus sinnvoll. Die Mutter leide weniger, wenn ein noch namenloses Kind sterbe. Außerdem fänden die bösen Geister schwerer Zugriff, weil sie nicht wüssten, wie sie das Kind rufen sollten. Nur galt das doch für die Mutter genauso. Wie sprach sie denn ihr Kind an?

Emmy zog die Bluse über ihre Brust und sagte: «Ich weiß nicht, wann Tobias kommt.»

Clemencia nickte.

«Das kann dauern», sagte Emmy.

«Wissen Sie, was gestern Nacht geschehen ist?», fragte Clemencia.

Emmy zuckte mit den Achseln zum Zeichen, dass ihr das egal war. Ihre eigene Welt war ihr groß genug. Was draußen geschah, wollte sie nicht erfahren, schon gleich gar nicht, wenn es darauf hinauslief, dass man ihr ihren Tobias wegnahm. Und doch wusste sie, dass genau das passieren würde. Man würde ihn verhaften und einsperren, und das goldfarbene Tor würde liegen bleiben, bis es geklaut würde oder bis sie einen anderen Mann fände, der sich um zwei fremde Kinder unter der Bedingung kümmern würde, dass er ihr noch ein drittes machen konnte. So würde es kommen, Clemencia wusste es, und sie wusste es, doch sie schüttelte den Kopf und sagte: «Tobias war die ganze Nacht hier bei mir.»

Clemencia sagte nichts mehr, bis Robinson zurückkehrte. Ein Nachbar hatte Tobias Kausiku am vorigen Abend mit zwei anderen Männern wegfahren sehen. An die Uhrzeit konnte er sich nicht erinnern, es sei aber schon dunkel gewesen.

«Um 19 Uhr war Tobias wieder da und hat dann das Haus ...», sagte Emmy.

Ohne sie zu beachten, berichtete Robinson weiter. Andere Nachbarn hätten den blauen Escort am Vormittag im Hof stehen sehen. Erst gegen 11 Uhr sei Tobias Kausiku damit weggefahren.

«Die lügen», sagte Emmy. Dabei würde sie bleiben, mochten auch noch so viele Zeugen ihrer Darstellung widersprechen.

«Ich würde mich gern mal umsehen», sagte Clemencia. Sie erhob sich und stieß die Tür auf. Die Hütte bestand aus einem einzigen rechteckigen Raum, der durch ein nagelneues, mit plüschigem weißem Stoff bezogenes Sofa beherrscht wurde. Ihm gegenüber stand auf einem umgedrehten Bierkasten ein Flachbildfernseher. Geklaut und noch nicht weiterverscherbelt, schätzte Clemencia. Zwei Matratzen lehnten hochkant im Eck. Wenn sie für die Nacht auf dem gestampften Boden ausgelegt würden, gäbe es kaum mehr Platz, um die Füße aufzusetzen. Neben der Tür befand sich ein zweiflammiger Gasherd, über dem ein paar Bretter für Kochgeschirr und Vorräte befestigt waren. Weiter links schloss sich ein offenes Schränkchen mit gestapelter Kleidung an. Der Müllsack daneben diente wohl für die Schmutzwäsche. An der Seitenwand des Schränkchens lehnte ein Spiegel, durch dessen Glas sich ein Sprung zog. Es war der einzige Gegenstand, der an einen Friseursalon erinnerte. Ein wackliger Tisch, ein Plastikstuhl und ein paar Wasserkanister vervollständigten die Einrichtung. Dass in diesem Raum kein entführter Farmer versteckt wurde, konnte man mit einem Blick sehen. Es schien auch nicht wahrscheinlich, dass schon jemals ein Weißer hier gewesen war.

Im Sonnenlicht, das durch die offene Tür einfiel, wirbelten Staubteilchen. Sie wurden unsichtbar, sobald sie in den Schattenbereich eintauchten. Clemencia machte ein paar Schritte, tastete sich durch die T-Shirts und Hosen im Schränkchen, überprüfte dann das Sofa und die wenigen anderen Stellen, an denen man vielleicht eine Waffe verstecken konnte. Nichts. Auch keine Blutspuren, die von einem Angeschossenen stammen könnten.

Clemencia stand noch bei den Matratzen, als Robinson rief. Es war ein kurzer, erregter Laut, der sie sofort alarmierte. Als sie die Tür erreichte, lief Robinson schon durch die Mauerlücke zum draußen geparkten Dienstwagen. Clemencia hastete ihm nach, riss die Beifahrertür auf, während er den Motor anließ. Sie hörte Emmy kreischen, dass Tobias die ganze Nacht hier gewesen sei. Als Robinson anfuhr, knirschte der Sand unter den Rädern. Clemencia zog die Tür zu, und Robinson presste zwischen den Lippen hervor: «Ein blauer Escort.»

Der Wagen hatte mindestens zweihundert Meter Vorsprung. Er schien dunkel zu sein, aber ob er wirklich blau war, konnte Clemencia wegen der dicken Staubfahne, die er hinter sich herzog, nicht genau ausmachen. Sie fragte: «Tobias Kausiku?»

Robinson stierte nach vorn und gab Gas, bis der Motor im höchsten Drehzahlbereich aufbrüllte. Endlich knüppelte er den zweiten Gang hinein.

«Er hat gebremst, geblinkt und gleich wieder Gas gegeben. Wahrscheinlich, weil er unser Polizeikennzeichen sah.»

«Der fährt doch nicht in dem Wagen, den er gerade als gestohlen gemeldet hat, zu Hause vor!»

«Scheißkarre!», fluchte Robinson. Seine linke Hand krampfte sich um den Griff der Gangschaltung. Ein von einem Reifen hochkatapultierter Stein knallte gegen das Bodenblech des Wagens. Es hörte sich fast wie das Geräusch eines Schusses an. Clemencia tastete nach der Dienstpistole in ihrem Holster. Nur zur Sicherheit. Sie hatte nicht vor, sich aus dem Fenster zu lehnen und auf einen Wagen zu schießen, von dem sie nicht einmal wusste, wer ihn fuhr. Sie würden versuchen, dranzubleiben, so lange es ging. Je näher sie dem Zentrum Katuturas kamen, desto schwieriger würde das werden, doch im Moment hatten sie gute Karten. Die Staubstraße war breit, die Fußgänger und vereinzelten Fahrradfahrer spritzten schon vor dem Fluchtwagen zur Seite weg und retteten sich über die Böschung. Robinson hielt sich in der Fahrbahnmitte und beschleunigte weiter. Sechzig Stundenkilometer, siebzig, fünfundsiebzig, achtzig. Der aufgewirbelte Staub wallte nun dicht und weiß gegen die Windschutzscheibe, der Abstand wurde geringer. Die Räder schlugen hart gegen die Bodenwellen.

«Halt an, du Idiot!», stieß Robinson hervor, als könne ihn der Mann hören, der gerade die Linkskurve den Hügel hinab nahm. Der Staub wehte jetzt zur Seite weg und schwebte auf die Wellblechbaracken zu. Ja, das da vorn war eindeutig ein dunkelblauer Escort, und das Kennzeichen lautete N 212-...

Als Robinson nach links einschlug, tauchten sie wieder in den Staub ein, und gleichzeitig geriet der Wagen ins Schlingern. Es war, als könnten sich die Räder nicht einigen, wohin sie auf dem schlüpfrigen Untergrund wollten. Robinson ging vom Gas, japste, lenkte gegen, und Clemencia sah den aufgeworfenen Straßenrand auf sich zukommen, genau die Stelle, auf der ein aus Draht gefertigtes Spielzeugauto stand und daneben ein kleiner Junge, der ihr völlig bewegungslos entgegenstarrte. Unter seiner Nase hing verkrusteter Rotz, und seine Augen wurden größer und größer. Sie waren dunkel. Schwarze Strudel im Weiß, die zu wissen schienen, dass der Tod nie weit entfernt war.

«Pass auf!», schrie Clemencia, und endlich bekam Robinson den Wagen wieder unter Kontrolle. Die Reifen griffen, Steine prasselten, der hintere Kotflügel schrammte hässlich kratzend an der Böschung entlang, und als Clemencia den Kopf herumriss, sah sie nur noch die Staubwolke, in der der kleine Junge verschwunden war. Das war gerade noch einmal gutgegangen, aber verdammt, Robinson, das war die Sache nicht wert. Das war keine Sache der Welt wert. Clemencia zwang sich zu einem ruhigen Tonfall, als sie sagte: «Du hättest beinahe ein Kind umgebracht.»

Robinson schaltete in den zweiten Gang hinunter und trat das Gaspedal durch. Ohne nach links oder rechts zu schauen, raste er weiter. Der Escort vor ihnen näherte sich der Kreuzung mit der Matshitshi Street, wo die Teerstraße begann.

«Hast du gehört, Robinson?», fragte Clemencia.

«Wir kriegen ihn», sagte Robinson und drückte wieder den dritten Gang hinein. «Ich schwöre dir, dass wir den kriegen.»

Clemencia sagte nichts, steckte nur die Pistole zurück ins Holster. Sich während der Verfolgung eines mutmaßlichen Mörders und Entführers fehl am Platz vorzukommen, war nicht unbedingt angemessen für eine Kriminalhauptinspektorin, aber so ging es ihr gerade. Sie hatte ähnliche Momente schon früher erlebt, während der Beerdigung Angulas zum Beispiel oder in irgendwelchen Einsatzbesprechungen der Serious Crime Unit, bei denen manchmal ein Wort genügte, um sie sicher sein zu lassen, dass ihre Kollegen etwas ganz anderes wollten als sie selbst, mochte es oberflächlich auch noch so sehr scheinen, als zögen sie alle in die gleiche Richtung.

Doch worum ging es ihr eigentlich? Um Wahrheit, um Recht und Gerechtigkeit? Darum, eine Ordnung aufrechtzuerhalten, die bei allen Mängeln immer noch besser war als das Chaos? Um das Gefühl, zu den Guten zu gehören, weil sie die Bösen fing und wegsperrte? Oder doch nur darum, schnell in die höheren Ränge der Polizeihierarchie befördert zu werden, um ein paar hundert Dollar mehr in den Rachen ihrer unersättlichen Großfamilie werfen zu können?

Robinson stellte sich solche Fragen jedenfalls nicht. Er beklagte sich ab und an über die angebliche Bevorzugung der Schwarzen, tat aber sonst seinen Job und schien auch noch Spaß daran zu haben. Vor allem jetzt, als der Verkehr auf der Teerstraße dichter wurde. Monte Christo Road, dann rechts die Cesarea Street hinab. Da der Polizeiwagen keine Sirene besaß, hupte Robinson unentwegt, wenn er die Hand nicht gerade fürs Schalten brauchte. Weg da, hier kommen die Guten! Robinson bremste, gab Gas, scherte hinter einem Bakkie aus, dessen Ladefläche mit Arbeitern in Blaumännern vollgestopft war, schoss um Haaresbreite an einem entgegenkommenden Taxi vorbei, umkurvte mit quietschenden Reifen einen Mann, der auf seinem mit Reisigbesen beladenen Fahrrad quer über die Straße wackelte. Aus einem der städtischen Busse, die Hausangestellte und Gartenarbeiter aus den Vierteln der Weißen zurück nach Katutura brachten, strömten Menschen über die Straße. Das Dauerhupen scheuchte sie zurück.

Als Robinson in die Independence Avenue einbog, war der Escort noch gerade mal dreißig Meter vor ihnen. Außer dem Fahrer saß niemand drin. Clemencia konnte jetzt erkennen, dass er eine schwarze Wollmütze trug, wie sie zum Kleidungsstil der Möchtegern-Tsotsis aus den Townships gehörte. Berufskriminelle zogen sich normalerweise unauffälliger an. Wahrscheinlich war Tobias Kausiku – oder wer immer das sein mochte – nur ein armes Würstchen, das ein paarmal bei krummen Dingern Glück gehabt hatte und sich etwas darauf einbildete. Aber auf der Farm war alles schiefgegangen. Die Situation hatte ihn völlig überfordert, und in seiner Panik hatte er einen Menschen abgeknallt, weil er dachte, dass die wirklich harten Jungs das genauso machen würden.

Die Bremslichter des Escort leuchteten auf. An der Kreuzung Independence Avenue – Mashego Street wartete ein halbes Dutzend Autos vor einer roten Ampel. Robinson flötete: «Na also, Jungchen!»

Clemencia tastete nach dem Griff der Beifahrertür, doch vor ihnen riss der Fahrer den Escort unvermittelt nach rechts, holperte über den Randstein des Mittelstreifens hinweg, auf die Gegenfahrbahn hinaus, zog an den stehenden Autos vorbei. Robinson fuhr fluchend hinterher, und der Escort-Fahrer beschleunigte, um vor dem knallroten Coca-Cola-Lastwagen durchzukommen, der auf der Mashego Street querte. Fast schaffte er es, fast. Bremsen kreischten, die hoch aufgetürmten Kästen auf der Ladefläche des Lasters schepperten, und seine Front erwischte den Escort auf der Höhe des rechten Hinterrads. Der Wagen wurde herumgeschleudert, schlitterte seitwärts über die Kreuzung, in den Sichtschatten des Lasters, von dem nun die obersten Reihen der Getränkekisten kippten und nach unten stürzten, und noch einmal war aus der Richtung des Escort ein harter, lauter Schlag zu hören, das Geräusch sich faltenden Blechs und das Bersten von Glas.

Robinson stieg auf die Bremse, stoppte den Wagen knapp vor der Ampel, die nun auf Grün sprang und trotz des Lasters, der die Kreuzung blockierte, freie Fahrt signalisierte. Keines der Autos setzte sich in Bewegung, keiner der Passanten rührte sich, alles stand still, nur nicht die aus den Kästen geschleuderten Plastikflaschen. Dutzende, Hunderte von Halbliterflaschen Coca-Cola, Fanta, Sprite Zero rotierten auf der Stelle, eierten in seltsamen Kurven über den Asphalt, stießen gegeneinander oder verloren sich unter den stehenden Autos.

Clemencia und Robinson waren fast gleichzeitig aus den Autositzen. Sie setzten so schnell wie möglich über die Plastikflaschen hinweg, an der Frontseite des Lasters vorbei. Aus dem offenen Fenster sagte der Fahrer: «Der hatte Rot, eindeutig Rot, und er kam auf der falschen Seite und ...»

«Still!», sagte Clemencia und blickte um den Kotflügel des Lasters. Jenseits der Kreuzung, vor dem vergitterten Schaufenster des Yong-An-China-Shops, stand der blaue Escort. Er war mit der Breitseite in einen Stromverteilungskasten von Nampower gekracht. Die Fahrertür war eingedrückt, die Motorhaube aufgesprengt.

«Ich konnte nichts dafür», sagte der Lastwagenfahrer, «ich habe noch gebremst, aber ...»

«Wir regeln das. Später», sagte Clemencia. Der Escort war leer, die Beifahrertür stand offen.

«Da!», schrie Robinson und zeigte in Richtung des Soweto Market. Der junge Mann mit der Wollmütze hatte den Parkplatz fast überquert und humpelte zwischen zwei Akazien auf das Osttor des Marktes zu. Er schien nicht ernsthaft verletzt zu sein, zog aber das rechte Bein nach. Weit würde er nicht kommen. Im Gewühl zwischen den Marktständen konnte man ihn trotzdem leicht aus den Augen verlieren. Clemencia prägte sich Gestalt und Kleidung des Mannes genau ein. Die Wollmütze, eine schwarze Jacke, weite, tief hängende Skaterhosen und weiße, fabrikneu wirkende Nike-Turnschuhe.

«Stehen bleiben!», rief Robinson im Laufen, und auch Clemencia sprintete los. Sie waren deutlich schneller als er, aber nicht schnell genug, um ihn vor dem Gittertor zu erreichen. Dahinter, zwischen den Marktständen, herrschte der erwartete Betrieb. Robinson und Clemencia fielen in Schrittgeschwindigkeit zurück. Auch der Verfolgte war offensichtlich schlau genug gewesen, sich dem gemächlichen Tempo der Marktbesucher anzupassen. Jedenfalls konnte Clemencia nirgends eine Störung erkennen, wie sie entsteht, wenn jemand zu hastig durch eine Menschenmenge pflügt.

«Du rechts, ich links», flüsterte Clemencia Robinson zu.

Robinson nickte, steuerte die Markthalle an und verschwand mit langen Schritten in den engen Gängen zwischen Pyramiden von Zwiebeln und alten Konservendosen voll getrockneter Mopaneraupen, zwischen Buschspinat und Chilischoten. Clemencia ging außen an der Front der gemauerten Läden entlang. Vorbei an vollgestopften kleinen Höhlen für Handyzubehör und Lederwaren, an Schlüsseldiensten und Schneidereien, in denen Herero-Frauen ihre traditionellen Kopfbedeckungen um das Gerüst einer gerollten Zeitung schlangen. Dann folgte eine Reihe von Friseurläden. Da saßen sowieso fast nur Frauen, um sich Haarverlängerungen und Färbungen machen zu lassen. Vielleicht bei den Billardtischen?

Den Spielern am zweiten Tisch sah ein weißer Tourist zu, der sich unbedachterweise hierher verirrt hatte. Um ihn scharte sich eine Gruppe Halbstarker. Einer von ihnen hielt ihm einen 20-Dollar-Schein entgegen und fragte, ob er wechseln könne. Wenn der Tourist seine Brieftasche herausholte, wäre sie schneller weg, als er schauen konnte. Egal. Da hatte er zu Hause in Europa wenigstens etwas zu erzählen. Clemencia musste sich um Wichtigeres kümmern.

Weiter vorn tauchte Robinson auf. Er schüttelte den Kopf. War ihnen der Kerl mit der Wollmütze entwischt? Clemencia konnte sich nicht vorstellen, dass er mit seinem verletzten Bein schnurstracks durch den ganzen Markt gelaufen und weiter in die Straßen Katuturas geflüchtet war. Irgendwo hier steckte er noch und würde sich so unauffällig wie möglich verhalten. So, als habe er ganz alltägliche Angelegenheiten zu erledigen. Zum Beispiel könnte er von Stand zu Stand schlendern, als wolle er einkaufen. Nein, um seine Verletzung zu verbergen, würde er versuchen, sich nicht zu bewegen. Er könnte sich in einen Friseursessel setzen oder ...

Clemencia wandte sich zur Fleischabteilung, dem Geruch nach Fett und geronnenem Blut entgegen. An schweren Haken hingen gehäutete Schafe und Rinderhälften. Um das zerlegte, in Plastikwannen sortierte Fleisch schwärmten Fliegen. Mit einem blutdurchtränkten Lappen scheuchten die Metzger sie weg, wenn ein Kunde an ihrer Ware interessiert zu sein schien. Ein Stand hatte sich auf Ziegenköpfe spezialisiert. Mit gebleckten Zähnen grinsten sie Clemencia entgegen.

Während ihres halbjährigen Praktikums in Helsinki hatte sie mal in der Polizeikantine erzählt, dass die Ziegenaugen als der delikateste Teil galten. Die finnischen Kollegen hatten sie angesehen, als käme sie aus einer anderen Welt. Was ja auch stimmte. Nur Jurmela hatte gefragt, wie Ziegenaugen denn schmeckten. Gut, hatte sie geantwortet, obwohl sie keine Ahnung hatte. Als Kind hatten ihr die Erwachsenen, speziell Miki Selma, den Leckerbissen regelmäßig weggeschnappt, und später hatte sie kein Bedürfnis mehr danach verspürt.

Clemencia bog rechts ein. Am Rand der offenen Halle, zwischen den Fleischbänken und den Brennholzverkäufern entlang des äußeren Zauns, hatte sich eine Reihe von Kapana-Ständen angesiedelt, wohl weil deren Inhaber so nur ein paar Meter zurücklegen mussten, um sich die fürs Grillen nötigen Materialien zu besorgen. Und dort, am zweiten Rost, stand er. Die Wollmütze hatte er abgenommen, aber die dunkle Jacke, die Skaterhose, die strahlend weißen Nike-Schuhe – es war kein Zweifel möglich. Clemencia sah sich nach Robinson um, gab ihm ein Zeichen. Jetzt hatten sie den Kerl. Wenn er nicht durchdrehte und eine Waffe zog. Wenn er nicht eine Geisel nahm oder wild herumballerte, um Panik zu provozieren.

Der Kapana-Verkäufer hackte die gegrillten Fleisch- und Fettstreifen in kleine Würfel, füllte eine Zeitungspapiertüte damit und reichte sie über den Rost hinweg. Der Verdächtige hielt mit der linken Hand die Tüte, mit der rechten nahm er eines der Fleischstückchen heraus, stippte es in einen Plastikteller mit Chilipulver und schob es sich in den Mund. Er kaute noch, als Clemencia neben ihm stand. Sie fragte: «Schmeckt es?»

Der Mann nickte. Er war jung, knapp über zwanzig vielleicht, höchstens fünfundzwanzig. Die Haare trug er kurz, und an seinen Gesichtszügen war nichts Außergewöhnliches, wenn man davon absah, dass die Adern an den Schläfen hervortraten. Trotzdem kam er Clemencia bekannt vor. Ja, sie hatte ihn schon gesehen, nur wo und bei welcher Gelegenheit? Mit spitzen Fingern griff der Mann nach einem Würfel Schwarte, ließ ihn wieder zurückfallen und wählte stattdessen ein Stück Muskelfleisch. Auf dem Rost zischte das Fett.

«Aber Nerven haben Sie schon, nach so einem Unfall den

Wagen stehen zu lassen und essen zu gehen», sagte Clemencia. Robinson war nun auch da, baute sich auf der anderen Seite des Verdächtigen auf und schaute unbeteiligt.

«Unfall?», fragte der junge Mann. Er steckte sich das Fleisch zwischen die Zähne.

«Mit Ihrem Escort», sagte Clemencia.

«Was für ein Escort?»

«Gut», sagte Clemencia. «Ihre Papiere bitte!»

«Schwester, ich ess hier, und wenn du ein Problem hast ...»

Clemencia zeigte ihre Dienstmarke. «Den Ausweis bitte!»

Der junge Mann leckte sich die Finger ab, sagte: «Ich hab keinen Ausweis. Brauch ich auch nicht, um was zu essen, oder?»

«Aber wie Sie heißen, wissen Sie noch?»

Er antwortete nicht, schien zu schwanken, ob er noch einen coolen Spruch oder einen Fluchtversuch wagen oder doch lieber aufgeben sollte. Bevor er sich entschieden hatte, sagte Robinson: «Jetzt reicht's, Arschloch!»

«He, Mann ...», protestierte der Verdächtige, und schon hatte Robinson seine Pistole im Anschlag. Er hielt sie mit beiden Händen, zielte ungefähr auf den Punkt, bis zu dem der Reißverschluss der Jacke zugezogen war, und zischte: «Leg dich auf den Boden und mach die Beine breit!»

Der Inhaber des Kapana-Stands tauchte hinter dem Rost ab, der Verdächtige blickte auf die Waffe, in Robinsons starres Spiel-mir-das-Lied-vom-Tod-Gesicht und dann fast flehend zu Clemencia zurück. Plötzlich wirkte er wie ein Fünfjähriger, der seine Mutter im Gewühl verloren hatte, und da erkannte Clemencia ihn. Jetzt erinnerte sie sich. Er war ein Freund ihres Bruders. Einer von denen, mit denen Melvin von Shebeen zu Shebeen zog, wenn sie irgendwie zu den nötigen Dollars gekommen waren, um sich besaufen zu können. Es war nicht so, dass Melvin ihr seine Freunde vorstellte oder dass diese großen

Wert darauf legten, eine Kriminalpolizistin kennenzulernen, aber den hier hatte sie schon ein-, zweimal gesehen. Und war Melvin nicht kürzlich sogar mit einem blauen Escort abgeholt worden?

«Wird's bald?», stieß Robinson hervor.

Verdammt, dachte Clemencia. Dass man in Melvins Kreisen einem gelegentlichen Diebstahl nicht abgeneigt war, dass man sich im Suff prügelte und dabei auch mal mit einem Messer herumfuchtelte, wusste sie. Sie versuchte immer wieder, ihn da herauszuholen, obwohl ihr klar war, dass das vergebliche Liebesmühe war. Jedenfalls, solange es für einen wie Melvin keine Aussicht auf einen ehrlichen Job gab, mit dem man seinen Lebensunterhalt verdienen konnte. Solange er kein Ziel, keine Aufgabe, keine Perspektive sah. Bis zu einem gewissen Grad verstand Clemencia, dass ihm und seinen Freunden der Unterschied zwischen legal und illegal nicht viel bedeutete, doch hier gab es nichts zu rechtfertigen. Hier ging es um Entführung und Mord.

Von seinem Wesen her war Melvin dazu nicht fähig, davon war sie überzeugt, aber er war auch viel zu oft leichtgläubig und gedankenlos. Wer wusste schon, was ihm seine Kumpels erzählt hatten? Eine kleine Spritztour mit dem Wagen, ein Sonnenpaneel abschrauben und im Dunkel der Nacht verschwinden. Clemencia konnte nicht ausschließen, dass er sich zu so etwas überreden ließ. Und auch wenn er nicht selbst geschossen hatte, galt die alte Regel: Mitgegangen, mit gefangen, mit gehangen.

Quatsch! Clemencia hatte Melvin zweimal mit dem Verdächtigen gesehen. Das bedeutete gar nichts. Und außerdem ...

«Glaubst du, ich mache Spaß?», brüllte Robinson. Er riss die Pistole nach oben, drückte ab. Unwillkürlich zog Clemencia den Kopf ein. Der Knall des Warnschusses echote vom Dach der Markthalle zurück.

«Spinnst du, Robinson?», rief Clemencia.

Tauben flatterten auf, Kinder begannen zu schreien, die Marktbesucher stoben auseinander, suchten Deckung, flohen, rempelten, stürzten, kreischten, trampelten über andere hinweg, und der Verdächtige griff mit beiden Händen nach dem Rost über der glühenden Holzkohle, hob ihn an, dass das Grillfleisch purzelte, wirbelte herum und stieß das heiße Gitter gegen Robinsons Brust. Clemencia warf sich nach vorn, tauchte ab, traf den Verdächtigen mit Wucht in den Kniekehlen. Die knickten ein, ein Schmerzensschrei, der Gitterrost fiel auf den Boden, und der Verdächtige stürzte auch.

In null Komma nichts kniete Clemencia auf seinem Rücken und bog ihm den rechten Arm nach vorn. Der Mann stöhnte. Robinson fluchte und hob die Pistole auf, die ihm aus der Hand gefallen war. Er steckte sie ein, fingerte Handschellen hervor und ließ sie um die Gelenke des am Boden Liegenden zuschnappen.

Clemencia tastete Jacke und Skaterhose ab. Sie zog die schwarze Wollmütze aus einer Hosentasche. Sonst fand sie nichts, keine Schusswaffe, nicht einmal ein Messer. Sie stand auf, fragte: «Was ist eigentlich los mit dir, Robinson?»

Robinson begutachtete die Brand- und Fettspuren auf seiner Jacke. Dann trat er mit der Schuhspitze gegen die Hüfte des Verdächtigen und sagte: «Ich habe dir doch versprochen, dass wir ihn kriegen.»

«Serious Crime Unit, Police Headquarters, Bahnhofstraße, Windhoek.

Vernehmungsniederschrift:

Am Mittwoch, den 9. 8. 2011 wird von 18 bis 21 Uhr der kurz zuvor festgenommene Tobias Kausiku zum Tötungsdelikt zu Lasten von Gregor Rodenstein und zur Vermissung von Thomas Rodenstein, Aktenzeichen 32 ... – na ja, das ist ja egal – erstmalig einvernommen.

Gegenwärtig: Chief Inspector Garises, Detective Inspector Robinson.

Protokollführer: Detective Robinson.

Zur Person: Tobias Kausiku, geboren am 12. 9. 1986 in Katutura, ledig, arbeitslos, wohnhaft in Erf 5759, Big Bend Extensions, Windhoek, belehrt über seine Rechte, aussagewillig.

Zur Sache: Ich gebe zu, am 8. 8. 2011 gegen 21 Uhr mit zwei Freunden zur Farm Steinland gefahren zu sein. Namen oder Aufenthaltsort meiner Freunde möchte ich nicht nennen. Auf der Farm wurden wir von einer Gruppe Weißer angegriffen, und einer meiner Freunde wurde angeschossen. Ich bestreite, dass wir Waffen hatten oder uns ein Gewehr der Farmer aneigneten. Ich bestreite auch, dass wir einen von ihnen erschossen. Des Weiteren bestreite ich, dass wir einen anderen Farmer unter Todesdrohung zwangen, in mein Auto zu steigen, und gegen seinen Willen entführten. Über den Verbleib des Farmers ist mir nichts bekannt. Meinen Wagen, einen Ford Escort mit dem Kennzeichen N 212–346 W, habe ich fälschlicherweise als gestohlen gemeldet. Ebenso habe ich versucht, mich der Festnahme zu entziehen, und dabei einen Kriminalbeamten tätlich angegriffen. Beides geschah, weil ich befürchtete, meinen Freunden und mir könne ein Verbrechen untergeschoben werden. Einen konkreten Grund für diese Befürchtung kann ich nicht angeben.»

Detective Robinson leierte den Text so herunter, dass unmissverständlich klar wurde, was er von Kausikus Einlassungen hielt. Nämlich nichts. Als seien sie nicht das Papier wert, das Robinson auf Clemencias Anweisung dafür verschwendet hatte. Dabei hatte er sowieso in einer Weise gespart, die sie nur deshalb nicht als frech bezeichnete, weil sie ihren Mitarbeiter nicht vor einem Beschuldigten bloßstellen wollte. Immerhin hatten sie den Mann drei Stunden lang verhört.

Clemencia war versucht gewesen, ihn auf ihren Bruder Melvin anzusprechen, doch war sie über den ersten Schritt nicht hinausgekommen. Als sie Kausiku wie nebenbei gefragt hatte, ob sie beide sich nicht schon mal irgendwo gesehen hätten, hatte er sie nur erstaunt angeblickt. Robinson hatte die Ohren gespitzt, und Clemencia war ihr eigenes Misstrauen plötzlich völlig überzogen vorgekommen. Wüsste Melvin davon, könnte er sich zu Recht über ihre Unterstellungen beschweren. Sie selbst würde sich auch bedanken, wenn man sie für die Taten all derer verantwortlich machte, mit denen sie zweimal gesprochen hatte. Nein, das hier war ein Fall wie jeder andere. Sie vernahm in ihrer Eigenschaft als Kriminalinspektorin einen Verdächtigen. Punktum. Dass sie glaubte, Kausiku schon gesehen zu haben, spielte nun wirklich keine Rolle. Und seine Weigerung, die Namen der beiden Komplizen zu nennen, war in seinen Kreisen völlig normal.

Ein wenig hatte sich Clemencia allerdings gewundert, dass Kausiku die erfundene Geschichte vom gestohlenen Wagen sofort zugegeben hatte, ohne dass sie ihm deren Unsinn Schritt für Schritt nachweisen musste. Was er stattdessen anführte, entsprach höchstwahrscheinlich auch nicht der reinen Wahrheit, aber das entband Robinson nicht davon, es aussagekräftig zu protokollieren. Erst recht nicht, weil Robinson weiß war und sich offensichtlich seine Meinung schon gebildet hatte, bevor Kausiku auch nur den Mund aufgetan hatte.

Robinson drehte das Miniprotokoll um hundertachtzig Grad, schob es über den Schreibtisch und tippte mit dem Zeigefinger auf die untere Hälfte. «Da unterschreiben!»

Kausiku verschränkte die Arme und sagte: «Das ist doch Scheiße, was da steht.»

«Willst du jetzt doch zugeben, dass ihr Herrn Rodenstein

umgelegt habt?» Robinson grinste und warf einen Kugelschreiber auf die Schreibtischplatte. Selbst wenn Kausiku willens gewesen wäre, hätte er kaum unterschreiben können. Der Mullverband um seine Hände leuchtete weiß. Bevor Kausiku versorgt worden war, hatte Clemencia gesehen, dass der glühende Grillrost ein Gittermuster in seine Handflächen und Finger gebrannt hatte.

«Erstens heißt die Gegend dort Okongava», sagte Kausiku, «nicht Steinland. So haben sie nur die Weißen genannt. Die sind übers Meer gekommen, haben mein Volk fast ausgerottet, haben das Land gestohlen, es unter sich aufgeteilt und sich Dokumente ausgestellt, dass es jetzt ihnen gehört. Aber es ist nicht ihres. Es bleibt unseres, und es heißt Okongava.»

«Das war vor über hundert Jahren», sagte Robinson, «und das gibt dir nicht das Recht, jemanden abzuknallen.»

«Aber das Recht, dort die Gräber meiner Ahnen zu besuchen. Genau das wollten wir tun. Nur deswegen sind wir dorthin gefahren, nach Okongava. Um in einer Vollmondnacht Erde von den Gräbern in den Mund zu nehmen und wieder auszuspucken. Wie es halt der Brauch ist. Um die Lieder zu singen, die von den Ahnen erzählen. Wegen der Erinnerung, Mann!»

Clemencia musterte den Mann von schräg hinten. Er wirkte genauso wie Hunderte anderer, die nie aus Katutura herausgekommen waren, die an Musik nur Kwaito und Gangsta Rap kannten und allenfalls den Brauch hatten, sich von keinem blöd kommen zu lassen. Nicht anders als Melvin. Wenn der plötzlich über seine Ahnen predigen würde, hätte sie sich auch gewundert. Es klang einfach falsch. Abgesehen davon hatte Clemencia noch nie gehört, dass irgendwer seiner Ahnen bei Vollmond gedachte. Sie wusste nicht einmal, ob in vorkolonialer Zeit wirklich die Herero das Gebiet der heutigen Farm Steinland durchstreift hatten.

Robinson höhnte: «Nur stand über der Erinnerung blöderweise ein Sonnenkollektor. Den musstet ihr erst einmal abmontieren, bevor ...»

«Bis zu den Gräbern kamen wir ja gar nicht. Ich sagte doch schon, die Farmer hatten uns aufgelauert, und als wir vielleicht dreißig Schritte vom Auto weg waren, flammten von allen Seiten plötzlich die Taschenlampen auf. Wir waren geblendet, wussten nicht, wie viele von denen da waren, hörten sie bloß aus dem Dunkel brüllen: ‹Verdammte Kaffern› und ‹Euch machen wir fertig›. Dann krachte ein Gewehrschuss durch die Nacht, und gleich darauf noch einer. Verdammt, die wollten uns abknallen! Inzwischen denk ich, dass es vielleicht Warnschüsse sein sollten, oder sie machten sich bloß einen Spaß, jedenfalls wurde keiner von uns getroffen. Ich wollte rufen, dass sie mit dem Scheiß aufhören sollten und dass wir nur die Gräber besuchen wollten, aber ich brachte keinen verfluchten Ton hervor. Wir rissen die Hände weit nach oben, das heißt, ich und einer meiner Freunde taten das, aber der dritte von uns rannte in seiner Panik los, ins Dunkel, in Richtung Auto zurück. Ich hörte ihn stolpern, stürzen. Das Licht einer Taschenlampe erfasste ihn, als er sich wieder aufrappelte, doch er blieb nicht lange auf den Beinen. Kurz bevor er das Auto erreichte, fiel wieder ein Schuss, und dieses Mal war er gezielt. Er traf meinen Freund in den Bauch. Er torkelte, fiel, kroch weiter auf den Wagen zu, japste um Hilfe, zog sich an der Tür hoch, rutschte ab, stöhnte. ‹Scheiße, Mann›, sagte ich, und dann liefen auch wir los. Jeden Moment erwartete ich einen scharfen Knall, spürte schon die Kugel meinen Rücken zerfetzen, aber sie schossen nicht mehr, bis wir weg waren. Erst ballern sie einen ab, weil er flüchtet, und dann lassen sie uns abhauen, versteht ihr das? Zeit genug, uns alle drei zu erledigen, wäre locker gewesen, bis wir den Verletzten auf die Rückbank gehievt hatten. Er blutete wie ein abgestochener

Bokkie. Schaut euch das Polster meines Wagens an, da könnt ihr die Sauerei sehen.»

Clemencia dachte, dass sie die 24-Stunden-Notaufnahmen in den Krankenhäusern überprüfen mussten. Kausiku und seine Freunde waren mitten in der Nacht nach Windhoek zurückgekehrt. Da fand man so leicht keinen Arzt, der eine Schusswunde versorgen konnte. Sie fragte: «Und wieso seid ihr nicht zur Polizei gegangen, wenn ihr nur die unschuldigen Opfer wart?»

«Wie die uns fliehen ließen, das stank doch», sagte Kausiku. «Da war was faul. Ich hab mich am Morgen vors Radio gesetzt, und in den Mittagsnachrichten kam dann, dass ein Farmer bei einem Überfall erschossen worden war. Die wollten uns das unterschieben, und ich wusste schon, dass uns keiner glauben würde. Deshalb bin ich zur Wache in Wanaheda und hab gesagt, dass mein Auto geklaut worden wäre.»

«Also», sagte Robinson, «du bleibst dabei: Ihr habt keinen erschossen und keinen entführt?»

«Scheiße, Mann, wofür red ich denn?»

«Ja oder nein?»

«Nein.»

«Nein heißt, dass du das bestreitest, und genau das steht hier im Protokoll. Also unterschreib jetzt!»

Kausiku lehnte sich zurück. «Nicht, solange da ‹Farm Steinland› steht. Das Land dort heißt Okongava, und es ist das Land meiner Ahnen.»

«Für deine Ahnen hätte ich auch ein Kochrezept abtippen können», sagte Robinson. «Die hätten drei Kreuze darunter gesetzt, und Schluss, aus, amen!»

Eine Herde aufgeschreckter Kudus trabte durch die trockenen Büsche. Weibliche und Jungtiere. Sie hielten genau auf die ein paar Kilometer entfernte Jungfrau zu. Der steife Wind hatte den Himmel blank ge-

fegt, und so zeichnete sich die Silhouette des Berges scharf gegen ihn ab. Dass der Gipfel an einen nach oben gereckten Busen erinnerte, hatte der Jungfrau ihren Namen beschert.

Natürlich besaßen die Hereros ihre eigenen Bezeichnungen für die Landmarken auf der Farm. Ebenso wie die Nama und Damara, die vor ihnen durch die Gegend gestreift waren. Irgendwann hatte sich Johann Rodensteins Schwiegertochter sogar die Mühe gemacht, die Benennungen mit der jeweiligen Übersetzung aufzuschreiben, aber verwendet wurden sie nie. Über Generationen hinweg hieß der langgestreckte Bergrücken am östlichen Rand der Farm Schildkröte. Dann folgte die Jungfrau, und der platte Tafelberg mit den markanten Abbrüchen wurde Sargdeckel genannt.

Viel Phantasie hatte Johann Rodenstein bei seiner Namensgebung nicht aufgewendet. Die erste Assoziation, die ihm bei der Betrachtung der Bergumrisse kam, schien gut genug. Dennoch war der Taufakt genauso wichtig wie der bei den eigenen Kindern. Erst durch ihn erlangten die Berge Individualität. Sie wurden zu etwas Eigenem und gleichzeitig zu Rodensteins persönlichem Besitz. Auch wenn er sie nicht aufgetürmt hatte, waren sie doch so etwas wie seine Geschöpfe, denn sie kündeten davon, dass er sich die Macht genommen hatte, ihnen mit den Namen Identitäten überzustülpen, die sie – wie seine Kinder – nie mehr würden abstreifen können.

Es war im Nachhinein schwer zu beurteilen, ab wann Johann Rodenstein fühlte, dass Farm Steinland sein Land war. Ob es der Moment war, als er die Kaufurkunde unterschrieben hatte. Ob es seit der Nacht war, als er zum ersten Mal in der selbsterbauten Lehmziegelhütte schlief, oder an dem Tag, als er seine Frau Thalita hineinführte. Als das erste Kalb auf seinem Grund geboren wurde oder eben doch, als er an einem siebten Tage ruhte und um sich blickte und sah, dass alles Geschaffene den Namen trug, den er ihm gegeben hatte. Vielleicht kam er sich da vor wie einer, der Licht und Dunkelheit geschieden hatte, um die Welt so zu gestalten, wie sie auf immer bestehen würde. Hätte er wissen können, dass er sich täuschte?

Die Kaltfront hatte das namibische Hochland fest im Griff. Sobald die Sonne untergegangen war, sank die Außentemperatur schlagartig ab. Es musste schon auf die null Grad zugehen, als Clemencia die Büros der Serious Crime Unit verließ. Glücklicherweise fand sie sofort ein Taxi Richtung Katutura, das noch einen Platz frei hatte. Der Fahrer hatte die Kapuze seines Sweatshirts tief in die Stirn gezogen. Er und die Ovambo-Frau auf dem Beifahrersitz bestätigten einander, dass es verdammt kalt sei. Dann fror das Gespräch ein.

Als Clemencia in der Frans Hoesenab Straat ausstieg, waren die Straßenlaternen mal wieder ausgefallen. Immerhin stand der Mond leuchtend am Himmel. Er war fast rund, hatte nur eine kleine Delle, als wolle er Clemencia darauf hinweisen, dass irgendetwas nicht stimmte. Vielleicht rührte ihr seltsames Gefühl auch daher, dass die Musikbox in der Mshasho Bar schwieg, während sie sonst um diese Uhrzeit – nein, eigentlich Tag und Nacht – die gesamte Nachbarschaft bis hinauf zur Kirche mit Kwaito-Musik beschallte.

Auf der Straße war niemand unterwegs. Das Taxi des Nachbarn gegenüber stand dicht am Maschendrahtzaun geparkt. Sonst war weit und breit kein Wagen zu sehen. Clemencia tat ein paar Dutzend Schritte, querte die Straße und ging dann langsam auf das Heck des Taxis zu. Schon aus mehr als zwanzig Metern war das Nummernschild im Mondlicht zweifelsfrei zu lesen. So weit konnten sich die Farmer Kausikus Escort leicht genähert haben. Aber dachte man wirklich daran, sich ein Autokennzeichen zu merken, wenn ein Freund und Nachbar tot neben einem auf dem Boden lag? Andererseits klang Kausikus Geschichte vom Ahnengedenken noch ein ganzes Stück unwahrscheinlicher. Clemencia würde die Farmarbeiter fragen, ob sie etwas von Hererogräbern auf der Farm wussten.

Sie stieß das Gartentor auf. Diese Bezeichnung hatte sich eingebürgert, obwohl auf dem Grundstück ihrer Familie von

Garten keine Rede sein konnte. Zu den Seiten hin war der eh schon kleine Vorplatz durch windschiefe Verschläge verknappt worden. Eigentlich beherbergten sie irgendwelche von Melvin angeschleppten Fahrradskelette und defekten Elektrogeräte, dienten aber oft monatelang auch als Gästeunterkünfte, wenn jemand aus der weiteren Verwandtschaft das Damaraland verlassen hatte, um in Windhoek sein Glück zu versuchen. An der Wand des rechten Schuppens lehnte die Bank, auf der Clemencias Vater seine Tage verdämmerte. Auf der festgetrampelten Erde davor wuchs kein Halm mehr, und hinter dem Haus sah es ähnlich aus. Die paar Quadratmeter, die nicht mit Schlafhütten für die Familienmitglieder zugebaut waren, wurden für Durchgänge, Wäscheleinen und eine windgeschützte Außenfeuerstelle genutzt.

Dort brannte jetzt ein dicht umlagertes Holzfeuer. Der Stromausfall erklärte, warum die Familie nicht wie sonst vor dem Fernseher saß und lautstark die tragischen Verwicklungen einer südafrikanischen Serie kommentierte. Er erklärte nicht, warum sie hier draußen in der Kälte saß und stritt.

«Fragen wir Clemencia», sagte Miki Matilda. «Die hat studiert und muss so etwas wissen.»

«Und ich weiß das vielleicht nicht?», fragte Miki Selma spitz. Zwischen den Tanten hockten Constancias Kinder Timothy und Jessica, und daneben saß im Schneidersitz Claus Tiedtke. Er hatte eine zerschlissene Wolldecke umhängen und eine Pudelmütze über die blonden Locken gezogen. Obwohl er alle anderen um mindestens einen Kopf überragte, sah er wie ein kleiner Junge aus. Clemencia lächelte.

«Was machst du denn hier?», fragte sie.

«Stockbrot», sagte Claus. Er wedelte mit einer alten Fahrradspeiche, die er wie die anderen ans Feuer hielt, und deutete einen Kuss in ihre Richtung an.

«Und Bratwürstchen», krähte Timothy.

«Eine alte deutsche Tradition», erklärte Jessica, als ob sie jedes einzelne ihrer vierzehn Lebensjahre damit zugebracht hätte, europäische Bräuche zu katalogisieren. Dabei konnte man wahrscheinlich an einer Hand abzählen, wie oft sie schon mit einem Weißen gesprochen hatte. Zumindest, bevor Claus hier zum Stammgast geworden war.

«Also gut, fragen wir Clemencia!», sagte Miki Selma.

«Setz dich doch zu mir!», sagte Claus.

«Hör zu!» Miki Selma räusperte sich. «Coca-Cola gefriert doch nicht, wenn es ein bisschen unter null Grad kalt wird?»

«Bis minus sieben, haben sie vorhergesagt», schaltete sich Miki Matilda ein.

«In Cola ist jede Menge Zucker drin. Zucker bewirkt doch, dass ...»

«Wir haben auch Coke Light. Und Coke Zero, da ist überhaupt kein Zucker drin.»

«Aber umso mehr künstliches Zeug, das genauso wirkt wie Zucker.»

«Ich würde das nicht riskieren. Was meinst du, Clemencia?», fragte Miki Matilda.

«Woher soll ich das wissen?»

«Hast du nun studiert oder nicht?»

«Kriminalistik», sagte Clemencia, «ich habe Kriminalistik studiert. Da geht es um ...»

«Und überhaupt», fiel Miki Selma ein, «selbst wenn Cola ein wenig gefrieren sollte, was ich nicht glaube, aber selbst wenn, dann auf keinen Fall so stark, dass gleich die Flaschen platzen würden. Plastikflaschen dehnen sich doch aus. Morgen in der Sonne würde das Zeug wieder auftauen, und wir könnten es verkaufen, solange es noch schön kühl ist. Wo liegt also das Problem?»

«Was für Flaschen?», fragte Clemencia.

Miki Selma deutete auf die Hauswand. Was da säuberlich aufgeschichtet war, hätte im Halbdunkel als ein Stapel Brennholz erscheinen können, doch es handelte sich um Halbliterflaschen. Dutzende, vielleicht Hunderte. Deutlich mehr jedenfalls, als sich jemand aus ihrer Familie leisten konnte.

«Kriminalistik», sagte Clemencia, «da geht es unter anderem um Diebstahl und Hehlerei. Von Hehlerei spricht man, wenn jemand gestohlenes Gut weiterverkauft.»

«Gestohlen? Das Zeug lag einfach so herum», sagte Miki Selma empört.

«Die Flaschen waren eine echte Gefahr für den Straßenverkehr.» Miki Matilda nickte heftig. Plötzlich war sie mit Miki Selma wieder ein Herz und eine Seele.

Clemencia wurde klar, woher ihre Beute stammte. «Ihr wart beim Soweto Market?»

«Nur, um ein paar Kräuter und Wurzeln zu kaufen», antwortete Miki Matilda, und Miki Selma sagte fast gleichzeitig: «An der Kreuzung dort hat es mächtig gescheppert. Ein Lastwagen ...»

«Ich weiß Bescheid», sagte Clemencia. Paragraphen zu zitieren oder gar an das moralische Empfinden der beiden zu appellieren, hätte gar nichts gebracht. Wenn überhaupt etwas half, dann die Angst vor Strafe. Ungeniert log Clemencia los: «Der Lastwagenfahrer hat Anzeige erstattet, die Fahndung läuft. Ihr habt aber eine Chance, ungeschoren davonzukommen, wenn ihr eure Beute wieder abliefert. Und zwar gleich morgen früh.»

«Wieso denn wir?» Miki Selmas Stimme stieg auf die Tonlage, die sie für himmelschreiendes Unrecht und die Diskussionen mit ihren Lieblingsfeindinnen aus dem Kirchenchor reserviert hatte. «Glaubst du, irgendjemand sonst gibt auch nur eine einzige Flasche zurück? Da hat sich doch jeder bedient, der vorbeikam. Und zwar mindestens so wie wir.»

«Na ja, vielleicht ein bisschen weniger», sagte Miki Matilda.

«Aber nur, weil sie nicht so schlau waren», sagte Miki Selma.

«Selma hat nämlich sofort das einzige freie Taxi, das an der Kreuzung stand, für den doppelten Preis angemietet. Was wir an Flaschen zu fassen bekamen, haben wir dann einfach in den Wagen geworfen», erklärte Miki Matilda.

«Ich habe auch mitgeholfen», rief Timothy und biss von einer Bratwurst ab. Zwischen seinen Beinen stand eine halbvolle Flasche Coke.

«Gleich morgen früh», wiederholte Clemencia. «Und was ihr schon getrunken habt, wird bezahlt.»

«Komm, sei doch nicht so!», schaltete sich Claus ein.

«Sei nicht wie?», fragte Clemencia. Es ging ihr nicht ums Prinzip. Und nur in zweiter Linie um die Rückgabe des Diebesguts. Dazu würde sie ihre Tanten wohl nicht einmal bewegen können, wenn sie eine Einheit Uniformierter mit Handschellen anrücken ließe. Die Alten würden sich nie mehr ändern, aber wenigstens die Kinder sollten vorgeführt bekommen, dass es auch andere Werte gab. Dass tatsächlich Leute in Katutura lebten, denen Recht und Unrecht etwas bedeuteten. Vielleicht ging es Clemencia doch ums Prinzip.

«Wegen der paar Flaschen macht Coca-Cola schon nicht Pleite», sagte Claus. Äußerlich sah er immer noch wie ein Weißer aus, doch die zwei Wochen, die er nun hier in der Nachbarschaft wohnte, hatten anscheinend ausgereicht, um die Denkweise der Township-Tsotsis auf ihn abfärben zu lassen. Oder sah Clemencia die Sache wirklich zu verbissen? Claus streckte ihr eine geröstete Scheibe Weißbrot entgegen. «Nimm! Das ist ehrlich gekauft.»

«Hoffentlich», sagte Clemencia und ließ sich neben ihm nieder. Sie wehrte sich nicht, als er die Decke auch um ihre

Schultern legte. Das geröstete Weißbrot war mit Knoblauch eingerieben und schmeckte vorzüglich. Erst jetzt spürte Clemencia, wie hungrig sie war. Auch zu einer Bratwurst sagte sie nicht nein.

Während sie aß, versuchte Claus, der spürbaren Missstimmung durch einen Themenwechsel entgegenzuwirken. Gestern habe er in der Mshasho Bar neue Freunde kennengelernt. Zwei junge Ovambos und einen, den es aus Südafrika hierher verschlagen hatte. Die hätten ihn den ganzen Abend zu einem Bier nach dem anderen eingeladen. Bis sie keinen Cent mehr in der Tasche hatten. Seine Proteste seien nutzlos verhallt. Jetzt sei er eben ihr Gast, hätten sie gesagt. Solange sie etwas hätten, würden sie es mit ihren Freunden teilen, und genauso würden es ihre Freunde mit ihnen halten. Ubuntu nenne man das, Freundlichkeit, gegenseitige Hilfe und Verpflichtung, Ubuntu eben. Das gäbe es bei den Weißen wohl nicht, oder?

«Und dann habe ich gefragt, was passiert, wenn keiner mehr etwas hat. Wisst ihr, was sie geantwortet haben?» Claus machte eine kleine Kunstpause und trumpfte dann auf: «Dann bleiben wir eben gemeinsam nüchtern, haben sie gesagt. Ist das nicht großartig?»

«Die Sauferei macht sie eh nur aggressiv», sagte Miki Matilda, die den Kern der Geschichte offensichtlich nicht kapiert hatte oder nicht kapieren wollte.

Claus gab sich so schnell nicht geschlagen. Er begann noch einmal auseinanderzusetzen, was Ubuntu bedeute und warum das Konzept seiner Meinung nach als Grundlage für ein harmonisches Miteinander aller Menschen, gleich welcher Völker und Rassen, dienen könne. Clemencia hörte nur mit halbem Ohr zu. Seit das Saufgelage in der Mshasho Bar erwähnt worden war, musste sie wieder an Melvin denken. Dass sich ihr Bruder abends irgendwo herumtrieb, war alles andere als ungewöhnlich, aber gerade heute hätte sie ihn gern hier gesehen.

Als Claus mal Atem holte, fragte sie dazwischen, ob jemand wisse, wo Melvin sei.

Ihre Schwester Constancia zuckte mit den Achseln.

«War er bei eurem Cola-Raubzug dabei?», fragte Clemencia.

Miki Matilda schüttelte stumm den Kopf.

«Wann habt ihr ihn denn zuletzt gesehen?»

«Gestern, glaube ich», sagte Constancia.

«Oder vorgestern», sagte Miki Matilda.

Anscheinend war er nach den Ereignissen auf Farm Steinland nicht mehr aufgetaucht. Seit der Schießerei, bei der es einen toten Farmer und auf der Gegenseite einen Schwerverletzten gegeben hatte. Einen noch namenlosen Kumpanen Tobias Kausikus. Clemencia zog die Wolldecke enger um ihre Schulter und fragte in die Runde: «Hat Melvin gesagt, was er vorhatte? War er mit Freunden zusammen, als er von hier aufbrach?»

Das Feuer knackte. Die anderen sahen Clemencia an, als wüssten sie nicht, was von diesem Ausbruch schwesterlichen Interesses zu halten sei. Niemand antwortete. Nur Miki Selma, die für ihre Verhältnisse nun schon eine Ewigkeit geschwiegen hatte, sagte: «Wenn Gott gewollt hätte, dass wir die Cola-Flaschen nicht mitnehmen und verkaufen sollten, dann hätte er sie gar nicht von dem Lastwagen stürzen lassen, oder?»

2

Bei ihrem Praktikum in Finnland hatte Clemencia gelernt, dass es praktisch unmöglich war, einen Menschen in einem Auto zu transportieren, ohne dabei Spuren zu hinterlassen. So sorgfältig konnte man hinterher gar nicht saubermachen, dass jedes Haar, jede Hautpartikel, jede mikroskopisch kleine Stofffaser restlos beseitigt wäre. Und klinisch rein sah es im Innern von Kausikus Ford Escort sowieso nicht aus.

Andererseits wusste Clemencia natürlich, dass die Männer der Windhoeker Scenes of Crime Unit weder die Ausbildung noch die technischen Möglichkeiten hatten, um solche Mikrospuren nach den Regeln der Kunst zu sichern oder gar auszuwerten. DNA-Proben zum Beispiel konnten nur in Südafrika untersucht werden. Bis das Ergebnis vorlag, dauerte es mindestens zehn Tage, meistens deutlich länger. Dazu kamen die nicht unerheblichen Kosten. Wenn Clemencia etwa die Blutflecken auf dem Rücksitz des Escort analysieren lassen wollte, würde ihr Chef das mit der Begründung ablehnen, eine solche Analyse mache nur Sinn, wenn man die Ergebnisse abgleichen könne. Dazu müsse sie den verletzten Mittäter Kausikus erst einmal haben. Kriegte sie ihn nicht, wäre sowieso alles umsonst. Und wenn sie ihn kriegte, würde er bei einem geschickten Verhör doch wohl zugeben, im Wagen gesessen zu haben. Also brauchte man die namibische Staatskasse nicht unnötig zu belasten.

Doch die Blutspuren interessierten Clemencia sowieso

nicht. Sie hätte nur gern gewusst, wer sie belogen hatte, die Farmer oder Tobias Kausiku. Deswegen hatte sie den Escort noch am Vorabend auf den Polizeiparkplatz hinter dem Präsidium schleppen lassen, deswegen war sie am Morgen persönlich bei den Scenes of Crime Leuten erschienen und hatte so lange genervt, bis sie einer sofortigen Untersuchung zugestimmt hatten. Ein einziges hellblondes Haar wäre Clemencia Indiz genug. Dann müsste Kausiku erst einmal erklären, wen er denn da in der Gegend herumgefahren hatte, wenn nicht den jungen Rodenstein.

«Und auf der Rückbank war auch nichts?», fragte Clemencia.

«Eine 5-Cent-Münze, Zigarettenasche, eine Camel-Kippe, Kronenkorken und jede Menge Sand und Dreck.»

«Kein Haar, kein Stofffetzen?»

«Nein», sagte der Spurensicherungsmann.

«Dann sucht noch einmal auf dem Beifahrersitz!» Clemencia hatte nicht daran gedacht, die Zeugen zu fragen, ob man Thomas Rodenstein vorn oder hinten in den Wagen gezwungen hatte. Wahrscheinlich nicht direkt neben den Verletzten. Vorn konnte man Rodenstein auch leichter mit dem Gewehr in Schach halten.

«Da war nichts.» Der Spurensicherungsmann schlug demonstrativ die Beifahrertür zu. Die aufgesprengte Motorhaube wippte nach unten und schlug gegen das Chassis des Escort.

Gut, dann gab es eben kein Indiz dafür, dass Thomas Rodenstein mit diesem Wagen entführt worden war. Ausschließen konnte Clemencia es aber auch nicht. Dazu traute sie der Spurensicherung einfach zu wenig. Sie rief im Büro an und erreichte Robinson. Er versicherte ihr, dass die Suche nach dem Verschwundenen auf vollen Touren lief. Bisher hätten sie allerdings erst einen Hinweis erhalten, und der habe sich als falsch herausgestellt. Ein weißer Tourist, der sich nach Katutura gewagt hatte, war nach Verlassen des Soweto Market zusammengeschlagen und ausgeraubt worden. Sein Ausweis war weg, er selbst hatte unter Schock seinen Namen nicht mehr herausgebracht, und so waren die Polizisten, die ihn aufgelesen hatten, nicht sicher gewesen, ob es sich bei ihm vielleicht um Rodenstein handelte. Er sei es aber nicht gewesen, und überhaupt habe die Sache nichts mit ihrem Fall zu tun. Ein ganz normaler Überfall, nichts weiter.

Am Telefon verteilte Clemencia die Aufgaben für ihre Leute. Die Krankenhäuser waren wegen des angeschossenen Täters abzuklappern, die Ergebnisse der gerichtsmedizinischen Untersuchung sollten angemahnt werden. Clemencia selbst wollte noch einmal Farm Steinland besuchen. Da sie von Robinsons Fahrkünsten genug hatte, ließ sie sich an Inspector Tjikundu weiterverbinden. Der solle sich einen Wagen besorgen und sie abholen.

Gut zwei Stunden später kamen Tjikundu und Clemencia am Farmhaus der Rodensteins an. Der Wind hatte sich gelegt, sodass heute kein aufgewirbelter Staub die Luft trübte. Die Berge schienen zum Greifen nah, ihre Umrisse wirkten wie aus dem blauen Himmel ausgestochen. In der Sonne war es warm, fast zu warm, doch sobald man in den Schatten trat, spürte man, dass die winterliche Kälte sich nur vorübergehend zurückgezogen hatte und es kaum erwarten konnte, wieder aus ihren Schlupfwinkeln zu kriechen.

Die Verandatür stand offen. In der Küche wusch das Hausmädchen das Mittagsgeschirr. Clemencia fragte die Frau, ob es irgendwo hier in der Gegend Hereroräber gebe. Sie war eine Damara, wusste davon nichts, hielt es aber für unwahrscheinlich, denn ... Sie zögerte. Erst nach längerem Bohren bekam Clemencia heraus, dass die Frau ihren vor elf Jahren verstorbenen Vater eigentlich auf der Farm bestattet haben wollte. Schließlich habe er fast sein ganzes Leben lang hier gearbeitet. Meneer Rodenstein habe das damals aber abgelehnt. Sonst könne man darauf warten, bis irgendwann einmal ein Nachkomme auftauche und das Grab als Beleg dafür anführe, dass es sich bei Farm Steinland um das traditionelle Land eines Damara-Familienclans handle. Bis zur Einforderung eines Wohnrechts oder gar der Übereignung von Grund und Boden sei es dann nicht mehr weit. Solche Schwierigkeiten wolle er gar nicht erst entstehen lassen.

«Meinen Vater haben wir dann bei Khorixas begraben, wo mein Bruder lebt.» Die Frau nahm einen Teller aus dem Spülwasser und wischte mit einer langsamen, kreisförmigen Bewegung darauf herum.

«Solange du lebst, darfst du für sie arbeiten, und dann verweigern sie dir ein Grab?», fragte Tjikundu.

«Nein, nein, die Rodensteins sind gute Menschen. Auch als mein Vater nicht mehr arbeiten konnte, durfte er hier bleiben und bekam zu essen. Nur als er starb ...»

«Trotzdem», sagte Tjikundu.

«Ich hätte es nicht erzählen sollen», sagte die Frau. Sie legte den Teller zum Abtropfen hin und wies durchs Küchenfenster. «Mevrou Rodenstein ist draußen im Garten.»

Frau Rodenstein trug Arbeitskleidung und kudulederne Veldschuhe. Sie war gerade dabei, irgendwelche kahlen Büsche zurückzuschneiden. Als sie Clemencia und Tjikundu bemerkte, ließ sie die Gartenschere sinken und sagte: «Man muss das im Winter machen. Bevor die Zweige wieder Saft bekommen.»

«Alles zu seiner Zeit», sagte Clemencia. Der Winter war noch lange nicht vorbei. Aber selbst wenn durch ein Wunder morgen alles zu sprießen und zu blühen begänne, gab es für Frau Rodenstein jetzt nichts Wichtigeres als den Garten?

Als hätte sie Clemencias Gedanken erraten, sagte sie: «Es nützt niemandem, wenn man die Arbeit schleifenlässt. Ganz im Gegenteil, ich denke, ich bin es meiner Familie schuldig, dass der Betrieb läuft. Es ist unser Zuhause hier.»

Sie schnitt einen dürren Ast ab, fügte hinzu: «Noch.»

«Sie wollen wegziehen?»

«Wollen?» Frau Rodenstein lachte bitter. «Die Regierung hat uns eine Verkaufsaufforderung zugestellt. Im Zuge der Landreform ist unsere Farm dazu auserkoren worden, in den Besitz ehemalig Benachteiligter überzugehen. Weil sie dafür so geeignet sei, war die Begründung. Geeignet ist alles, was Weißen gehört und einigermaßen floriert. Wir sind auch nicht die Einzigen hier in der Gegend, die enteignet werden sollen.»

«Aber Sie werden doch entschädigt?», fragte Tjikundu.

«Wenn Sie mit Entschädigung meinen, dass uns ein paar Dollar pro Quadratmeter bezahlt werden sollen, dann ja. Aber was bekommen wir für den Schweiß, in dem die Farm aufgebaut wurde? Was ist mit all dem, was wir in diesem Garten gepflanzt und hochgepäppelt haben? Mit den Sonnenuntergängen, die wir nicht mehr von der Veranda aus werden beobachten können? Was mit den Freuden und Leiden von Generationen? Mit den Erinnerungen, die uns hier auf Schritt und Tritt begleiten?»

Und was war mit den Leuten, die hier auch lebten und arbeiteten, aber damit nicht einmal ein Anrecht auf ein Grab erwerben konnten? Clemencia wusste, dass Tjikundu diese Frage auf der Zunge lag. Sie berührte ihn leicht am Arm. Nein, nicht jetzt. Schließlich waren sie nicht hergekommen, um über die Landreform zu diskutieren, sondern um in einem Kriminalfall zu ermitteln. Clemencia sagte, dass sie leider noch keine Spur von Thomas Rodenstein hätten. Aber es gebe Fortschritte. Sie zeigte das Foto vor, das bei der erkennungsdienstlichen Behandlung von Tobias Kausiku gemacht worden war. «Haben Sie den Mann schon mal gesehen?»

Frau Rodenstein legte die Schere auf den Boden. Sie ergriff das Bild mit beiden Händen und studierte es genau. Dann sagte sie: «Ja, das ist einer der drei.»

«Welcher?» Clemencia hatte schon Weiße erlebt, für die ein schwarzes Gesicht wie das andere aussah. Sie wollte gern wissen, ob Frau Rodenstein zu ihnen gehörte. Davon hing jede Menge ab.

«Welcher? Was meinen Sie?»

«Der Angeschossene, der Fahrer des Fluchtwagens oder vielleicht der, der Ihren Sohn mit dem Gewehr bedroht hat?», präzisierte Clemencia.

«Der Angeschossene nicht.»

«Und von den anderen beiden?»

«Ich weiß nicht. Als sie dann alle ins Auto stiegen ...» Frau Rodenstein schüttelte den Kopf. «Ich habe nur auf meinen Sohn geachtet. Das werden Sie doch verstehen, oder?»

«Natürlich», sagte Clemencia. «Und wo musste Ihr Sohn einsteigen?»

«Wieso ist das denn wichtig?»

«Vorn oder hinten?», fragte Clemencia.

Frau Rodenstein schloss für ein paar Sekunden die Augen, als könne sie sich nur so die Szene wieder vergegenwärtigen. Dann sagte sie. «Vorn. Auf dem Beifahrersitz.»

Es klang bestimmt, aber es war natürlich auch die wahrscheinlichere Variante. Clemencia war sich nicht sicher, wie weit sie Frau Rodensteins Erinnerungen trauen konnte. Dennoch musste sie jetzt zum Punkt kommen. Es half nichts, die Frage, die sie seit fast vierundzwanzig Stunden beschäftigte, noch länger offen zu lassen. Was befürchtete sie denn? Ihr würde doch ein Stein vom Herzen fallen, wenn Frau Rodenstein bestätigte, dass Melvin nicht unter den Tätern gewesen war. Dann wäre dieses hässliche, nagende Gefühl endlich vorbei.

Jetzt war der richtige Moment, nur Tjikundu musste aus dem Weg. Der brauchte nicht zu erfahren, welchen irrwitzigen Verdacht Clemencia gegen ihren Bruder gehegt hatte. Sie fragte Frau Rodenstein, ob sie das Telefon benutzen durften, nahm Tjikundu zur Seite und trug ihm auf, die Nachbarfarmer herkommen zu lassen. Frau Rodensteins Angaben müssten überprüft werden. Er solle am Telefon aber nicht mitteilen, worum es sich handele, damit sich die Farmer nicht absprechen könnten.

Tjikundu trollte sich ins Farmhaus. Frau Rodenstein sah Clemencia erwartungsvoll entgegen. «Der Kerl auf dem Foto, den haben Sie festgenommen, oder?»

«Ja, aber er sagt, er und seine Leute hätten weder geschossen noch jemanden entführt.»

Frau Rodenstein machte eine wegwerfende Handbewegung. «Was erwarten Sie? Dass er um Lebenslänglich bettelt?»

«Über seine Komplizen schweigt er», sagte Clemencia. Sie zog das zweite Foto heraus. Das ihres Bruders Melvin. Es war vor ein paar Jahren aufgenommen worden, bei der Hochzeit einer Kusine im Damaraland. Melvin lachte darauf und streckte der Kamera Zeige- und Mittelfinger zum Victory-Zeichen entgegen. Er sah ein wenig jünger aus als jetzt, aber ein neueres Bild hatte Clemencia zu Hause nicht finden können. Sie sagte: «Das Foto wurde bei dem Festgenommenen beschlagnahmt. Wir haben aber keine Anhaltspunkte, dass dieser Mann auch beteiligt war. Es könnte irgendwer sein. Sehen Sie ihn sich also bitte sehr genau an!»

Clemencia gab das Foto diesmal nicht aus der Hand. Frau Rodenstein ließ sich wieder Zeit. Warum dauerte das so lange? Man sah doch auf einen Blick, dass ... Endlich nickte Frau Rodenstein. Sie sagte: «Das ist der Zweite.»

Ihre Lippen waren schmal und farblos. Tiefe Falten hatten sich in ihr Gesicht gegraben. Die Augen wirkten müde, ihr Ausdruck falsch. Frau Rodenstein war eine alte, verbitterte Frau, die nicht wusste, was sie sagte.

«Wenn Sie jemanden zu Unrecht beschuldigen ...» Clemencia brach ab.

«Den hier hat Schroeder angeschossen. Es ist der, der meinen Mann ermordet hat.»

Das war nicht möglich! Nicht Melvin! Die Frau log, sie musste lügen. Von Anfang an hatte sie gelogen. Sie hatte wahrscheinlich schon Kausiku nicht erkannt, hatte nur kalkuliert, dass Clemencia keinen Grund hatte, sie bewusst zu täuschen. Also musste das Foto jemanden zeigen, der zumindest begründet in Verdacht stand, an dem Überfall beteiligt gewesen zu sein. Und das genügte Frau Rodenstein. Rache war ihr wichtig, nichts sonst. Die Täter sollten bezahlen müssen, und das durfte nicht daran scheitern, dass sie keinen von ihnen zweifelsfrei identifizieren konnte. Sie hätte immer ja gesagt, selbst wenn ihr ein Bild von Sam Nujoma vorgelegen hätte. Oder von sonst wem, solange er nur schwarz war. Nein, sie hatte niemanden erkannt, schon gar nicht Melvin.

«Den haben Sie noch nicht gefasst?», fragte Frau Rodenstein.

«Nein.» Clemencia bemühte sich, ihrer Stimme nichts anmerken zu lassen. Sie glaubte nicht, dass es ihr gelang.

«Wissen Sie», sagte Frau Rodenstein, «ich fand es gut, dass Namibia nach der Unabhängigkeit die Todesstrafe abgeschafft hat. Für mich zeigte es, dass wir eine zivilisierte Gesellschaft schaffen wollten. An Abschreckung glaube ich nicht, und es bringt ja auch keinen zurück, wenn man seinen Mörder aufhängt. Aber als ich meinen Mann dort im Veld liegen sah, den halben Schädel weggeschossen ...»

Clemencia dachte an ihren Bruder. Sie sah Melvin vor sich, wie er Timothy und Jessica ein paar einfache Selbstverteidigungstechniken beibrachte, die sie seiner Meinung nach in Katutura brauchen würden. Beharrlich übte er mit den Kindern die Tritte, bis sie in Fleisch und Blut übergingen. Dann ließ er die beiden Kleinen schreien. Nein, nicht wie in einem Spiel, wenn man sich zu sehr ereiferte, sondern richtig. Mit allem, was die Lungen hergaben. So, dass jeder sofort begriff, dass es ernst war. So, dass den Verbrechern die Ohren abfielen. So, dass er, Melvin, das Gebrüll auch im entferntesten Winkel von Katutura hören würde, um den Kindern augenblicklich zu Hilfe zu eilen und die Bösewichte ordentlich zu vermöbeln. Timothy und Jessica hatten an seinen Lippen gehangen. Sie fanden es gut, dass Tante Clemencia bei der Kriminalpolizei arbeitete, aber wenn es hart auf hart ging, würden sie sich eher auf Onkel Melvin verlassen.

«... als Gregor da so lag und ich ihn kaum erkannte, als mir durch den Kopf ging, dass das nur noch ein Klumpen Fleisch und Knochen war und nichts mit dem Mann zu tun hatte, den ich geliebt hatte, da dachte ich mir ...»

Oder die ruhigen, unspektakulären Momente. Wie Melvin in seinem gelbgrünen Lieblings-T-Shirt auf dem Erdboden saß und ein altes Radio zerlegte. Sorgfältig reihte er die Einzelteile auf der Bank vor dem Schuppen auf. Dabei summte er selbstvergessen vor sich hin. Kein Lied, das Clemencia kannte, wahrscheinlich überhaupt kein existierendes Lied, sondern eine im Moment erfundene Melodie. Clemencia war es immer so vorgekommen, als versuche Melvin, die Schrottradios mit seinem Gesumme irgendwie zu beschwören. Sie auf diese Weise erneut zu Tönen zu verleiten und zum Klingen zu bringen. Manchmal gelang ihm die Reparatur sogar.

«... was Menschen einander antun können, ist so ungeheuerlich, dachte ich mir da in der Nacht, dass der Gott dort oben augenblicklich die Welt anhalten müsste. Den Mond und die Sterne sollte er vom Himmel stürzen und der Sonne verbieten, jemals wieder aufzugehen.»

«Frau Rodenstein, ich verstehe ja, dass Sie ...», sagte Clemencia.

«Gehen Sie jetzt!», sagte Frau Rodenstein. Sie bückte sich und hob die Gartenschere auf. Dann wandte sie sich wieder dem kahlen Strauch zu. Mit viel zu viel Kraft drückte sie die Schere zusammen. Der abgeschnittene Zweig sprang Clemencia vor die Füße. Ohne ihre Arbeit zu unterbrechen, sagte Frau Rodenstein noch einmal: «Gehen Sie mir aus den Augen!»

Clemencia drehte sich wortlos um. Sie ließ die Veranda links liegen, folgte dem Trampelpfad ins Veld hinaus. Ihr kleiner Bruder sollte jemanden umgebracht haben? Einem Menschen aus ein paar Zentimetern Entfernung in den Kopf geschossen haben? Clemencia wurde schneller, begann zu laufen. Vielleicht half das. Als sie endlich innehielt, lag das Farmhaus in einigen hundert Metern Entfernung. Clemencia befand sich neben einem runden Wassertank, aus dem eine Leitung in eine großzügig umzäunte Betonröhre führte. Das Gatter zu einem der anliegenden Kamps stand offen. Die Rinder, die sich an der Tränke versammelt hatten, glotzten Clemencia misstrauisch an.

Dort drüben hatte der Tote gelegen, bei der Pumpe mit dem Sonnenkollektor. Das Gestänge war solide. Mit ein wenig Geschick konnte man leicht daran hochklettern. Von oben blickte Clemencia über den Wassertank hinweg in die Einöde. Dornen, Steine, Sand, so weit das Auge reichte. Seltsam, dachte sie, dass einem auch Leere und Weite die Kehle zuschnüren, dass sie sich um die Brust legen können wie ein stählernes Band. Überraschenderweise vermochte sie dennoch zu atmen. Es tat weh, aber es ging. Und auch das Denken kam langsam wieder in Gang. Sie musste einfach logisch an die Sache herangehen. Unwiderruflich fest stand nur eines: Melvin war kein Mörder. Also log Frau Rodenstein. Also musste man ihr die Lügen nachweisen. Eine nach der anderen, bis auch dem Übelmeinendsten klar wurde, was sowieso feststand: Melvin war kein Mörder.

Clemencia untersuchte das Sonnenpaneel. Zwei der Schrauben, die es halten sollten, fehlten, eine dritte war etwa zu einem Drittel herausgedreht. Man hätte tatsächlich glauben können, jemand wäre überrascht worden, als er den Kollektor abmontieren wollte. Das war nicht das, was Clemencia zu finden hoffte, doch als Beweis für die Täterschaft Kausikus und seiner Freunde ließ sie es keinesfalls gelten. Wer log wie Frau Rodenstein, konnte durchaus daran gedacht haben, den Tatort so zu präparieren, dass die eigene Version der Geschehnisse dadurch gestützt wurde.

Clemencia kletterte das Gestänge hinab und maß die Entfernung bis zum Fundort der Leiche ab. Keine fünf Meter! Das war für ihre Zwecke schon eher interessant. So nahe an der Pumpe sollte Gregor Rodenstein von einem der Tsotsis entdeckt, hier sollte er in ein Handgemenge geraten und erschossen worden sein? Wieso sollte er sich eigentlich so weit vorgewagt haben? In einer hellen Mondnacht wäre das Anschleichen selbst einem San kaum unbemerkt gelungen, geschweige denn einem weißen Farmer. Und es war völlig unnötig. Rodenstein hatte doch ein Gewehr, er hätte die Diebe aus sicherer Entfernung stellen können. Wenn es überhaupt Diebe gegeben hatte und nicht bloß ein paar Leute aus Katutura, die nach Ahnengräbern suchten.

Nicht wegdiskutieren ließ sich allerdings die Leiche. Kausiku und seine Freunde waren in der Nacht hier gewesen, es war geschossen worden, und Gregor Rodenstein hatte tot im Sand gelegen. Wenn es Melvin nicht getan hatte, wer dann? Konnte einer der Nachbarn Grund gehabt haben, Rodenstein zu beseitigen? Manchmal reichte ja eine Kleinigkeit. In einer Shebeen in Katutura hatte kürzlich einer drei Menschen erschossen und drei weitere verletzt, weil sein Handy verschwunden war und sich die Kneipenbesucher weigerten, ihre Kleider auszuziehen, die er kontrollieren wollte. Wieso sollte ein weißer Farmer nicht auch einmal ausrasten? Die Motive konnten unscheinbar wirken, jahrelange Dispute um Grenzzäune, eine nie vergessene Beleidigung, das Gefühl, bei irgendwelchen Geschäften betrogen worden zu sein – wer wusste schon, was da manchem unbeherrschbar in der Seele brannte? Als man dann gemeinsam die Tsotsis jagte und die Schießerei begann, war die Gelegenheit gekommen. Wer morden wollte, hätte nur das Gewehr um ein paar Grad drehen, Rodenstein ins Visier nehmen und abdrücken müssen. In der Nacht hätte keiner ...

Unsinn! Clemencia wollte dem Gerichtsmediziner nicht vorgreifen, aber es hatte ganz so ausgesehen, als sei der tödliche Schuss aus nächster Nähe gefallen. Das passte nicht zu einem angeblichen Querschläger. Und die Vorstellung, einer der Nachbarn hätte Rodenstein die Gewehrmündung an die Schläfe gesetzt, war lachhaft. Die anderen Farmer hätten das doch sehen müssen! Frau Rodenstein war ebenfalls dabei gewesen. Dass sie den Mörder ihres Mannes deckte, traute Clemencia selbst ihr nicht zu.

Auf der Farmpad zum Haus sah Clemencia in der Ferne einen weißen Bakkie kommen, der eine Staubwolke hinter sich herzog. Das musste einer der Nachbarfarmer sein. Clemencia ließ sich dennoch Zeit. Sie setzte sich an die Pumpe, blickte in den Himmel und, als ihr das schrille Blau in den Augen schmerzte, auf den Sand neben sich. Er war nicht glatt, sondern voller Wellen und Kuhlen, als wolle er an ein längst ausgetrocknetes Meer erinnern. Spuren, die nichts bedeuteten.

Eine Fliege umschwirrte Clemencias Kopf, versuchte nervös summend, in ihr Ohr einzudringen. Eine matte Handbewegung verscheuchte sie, aber ein paar Momente später war sie wieder da. Clemencia wischte nach ihr, wieder und wieder, versuchte aber nicht, sie zu fangen oder zu erschlagen. Das wollen wir doch sehen, dachte sie, wer den längeren Atem hat, eine Fliege oder ich. Clemencia gewann. Irgendwann war die Fliege verschwunden, vielleicht zu den Kühen an die Tränke hinüber. Langsam machte sich Clemencia auf den Rückweg.

Als sie das Farmhaus erreichte, hatte sie sich wieder im Griff. Sie war nicht weniger überzeugt, dass Melvin niemanden umgebracht hatte, fühlte sich aber ruhiger. Kälter, entschlossener. Sie würde professionell bleiben, würde herausfinden, was sich vorletzte Nacht wirklich zugetragen und wer aus welchen Gründen gelogen hatte. Wegen ihres Bruders brauchte sie sich nicht verrückt zu machen. Es genügte, der Wahrheit auf die Spur zu kommen. Dann wäre Melvin ganz von selbst entlastet.

Auf der Veranda war eine Diskussion über die bevorstehenden Farmenteignungen im Gange. Wahrscheinlich hatte Tjikundu sie losgetreten. Er war SWAPO-Mitglied, und wenn auch in der Partei nicht sonderlich aktiv, so doch der festen Überzeugung, dass es langsam an der Zeit wäre, die Plätze an den Fleischtöpfen neu zu verteilen. Wozu hatte man denn die Unabhängigkeit verlustreich erkämpft, wozu zwanzig Jahre lang jede Wahl gewonnen, wenn sich doch nichts änderte? Wenn die Reichen reich blieben und die Armen arm?

«Sie brauchen doch nicht glauben, dass nur ein einziger unserer Arbeiter für die Enteignungen wäre», sagte Schroeder, der schon bei Clemencias erstem Besuch das Wort geführt hatte. «Die wissen doch genau, was ihnen dann blüht. Sie müssen verschwinden, verlieren ihre Lebensgrundlage, egal ob unsere Farmen an irgendwelche Fat Cats aus der Regierung und ihre Familienclans verhökert werden oder ob sie unter viel zu vielen Besitzlosen aus den Townships aufgeteilt werden.»

«So viele, dass das Land sie niemals ernähren kann», schaltete sich Haseney ein. «Schon gar nicht, wenn man keine Ahnung von Viehwirtschaft hat. Die wissen nicht, wann man kauft und verkauft, dass man impfen muss, dass sich die Wasserstellen nicht von selbst instand halten und dass man die Kamps alle zwei Wochen wechselt, um nicht zu überweiden. Die schlachten sogar ihre Zuchtbullen, wenn sie nichts mehr zu beißen haben.»

«Sie könnten es lernen», sagte Tjikundu mit einem bissigen Unterton, der klarmachte, was er meinte: Die sind auch nicht dümmer als ihr Weißen.

Schroeder lachte.

Tjikundu sagte: «Aber darum geht es ja gar nicht. Sie und Ihre Kollegen würden die Farmen doch auch nicht hergeben wollen, wenn man garantieren könnte, dass die Neufarmer erfolgreich wären. Oder?»

«Sie sind aber nicht erfolgreich, waren es bisher nie», sagte Schroeder. «In kürzester Zeit richten die eine Farm und die Arbeit von Generationen zugrunde. Dann soll ihnen die Regierung helfen und helfen und noch einmal helfen. Etwas anderes bleibt ja auch kaum, wenn man sie nicht verhungern lassen will.»

Tjikundu blickte kurz zu Clemencia her. Sie nickte ihm zu. Ja, jetzt sollte er ruhig eine Schippe drauflegen. Es konnte nicht schaden, die Farmer ein wenig zu provozieren. Hatten sie etwas zu verbergen, würde ihnen so leichter ein Fehler unterlaufen. Tjikundu sagte: «Vielleicht müssten die Neufarmer genauso hungern wie jetzt in Katutura, aber Essen ist nicht alles. Zumindest hätten sie einen Platz, an den sie gehören und der ihnen gehört. Sie hätten ein Stück Land, auf dem sie ihre Toten bestatten dürfen.»

«Die Farm Steinland gehört den Rodensteins», zischte Schroeder, «und meine Farm gehört mir. Dass das so bleibt, dafür werden wir kämpfen. Wir gehen vors Gericht, durch alle Instanzen.»

«Das ist Ihr gutes Recht», sagte Clemencia.

«Von diesen Überfällen lassen wir uns nicht einschüchtern!» Schroeder war laut geworden. Er sprang auf, schöpfte sich aus dem Tonkrug an der Verandabrüstung einen Becher Wasser und stürzte es die Kehle hinab.

«Was ist denn alles passiert?»

Schroeder winkte ab, doch die anderen Farmer berichteten. Sachlich und dürr, wie um zu versichern, dass sie mit Schwierigkeiten umzugehen wussten. Dennoch waren ihre Emotionen durchzuspüren. Bei Haseney waren innerhalb weniger Tage zweimal Rinder abgeschlachtet worden, das erste Mal drei, dann gleich vierzehn. Viel zu viele, um sie alle zerlegen und abtransportieren zu können. Ein paar waren einfach liegen geblieben, vom Rest nur die besten Stücke herausgeschnitten worden. Jedes einzelne Tier bedeutete einen Verlust von ungefähr siebentausend Dollar.

Auf der östlich angrenzenden Jagdfarm war mit Drahtschlingen gewildert worden. Kudus, Springböcke, ein prächtiger Rappenantilopenbulle, der nach wer weiß wie langem Todeskampf weitgehend von den Schakalen gefressen worden war, also schon Tage in der Schlinge gehangen hatte, als man ihn fand. Bei den Campsites, die Müller in den Bergen eingerichtet hatte, waren die Armaturen aus den Sanitäranlagen buchstäblich herausgerissen worden. Außerdem war der Generator weg. Auf Farm Hildesheim hatten die Täter jede Menge Werkzeug gestohlen, nachdem sie einen Schuppen aufgebrochen hatten. Bei Schroeder waren die Zäune zerschnitten worden und zehn Rinder spurlos verschwunden. Doch nirgends war mehr passiert als auf Farm Steinland. Der Angriff, der jetzt so blutig geendet hatte, war der fünfte in den letzten paar Monaten gewesen.

Die Polizisten der Wache in Kamanjab waren mal angerückt, mal nicht. Bei Haseney hatten sie die Fußspuren bis zu der Stelle an der Pad verfolgt, wo offensichtlich ein Wagen gestanden hatte. Sonst erschöpften sich die polizeilichen Aktivitäten meist darin, umständliche Protokolle aufzunehmen. Keiner der Verbrecher war je gefasst worden.

«Früher kam gelegentlich auch etwas vor», sagte Müller, «aber nun ist es unerträglich. Und oft so sinnlos. Als ob es nur darum ginge, möglichst großen Schaden zu verursachen.»

«An Zufall glaubt von uns keiner mehr», sagte Haseney.

«Die wollen, dass wir die Lust an der Farmerei verlieren», sagte Schroeder. «Oder dass wir aufgeben müssen, weil sich das Ganze nicht mehr rechnet.»

«Die?», fragte Clemencia. «Wer sind die?»

Schroeder tauchte den Holzschöpfer noch einmal in den Krug, füllte den Becher sorgfältig, ließ ihn aber auf der Brüstung stehen. Er sagte: «Erstens: Das Ministry for Resettlement will unsere Farmen enteignen, aber wir wehren uns mit allen juristischen Mitteln. Zweitens: Zur selben Zeit gibt sich eine Bande von Gangstern alle erdenkliche Mühe, uns die Farmerei zu vermiesen. Jetzt zählen Sie das mal zusammen!»

«Sie glauben, dass das Ministerium hinter den Überfällen steckt?», fragte Tjikundu empört.

«Und wenn ich es glauben würde, würden Sie dann mich verhaften statt der Verbrecher, die uns fertigmachen wollen?»

Aus Schroeders verbittertem Spott hörte Clemencia eine gehörige Portion Verzweiflung heraus. In so einem Zustand fanden Verschwörungstheorien leicht Nahrung. Da überwucherten die selbsterschaffenen Hirngespinste alles, was nicht ins Bild passte. Bei aller gebotenen Unparteilichkeit war das ein Grund mehr, den Farmern nachher kritisch auf den Zahn zu fühlen.

«Er behauptet gar nichts», lenkte Haseney ein. «Verstehen Sie denn nicht, dass es für uns so aussehen muss, als ob ...»

«Als ob was?», fragte Tjikundu scharf.

Haseney kniff die Lippen zusammen. Schroeder zischte: «Aber diesmal sind sie zu weit gegangen. Als ich Gregor tot da draußen liegen sah, habe ich mir geschworen, dass beim nächsten Mal zuerst geschossen und dann gefragt wird.»

«Herr Schroeder ...», sagte Clemencia.

«Vielleicht bringen die mich auch um, mag sein, aber ich werde so viele von denen mitnehmen wie möglich. Aufgegeben wird jedenfalls nicht. Unser Land kriegen sie nur über unsere Leichen.» Schroeder trat an den Verandatisch, stützte die Arme auf und blickte in die Runde. Haseney nickte, Müller nickte, alle nickten.

Clemencia begriff, dass sie keine leeren Sprüche machten. Sollte sich jemand mit schwarzer Hautfarbe zufällig auf ihren Grund und Boden verirren, sollte dabei auch nur das Geringste schieflaufen, konnte leicht noch mehr Blut fließen. Und doch wirkte die Wagenburgmentalität der Farmer auch ein klein wenig lächerlich. Namibia hatte genug Probleme, sicher, aber der Bürgerkrieg war seit mehr als zwanzig Jahren vorüber. Und mit ihm die Zeiten, in denen die einen Terroristen nannten, was für die anderen Freiheitskämpfer waren. Nach der Machtübernahme der SWAPO waren die Weißen nicht abgeschlachtet und nicht vertrieben worden. Gerade die Deutschstämmigen waren immer noch die wohlhabendste Gruppe im Land. Mit Zimbabwe konnte man Namibia wahrlich nicht vergleichen. Hier funktionierte der Rechtsstaat leidlich, das Obergericht hatte schon einige von der Regierung beschlossene Enteignungen gekippt. Es gab keinen Grund, sich in einer Die-oder-wir-Haltung zu verschanzen. Um Leben und Tod ging es schon gar nicht.

Was Gregor Rodensteins Ermordung anbelangte, nun, das hatte Clemencia zu klären. Sie würde es zumindest versuchen. Und sich dabei streng an die Fakten halten. Sie sagte: «Ich würde Sie gern noch einmal einvernehmen. Einzeln. Vielleicht kann ich mit Ihnen anfangen, Herr Schroeder?»

Zwei Stunden später, auf der Rückfahrt nach Windhoek, besprach sie mit Tjikundu die Ergebnisse. Tobias Kausiku war von allen vier Farmern als einer der Täter identifiziert worden. Bis auf Haseney, der das nicht beschwören wollte, glaubten sie in Kausiku auch den Fahrer des Fluchtwagens erkannt zu haben. Viel weniger sicher waren sie seltsamerweise in Bezug auf den Entführten. Nur Schroeder bestätigte, dass Thomas Rodenstein auf den Beifahrersitz gezwungen wurde. Die anderen wollten sich nicht festlegen. Einer behauptete, sich in einer ungünstigen Sichtposition befunden zu haben, der zweite hatte sich just in dem Moment zu dem Toten am Boden hinabgebeugt, und Haseney sagte, er könne sich überhaupt nur bruchstückhaft an das Geschehen erinnern. Manche Bilder stünden überdeutlich vor seinen Augen, und anderes sei völlig weggewischt.

«Das stinkt gewaltig», sagte Tjikundu. Er zockelte hinter einem Lastwagen her, obwohl die Neubaustrecke vor Okahandja ein Überholmanöver locker erlaubt hätte.

«Ob Kausiku doch die Wahrheit gesagt hat?», fragte Clemencia.

«Dann ist der junge Rodenstein gar nicht entführt worden.»

Aber wieso sollten die Farmer so eine Geschichte erfinden? Und warum war Thomas Rodenstein dann verschwunden? Clemencia dachte an ihren Bruder Melvin und sagte: «Wir sollten nicht vorschnell urteilen. Augenzeugen sind unzuverlässig. Gerade in so einer Extremsituation weiß man nie, was sie wirklich gesehen, was sie sich eingebildet und was sie verpasst haben.»

«Schon», sagte Tjikundu, «doch Kausiku wollen sie alle erkannt haben.»

«Ja», sagte Clemencia. Und Schroeder hatte auch Melvin erkannt. Sie hatte es daraufhin nicht gewagt, den anderen Farmern sein Foto ebenfalls vorzulegen.

«Das stinkt», wiederholte Tjikundu.

Clemencia dachte, dass sie sich trotz ihrer Vorsätze alles andere als professionell und unparteiisch benommen hatte. Bei der Einvernahme von Frau Rodenstein und den Nachbarn war es ihr keineswegs um die Wahrheit gegangen. Sie hatte sich einzig bemüht, die Glaubwürdigkeit der Zeugen zu erschüttern und Widersprüche zu provozieren. Dass sie Melvins Foto dem Großteil der Farmer nicht gezeigt hatte, war völlig untragbar. Wenn Melvin etwas verbrochen hatte, grenzte ihr Verhalten an Verschleierung einer Straftat, an Beihilfe gar. Und selbst wenn nicht, behinderte es die Ermittlungen. Sobald sie in Windhoek waren, musste Clemencia den Chef informieren und verlangen, wegen Befangenheit von dem Fall entbunden zu werden. Sie sagte: «Kannst du nicht ein wenig schneller fahren, Tjikundu?»

«Und dann stinkt da noch etwas», sagte Tjikundu, «nämlich dieser Anruf, der die Rodensteins angeblich vor dem Überfall gewarnt hat. Von wem sollte der, bitte schön, gekommen sein?»

Natürlich wusste Claus Tiedtke, dass man in Katutura besser Vorsichtsmaßnahmen traf. Er hatte seinen Computer in der Redaktion deponiert, nur die billigen Möbel mitgenommen, sich ein Handy angeschafft, mit dem man gerade mal telefonieren konnte, und das 2-Zimmer-Häuschen, das er durch die Fürsprache von Clemencias Tanten mieten konnte, mit mehreren Rollen Stacheldraht verbarrikadiert. Trotzdem hatten ihn seine Arbeitskollegen von der deutschsprachigen *Allgemeinen Zeitung* schlicht und einfach für verrückt erklärt, als er vor ein paar Wochen nach Katutura gezogen war.

Niemand kannte einen Weißen, der einen solchen Schritt auch nur erwogen hätte. Nicht allein wegen der Kriminalität und der beschränkten Wohnqualität, sondern vor allem, weil die Townships eine andere Welt darstellten. Wer in den bürgerlichen Stadtteilen Windhoeks aufgewachsen war, hatte damit nichts zu schaffen. Einzig die frisch aus Deutschland eingetroffene Praktikantin hatte zur allgemeinen Belustigung gehaucht: «Muss Liebe schön sein!»

Dass sie ein gewisses Verständnis für Claus zeigte, machte die Sache aber nur noch schlimmer, denn wie alle besserwisserischen Gutmenschen-Jerries hatte sie per definitionem keine Ahnung, was in Afrika und speziell Namibia wirklich ablief. Zumindest bezüglich des Lebens in den Townships hatten das die einheimischen Weißen allerdings auch kaum. Bevor er Clemencia kennengelernt hatte, war Claus höchstens zehnmal in Katutura gewesen, und das auch nur aus dienstlichen Gründen, etwa um über Wahlveranstaltungen auf der UN-Plaza oder die Einweihung des Habitat Centers zu berichten. Kein einziges Mal hatte er einen Fuß in ein Privathaus gesetzt. Oder in eine Shebeen.

Inzwischen wurde er von den Betreibern verschiedener Kneipen als «big man Claus» angesprochen und begeistert willkommen geheißen. In der Mshasho Bar neben Clemencias Haus gab es für ihn sogar jedes dritte Bier umsonst. Anfangs hatte ihn diese Vorzugsbehandlung irritiert, dann hatte er gemerkt, dass die Freibiere für den Wirt gut investiert waren. Claus' Anwesenheit sprach sich nämlich blitzschnell in der Nachbarschaft herum. Selbst wenn er nur herumsaß wie alle anderen auch, wollte jeder sehen, was der Weiße in der Bar anstellte. Wo Claus trank, brummte das Geschäft.

Die neuen Freunde, die er bei solchen Gelegenheiten schneller kennenlernte, als er sich ihre Namen merken konnte, fanden es löblich, dass er in Katutura leben wollte. Einige bedankten sich sogar dafür, weil die Weißen von ihm als Journalisten endlich mal erfahren würden, was hier alles im Argen lag. Trotz der breiten Zustimmung verstanden sie aber im Grunde genauso wenig wie Claus' Redaktionskollegen, was ihn nach Katutura gezogen hatte. Immer wieder wurde er darauf angesprochen, so auch jetzt von einem Stammgast der Mshasho

Bar, einem drahtigen Damara mit dem Spitznamen Razor. Claus habe sich also in die Clemencia Garises verliebt? Gut, das sei verständlich, die sei ja eine ziemlich scharfe Nummer, aber pimpern könne er sie doch wohl auch in Olympia oder Klein Windhoek oder wo sonst er vorher gewohnt habe.

«Es geht nicht nur ums Pimpern», sagte Claus.

«Sondern?», fragte Razor.

«Ich bin einfach gern in ihrer Nähe.»

«Hör zu, Mann», sagte Razor, «das funktioniert vielleicht, wenn du bloß eine pimperst. Ich zum Beispiel habe gerade vier, und ich schau drauf, dass sie möglichst weit weg wohnen. Auch voneinander. Gibt sonst nur Probleme.»

«Ich habe aber bloß eine», sagte Claus. Als er ziemlich sicher gewesen war, dass auch er Clemencia nicht egal war, hatte er einen gemeinsamen Haushalt vorgeschlagen. Ganz selbstverständlich war er davon ausgegangen, dass sie dann bei ihm wohnen würde. Sein damaliges Flat war ruhig und groß genug gewesen, Clemencia hätte dort jedenfalls wesentlich mehr Privatsphäre gefunden als im Haus ihrer Großfamilie. Ein paarmal war sie auch über Nacht geblieben, aber sie hatte sich strikt geweigert, bei ihm einzuziehen. Erst hatte er das für Stolz gehalten, allenfalls für ein Beharren auf der eigenen, schwer erkämpften Unabhängigkeit. Dass er diese keineswegs in Frage stellen wollte, ja, Clemencia gerade dafür schätzte, hatte er vergeblich deutlich zu machen versucht. Darum gehe es nicht, hatte sie geantwortet, sie fühle sich einfach nicht wohl in den weißen Suburbs. Punkt.

Claus hatte nachgedacht. Damit das zwischen ihnen funktionieren konnte, reichte es nicht, einander interessant und süß und sexy zu finden. Sie mussten sich auf die Welt des anderen einlassen, sich aufeinander zubewegen. Clemencia hatte in dieser Hinsicht jede Menge Vorsprung. Sie hatte sich mit großer Willenskraft eine gute Ausbildung erkämpft, war bereit gewesen, dafür nach Südafrika und sogar ins kalte Finnland zu gehen, sie bewährte sich in einem Männerjob, war genauso effizient wie zuverlässig und dachte in vielerlei Hinsicht moderner als die meisten Weißen, die Claus kannte.

Er dagegen hatte in Afrika gelebt, als wäre es der Schwarzwald, ein Schwarzwald mit Wüstenklima. Seine Freunde waren weiß, er besuchte Restaurants, in denen fast nur Weiße saßen, kaufte bei Superspar bayerischen Leberkäse und war wie die anderen Deutschstämmigen davon überzeugt gewesen, dass es diesem Land wesentlich besser ginge, wenn man sie nur machen ließe. Auch jetzt wollte sich Claus keineswegs die Haut schwarz färben lassen. Auf vieles aus seiner Welt mochte er nicht verzichten, genauso wenig, wie er von Clemencia verlangte, ihre Herkunft zu verleugnen. Der Unterschied bestand darin, dass er sich bisher keinen Zentimeter bewegt hatte. Aber das konnte man ändern.

Mit Clemencia hatte er sich nicht abgesprochen, als er beschlossen hatte, nach Katutura zu ziehen. Das war seine ureigene Entscheidung gewesen, und noch hatte er sie keine Sekunde bereut. Clemencia sah er zwar nicht viel öfter als vorher – schließlich hatten sie beide einen Job mit unregelmäßigen Arbeitszeiten –, doch sie hatte sofort begriffen, was er ihretwillen unternahm, und schien das auch anzuerkennen. So jedenfalls hatte er ihren Kommentar interpretiert, dass er mit Abstand der verrückteste Mann sei, den sie je getroffen habe.

Aber auch abgesehen von ihr fühlte er sich großartig. Ein wenig wie die Livingstones und Nachtigalls früherer Zeiten, für die jeder Schritt in unerforschtes Gebiet ein Abenteuer und jede Beobachtung eine Entdeckung darstellten. Zwei ganzseitige Reportagen für die Wochenendbeilage der *Allgemeinen Zeitung* waren dabei schon herausgesprungen. Eine über seine erste Nacht in Katutura, in der er weniger vor Aufregung als wegen der ungewohnten Geräuschkulisse von der Straße und aus den umliegenden Hütten kein Auge zugetan hatte. Die andere schilderte Miki Matildas Versuch, mit viel Hokuspokus und einigem diplomatischen Geschick den bösen Zauber aufzuheben, dessen sich zwei ihrer Nachbarinnen gegenseitig beschuldigten.

Jede Menge weitere Themen lagen sozusagen auf der Straße. Man musste sie nur aufsammeln, man musste die Menschen nur reden lassen. Deswegen hatte Claus auch keineswegs ein schlechtes Gewissen, so viel Zeit in Shebeens zu verbringen. When in Rome, do as the romans, hieß es, und ein paar Flaschen Windhoek Lager oder selbstgebrautes Tombo-Bier lockerten eindeutig die Zungen.

Razor prostete ihm zu, kippte den Rest seines Biers hinab und stellte die leere Flasche in Ermangelung eines Tisches am Boden ab. Dann streckte er Claus seine beiden Hände mit weit auseinandergespreizten Fingern entgegen. «Weißt du, was das ist?»

«Zehn Finger.»

«Richtig, Bruder, zehn. Und genauso viele Freundinnen kannst du haben, wenn du wirklich willst.»

«Gleichzeitig?», fragte Claus.

Razor nickte. «Bis zu zehn.»

«Weil ich zehn Finger habe?»

«So ist es, Mann.»

«Und was ist, wenn einer seine Finger in eine Kreissäge bringt und zum Beispiel nur noch acht oder sieben hat? Kann er dann ...?»

Claus' Handy klingelte. Er zog es hervor, blickte aufs Display. Ein unbekannter Anrufer. Razor griff nach der Bierflasche am Boden und stellte sie wieder ab, als er sich vergewissert hatte, dass sie wirklich leer war. Claus drückte auf die Taste mit dem grünen Telefonsymbol. «Tiedtke?»

«Ich hole uns mal noch zwei», sagte Razor und schwankte auf die Gitterstäbe zu, die die Getränkeausgabe der Mshasho Bar sicherten. Claus hatte ebenfalls schon einige Biere intus, doch als er begriff, was ihm die Stimme am Telefon mitzuteilen hatte, fühlte er sich schlagartig nüchtern. Gespannt und fast ungläubig hörte er zu, prägte sich jedes Detail ein, fragte ab und zu nach. Dann bat er darum, ihm die bewusste E-Mail weiterzuleiten. Schließlich erkundigte er sich, ob die Polizei verständigt worden sei.

«Ja», sagte der Anrufer, «doch die wollen die Sache unter Verschluss halten. Angeblich aus ermittlungstaktischen Gründen. Aber wir meinen, das muss an die Öffentlichkeit.»

Das musste es, zweifelsohne. Das war ein dicker Hund. Eine Story, nach der sich jeder Journalist in Namibia, der über ein Minimum an Berufsethos verfügte, die Finger lecken würde. Claus fragte: «Kann ich Ihren Namen nennen, Herr Schroeder?»

«Wenn es sein muss.»

«Ich melde mich wieder.» Erst jetzt nahm Claus wahr, dass ihm eine Bierflasche entgegengestreckt wurde.

Razor grinste ihn an und sagte: «Wegen der Kreissäge: Solange du nur deine Finger da reinkriegst und nicht ein wichtigeres Ding, ist alles cool, Mann. Die magische Zahl heißt Zehn!»

Claus antwortete nicht, blickte auf seine Uhr. Noch war ein wenig Zeit, und notfalls mussten sie heute eben später in Druck gehen. Er rief in der Redaktion an und verkündete, dass er den großen Knaller habe. In spätestens einer Viertelstunde wäre er da, sie sollten ihm schon mal die erste Seite freiräumen. Genau, den Aufmacher über den Ausbau des Trans-Kalahari-Korridors. In den Müll damit!

«Ist was?», fragte Razor.

«Nur Geschäftliches», sagte Claus. Er schob die angebotene Bierflasche zurück.

Mit der freien Hand griff Razor in seine Hosentasche. Eine blitzschnelle Bewegung des Handgelenks, ein Klicken, ein Einrasten, und schon blitzte eine zehn Zentimeter lange Klinge auf. Sie gehörte zu einem altertümlichen Rasiermesser, dessen Horngriff Razor nun lässig in der Hand hielt. Er sagte: «Wenn du Hilfe brauchst, Mann ...»

«Wir sehen uns», sagte Claus und stürzte aus der Mshasho Bar. Die fünfzig Meter bis zu seinem Häuschen, vor dem der Citi Golf parkte, spurtete er. Die verdammte Lenkradsperre klemmte erst, doch wenigstens sprang die alte Kiste sofort an. Claus wendete. Auf dem Weg zur Redaktion in der General Murtala Muhammed Avenue versuchte er, Clemencia anzurufen. Ihr Handy war aber ausgeschaltet.

Die namibische Polizei verfügte über keinen ausgewiesenen Computerspezialisten, doch Robinson kannte jemanden beim Internetprovider iway, der versprochen hatte, sich um die Angelegenheit zu kümmern. Viel Hoffnung machte er der Serious Crime Unit allerdings nicht. Ein neues E-Mail-Konto sei schnell angemeldet, und wenn die Gangster nicht ganz bescheuert seien, hätten sie die Nachricht über ein paar Stationen im Ausland oder wenigstens von einem öffentlich zugänglichen Computer in einem Internetcafé oder einem Community Center Katuturas geschickt. Robinson wischte sich über die Stirn.

Im Zimmer des Chefs war es stickig warm. Man konnte die Klimaanlage auch als Heizung verwenden, und Deputy Commissioner Ndangi Oshivelo musste die Temperatur auf geschätzte dreißig Grad eingestellt haben. Nichtsdestotrotz hielt er die Arme verschränkt, als wäre ihm kalt. Er drehte sich zum Fenster und schaute aus dem zweiten Stock auf die Bahnhofstraße hinab, die um diese Uhrzeit wie ausgestorben sein musste.

Auf seinem Schreibtisch lag eine große Farmkarte von ganz Namibia. Sie gab den Stand von 1994 wieder, aber eine neuere existierte nicht. Das eine Ende wurde von der Schreibtischlampe beschwert, am anderen verhinderte der Kollege Van Wyk, dass sich die Oranje-Grenze ins Land hinein aufrollte. Clemencia saß neben Robinson, Tjikundu lehnte an der Wand neben der Tür. Jeder von ihnen hatte einen Ausdruck der E-Mail bekommen.

Der Text besagte, dass Thomas Rodenstein freigelassen würde, sobald dem namibischen Staat der im Folgenden aufgeführte Grundbesitz überschrieben worden sei. Zur Verteilung an landlose Bürger. Geschehe das nicht innerhalb von zwei Wochen, würde der Entführte hingerichtet. Es folgte eine Aufstellung von zwanzig Farmen mit Namen und den zugehörigen Nummern. Farm Steinland stand an erster Stelle. Die anderen neunzehn hatten zumindest zwei Dinge mit «Steinland» gemeinsam. Sie lagen ebenfalls im Dreieck Windhoek–Okahandja–Karibib und gehörten – so weit hatte man das schon nachgeprüft – ausschließlich weißen Besitzern.

«Hat jemand eine Idee?», fragte Oshivelo. Er vermied es, Clemencia anzusehen, doch sie wusste, dass sie gefordert war. Oshivelos Verhältnis zu ihr hatte sich seit der Mordserie an den Ex-CCB-Agenten vor zwei Jahren merkwürdig entwickelt. Einerseits hielt er sie deutlich mehr auf Distanz, nicht nur beim privaten Smalltalk, was Clemencia ja leicht hätte verschmerzen können. Früher hatte er in politischen, polizeistrategischen oder organisatorischen Fragen gern ihren Rat gesucht. Wenn Clemencia nun Reformkonzepte oder auch nur simple Anregungen einreichte, wurden diese dankend entgegengenommen, nur um dann unkommentiert und folgenlos in irgendeiner Schublade zu verschwinden.

Andererseits hatte Oshivelo verschiedene Versuche Robinsons, an Clemencias Stuhl zu sägen, entschieden unterbunden und vor versammelter Mannschaft erklärt, noch nie einen so fähigen Mitarbeiter wie sie in der Serious Crime Unit gesehen zu haben. Vielleicht hatte sie sich nur eingebildet, dass er das Wort «Mitarbeiter» dabei besonders betont hatte, doch selbst wenn, ergab sich für sie ein klares Bild. Oshivelo stand voll hinter ihr, solange sie sich darauf beschränkte, die Arbeit zu erledigen, die er ihr zuwies. Sie sollte sich allerdings keinesfalls anmaßen, nach Höherem zu schielen. Jede Eigeninitiative, und mochte sie sachlich noch so sinnvoll sein, galt deshalb als unerwünscht.

Nun gut, so stand die Sache eben. Clemencia hatte im Augenblick sowieso andere Sorgen. Ihren Bruder Melvin zum Beispiel. Sie dachte daran, dass sie den Chef eigentlich bitten wollte, den Fall Rodenstein jemand anderem zu übertragen. Doch dafür war jetzt kaum der richtige Zeitpunkt.

An der Tür zog Tjikundu seine Jacke aus. Die Hitze war wirklich schwer erträglich. Clemencia tippte auf den Computerausdruck in ihrem Schoß und sagte: «Keine politische Rechtfertigung, keine Anklagen gegen wen auch immer, keine griffigen Propagandaslogans. Nicht einmal eine Unterschrift, obwohl es sich um Täter mit sozialrevolutionären Zielen zu handeln scheint. Die müssten sich doch Volksarmee oder Befreiungsfront für irgendetwas nennen, schon allein, um sich ihrer eigenen Identität zu versichern. Ich frage mich ...»

«So eine Extremistenbande gibt es in Namibia nicht», fiel ihr Robinson ins Wort. «Das sind ein paar verrückte Amateure, die glauben ...»

«Wir wissen nicht, wer die sind. Wir wissen nicht, wie ernst sie es meinen, und nicht einmal, ob sie Thomas Rodenstein tatsächlich in ihrer Gewalt haben», sagte Clemencia. «Um sinnvoll reagieren zu können, brauchen wir mehr Informationen und deswegen mehr Zeit.»

«Durch Erpressung zwanzig Farmer zum Verkauf zwingen

zu wollen, ist Schwachsinn», sagte Robinson. «Jedes Gericht erklärt einen solchen Handel doch sofort für nichtig. Was riskieren wir denn, wenn wir den Farmern raten, zum Schein darauf einzugehen?»

«Ich schlage vor, erst einmal ein Lebenszeichen von Thomas Rodenstein zu verlangen. Die Entführer sollen ihn auf der Farm anrufen lassen, zum Beweis, dass es ihm gut geht. Wir könnten eine entsprechende Aufforderung übers Radio verbreiten.»

Jeder Kontakt würde ein wenig mehr Aufschluss über die Entführer bringen. Außerdem war ein Telefonanruf relativ leicht zurückzuverfolgen. Wenn sich die Täter darauf einließen, hatte man zumindest einen Anhaltspunkt, wo man nach ihnen suchen konnte.

«Ihnen ist klar, dass die Forderung politischer Sprengstoff ist?», sagte Oshivelo. «Wir sollten versuchen, den Deckel draufzuhalten.»

«Ich habe Frau Rodenstein gesagt, sie solle die Klappe halten. Das wäre für ihren Sohn am sichersten. Aber sie hatte bereits ihren Nachbarn informiert, und der wird das weitergegeben haben. Die Farmer werden schwerlich ruhig halten, denen steht es bis hier.» Robinson machte eine waagerechte Handbewegung in Höhe der Augen. Auf seiner Stirn standen Schweißperlen. Leiser fügte er hinzu: «So ganz unverständlich ist das ja auch nicht.»

«Wenn die Sache öffentlich wird, haben wir das Ministry for Resettlement auch noch auf dem Hals», sagte Tjikundu.

«Wir müssen die zumindest vorwarnen», sagte Oshivelo. «Gleich morgen früh, Frau Garises?»

Clemencia nickte. Dann würde sie Tobias Kausiku eben noch heute Nacht in die Mangel nehmen. Er bot ihr den einzigen konkreten Ansatzpunkt und musste endlich mit der Wahrheit über die Schießerei auf Farm Steinland herausrücken. Über seine Komplizen und über die Hintermänner. Clemencia würde ihm die neuen Entwicklungen erläutern und ihm klarmachen, dass ihm die ganze Sache längst über den Kopf gewachsen war. Vielleicht würde er einsehen, dass es ihm nur schadete, wenn er weiter schwieg.

Oshivelo trat an den Schreibtisch und schob die Lampe zur Seite. Unter der Farmkarte fingerte er die Fernbedienung der Klimaanlage hervor und tippte darauf herum. Dann wandte er sich an Clemencia: «Wir suchen jeden in Namibia heraus, der sich mit radikalen Enteignungsforderungen hervorgetan hat. Ich stelle die dafür nötigen Leute ab. Ansonsten machen wir, was Sie vorgeschlagen haben. Wir verlangen ein Lebenszeichen.»

Clemencia schlug vor, dass Robinson auf Farm Steinland darauf warten sollte. Und gleichzeitig sollte er versuchen, die Farmer unter Kontrolle zu halten. Sie sah keinen Grund, zu verschweigen, dass er als Weißer dabei die besseren Karten hatte.

«Das wäre es vorerst.» Oshivelo steckte die Hände wieder unter die Achseln. Dann fragte er: «Finden Sie nicht auch, dass es hier schweinekalt ist?»

Armin Rodenstein, geb. 2.1.1913, gest. 14.4.1945. Der Name von Johann Rodensteins ältestem Sohn war zwar in eine der Marmorplatten eingraviert, doch seine Knochen ruhten nicht hier auf dem kleinen Farmfriedhof. Er war irgendwo beim ehemaligen Internierungslager Andalusia in Südafrika verscharrt worden. Lungenentzündung, vermeldete die offizielle Benachrichtigung, die ein paar Tage nach der bedingungslosen Kapitulation des Großdeutschen Reiches, nämlich genau am 12. Mai 1945, auf Farm Steinland eintraf. Die Familie zog die Todesursache kurz in Zweifel, machte sie sich angesichts der Alternative aber bald zu eigen. Erste Nachforschungen bei heimkehrenden Mitgefangenen deuteten nämlich darauf hin, dass sich Armin das Leben genommen hatte, als selbst er nicht mehr an den Endsieg der Nazis glauben wollte.

Schuld waren eine Blutvergiftung und der Radioapparat. Erstere hatte sich Armin mit sechzehn Jahren bei Arbeiten im Busch zugezogen. Niemand, am wenigsten er selbst, nahm den Kratzer am linken Unterarm ernst, und als sie dann viel zu spät einen Arzt in Windhoek aufsuchten, blieb nur noch die Amputation. Dass Armin Rodenstein die Farm nicht übernehmen konnte, wenn er nicht einmal ein Gewehr zu halten vermochte, bedurfte keiner Worte. Doch dass er sich völlig aus dem Betrieb zurückzog, die Arbeiter nicht mehr einwies, die Zäune nicht abritt und sich am liebsten tagelang im Farmhaus verkroch, verstand keiner. Es schien, als sei ihm das Land der Familie zu einem übermächtigen Feind geworden, dem es auszuweichen galt.

Stattdessen widmete er seine Zeit dem Radio. Geduldig drehte er mit den Fingern der rechten Hand am Frequenzenregler, bis er optimalen Empfang hatte, und saß dann still vor dem Gerät. Manchmal legte er seine Hand auf den leicht vibrierenden Stoff, mit dem der Lautsprecher überzogen war. Während draußen auf der Farm Kälber geboren und Springböcke geschossen wurden, während die Familie vor Veldfeuern zitterte und den Regen herbeisehnte, hörte Armin Rodenstein Nachrichten aus dem fernen Europa.

Er verfolgte die Machtergreifung Hitlers, den wirtschaftlichen Wiederaufstieg Deutschlands, die Saarabstimmung, die Einführung der Wehrpflicht, die Olympischen Spiele in Berlin, den Anschluss Österreichs. Stolz meldete er die Erfolge der Nazis, als habe er selbst dazu beigetragen. Als Hitlers Truppen ins Sudetenland einmarschierten, gab er seiner Genugtuung Ausdruck, den für den Deutschen Gruß nötigen rechten Arm noch zu besitzen. Jetzt könne es nicht mehr lange dauern.

«Was?», fragte sein Bruder Hermann.

«Bis auch Südwest heim ins Reich kommt», sagte Armin. Sein Bruder schüttelte den Kopf. Davon würde die Weide auch nicht saftiger werden.

Als nach Kriegsbeginn die Radioapparate der Deutschstämmigen konfisziert wurden, montierte Armin sein Gerät auf einen Leiterwagen, den er gut abgedeckt ein paar hundert Meter vom Farmhaus entfernt versteckte. Wenn nach Einbruch der Dunkelheit keine Kontrolle mehr zu befürchten war, zog er ihn zum Haus und richtete die Antenne aus. Vor dem Morgengrauen fuhr er das Gerät zurück, nicht ohne die Räderspuren sorgsam zu verwischen.

Die Wehrmacht überrannte Polen, besiegte Frankreich, bombardierte die Städte der Engländer, und Armin schrie: «Sieg Heil!» Für seinen jüngeren Bruder Hermann wiederholte sich das Schicksal des Vaters im Krieg zuvor. Noch 1939 wurde er interniert, und auch auf den Nachbarfarmen mussten Frauen und Kinder sehen, wie sie allein zurechtkamen. Nach und nach wurden alle deutschstämmigen Männer abgeholt, einzig Armin Rodenstein, der Krüppel mit nur einem Arm, blieb verschont. Darüber war er alles andere als glücklich. Seiner Überzeugung nach konnte es nur noch wenige Wochen dauern, bis auch die Engländer kapitulierten, bis Hitler den Krieg endgültig gewonnen hätte und sich die ehemaligen Kolonien für Deutschland zurückgeben ließe. Dann wollte sich Armin Rodenstein nicht fragen lassen, warum er nicht dabei gewesen war. Nein, sein Platz war bei den Volksgenossen.

Und so schwang er sich eines Tages – zum ersten Mal seit dem Verlust seines Arms – in den Sattel und ritt vierzehn Stunden lang bis nach Windhoek. Dort angekommen, entfaltete er ein Bettlaken mit dem aufgemalten Hakenkreuz. Als es die südafrikanischen Polizisten beschlagnahmten und ihm dringend rieten, sich schleunigst auf die Farm zu verziehen, marschierte er, «Heil Hitler!» und «Ein Volk, ein Reich, ein Führer» brüllend, die Kaiserstraße auf und ab, bis er seinen Willen bekam. Die Südafrikaner nahmen ihn fest und schickten ihn einige Tage darauf ins Internierungslager Andalusia.

Die Farm Steinland hat ihn nie wiedergesehen, doch sie war trotz aller Zurückweisung großzügig genug, ihm einen schattigen Platz für eine Gedenkinschrift zur Verfügung zu stellen.

Das Windhoeker Zentralgefängnis lag im Niemandsland zwischen der City und Katutura, etwa nach drei Vierteln der 7-Kilometer-Distanz, die die Apartheidsgesetze zwischen den Wohngebieten von Weißen und Schwarzen gefordert hatten. Als die Südafrikaner ab 1959 die Alte Werft am westlichen Rand des Zentrums niederwalzten und deren Bewohner zur Ansiedlung in der eilig errichteten Township zwangen, hielten sie diese Bestimmung peinlich genau ein. Im Jahr 2011 war das allerdings Geschichte, die Apartheid lange vorbei. Die Mehrzahl der heutigen Bewohner war in Katutura geboren und hatte es als ihre Heimat schätzen gelernt.

Doch seltsamerweise war zwar die Stadt auf die Township zugewachsen, nicht aber umgekehrt. Dabei hielt der Zuzug von Landflüchtigen aus dem Norden, die hier ihr Glück versuchen wollten, unverändert an. Jeden Tag wurden Dutzende illegaler Shacks errichtet, ganze Stadtteile wie Hakahama oder Okuryangawa schossen so schnell aus dem Boden, dass ein neuer Stadtplan schon bei Erscheinen überholt war. Aber die Neuankömmlinge besiedelten nur die kargen Hügel Richtung Norden und Westen, weg vom Stadtzentrum, fast so, als wollten sie die von der Apartheidsverwaltung beschlossene Trennung sichtbar lassen. Auf den Brachflächen nahe Katutura waren nur ein paar öffentliche Einrichtungen wie das Katutura Hospital und das Einsatzzentrum der städtischen Feuerwehr hochgezogen worden. Zwei große Wasserreservoirs beherrschten eine kahle Kuppe, und westlich der Independence Avenue hatte die namibische Eisenbahn ausgedehnte Betriebsflächen, doch kaum jemand lebte in der Gegend. Abgesehen von den über elfhundert Insassen des Zentralgefängnisses, aber die hatten sich das wahrlich nicht ausgesucht.

Windhoek Central Prison war das größte Gefängnis im ganzen Land und galt auch als das sicherste, seit der Staat es mit finanzieller Hilfe des Diamantenkonzerns Namdeb entsprechend aufgerüstet hatte. Trotz der chronischen Überbelegung wurden deshalb auch Untersuchungshäftlinge und manchmal sogar Festgenommene, die dem Haftrichter noch gar nicht vorgeführt worden waren, dort untergebracht, wenn die Schwere der ihnen zur Last gelegten Taten einen Ausbruchsversuch aus schlecht gesicherten Polizeihaftzellen befürchten ließ. Wie bei Tobias Kausiku. Dass man den Beschuldigten zu jeder Vernehmung erst umständlich herausholen musste, war der Nachteil dabei. Jetzt, gegen 23 Uhr, würde das sicher nicht schneller gehen als tagsüber.

Tjikundu bog in die Ernest Oppenheimer Street ab. Schon auf der Independence Avenue war wenig los gewesen, und die Zufahrtsstraße zum Gefängnisareal lag völlig verlassen da. Tjikundu fuhr trotzdem langsam, auf die Strahler zu, deren Licht das Wachhaus aus dem Schwarz der Nacht stanzten. Vor dem ersten der beiden Gittertore blieb er stehen, hupte zweimal lang und zweimal kurz. Nichts rührte sich. Auch als Clemencia ausstieg und die Klingel an der Gegensprechanlage betätigte, dauerte es eine Ewigkeit, bis sich der Diensthabende mit verschlafener Stimme meldete.

Tjikundu hatte vom Präsidium aus angerufen und die Dringlichkeit der Angelegenheit betont, doch bis hierher war das offensichtlich nicht durchgedrungen. Clemencia musste all ihre Überredungskraft aufbieten, damit der Beamte wenigstens telefonisch bei seinem Vorgesetzten nachfragte. Erst dann ließ er sie in die Sicherheitsschleuse einfahren, prüfte ihre Ausweise und füllte umständlich die nötigen Formulare aus. Endlich wurden sie zum Zentralbereich, der von einer weiteren Mauer gesichert war, durchgelassen. An der dortigen Pforte hieß es wieder, Papiere auszufüllen. Und zu warten. Nach circa zwanzig Minuten wurde ihnen der Gefangene zugeführt.

Entgegen Clemencias Befürchtung war es gleich beim ersten Versuch der richtige. Tobias Kausiku trug immer noch dieselbe Kleidung wie bei seiner Verhaftung. Der Verband an seinen Händen starrte inzwischen vor Dreck. Clemencia fragte, ob man ihn nicht wechseln könne, doch die Beamten zuckten nur mit den Achseln. Kausiku beschwerte sich lautstark. Ihn mitten in der Nacht zum Verhör zu holen sei Folter. Das hätte ein Nachspiel, da könnten sie Gift drauf nehmen. Tjikundu legte ihm Handschellen an. Als er ihn in den Wagen schob, drückte er seinen Kopf nach unten.

«Nimm die Finger weg!», plärrte Kausiku. An der Sicherheitsschleuse am äußeren Zaun lamentierte er immer noch. Er habe schon alles gesagt, mehr wisse er nicht, und ohne Anwalt würde er sowieso kein Wort …

«Siehst du hier irgendwo einen Anwalt?», fragte Tjikundu gereizt.

«Hier?»

«Eben. Also halt jetzt die Klappe!» Tjikundu nickte dem Wachhabenden zu, passierte das äußere Gittertor und schaltete in den zweiten Gang hoch.

«Uns macht das auch keinen Spaß, Herr Kausiku», sagte Clemencia, «nur, es hat sich Neues ergeben. Ich bin jetzt überzeugt, dass Sie mit ein paar anderen die Farm überfallen haben. Ich bin aber genauso überzeugt, dass Sie nur der Handlanger von Leuten waren, die ganz andere Interessen verfolgen. Wenn Sie uns helfen, den Entführten zu finden, könnte sich das strafmildernd auswirken.»

«Welchen Entführten?», fragte Kausiku, und in dem Moment stieg Tjikundu so hart auf die Bremse, dass Clemencia nach vorn geschleudert wurde. Der Wagen stand, das Scheinwerferlicht flutete über den dunklen Asphalt. Zehn Meter weiter mündete die Straße in die Independence Avenue. Der Schein der Laternen auf dem Mittelstreifen reichte gerade so, um erkennen zu können, dass der Nachtwind das graue Gras neben der Straße zauste.

«Scheiße», jammerte Kausiku, «ich habe mir die Lippe aufgeschlagen, bloß weil ihr Idioten …»

«Klappe halten!», brüllte Tjikundu.

«Was ist?», fragte Clemencia.

«Da lag etwas. Quer auf der Fahrbahn. Sah aus wie ein Mensch.»

Die Straße war leer. Clemencia sagte: «Ich sehe niemanden.»

«Wir hätten den Schlag hören müssen, wenn ich ihn erwischt hätte.» Tjikundu krampfte die Hände ums Lenkrad. Er machte keine Anstalten, irgendetwas anderes zu tun.

«Ich schau mal nach», sagte Clemencia. Sie wandte sich zu Kausiku. «Schön ruhig sitzen bleiben!»

Dann öffnete sie die Wagentür und stieg aus. Der Mond ging gerade auf. Eine übergroße, eingedellte, blaßrote Scheibe, die noch nicht ganz über die Erosberge im Osten hinaufgeklettert war. Der Wind blies kalt. Auf der Independence Avenue brauste ein Motorrad mit geschätzten hundert Stundenkilometern in Richtung Katutura vorbei. Clemencia ging am Kotflügel des Wagens entlang nach vorn.

Der Mann lag gerade mal einen halben Meter vor der Stoßstange auf dem Boden und rührte sich nicht. Er war dunkel gekleidet. Kein Wunder, dass Tjikundu ihn beinahe übersehen hätte! Clemencia fragte: «Alles in Ordnung, Sir?»

Der Mann lag auf dem Bauch und hatte das rechte Bein leicht angewinkelt. Der Kopf lag in der Armbeuge, die krausen Haare waren kurz geschnitten, vom Gesicht war nichts zu sehen. Es schien, als würde er schlafen. Und das mitten auf der Fahrbahn. In einer Straße, die zur Windhoek Central Prison und sonst nirgendwohin führte. Irgendetwas stimmte da nicht. Halblaut rief Clemencia nach hinten: «Tjikundu …»

Tjikundu kurbelte das Fenster auf der Fahrerseite nach unten. Er fragte: «Habe ich ihn doch erwischt?»

Kausiku saß ruhig auf der Rückbank. Der Motor des Polizeiwagens tuckerte leise im Leerlauf, sonst war nichts zu hören. Clemencia stieß mit dem Fuß gegen die Schuhsohle des liegenden Mannes. Keine Reaktion. Vielleicht war er bewusstlos oder tot. Vielleicht hatte ihn irgendjemand hier abgeladen. Jemand, der von der Independence Avenue abgebogen und gerade so weit in die Seitenstraße hineingefahren war, dass er im Schutz der Dunkelheit eine Tür öffnen und einen leblosen Körper hinausstoßen konnte.

Nur sah es nicht so aus. Es sah aus, als hätte sich der Mann hier in aller Ruhe schlafen gelegt.

«Wie lange dauert das denn noch?», maulte Kausiku aus dem Wagen heraus.

«Fahr mal ein paar Meter zurück, Tjikundu!», sagte Clemencia. Sie wartete, bis das Scheinwerferlicht den Liegenden erfasst hatte, beugte sich hinab und rüttelte ihn leicht an der Schulter. Kein Widerstand war zu spüren. Der rechte Arm lag unter dem Oberkörper begraben. Vielleicht war es das, was Clemencia innehalten ließ, vielleicht auch nur ihr Instinkt, doch plötzlich glaubte sie zu wissen, was geschehen würde, wenn sie den Mann auf den Rücken drehte. Seine Augen stünden sperrangelweit offen, und seine rechte, jetzt verborgene Hand würde mit einem Messer nach oben zucken. Dessen Klinge würde Clemencia in den Bauch fahren oder sich zumindest an ihre Kehle legen, noch bevor sie den Mann ganz herumgewälzt hatte. Er war nicht tot, nicht bewusstlos, das Ganze war eine Falle, zu welchem Zweck auch immer. Es konnte gar nicht anders sein.

Clemencia sollte jetzt ein paar Schritte zurückgehen, ihre Dienstwaffe ziehen. Aus sicherer Entfernung konnte sie den Mann auffordern, liegen zu bleiben und langsam beide Hände auszustrecken. Und was, wenn er einfach nicht reagierte? Sich weiterhin tot stellte? Oder – schlimmer – wenn er glaubte, angreifen zu müssen, sobald er merkte, dass sie von ihm zurückwich?

Sie blickte auf. Die Scheinwerfer des Polizeiwagens blendeten, sodass sie nichts erkennen konnte, schon gar nicht Tjikundu hinterm Steuer. Rufen konnte sie ihn nicht, wenn sie den Mann unter ihr nicht vorwarnen wollte, aber Tjikundu musste sie ja einwandfrei sehen. Clemencia deutete kurz mit dem Zeigefinger auf den liegenden Körper, ballte dann die ausgestreckten Finger zur Faust, zum Zeichen, dass sie zugreifen würde. Tjikundu war lange genug bei der Serious Crime Unit, er war nicht dumm, er würde das kapieren. Er musste einfach erkennen, dass sie Hilfe brauchte.

Eine Motte torkelte durch das Scheinwerferlicht. Der Motor summte. Warum ging die Autotür nicht auf? Warum, zum Teufel, stieg Tjikundu nicht endlich aus?

Irgendetwas ließ Clemencia wieder nach unten blicken. Sie hätte nicht sagen können, ob sich der Mann am Boden bewegt hatte. Sie berührte ihn nicht, glaubte aber zu spüren, wie sich sein Körper spannte. So wie bei einem, der gleich aufschnellen würde und ihr sein Messer ... Clemencia überlegte nicht, es ging alles wie von selbst. Sie rammte ihr Knie in die rechte Schulter des Mannes, griff gleichzeitig mit beiden Händen nach seinem Arm, riss ihn mit aller Gewalt zur Seite, bog ihn über den Rücken nach oben. Der Mann schrie auf, und Clemencia drückte noch fester, bis sich seine Finger öffneten. Etwas Mattschwarzes glitt über seine Schulter und schlug auf den Asphalt.

Es war kein Messer, es war eine Pistole. Verflucht, Clemencia hatte recht gehabt. Sie waren in einen Hinterhalt geraten, und um ein Haar wäre sie ... Sie musste sofort die Pistole außer Reichweite des Kerls befördern. Bloß wie? Sie durfte jetzt keinesfalls loslassen. Ihre Finger krallten sich um den Arm des Mannes. Mit ihrem ganzen Körper stemmte sie sich in ihren Haltegriff. Durch das Schmerzensgeheul des Manns rief Clemencia auf die Autoscheinwerfer zu: «Tjikundu, Handschellen!»

Der Mann unter ihr krümmte sich. Die Finger seiner linken Hand versuchten sich in den Asphalt zu graben. Clemencia konnte nun die eine Hälfte seines Gesichts sehen. Die Züge waren verzerrt, die Augen traten hervor, der Mund war weit aufgerissen. Das Geschrei gellte in Clemencias Ohren. Sie nahm den Druck etwas zurück und zischte dem Kerl ins Ohr: «Wenn du dich wehrst, breche ich dir den Arm.»

Aus dem Gebrüll wurde langsam ein Stöhnen. Der Mann keuchte schwer, klopfte mit der flachen Hand zweimal auf den Boden. Das hieß wohl, dass er aufgeben wollte. Clemencia ließ nicht los. Sie überlegte, ob sie versuchen sollte, mit dem linken Knie die Pistole wegzustoßen. Da hörte sie, wie sich die Autotür öffnete. Tjikundu, endlich! Jetzt nur nichts mehr riskieren. Sie verstärkte den Druck auf den Arm wieder ein wenig, um klarzumachen, dass sie sich nicht ablenken ließ, dass es keine allerletzte Chance für den Mann unter ihr geben würde. Der knirschte mit den Zähnen. Neben Clemencia tauchten Tjikundus Beine auf. Seine Hand kam in ihr Blickfeld. Mit einem Paar geöffneter Handschellen.

«Erst die Pistole!», zischte Clemencia. Herrgott, musste man dem Kollegen alles sagen?

Tjikundu kniete sich neben ihr auf den Boden. Er sagte: «Tut mir leid.»

Erst jetzt blickte Clemencia auf, sah Tjikundus graues Gesicht, sah die Pistole, die sich gegen seinen Hinterkopf drückte, und den Mann, der sie in der Hand hielt. Er trug eine Maske, die nur die Augen freiließ. Durch den Stoff klang seine Stimme dumpf, als er zu Clemencia sagte: «Lass ihn los, sonst knalle ich deinen Kumpel hier ab!»

Tjikundu senkte den Kopf.

«Und danach dich, Kleine», sagte der Maskierte.

Seine Pistole war eine südafrikanische Vektor Z-88. Das gleiche Modell wie die seines Komplizen, die keine dreißig Zentimeter entfernt auf dem Asphalt lag. In Reichweite. Doch Clemencia wusste, wann sie verloren hatte. Sie gab den Arm frei, glitt langsam vom Rücken des Liegenden herab und hob die Hände.

«Brav!», lobte der Maskierte. Zu Tjikundu sagte er: «Leg ihr die Handschellen an!»

Der Kerl am Boden richtete sich fluchend auf. Er massierte kurz seinen Arm, klaubte die Pistole vom Boden auf und stieß hervor: «Die Schlampe mache ich kalt.»

«Nur, wenn sie nicht ruhig hält. Oder anfängt herumzudiskutieren.» Der Maskierte kicherte. Der andere zog Clemencias Dienstwaffe aus dem Halfter und warf sie in hohem Bogen ins Dunkel.

Sie würden nicht schießen, wenn es sich vermeiden ließ. Das Wachhaus des Gefängnisses war gerade mal fünfzig Meter entfernt. Im Areal dahinter wimmelte es von bewaffneten Kollegen. Ob die mehr tun würden, als Mauern und Elektrozäune zu sichern, war zwar zweifelhaft, doch immerhin denkbar. Nein, die beiden würden nicht schießen, nicht hier zumindest. Solange man ihnen keinen Anlass gab.

«Wird's bald?», sagte der Maskierte. Clemencia streckte Tjikundu ihre Arme entgegen. Die Handschellen schlossen sich um ihre Gelenke, schnappten ein. Während Tjikundu mit Kabelbinder gefesselt wurde, mühte sich Kausiku aus dem Polizeiwagen und kam näher.

«Erstklassige Arbeit, brothers. Danke!», sagte er. Clemencia prägte sich das Aussehen des Nichtmaskierten systematisch ein. Größe circa ein Meter fünfundsiebzig, Kopfform oval, Augenstand eher eng, Nase breit und flach, Lippen vergleichsweise schmal, besondere Kennzeichen: eine Warze zwischen

Wangenknochen und rechtem Ohrläppchen. Nur für den Fall, dass Clemencia lange genug lebte, um ihm noch einmal zu begegnen.

«Ich hab gewusst, dass ihr mich nicht hängenlasst», sagte Kausiku. Clemencia horchte auf. Der Satz hatte ein wenig wie eine Frage geklungen. Als sei Kausiku nicht ganz sicher, ob der Überfall wirklich darauf zielte, ihn zu befreien.

«Ist doch klar, brother», sagte der Maskierte.

Kausiku streckte seine gefesselten Hände vor und deutete auf Tjikundu. «Der da hat die Schlüssel für die Armbänder.»

«Sofort, Mann.» Der Maskierte dirigierte Clemencia und Tjikundu auf den Polizeiwagen zu. Sein Komplize griff durch die offene Fahrertür und zog den Zündschlüssel ab. Dann öffnete er den Kofferraum. Während er Tjikundu zwang, hineinzusteigen, blickte Clemencia zum Wachhaus zurück. Der Bereich vor dem Rollgitter wurde durch die Strahler hell erleuchtet. Vielleicht wirkte die Leere deshalb besonders trostlos.

«Jetzt die Lady!», befahl der Maskierte. Clemencia setzte sich auf den Rand des Kofferraums und versuchte, den Kopf einzuziehen, als sie hineingestoßen wurde. Sie fiel weich auf Tjikundu, schlug nur mit dem Ellenbogen schmerzhaft gegen das Wagenblech. Irgendjemand stopfte grob ihre Beine nach. Die Kofferraumklappe fiel vor den Sternen herab, die sich im Streulicht von Windhoek zu behaupten wussten. Der Deckel knallte zu, und dann war es stockfinster.

«Viel Spaß da drin!» Kausiku lachte meckernd. Durch Clemencias Ellenbogen stach der Schmerz. Sie versuchte, sich von Tjikundus Körper herab und etwas auf die Seite zu drehen. Es nützte nicht viel. Der Kofferraum war offensichtlich nicht dafür gemacht, zwei Personen zu beherbergen. Hoffentlich kam wenigstens genug Luft herein.

«Scheiße», sagte Tjikundu dumpf. «Der kam aus dem Nichts, stand plötzlich neben dem offenen Wagenfenster und hielt mir die Knarre an die Schläfe.»

«Mein Handy», flüsterte Clemencia. «Es ist an meinem Gürtel. In einer kleinen Tasche mit Klettverschluss. Schau mal, ob du drankommst!»

Sie hörte zwei Autotüren zuschlagen und wartete darauf, dass der Motor ansprang. Sie musste versuchen, sich den Weg einzuprägen, den die Kerle nahmen. Jede Fahrbahnschwelle, jedes Abbremsen vor einer Kreuzung, jedes Abbiegen und jede Kurve. Sie musste die Geschwindigkeit abschätzen, mit der sie fuhren, und daraus die zurückgelegte Strecke berechnen. Clemencia glaubte nicht, dass die beiden ins Zentrum flüchten würden. Und Katutura kannte sie wie ihre Westentasche. Sie war schließlich hier aufgewachsen. Es müsste doch mit dem Teufel zugehen, wenn sie nicht nachvollziehen könnte, wohin sie gebracht würden. Falls sie es schafften, schnell Hilfe zu holen ...

Tjikundus Finger tasteten an Clemencias Oberschenkel entlang. Hielten inne. Zu tief. Tjikundu kam nicht hoch genug. Er drehte und wand sich, um in eine bessere Position zu gelangen, aber es war eng, verdammt eng. Clemencia schob ihm ihre Hüfte entgegen. In ihrem Nacken spürte sie seinen Atem.

«Gleich», flüsterte er, «ich bin fast dran.»

Tjikundu roch nach Schweiß. Und ein wenig nach dem gleichen Aftershave, das auch Claus benutzte. Clemencia war noch nie aufgefallen, dass Tjikundu überhaupt Rasierwasser verwendete. Sie sagte: «Mach schon!»

«Nur noch den Verschluss», flüsterte Tjikundu. «Ein wenig näher, komm!»

Clemencia spannte die Muskeln, bog die Hüfte nach vorn.

«Ich hab es», rief Tjikundu triumphierend.

«Leise!», zischte Clemencia. Dann wurde ihr bewusst, dass

der Motor immer noch nicht lief. Der Wagen stand. Die Kerle waren mit Kausiku irgendwie anders abgehauen und hatten Tjikundu und sie zurückgelassen. Im Kofferraum eines verdammten Ford Fiesta auf einer gottverlassenen Zufahrtsstraße zum Windhoek Central Prison.

3

Unten im Rivier verblasste das letzte Grau der Nacht. Die Schaulustigen auf der Böschung über dem Trockenfluss bekamen schon die ersten Strahlen der Morgensonne ab. Etwa dreißig Leute standen inzwischen dort, unbeweglich und bis auf ein paar Halbsätze, die sie den Neuankömmlingen zuraunten, auch stumm. Keiner versuchte sich zu nähern, sodass die Stadtpolizisten im Gegenzug darauf verzichteten, sie weiter zurückzudrängen. Fast alle hatten die Hände in den Hosen- oder Jackentaschen vergraben. Noch war es bitterkalt.

Clemencia fror sicher auch deswegen, weil sie praktisch nicht geschlafen hatte. Dabei waren Tjikundu und sie schnell aus dem Kofferraum befreit worden. Die Notrufzentrale war besetzt gewesen, der Diensthabende hatte den Hilferuf ernst genommen und sofort zwei Wagen losgeschickt. Bevor er auflegen konnte, hatte Clemencia ihn beschworen, sofort die Fahndung nach Kausiku und den beiden Bewaffneten einzuleiten. Da sie zu Fuß geflüchtet seien, könne man sie vielleicht noch in der Nähe aufgreifen.

Bald darauf war der erste Streifenwagen eingetroffen. Der Schlüssel des Fiesta war natürlich verschwunden gewesen, doch den Kollegen war es relativ schnell gelungen, den Kofferraumdeckel mit Hilfe eines Wagenhebers aufzustemmen. Keine halbe Stunde war Clemencia eingesperrt gewesen, und doch waren ihre Beine so verkrampft, dass sie zusammenklappten, als ihr herausgeholfen wurde. Sobald sie wieder stehen konnte, hatte sie ihre Dienstwaffe suchen lassen und sich um die Sicherstellung des Fiesta gekümmert. Dann waren Tjikundu und sie ins Präsidium gefahren, wo sie die Täterbeschreibungen niedergeschrieben und telefonisch bei den Polizeistationen in Katutura nachgebohrt hatten. Niemand, der auch nur entfernt in Frage kam, war festgenommen worden.

«Sind Sie in Ordnung, Frau Garises?», fragte Oshivelo. Es war das erste Mal seit Jahren, dass er sich an einem Tatort sehen ließ. Und das am frühen Morgen!

«Klar», sagte Clemencia.

«Sie sehen aber nicht so aus.»

«Die Nacht war ziemlich kurz.»

Um 2 Uhr 30 war Clemencia in ihr Bett gekrochen. Obwohl sie drei Wolldecken über sich gebreitet hatte, war ihr kalt gewesen. Die Füße hatten sich wie Eisklötze angefühlt. Und sie selbst war plötzlich hellwach gewesen. Trotzdem hatte sie die Augen geschlossen, nur um die Bilder der vergangenen Stunden an sich vorbeiziehen zu sehen. Den wie tot am Boden liegenden Mann. Den riesigen blaßroten Mond über den Erosbergen. Tjikundu, der den Kopf senkte, als habe er soeben mit dem Leben abgeschlossen. Die leichte Bewegung des Wollstoffs, durch den der Maskierte zu ihr sprach. Das fahle Leuchten des Handy-Displays im Kofferraum.

Clemencia hatte sich gezwungen, die Ereignisse systematisch zu durchdenken. Ein Fehler war sicher gewesen, nicht sofort die Waffe zu ziehen, als sie aus dem Auto gestiegen war. Oder spätestens, als sie Tjikundu befohlen hatte, den Wagen zurückzusetzen. Sie hätte die Umgebung sichern müssen, bevor sie sich zu dem Liegenden hinabbeugte. Doch hatte man wirklich mit einer solchen Befreiungsaktion rechnen können? Woher hatten die beiden Bewaffneten überhaupt gewusst, dass Kausiku um diese Uhrzeit zur Vernehmung geholt werden sollte? Hatte er sie vom Gefängnis aus irgendwie informieren können? Das war eher unwahrscheinlich, denn Kausiku hatte selbst einigermaßen überrascht gewirkt. Gab es vielleicht einen Informanten unter den Gefängniswärtern, war gar Tjikundus telefonische Anmeldung abgehört worden?

Und wie hing die ganze Geschichte mit der Entführung Thomas Rodensteins zusammen? Ließ sie darauf schließen, dass Kausiku wusste, wo und von wem der Entführte gefangen gehalten wurde? Sicher. Wahrscheinlich. Vielleicht. Clemencia hatte keine Ahnung, sie wusste ja nicht einmal, wieso die Täter nicht mit dem Polizeiwagen geflüchtet waren. Und warum sie Clemencia und Tjikundu verhältnismäßig pfleglich behandelt hatten. Nur eine der Fragen, die sie während der Nacht hin- und hergewälzt hatte, schien sich inzwischen beantworten zu lassen. Nämlich die, warum sich die Täter nicht den Schlüssel für Kausikus Handschellen hatten aushändigen lassen.

Clemencia dachte an seine Frau, nein, an die Frau, die mit ihm zusammengelebt hatte, weil er ihre Kinder ernährt hatte. Sie wusste noch nicht, dass Tobias Kausiku tot zwischen ein paar dürren Hakkie-Büschen in einem Rivier lag. Aus nächster Nähe erschossen, hingerichtet, ohne dass er sich hätte wehren können, weil seine Hände mit Polizeihandschellen gefesselt waren. Emmy – genau, so hieß sie – würde ihnen die Schuld geben, der Polizei insgesamt und Clemencia im Speziellen. Warum hatte sie ihn festnehmen müssen?

«Die Mörder wollten verhindern, dass Kausiku uns bei der Rodenstein-Entführung weiterhilft», sagte Oshivelo.

Das war zumindest die wahrscheinlichste Erklärung. Es sah tatsächlich so aus, als habe man es mit einer bisher unbekannten politisch motivierten Bande zu tun, die ihre Ziele mit brutalen Mitteln verfolgte. Erbarmungslos sogar gegen ihr eigenes Fußvolk, sobald einer davon eine potenzielle Gefahr darstellte.

Clemencia sah den Spurensicherungsleuten beim Vermessen eines Schuhabdrucks im Sand zu. Die Spuren führten zu dem Trampelpfad, der das Rivier durchkreuzte, und verloren sich dort. Hundert Meter weiter rauschte der morgendliche Berufsverkehr auf dem Western Bypass vorbei. Jenseits der Straße zog sich ein doppelter Außenzaun am Gefängnisareal entlang. Tobias Kausiku war so nahe an der Entführungsstelle ermordet worden, dass Clemencia die Schüsse hätte hören können. Hatte sie aber nicht. In diesem verdammten Kofferraum.

«Die Medien werden uns in der Luft zerreißen», sagte Oshivelo. Er bedeutete einem Officer der Stadtpolizei, den Toten abtransportieren zu lassen. Wenn der Chef persönlich auftauchte, war plötzlich alles verfügbar: die halbe Scenes of Crime Unit einschließlich eines Fotografen, jede Menge Mannschaften, die in der weiteren Umgebung eventuelle Zeugen ausfindig zu machen suchten, ein Leichensack, eine Trage, und oben am Straßenrand stand sogar ein Leichenwagen.

«Aber das stehen wir durch», fuhr Oshivelo fort, «wenn wir die Täter schnell fassen.»

Das war kein Wunsch, sondern ein Befehl. Oshivelo zog sich den Schal fester um den Kragen seines Wintermantels. Dann wandte er sich ab und stapfte auf einen Reporter des *Namibian* zu. Der diskutierte an der Böschung mit den absperrenden Polizisten. Clemencia war froh, dass Oshivelo ihr die Erklärungsversuche gegenüber der Presse abnahm. Das konnte nur unangenehm werden, und sie hatte wahrlich genug anderes zu tun. Bis sie im Ministry for Lands and Resettlement jemanden antreffen würde, blieben noch zwei Stunden. Die wollte sie nutzen, um im Büro ihre Gedanken zu ordnen und das weitere Vorgehen zu organisieren. Clemencia ließ sich in die Bahnhofstraße fahren.

Der erschossene Gregor Rodenstein, die Entführung seines Sohns mit all ihren politischen Implikationen, der Hinterhalt vor dem Gefängnis, die Ermordung Kausikus, das Auftreten einer unbekannten Extremistengruppe – es war ein bisschen viel, um sich selbst um alles zu kümmern. Sie musste versuchen, den Überblick zu behalten, musste Präferenzen vorgeben und ihre Leute auf jeweils eine überschaubare Aufgabe ansetzen.

Robinson war schon zur Farm Steinland unterwegs. Er sollte wissen, was er zu tun hatte. Tjikundu wurde beauftragt, nach der undichten Stelle zu suchen, die den Hinterhalt erst möglich gemacht hatte. Van Wyk sollte Kausikus Lebensgefährtin benachrichtigen und noch einmal intensiv im privaten Umfeld nachforschen. Sobald Clemencia konnte, würde sie sich hier einklinken. Man musste schließlich davon ausgehen, dass Kausiku Entscheidendes gewusst hatte. Mit irgendjemandem würde er darüber gesprochen haben. Und wenn dieser Jemand nur einen anderen benennen würde, der sie vielleicht zu einem Dritten führte – hier hielten Clemencia und ihre Kollegen einen Faden in der Hand, an dem sie sich geduldig voranarbeiten konnten. Wenn so viel Zeit blieb. Wenn nicht vorher …

Das Handy klingelte. Dass ihre Tante dran war, begriff Clemencia erst mit Verspätung, denn ganz gegen ihre Gewohnheit flüsterte Miki Selma ins Telefon. Clemencia verstand nur, dass von irgendwelchen Polizisten die Rede war.

«Kannst du nicht lauter sprechen?»

«Die beiden fragen nach Melvin», hauchte Miki Selma. «Wo er ist, und so. Das kam uns verdächtig vor, denn wenn etwas mit Melvin wäre, hättest du doch selbst … Oder hast du etwa die beiden hergeschickt?»

Miki Selma war fest davon überzeugt, dass kein Polizist in Namibia einen Finger regen konnte, ohne dass Clemencia darüber Bescheid wusste oder das gar angeordnet hatte. Normalerweise würde Clemencia sich maßlos darüber aufregen, aber jetzt verzichtete sie darauf. Zwei Polizisten fragten nach Melvin? Vielleicht gab es ja eine ganz simple Erklärung, vielleicht war er wieder einmal in eine Rauferei geraten oder bloß Zeuge eines Verkehrsunfalls geworden. Wenn aber doch jemand im Fall Steinland nachforschte?

Aber wie sollten die Polizisten auf Melvin gekommen sein? Clemencia hatte keinen ihrer Kollegen informiert, dass ihr Bruder und Kausiku sich eventuell kannten. Seit die politischen Motive für den Überfall auf die Rodenstein'sche Farm feststanden, hielt sie eine Beteiligung Melvins daran für absolut unwahrscheinlich. Einen unpolitischeren Menschen als ihren Bruder gab es nicht. Er hatte wirklich genug mit sich selbst zu tun. Und doch, dass sich ausgerechnet jetzt zwei Polizisten nach ihm erkundigten, war höchst seltsam. Wenn es denn welche waren!

«Hast du die beiden nach ihren Ausweisen gefragt?»

«Die tragen Uniformen», flüsterte Miki Selma.

Uniformen konnte man sich in Katutura ziemlich problemlos besorgen. Vor ein paar Jahren war sogar mal ein Kollege verhaftet worden, der Dienstwagen gegen Gebühr an Kriminelle verlieh. Uniformen besagten überhaupt nichts. Zumindest nichts gegen die Tatsache, dass man Tobias Kausiku heute Nacht ermordet hatte, um ihn zum Schweigen zu bringen. Nach allem, was man wusste, hatte er aber zwei Komplizen gehabt, die vermutlich noch reden konnten. Und die vielleicht auch reden würden. Mussten Kausikus Mörder diese beiden nicht ebenfalls beseitigen? Und zwar schnellstmöglich?

«Soll ich die Ausweise verlangen?», fragte Miki Selma.

Nein, das war sinnlos. Miki Selma würde einen gefälschten Polizeiausweis nicht einmal erkennen, wenn er mit zittriger Hand auf einer Papierserviette nachgemalt worden wäre. Clemencia fragte: «Hat der kleinere der beiden eine Warze an der rechten Wange?»

Miki Selma schwieg einen Moment und sagte dann: «Du kennst sie also doch?»

Es waren die Killer. Die beiden Männer, die vor ein paar Stunden Kausiku ermordet hatten, erkundigten sich gerade nach Clemencias Bruder. Sie sagte: «Hör zu, Selma, hör jetzt genau zu! Du sagst ihnen, du hättest Melvin gerade am Telefon erreicht. Er sei auf dem Weg nach Hause und wäre in zehn Minuten da. Biete den beiden Polizisten eine Tasse Tee an ...»

«Wir haben keinen Tee mehr», sagte Miki Selma.

«... oder sonst etwas! Sprich mit ihnen über deinen Gemüsestand, über den Kirchenchor oder meinetwegen übers Wetter, aber ...»

«Das macht Matilda eh schon. Du kennst sie ja und ...»

«... aber nicht über Melvin! Du weißt nur, dass er jeden Augenblick kommt, aber nicht, wo er ist oder sich normalerweise aufhält.»

«Weiß ich ja auch nicht.»

«Gut», sagte Clemencia. «Hast du alles verstanden?»

«Ich bin doch nicht blöd», sagte Miki Selma so laut, dass ihre Empörung nicht zu überhören war.

«In ein paar Minuten bin ich da.» Clemencia legte auf und eilte auf den Flur hinaus. Im Nebenzimmer sammelte sie drei der von Oshivelo zu ihrer Unterstützung organisierten Beamten auf, die in Akten und am Computer nach politischen Extremisten suchten. Von ihrem eigenen Team war nur van Wyk im Haus. Sie erreichte ihn telefonisch, als er sich unten gerade einen Wagen sicherte, um zu Kausikus Hütte hinauszufahren. Programmwechsel, van Wyk! Jetzt musste es schnell gehen.

Während sie auf dem Weg ins Erdgeschoß immer drei Stufen auf einmal nahm, fragte Clemencia sich, ob es nicht völlig verantwortungslos war, ihre alten Tanten einzuspannen, um zwei skrupellose Mörder aufzuhalten. Wenn jemandem aus ihrer Familie auch nur ein Haar gekrümmt würde, könnte sie sich das nie verzeihen. Aber was hätte sie sonst tun sollen? Miki Selma beauftragen, die beiden falschen Polizisten einfach wegzuschicken?

Van Wyks Wagen stand mit laufendem Motor vor dem Haupteingang in der Bahnhofstraße. Die drei Kollegen quetschten sich auf die Rückbank, und Clemencia rief vom Vordersitz aus die Polizeiwache in der Mungunda Street an. Die waren am nächsten dran. Sie sollten die Frans Hoesenab Straat an beiden Enden sperren und niemanden durchlassen. Auch keinen Polizeikollegen. Vor allem keinen Polizeikollegen. Und sie sollten um Gottes willen vorsichtig sein.

Van Wyk streckte den Arm aus dem Fenster und bog trotz roter Ampel in die Independence Avenue ab. Dann gab er Gas. Clemencia wandte sich zu den dreien auf der Rückbank. Sie waren aus der VIP Protection Unit abgezogen worden, hatten normalerweise für die Sicherheit von Staatsgästen zu sorgen. Das war gut. Die wussten wenigstens, wie herum man eine Schusswaffe hielt. Clemencia beschrieb ihnen die Zielpersonen.

Als van Wyk hinter der Kirche in die Frans Hoesenab Straat einbog, war von den Kollegen aus der Katutura-Wache nichts zu sehen. Geschweige denn von einer Straßensperre. Vielleicht hatten sie sich Clemencias Mahnung zur Vorsicht so sehr zu Herzen genommen, dass sie auf den Einsatz ganz verzichteten. Jedenfalls hatten sie sich nicht sofort auf den Weg gemacht.

«Langsam jetzt!», sagte Clemencia und zog ihre Pistole. Sie würden ein paar Häuser vorher stehen bleiben, aussteigen, sichern. Zwei würden am Vorgarten vorbeigehen und die Lage peilen. Dann kämen sie gleichzeitig von beiden Seiten und …

Und gar nichts! Als Clemencia eine Gruppe von zehn, zwölf Menschen vor ihrem Haus aufgeregt gestikulieren sah, wusste sie schon, dass sie zu spät gekommen war. Sie erkannte ein paar Nachbarn, zwischen denen Miki Selmas langer roter Rock hervorleuchtete. Miki Matilda und eine andere Frau beugten sich zu einem Mann am Boden hinab. Van Wyk bremste scharf und hielt. Clemencia und die anderen stiegen aus, die Waffen immer noch in der Hand. Der Mann am Boden richtete sich langsam auf. Es war der Taxifahrer von schräg gegenüber. Seine Oberlippe war aufgeschlagen, am Mundwinkel rann ein dünner Faden Blut zum Kinn hinab.

«Wohin sind sie?», fragte Clemencia. Sie spürte, wie die Spannung von ihr abfiel. Es wäre zu schön gewesen, die Scharte der vergangenen Nacht gleich wieder auszuwetzen.

Miki Selma deutete Richtung Norden. Die drei Kollegen von der VIP Unit spurteten los. Miki Matilda wischte dem Taxifahrer mit dem Handrücken das Blut ab. Es schien sich um keine schwere Verletzung zu handeln. Wenigstens das.

«Die müssen irgendwie Verdacht geschöpft haben», sagte Miki Selma mit etwas unsicherer Stimme.

«Was hast du ihnen gesagt?»

«Ich? Gar nichts! Nur, dass ich nicht weiß, wo Melvin ist.»

«Und dass du es ihnen auch nicht sagen würdest, wenn du es wüsstest. Da könnten sie dich noch so lange foltern, du würdest schweigen, hast du gesagt», schaltete sich Miki Matilda ein.

«Das waren nämlich gar keine Polizisten, das waren Tsotsis!», erklärte Miki Selma den Nachbarn.

Natürlich hatten die beiden Killer an ihrer Großtuerei sofort gemerkt, was lief, und darauf verzichtet, der echten Polizei zu begegnen. Um Miki Selma hatte sich Clemencia umsonst Sorgen gemacht. Bei ihr war das absolut unnötig. Umso nötiger allerdings bei allen, die irgendwie von ihren Aktionen abhingen. Miki Selma hatte es verbockt.

Sie wandte sich an Clemencia, sagte: «Jedenfalls wollten sie plötzlich nicht mehr auf Melvin warten. Da habe ich laut um Hilfe gerufen, um sie aufzuhalten. Der eine, der mit der Warze, hat dann Festus niedergeschlagen. Einfach so.»

«Das wird schon wieder», sagte Miki Matilda zum Taxifahrer. «Ich kenne da ein paar Kräuter, die Wunder wirken.»

«Und dann sind sie feige abgehauen», schloss Miki Selma.

«Kräuter?», fragte der Taxifahrer. «Nein, nein, es ist halb so wild. Aber habt ihr vielleicht eine Cola für mich?»

Miki Matilda blickte auf ihn hinab, dann durch den Maschendrahtzaun zu den geklauten Flaschenvorräten, die längs der Hausmauer aufgeschichtet waren, und wieder hinab auf den Nachbarn Festus. Sie brummte etwas Unverständliches und ging eine Flasche holen.

Die Beamten von der VIP Protection Unit kamen schon zurück. Einer von ihnen zuckte mit den Achseln und sagte: «Die Kerle sind vorn an der Shanghai Street in ein Taxi gestiegen. Der Junge hat es gesehen.»

Der Junge, den er durch den Kreis der Nachbarn nach vorn schob, war Clemencias Neffe Timothy. Er nickte heftig. Herr im Himmel, wenn Miki Selma einen Zwölfjährigen zwei Mördern hinterhergeschickt hatte, dann konnte sie aber etwas erleben! Und wenn Timothy selbst auf die Idee gekommen war, war das nicht viel besser. Clemencia fragte: «Wieso bist du eigentlich nicht in der Schule?»

«Ich ... ich habe mir die Taxinummer gemerkt», stotterte Timothy aufgeregt. «X 151.»

«Gut gemacht, Kleiner!» Van Wyk griff zum Handy.

«Timothy!» Clemencia ging in die Hocke und sah dem Jungen in die Augen. «Das ist kein Spiel. Die beiden sind gefährliche Männer und können dir sehr weh tun. Verbrecher zu verfolgen ist die Aufgabe der Polizei. Deswegen gibt es uns ja. Ich verspreche dir, wir kriegen die und stecken sie ins Gefängnis. Und du versprichst mir, dass du so etwas nie wieder tust.»

«Aber ...»

«Versprich es mir!»

«Wenn es sein muss.» Timothy gab ihr die Hand.

«Und jetzt ab in die Schule!» Clemencia richtete sich auf.

Van Wyk telefonierte bereits mit dem Halter des Taxis X 151, der glücklicherweise selbst mit dem Wagen unterwegs war. Er hatte die beiden Killer nur ein paar hundert Meter mitgenommen und vor gerade mal fünf Minuten an der Ecke Shanghai Street – Independence Avenue aussteigen lassen. Das war eine der belebtesten Kreuzungen Katuturas. Jede Minute konnte man da zehn andere Taxis anhalten, in jede Richtung der Stadt. Trotzdem schickte Clemencia van Wyk und die drei von der VIP Unit hinterher. Möglicherweise hatte ja ein Passant etwas beobachtet. Die Chance war gering, aber vielleicht gelang es doch, den Verdächtigen auf der Spur zu bleiben.

Clemencia war es durchaus recht, die Kollegen loszuwerden. Sie würde auf Dauer kaum vermeiden können, ihnen zu erklären, was die beiden Killer ausgerechnet bei ihr zu Hause gesucht hatten, aber erst einmal musste sie selbst mit der Verwicklung Melvins in einen Mord- und Entführungsfall klarkommen. Denn daran konnte nun kaum noch ein Zweifel bestehen, auch wenn sie weniger denn je begriff, wie er in so eine Geschichte hineingeraten konnte. Ausgerechnet Melvin. Im Mai war er dreißig Jahre alt geworden, aber für sie würde er immer ihr kleiner Bruder bleiben, auf den man aufpassen musste. Nein, auf den sie aufpassen musste, wie sie es ihr ganzes bisheriges Leben getan hatte. Mal besser, mal schlechter.

Miki Selma versuchte Miki Matilda davon zu überzeugen, die beiden geflüchteten Gangster augenblicklich zu verfluchen. Matilda solle ihnen eine schöne Krankheit anhängen, die sie schwächer und schwächer werden ließe, ohne dass ein Arzt die Ursache bestimmen könne. Sie sollten leiden, bis sie angekrochen kämen und um Vergebung winselten. Miki Matilda war durchaus der Meinung, dass die beiden das verdient hätten, sah aber praktische Probleme. Sie brauche etwas aus dem Besitz der beiden oder müsse einen selbstpräparierten Gegenstand in ihrer unmittelbaren Nähe platzieren. Selbst eine verbale Verwünschung funktioniere nur ordentlich, wenn der Verfluchte darüber Bescheid wisse. Sie könne ja auch nicht hexen. Beziehungsweise nur im Rahmen dessen, was eben möglich sei.

«Kommt rein, wir müssen reden!», sagte Clemencia. Sie ging voran, durchs Gartentor, an den gestapelten Flaschen vorbei und dann links in die Küche, in deren hinterem, durch einen Schrank abgetrenntem Teil ihre Tanten wohnten. Dort war auf einer Art Altar auch der Hokuspokus aufgebaut, den eine smeer ouma wie Miki Matilda für ihren Beruf benötigte: Jede Menge Kräuter und Salben und Pulver, Bierflaschen mit selbstangesetzten Zaubertränken, rote und weiße Kerzen, Blechdosen mit getrockneten Tierorganen, Tarotkarten, ein Poster der Jungfrau Maria im Strahlenkranz und die Buddhastatue aus Gips, die Miki Matilda während einer Phase relativer Prosperität zu einem maßlos überhöhten Preis in Chinatown erstanden hatte.

Clemencia blieb stehen, Miki Selma und Miki Matilda setzten sich nebeneinander auf eines der Betten und blickten sie erwartungsvoll an. Clemencia sagte: «Ihr habt Melvin in den letzten Tagen wirklich nicht gesehen?»

Die beiden schüttelten im Gleichklang den Kopf.

«Und ihr habt keine Ahnung, wo er ist?»

Erneutes Kopfschütteln.

«Melvin steckt in ernsten Schwierigkeiten.» Clemencia stockte. Sich in Gedanken einzugestehen, dass ihr Bruder in ein Kapitalverbrechen verwickelt war, war eine Sache. Das in der Familie auszusprechen, eine ganz andere. Sie sagte: «Wenn er hier auftaucht, soll er sich unbedingt und sofort mit mir in Verbindung setzen.»

Einhelliges Nicken.

«Er schwebt in Lebensgefahr. Die beiden vorhin wollten ihn höchstwahrscheinlich umbringen.»

Zwei Paar Augen starrten Clemencia groß an.

«Vielleicht könnt ihr mir helfen, ihn zu finden? In der Nachbarschaft herumfragen, seine Freunde abklappern?»

Zweimal ein knappes Nicken. Dann saßen Miki Selma und Miki Matilda wieder unbeweglich auf der Bettkante. Die Hände hatten sie im Schoß übereinandergelegt. Am Boden neben dem Bett tickte überlaut ein Wecker.

«Herrgott, könnt ihr nicht mal etwas sagen?», fragte Clemencia.

«Mach dir keine Sorgen, Kindchen!», sagte Miki Selma.

«Es wird schon alles gut», sagte Miki Matilda.

«Gar nichts wird gut, wenn ...» Clemencias Handy klingelte. Es war van Wyk, und er sagte, dass die beiden Killer wie vom Erdboden verschwunden seien.

Die afrikaanssprachige *Republikein* gehörte ebenso zur Democratic Media Holding wie die *Allgemeine Zeitung*. Schon allein deshalb war es üblich, sich unter Kollegen zu informieren, wenn man auf eine aufsehenerregende Story gestoßen war. Genau das hatte Claus Tiedtke noch vor dem Frühstück getan. Dass am Abend zuvor keine Zeit mehr geblieben war, musste man ihm schon nachsehen.

Claus saß vor einem doppelten Espresso im «Fresh and Wild» und verglich befriedigt die Aufmacher der Windhoeker Tageszeitungen. Die *Republikein* titelte, dass die verschwundenen Gelder des staatlichen Pensionsfonds verschwunden blieben, und auch der *Namibian* hatte nur Belanglosigkeiten zu vermelden. Seine eigene Schlagzeile in der *AZ* lautete: Land oder Leben! Das klang vielleicht etwas reißerisch, aber auf die Schnelle war ihm nichts Besseres eingefallen. Der Artikel darunter führte die Fakten jedoch nüchtern und klar auf, zitierte die erpresserische Forderung der Entführer im Wortlaut, schilderte die Empörung der betroffenen Farmer und fasste den Ablauf des Überfalls auf Farm Steinland noch einmal kurz zusammen.

Auf Spekulationen über Zusammenhänge mit der Landreform und den eingeleiteten Enteignungsverfahren hatte Claus verzichtet. Dazu war es noch zu früh. Am Ende des Artikels stand nur, dass die Polizei vor Redaktionsschluss nicht mehr für eine Stellungnahme zu erreichen gewesen sei. Es klang nicht besonders vorwurfsvoll, doch Clemencia würde sich sicher nicht darüber freuen. Claus würde ihr erklären müssen, dass er genau wie sie nur versuchte, seinen Job gut zu machen.

Und der war noch lange nicht getan. So eine Geschichte verbrannte man nicht in einem Artikel. Deswegen galt es, in den nächsten Tagen ein paar Schippen nachzulegen. Dem Chefredakteur war sofort klar gewesen, dass man der SWAPO gehörig ans Bein pinkeln konnte, wenn ihre Landreformpolitik nicht von den Forderungen skrupelloser Verbrecher zu unterscheiden war. Er hatte Claus freie Hand gelassen. Er solle alles andere einstweilen vergessen und aus der Rodenstein-Sache herausholen, was herauszuholen war.

Claus überflog noch einmal seinen Artikel. Wenn er richtig kalkulierte, würde der Hinweis auf die Polizei die Konkurrenz ablenken. Natürlich würden sich seine Kollegen von den anderen Blättern heute ebenfalls auf die Entführung stürzen, und sie würden dort zu recherchieren beginnen, wo er gestern abend nicht mehr erfolgreich gewesen war: bei den zuständigen Behörden. Die würden die Medien hinhalten und davon sprechen, dass laufende Ermittlungen nicht gefährdet werden dürften. Das Übliche eben. Vielleicht konnte Claus so seinen Vorsprung noch ein paar Stunden behaupten, denn mit nichtssagenden Polizeipresseerklärungen würde er keine Zeit verlieren. Sein Weg führte über die Farmer.

Dass er die Rodensteins früher ein paarmal getroffen hatte, war nicht verwunderlich. Von den alteingesessenen Deutschstämmigen war sowieso jeder mit jedem bekannt, oft sogar verwandt oder verschwägert. Das war nun mal so, und auch wenn Claus gerade begonnen hatte, in Katutura ein neues Namibia zu entdecken, sprach nichts dagegen, alte Verbindungen zu nutzen. Er kippte den Rest seines Espressos hinunter, rief auf Farm Steinland an, kondolierte und ließ einfließen, dass Thomas Rodenstein zwei Jahrgänge unter ihm die Deutsche Höhere Privatschule durchlaufen habe.

Frau Rodenstein schien nach anfänglicher Reserviertheit ganz froh, ins Gespräch zu kommen. Sie beklagte, dass der Leichnam ihres Mannes immer noch nicht freigegeben sei, und nahm bald kein Blatt mehr vor den Mund. Natürlich würde sie, um das Leben ihres Sohnes zu retten, ihre Farm hergeben, auch wenn diese ihr Ein und Alles gewesen sei. Sie fühle sich inzwischen völlig leer, könne für die Täter nicht einmal mehr Hass empfinden. Sie begreife einfach nicht, wie blinder Fanatismus jemanden zu Mord und Entführung treiben könne. Andererseits verstehe sie auch die Wut ihrer Nachbarn über die Überfälle, die Untätigkeit der Polizei, die bürokratisch dürren Worte der Enteignungsbenachrichtigungen kaum mehr. Sie wolle nur noch, dass das alles aufhöre. Am besten wäre es gewesen, wenn sie vor einem halben Jahr verkauft hätten, da habe sich mal einer für die Farm interessiert.

Claus horchte auf, fragte nach: «Wer denn?»

«Gregor hat gleich abgewunken», sagte Frau Rodenstein, «aber der Mann hat darauf bestanden, Namen und Telefonnummer zu hinterlassen, falls wir es uns anders überlegten. Der Zettel muss noch irgendwo hier herumliegen.»

«Machen Sie sich keine Mühe! Sie haben jetzt sicher andere ...»

«Da ist er ja!» Frau Rodenstein gab die Daten durch, und

Claus notierte sie auf dem Rand der *Allgemeinen Zeitung*. Hidipo Mashego. Ein Ovambo-Name, der Claus nichts sagte. Natürlich konnte das irgendwer sein. Es gab genug Leute, die zu Geld gekommen waren und sich für den Erwerb einer Farm interessierten. Wahrscheinlich hatte das nichts zu bedeuten, wahrscheinlich existierte kein Zusammenhang mit den aktuellen Verbrechen. Wenn aber doch? Wenn Herr Hidipo Mashego es nicht sehr sportlich genommen hatte, dass ihm ein legaler Ankauf versagt wurde?

«Ich frage mich, wieso alle möglichen Leute auf Farm Steinland scharf sind», sagte Claus. «Ziehen sich bei Ihnen ein paar Goldadern durch die Erde?»

«Nein», sagte Frau Rodenstein, «und selbst wenn: Sie wissen doch, dass wir Farmer nur die Oberfläche unseres Lands besitzen. Alles, was mehr als drei Fuß unter der Grasnarbe liegt, gehört dem Staat.»

Claus' Bemerkung war nicht ernst gemeint gewesen, aber zu Scherzen war Frau Rodenstein offensichtlich nicht aufgelegt. Wie sollte sie auch in ihrer Situation? Claus sagte: «Natürlich. Jedenfalls drücke ich beide Daumen, dass Thomas bald unversehrt zu Ihnen zurückkehrt.»

Er bedankte sich und beendete das Gespräch. Auf seiner Zeitung standen ein Name und eine Telefonnummer. Die Adresse hatte Frau Rodenstein nicht gewusst. Schade, denn Claus hätte lieber unangekündigt bei Herrn Mashego vorbeigeschaut, als ihn anzurufen.

Draußen, im Garten des «Fresh and Wild», wischte eine Bedienung die Tische ab. Die Sonnenstrahlen brachen schräg durch die Glasfront herein und lockten die ersten Gäste ins Freie hinaus. Der abgeschlossene Garten des Cafés war eine der wenigen Oasen Windhoeks. So grün und friedlich, dass man sich wie in einer deutschen Provinzstadt fühlen konnte. Neben dem künstlichen Wasserlauf setzten sich zwei jüngere blonde

Frauen an einen Tisch. Sie hatten wahrscheinlich ihre täglichen Einheiten im Fitness-Studio schon hinter sich und warteten nun bei Cappuccino und Fruchtsaft darauf, dass sie ihre Kinder von irgendeiner Privatschule abholen konnten. Vorurteile hin oder her, man sah den Leuten an, wer und was sie waren.

Claus tippte Mashegos Nummer in sein Handy. Eine Frau meldete sich, ohne ihren Namen zu nennen. Claus stellte sich als Mitarbeiter von Telecom Namibia vor. Wegen Wartungsarbeiten müssten die Telefonleitungen von 12 Uhr ab für unbestimmte Zeit unterbrochen werden. Das gelte für alle Haushalte in der Ursula Street. Er bitte, die Unannehmlichkeiten zu entschuldigen.

«Wo, sagten Sie?», fragte die Frauenstimme.

«In der ganzen Ursula Street.»

«Ursula Street? Kenne ich nicht.»

«Aber Ihr Anschluss ist doch ...» Claus tat verwirrt. «Warten Sie bitte! ... Wo wohnen Sie denn?»

«Exodus Straat», sagte die Frau zögernd.

Claus hoffte, dass sie die Grundstücksnummer nachliefern würde, doch das tat sie nicht. Die Leute waren aus guten Gründen misstrauisch geworden. Gab man Unbekannten die Adresse zu einer Festnetznummer, konnten die anrufen und feststellen, ob jemand zu Hause war, bevor sie das Haus ausräumten. Claus sagte: «Na, dann sind Sie wohl nicht betroffen. Entschuldigen Sie die Störung!»

Er klemmte einen 20-Dollar-Schein unter die Espressotasse und verließ das Café. Im Handschuhfach hatte er einen Stadtplan. Die Exodus Straat lag im westlichen Teil Katuturas und schien kurz genug, um an Ort und Stelle das richtige Haus finden zu können. Rasch erreichte er das richtige Stadtviertel. Karmel Straat, Genesis Straat. Weiß der Teufel, warum hier alle Straßen nach der Bibel benannt worden waren!

Claus bog in die Exodus Straat ein und fuhr sie langsam entlang. Er befand sich eindeutig in einer der besseren Wohngegenden Katuturas. Die Häuser waren klein, aber solide gebaut. Niedrige Ziegelmauern grenzten die Vorgärten zur Straße hin ab. In ihnen gab es statt des üblichen Sammelsuriums von Schrott und Abfall, den irgendwer einmal zu brauchen hoffte, sogar ein wenig Bepflanzung. Dennoch, dass einer der Anwohner auch nur in Erwägung ziehen konnte, eine Farm zu kaufen, bezweifelte Claus stark. Wer im Zuge des Black Economic Empowerment an die Fleischtöpfe in Politik und Wirtschaft gelangt war, stellte seinen Status normalerweise auch zur Schau. Nein, hier lebten kleine und mittlere Angestellte, die genug fürs tägliche Auskommen verdienten, aber mehr auch nicht.

Claus wendete am Ende der Straße und hielt bei einem alten Mann, der sich in die wärmenden Strahlen der Sonne gesetzt hatte. Er trug einen Filzhut undefinierbarer Farbe, wie er vielleicht in den 1950er Jahren modern gewesen war. Die braune Haut und die leicht asiatisch anmutenden Züge ließen darauf schließen, dass er ein Nama war. Claus sprach ihn auf Afrikaans an. «Hoe gaan dit, meneer?»

Sie tauschten ein paar Höflichkeitsfloskeln aus und bestätigten einander, dass der Winter jetzt langsam enden dürfe. Dann fragte Claus nach Hidipo Mashego.

«Da drüben, auf der anderen Seite. In dem weißen Haus hinter den Bougainvilleen.»

Die Bougainvilleen hatten sichtlich unter dem Frost gelitten. Mashegos Haus war einstöckig und wurde von einem schönen Rundbogenfenster dominiert, dessen Rahmen allerdings mal wieder lackiert werden musste. Auch die Fassade und das geschwungene Mäuerchen hätten einen neuen Anstrich vertragen können. Alles sah ein wenig heruntergekommen aus, stach jedenfalls in keiner Weise gegenüber den Nachbarhäusern hervor. Claus sagte: «Sehr schönes Anwesen! Es sieht so aus, als würde Mashego einen Haufen Kohle verdienen.»

«Der arbeitet irgendwo bei der Regierung.» Der alte Mann blinzelte gegen die Sonne hoch.

«Bei der Regierung?»

«Als Fahrer. Er tut aber, als wäre er Gott weiß wer. Wenn er mal einen Wagen nach Hause bringen darf, ist er sich nicht zu schade, stundenlang am Nummernschild herumzuputzen. Nur, damit jeder sieht, dass es ein Regierungskennzeichen ist.»

Der Alte schien eine gesunde Feindschaft gegenüber Mashego zu pflegen. Das war gut, das war sehr gut, denn er würde kein Blatt vor den Mund nehmen, solange sich sein Gesprächspartner nicht mit der Gegenseite solidarisierte. Claus schwenkte vorsichtig auf seine Linie ein. «Die von der Regierung sitzen sowieso den ganzen Tag faul herum, und dann stecken sie unser Steuergeld in die Tasche.»

«Dabei kann Mashego nicht einmal richtig Auto fahren. Den Posten hat er nur gekriegt, weil er mit einem Minister verwandt ist.»

Sieh mal einer an! Das konnte interessant werden. Claus sagte: «So eine Schweinerei!»

«Ich habe ihn bei der Antikorruptionsbehörde angezeigt», sagte der Alte. «Natürlich ist nichts dabei herausgekommen.»

«Die halten zusammen wie Pech und Schwefel.» Claus nickte, schaute zu Mashegos Haus hinüber. Grundstücksnummer 4939. Er musste jetzt nur noch wissen, welcher …

«So ist es.» Der Alte rückte seinen Hocker zur Seite, so dass ihn die Sonne nicht mehr blendete.

«Mit welchem Minister ist Mashego denn verwandt?»

«Shilongo. Der ist Mashegos Onkel, der Bruder seiner Mutter.»

«Paulus Shilongo?» Das war der Minister für Land und Neusiedlung! Der Minister, in dessen Zuständigkeit die Landreform fiel. Der nicht müde wurde, in jeder Rede zu betonen, dass das Prinzip «williger Käufer – williger Verkäufer» am Widerstand der weißen Farmer gescheitert sei. Dass man deswegen zu Enteignungen schreiten müsse, um den Umverteilungsprozess zu beschleunigen. Dass nur so den legitimen Bedürfnissen der ehemals benachteiligten schwarzen Bevölkerungsmehrheit entsprochen werden könne.

«Genau der», sagte der Alte.

Das Gespräch hatte sich wahrlich gelohnt. Immer vorausgesetzt, es handelte sich nicht bloß um üble Nachreden eines missgünstigen Nachbarn. Claus musste das augenblicklich überprüfen. Er hatte schon seinen Wagen entriegelt und die Fahrertür aufgerissen. Dann besann er sich, ging noch einmal zu dem alten Nama zurück und streckte ihm die Hand entgegen. «Claus Tiedtke, *Allgemeine Zeitung*.»

«Willem Hoebeb.»

«Sich mit einem Minister anlegen, Respekt! Sie sind ein sehr mutiger Mann, meneer Hoebeb. Darf ich Ihren Namen in der Zeitung nennen?»

Hoebeb zog den Mundwinkel hoch. «Es kommt eh nichts dabei heraus.»

Auf dem Weg in die Redaktion formulierte Claus in Gedanken schon an dem Artikel herum, der am nächsten Tag die halbe Titelseite einnehmen würde: Noch gibt es kein Lebenszeichen vom entführten Thomas Rodenstein, für dessen Freilassung zwanzig weiße Farmer ihren Besitz zugunsten einer staatlichen Neuverteilung abgeben sollen. Die Hintergründe dieser Forderung erscheinen jedoch immer dubioser. Wie Frau Rodenstein mitteilte, wollte ein gewisser Hidipo Mashego vor knapp einem halben Jahr Farm Steinland kaufen. Nach Informationen der AZ arbeitet Herr Mashego als Chauffeur und besitzt selbst keineswegs die für einen Farmkauf nötigen Millionen. Einen Strohmann vorzuschicken, ist bei solchen Geschäften durchaus üblich, wenn der eigentliche Interessent im Hintergrund bleiben will. Bedenklich stimmt allerdings, dass Herr Mashego ein enger Verwandter des Ministers für Land und Neusiedlung, Paulus Shilongo, ist. Dessen Behörde wiederum hat nach dem fehlgeschlagenen Kaufversuch ein Enteignungsverfahren unter anderem gegen die Besitzer der Farm Steinland eingeleitet. Da die betroffenen Farmer entschiedenen juristischen Widerstand ankündigten, ist mit einem schnellen Abschluss dieser Verfahren nicht zu rechnen. Dass gerade jetzt eine kriminelle Bande die Enteignungen zu erzwingen sucht, ist hoffentlich nur ein Zufall. Ein bitterer Nachgeschmack bleibt jedoch. Dem SWAPO-Minister Paulus Shilongo stünde es jedenfalls gut an, für rückhaltlose Aufklärung zu sorgen.

Nein, so konnte Claus das nicht bringen. Zumindest noch nicht. Der Minister würde toben, und das durchaus zu Recht, falls Claus ihm vor der Veröffentlichung des Artikels keine Gelegenheit zur Stellungnahme einräumte. Aber das wollte Claus zunächst vermeiden, denn damit wäre das Ministerium vorgewarnt. Sie könnten Spuren verwischen, Indizien beseitigen, Zeugen in ihrem Sinn instruieren, bevor Claus die Chance bekam, der ganzen Sache auf den Grund zu gehen. Um weiteres Material sammeln zu können, musste er sich schön still verhalten. Also erst einmal kein Artikel, kein Wort zu den Kollegen, zu niemandem!

Als Claus auf dem Parkplatz vor dem Redaktionsgebäude ausstieg, kam ihm der stellvertretende Chef der *Republikein* entgegen. Claus hatte keine Mühe, sich bedeckt zu halten, denn der Kollege fragte nichts, sondern brannte darauf, ihm seine Neuigkeiten mitzuteilen: Die Polizei habe einen der mutmaßlichen Entführer bereits am Tag nach der Tat festgenommen. Er sei jedoch gewaltsam befreit und heute Morgen erschossen aufgefunden worden. Das sei doch unglaublich, oder?

Claus stimmte zu. Als er den Kollegen losgeworden war, ging er in die Redaktion, fuhr seinen Computer hoch und loggte sich in das elektronische Archiv der AZ ein. Er zögerte. Kein Wort? Zu niemandem? Gregor Rodenstein war umgebracht, sein Sohn entführt, einer der Entführer angeschossen und ein zweiter ermordet worden. Man brauchte kein Prophet zu sein, um zu ahnen, dass noch mehr Blut fließen würde. Das war kein Spaß, das war nicht irgendeine Story, die man möglichst geschickt ausschlachten musste. Hier ging es um Leben und Tod.

Claus hatte nicht etwa Angst, dass er als Nächster dran glauben müsse. Aus irgendeinem Grund fühlte er sich so gut wie unverwundbar, seit er in Katutura lebte und sich bewiesen hatte, dass er zwischen unterschiedlichen Welten hin und her zu wandern vermochte. Aber konnte er verantworten, dass möglicherweise weitere Menschen abgeschlachtet wurden, nur weil er wichtige Informationen zurückhielt?

Er griff zum Handy. Es läutete vier Mal, bevor Clemencia sich meldete.

«Ich muss dich sofort treffen», sagte Claus. «Es ist wirklich wichtig.»

«Das geht nicht. Ich bin in einer Besprechung.»

«Es sieht so aus, als habe Minister Shilongo vor einem halben Jahr Farm Steinland kaufen wollen und ...»

«Ich melde mich später.»

Und schon war die Verbindung unterbrochen. Claus rief sofort wieder an, doch Clemencia hatte ihr Handy offensichtlich abgeschaltet. Als die Mailbox ihn aufforderte, eine Nachricht zu hinterlassen, sagte er: «Verdammt noch mal, Clemencia, das ist ...»

Er schüttelte den Kopf, starrte auf den Computerbildschirm.

Clemencia machte ihren Job und er seinen. Er recherchierte, suchte nach der Wahrheit, deckte Schweinereien auf, schrieb Artikel. Er brachte niemanden um und war auch nicht dafür verantwortlich, wenn andere jemanden umbrachten. Er klickte auf die Suchfunktion des AZ-Archivs. Der Cursor blinkte, und Claus gab den Namen des Ministers für Land und Neusiedlung, Paulus Shilongo, ein.

Der Staatssekretär im Ministry for Lands and Resettlement hieß Kawanyama und stammte aus dem Kavango. Schon allein deshalb verfügte er in der von Ovambos dominierten Regierungspartei nur über eine bescheidene Hausmacht. Dazu kam, dass er mit knapp vierzig Jahren zu jung war, um sich in der glorreichen Zeit des Unabhängigkeitskampfes größere Verdienste erworben zu haben. Umso bemerkenswerter war seine schnelle politische Karriere. Kawanyama musste äußerst geschickt darin sein, sich aus den Flügelkämpfen der SWAPO herauszuhalten oder immer aufs richtige Pferd zu setzen.

Clemencia hatte ihn vor zwei Jahren persönlich kennengelernt, als die Mordserie an den Lubowski-Attentätern auch in der Politik hohe Wellen schlug. Damals hatte Kawanyama als persönlicher Referent des Minister for Safety and Security noch eher im Hintergrund gestanden, aber wohl schon mehr Einfluss gehabt, als man in der Öffentlichkeit wahrgenommen hatte. Nach der Wahl 2010 hatte ihn Präsident Pohamba in sein jetziges Amt berufen. Nicht nur Clemencia hielt das für eine kluge Entscheidung, denn Kawanyama besaß einen scharfen Verstand, war fleißig und – soweit man wusste – von einer persönlichen Integrität, die in der politischen Klasse keineswegs selbstverständlich war.

Außerdem konnte er in einer Weise zuhören, die den Eindruck erweckte, dass er das Anliegen seines Gegenübers zu seinem eigenen machte. Als Clemencia ihren Bericht über den Fall Rodenstein beendet hatte, sagte er: «Ich habe heute früh schon von der Angelegenheit erfahren, bin Ihnen aber zu großem Dank verpflichtet, dass Sie mir die Hintergründe erläutert haben, Frau Garises.»

«Wir dachten, wegen der politischen Stoßrichtung der Freilassungsforderung sollte das Ministerium Bescheid wissen.»

«Das war völlig richtig.» Kawanyama zögerte einen Moment, sagte dann: «Dieses Desaster kann nur begrenzt werden, wenn der Fall restlos und schnellstmöglich aufgeklärt wird. Sie und ich, wir ziehen da an einem Strang. Sollte ich Ihnen irgendwie behilflich sein können, tue ich das gern. Aber natürlich will ich mich nicht in Ihre Arbeit mischen. Sie haben in dieser Hinsicht mein volles Vertrauen.»

Das war schön zu hören, auch wenn er mit dieser Einschätzung wohl ziemlich allein stand. Clemencia zweifelte ja selbst, ob sie der Sache gewachsen war. Sie sagte: «Nun, es wäre in der Tat interessant, etwas über die politischen Hintergründe der geplanten Farmenteignungen zu erfahren.»

«Was genau wollen Sie wissen?»

«Warum gerade diese Farmen?»

«Es gibt harte Faktoren wie die bisherige Art der Bewirtschaftung, die Produktivität und die Möglichkeit, eine Farm in kleinere, lebensfähige Parzellen zu unterteilen. Auch die relative Nähe zu Windhoek spielt eine Rolle, sowohl wegen der größeren Attraktivität für Neusiedler als auch wegen der anfangs nötigen staatlichen Strukturhilfen, die dadurch erleichtert werden.»

Kawanyama nahm seine Brille ab und legte sie vor sich auf den Schreibtisch. Es wirkte so, als wolle er damit zeigen, dass das eigentlich Wichtige erst jetzt kam. «Aber ich gebe offen zu, dass das unsere Auswahl nicht hinreichend begründet. Wir sind nicht in der Lage, genug objektive Kriterien zu bestimmen, anhand deren wir und alle Betroffenen uns ausrechnen könnten, welche Farm als erste und welche als letzte zu enteignen wäre. Niemand bedauert das mehr als ich, denn die Folgen sind klar. Egal, ob wir bei Tsumeb, bei Steinhausen oder irgendwo im Süden beginnen würden, die weißen Farmer würden uns immer empört entgegenschreien: Warum gerade wir?»

«Und warum gerade Farm Steinland und deren Nachbarfarmen?» Clemencia beharrte auf ihrer Frage.

«Lassen Sie mich etwas ausholen, Frau Garises! Ökonomisch ist die gesamte Landreform ein Unding. Keine einzige der von uns angekauften und ins Reformprogramm aufgenommenen Farmen ist so produktiv, wie sie es vorher war. Nicht die zu Vorzugskonditionen an einzelne Käufer abgegebenen und schon gar nicht die aufgeteilten. Die meisten benötigen die Unterstützung des Steuerzahlers, um nicht pleite zu gehen. Das liegt vor allem daran, dass es den Neufarmern an Wissen und an den nötigen Rücklagen fehlt. Geht ein Windmotor kaputt, kann er nicht repariert werden, und ohne unsere Hilfe verdurstet das Vieh dann eben. Dass die Landreform trotzdem vorangetrieben wird, hat rein politische Gründe. Wir sind zu Recht stolz darauf, dass wir die Unabhängigkeit erkämpft und die Apartheid auf den Müllhaufen der Geschichte geworfen haben. Doch von Stolz allein kann keiner leben. Und unsere Leute sind ja nicht blind. Die sehen auch, dass sich das Wohlstandsgefälle zwischen Weißen und Schwarzen in einundzwanzig Jahren praktisch nicht geändert hat. Deswegen verlangen sie von ihren Vertretern, dass sich endlich etwas tut. Wir wissen, dass wir die Armut nicht besiegen würden, selbst wenn wir alle weißen Farmer enteigneten. Dazu sind ganz andere Maßnahmen nötig, und die werden wir auch ergreifen. Es könnte jedoch sein, dass uns keine Zeit mehr dazu bleibt, weil unsere Anhänger die Geduld und wir unsere Mehrheit verlieren. Deswegen müssen wir in der Landfrage ein Zeichen setzen.»

Clemencia musterte Kawanyama über den Schreibtisch hinweg. Er hatte sich in seinem Sessel zurückgelehnt und wirkte trotz seines überkorrekten Anzugs und der dezenten Krawatte jugendlich, selbstsicher und völlig entspannt. Eine Art namibischer Barack Obama. Clemencia fragte sich, warum er sich ihr gegenüber so erstaunlich freimütig äußerte. Um zu unterstreichen, dass sie beide an einem Strang zogen, wie er es vorher formuliert hatte?

Kawanyama lächelte. «Nein, ich habe Ihre Frage nicht vergessen. Warum gerade diese Farmen? Da wir im Grunde nicht hinreichend rechtfertigen können, welche wir auswählen, geben manchmal Faktoren den Ausschlag, die eigentlich keine Rolle spielen dürften: eine überdurchschnittlich unzufriedene lokale Parteibasis, Beschwerden von Farmarbeitern wegen ungerechter Behandlung oder die Starrköpfigkeit des dortigen Farmervereins.»

«Und was war in diesem Fall ausschlaggebend?»

«Alles zusammen, fürchte ich.»

Wenn die Regierung schon Stärke beweisen musste, wäre es in der Tat widersinnig, das gegenüber kooperationswilligen Weißen zu tun. Und doch schmeckte das Vorgehen des Ministeriums nach billiger Rache an den Ewiggestrigen. Dass die Betroffenen verbittert waren, konnte Clemencia nachvollziehen. Sie sagte: «Die Farmer vermuten, sie sollen durch dauernde Überfälle zur Aufgabe gezwungen werden.»

«Das haben wir nicht nötig.» Kawanyamas Ton war eine Nuance schärfer geworden. Um gerade so viel, dass seine Position völlig klar wurde. Er hielt die Unterstellung für empörend, war aber großzügig genug, weiterhin ein Einverständnis mit seinem Gesprächspartner zu suchen. «Ich bin Staatssekretär, meinetwegen auch Parteipolitiker, aber kein Auftraggeber von Mördern und Entführern. Und im Übrigen bewirken diese …»

Clemencias Handy läutete. Vielleicht hatten van Wyk oder Tjikundu Neuigkeiten, vielleicht hatte Miki Selma Melvin aufgespürt. Clemencia entschuldigte sich knapp bei Kawanyama und ging ran. Es war Claus, der sie unbedingt treffen wollte.

«Das geht nicht. Ich bin in einer Besprechung», sagte Clemencia.

«Es sieht so aus, als habe Minister Shilongo vor einem halben Jahr Farm Steinland kaufen wollen und …»

«Ich melde mich später.» Clemencia legte auf und schaltete das Handy aus. Was hatte Claus da gerade gesagt?

Kawanyama fuhr mit dem begonnenen Satz fort, als sei er nicht unterbrochen worden: «… bewirken diese Verbrechen genau das Gegenteil. Ich habe schon Anweisung gegeben, die Enteignungsbeschlüsse noch einmal zu überprüfen. Sie können sicher sein, dass die Verfahren aufgrund dieser Überprüfung eingestellt werden. Wir können es uns nicht leisten, mit Verbrechern und Extremisten in einen Topf geworfen zu werden. Nicht einmal den leisesten Anschein, in eine ähnliche Richtung zu arbeiten, können wir uns leisten. Stellen Sie sich das Medienecho vor! Selbst wenn Sie die Täter fassen und beweisen, dass wir nichts mit ihnen zu tun haben, werden *diese* Enteignungen nicht mehr durchzubringen sein.»

Clemencia hörte nur noch mit halbem Ohr zu. Regierung, Parteien und Medien, politische Strategien, Notwendigkeiten und Rücksichtnahmen – da hing eines mit dem anderen zusammen und verschlang sich zu einem unentwirrbaren Knäuel, das den Eindruck erweckte, als könne niemand etwas für den Lauf der Dinge. Ganz anders jedoch, wenn persönliche Interessen ins Spiel kamen. Da hielt man plötzlich einen Faden in der Hand und konnte versuchen, ihn ordentlich aufzurollen. Clemencia fragte: «Minister Shilongo ist in dieser Hinsicht Ihrer Meinung?»

«Natürlich. Er weiß genau, was möglich ist und was nicht.»

«Man munkelt, er habe Farm Steinland vor einiger Zeit selbst kaufen wollen.»

Kawanyama lächelte immer noch. Er stützte die Ellenbogen auf die Sessellehnen, legte die Fingerspitzen beider Hände aufeinander und fragte: «Erwarten Sie wirklich, dass ich das kommentiere?»

«Es wäre hilfreich», sagte Clemencia.

«Sie sind auf dem Holzweg, Frau Garises. Paulus Shilongo ist ein Mann, der ...»

«Also stimmt es?»

«Selbst wenn ich es wüsste, würde ich Ihnen das nicht bestätigen. Doch ich weiß es nicht.» Kawanyama griff nach seiner Brille, setzte sie aber nicht auf. Er klappte erst den einen Bügel ein, dann den anderen. Es war das Zeichen, dass die Audienz beendet war. Clemencia hatte selten einen Menschen erlebt, der auf ganz beiläufige Weise so unmissverständlich auszudrücken wusste, was er wollte.

Sie erhob sich. «Danke, dass Sie sich Zeit genommen haben.»

«Gerne.» Kawanyama reichte ihr die Hand. Sie war warm und lag ein wenig länger in ihrer eigenen, als nötig gewesen wäre. «Ich wünsche Ihnen viel Erfolg, Frau Garises. In unser aller Interesse.»

Die Koppies, das Rivier, die weiten Flächen, die Steine, das dürre Gras, der Sand. Dem Land war nicht anzusehen, was darauf schon geschehen war. Man konnte sich vorstellen, dass es vor hundert oder tausend Jahren genauso ausgesehen hatte, ja vielleicht schon vor Zehntausenden Jahren, bevor der erste Buschmann seinen Fuß dar-

aufgesetzt hatte. Und doch wurde es seit Generationen als Kulturland genutzt.

Die beste Zeit war vielleicht in den 1950er und 1960er Jahren gewesen, als die eleganten Damen in Paris und London nach Karakulpelzen verrückt gewesen waren. Schon vor dem großen Boom stellte Johann Rodensteins Sohn Hermann schrittweise auf Schafzucht um, und Farm Steinland erwies sich als sehr geeignet dafür. Ein Kamp nach dem anderen wurde schakalsicher eingezäunt. Jahr für Jahr wuchs die Zahl der Muttertiere auf der Weide und die der Lämmer, die kurz nach der Geburt getötet werden mussten, wenn das Fell noch flaumig weich war. Jahr um Jahr stiegen die Preise, die Rodensteins Fellchen auf den großen Auktionen in Europa erzielten. Als die Maul- und Klauenseuche 1961 die Rinderherden seiner Nachbarn dezimierte, zählte Hermann Rodenstein zweifelsohne zu den wohlhabendsten Farmern im ganzen Distrikt.

Den Gewinn aus dem Karakulgeschäft steckte er in den Ausbau der Farm. Er ließ zwei Sortierkräle errichten und schaffte moderne Kühlanlagen statt der alten Fleischkammer mit Wasserkühlung in der Decke und den mit Kohle isolierten Ziegelmauern an. Dann erweiterte er das elterliche Haus um drei Räume und eine große überdachte Veranda. Dort, auf der Stoep, saß er abends mit seiner Frau, zündete sich eine Pfeife an, und während drinnen eine Platte auf dem Grammophon lief, sah er zu, wie die Sterne über seinem Land aufgingen.

Die Kinder lebten inzwischen im Internat der Deutschen Höheren Privatschule in Windhoek. Sie litten unter den strengen Regeln und der Trennung von den Eltern, sie sehnten sich nach der Weite der Farm, nach den Streifzügen ums Haus und nach den Ketties, mit denen sie den Pavianen Steine aufs Fell brannten, wenn diese sich allzu frech dem Garten näherten. Doch Hermann Rodenstein duldete kein Jammern. Eine gute Allgemeinbildung schien ihm genauso wichtig wie Disziplin. Das – und nicht nur die Hautfarbe – sollte seine Familienmitglieder von den Arbeitern unterscheiden, die er auf seiner Farm beschäftigte.

Anfangs kamen die Kinder nur in den Ferien nach Hause, doch als es die Finanzen erlaubten, ein Auto zu kaufen, holte Hermann Rodenstein sie öfter auch fürs Wochenende. Montags um 5 Uhr packte er sie wieder in den Chevrolet, um sie rechtzeitig zum Unterrichtsbeginn in Windhoek abzuliefern. Bis zur Farmgrenze durften Gregor oder seine Schwester fahren, am Tor übernahm Hermann Rodenstein selbst das Steuer. Drei Stunden hin, drei zurück, das war seine Art, väterliche Liebe zu beweisen. Ihn selbst zog nichts in die Stadt. Zu viele Menschen, zu viel Hektik, zu viel Krach. Hatte er erledigt, was zu erledigen war, floh er regelrecht, statt sich wie die anderen Farmer ein Weißwurstfrühstück bei Wecke und Voigts zu gönnen.

Als ihn Verwandte seiner Frau einmal überreden wollten, ins Kino zu gehen, lachte er nur. Gegenüber dem Schauspiel, das er bei Sonnenuntergang von seiner Stoep aus betrachte, könne man jeden Film vergessen. Und wenn nach einem heißen Tag ein frischer Wind von den Bergen herabstreiche, wolle er das Gefühl auf der Haut um nichts in der Welt missen. Schon gar nicht, um in einem vollgepferchten, stickigen Kinosaal nach Atem zu ringen.

«Verbuschung dritten Grades», konstatierte sein Schwager.

«Es gibt anderes im Leben als deine Farm», sagte seine Schwägerin.

«Sicher nichts Schöneres», antwortete Hermann Rodenstein lächelnd.

An dieser Einstellung änderte sich auch nichts, als der Karakulmarkt in den 1980er Jahren wegen der Proteste der Tierschützer in Europa zusammenbrach. Hermann Rodenstein konzentrierte sich wieder auf die Rinderzucht. Neben den Brahmanen führte er eine langhornige Nguni-Rasse ein, deren Genügsamkeit und Zähigkeit sich vor allem nach schlechten Regenzeiten bewährte. Die fetten Jahre waren nun zwar vorbei, doch zum Leben reichte es. Und das Gras auf seinem Land glitzerte im ersten Sonnenlicht immer noch wie zu Beginn der Schöpfung.

Das Treppenhaus sah ziemlich abgerissen aus. Für die Instandhaltung fühlte sich wohl niemand mehr verantwortlich, da der Umzug des Ministry for Lands and Resettlement in einen protzigen Neubau an der Robert Mugabe Avenue unmittelbar bevorstand. Während Clemencia ins Erdgeschoß hinabstieg, rief sie Claus an. Er versprach, sofort loszufahren und sie vor dem Ministerium abzuholen. Doch so weit kam Clemencia gar nicht. An der Pforte im Erdgeschoß hielt sie ein Sicherheitsbeamter auf und riet ihr, das Haus durch den Hintereingang zu verlassen.

«Warum?», fragte Clemencia.

Der Mann deutete mit dem Daumen nach draußen und sagte: «Eine Demonstration. Da weiß man nie, was passiert.»

«Ich kann schon auf mich aufpassen», sagte Clemencia und schob sich an ihm vorbei. Durch die Glastür sah sie die Rücken von circa einem Dutzend uniformierter Kollegen, die das Portal des Ministeriums zur Straße hin abschirmten. Clemencia zog die Tür auf und trat hinaus. Hinter der Polizeikette, am Fahnenmast mit der Nationalflagge, blieb sie stehen. Die Demonstranten hatten die Grimm Straße und die Kreuzung mit der Goethe Straße blockiert. Es waren vielleicht zweihundert Menschen, in der Mehrzahl Männer und ausschließlich Weiße. Zwei von ihnen hielten ein an Latten genageltes Leintuch hoch, auf das mit roter Farbe «Schluss mit den Enteignungen!» gepinselt war. Von den Ketten, die den Parkplatz jenseits der Straße absperrten, hingen zwei weitere Transparente herab. «Unser Land kriegt ihr nur über unsere Leichen» verkündete das eine, «WIR sind keine Verbrecher» das andere. Das «WIR» war in Großbuchstaben geschrieben und zweimal unterstrichen.

«Bitte räumen Sie die Straße!», brüllte der Befehlshaber der Stadtpolizisten aus voller Kehle. Ein Megaphon hatte er offensichtlich nicht aufgetrieben. Ein paar aus der Menge lachten, die meisten blieben stumm, aber auch von ihnen bewegte sich keiner einen Zentimeter zurück. Trotz dieser Starrköpfigkeit wirkten sie irgendwie unschlüssig. So, als hätten sie keine Ahnung, wie das hier weitergehen sollte. Ob überhaupt schon einer von ihnen jemals demonstriert hatte?

Dass sie sich jetzt dazu aufgerafft hatten, zeugte wohl nicht von einer politischen Strategie, nicht vom Kalkül, dass nun Druck auf die Verantwortlichen ausgeübt werden müsse, um die eigenen Interessen zu wahren. Nein, Clemencia spürte Wut und eine gehörige Prise Verzweiflung von ihnen ausgehen, doch vor allem ein diffuses Genug-ist-genug-Gefühl. Unter keinen Umständen wollten sie weiterhin tatenlos einstecken, was ihnen zugemutet wurde. Die Aufforderung des Einsatzleiters musste ihnen wie Hohn erscheinen. Wie sollten sie zurückweichen, wenn sie überzeugt waren, bereits mit dem Rücken gegen die Wand zu stehen?

Der Kommandierende trat hinter seine Leute zurück und tuschelte mit einer Frau, die den Eindruck erweckte, als ob sie etwas zu sagen hätte. Wahrscheinlich hatte sie eine gehobene Position im Ministerium inne.

Auf der Goethe Straße hatte sich eine Autoschlange gebildet. Einer der Fahrer begann zu hupen, zwei, drei andere taten es ihm nach. Die Demonstranten rührten sich nicht von der Stelle. Um einen besseren Überblick zu gewinnen, stieg Clemencia auf die halbmeterhohe Umfassungsmauer einer kleinen Rasenfläche. Sie blickte über die Köpfe der Polizisten hinweg, konnte Schroeder und Haseney ganz vorn in der Menge ausmachen. Beide trugen Farmerhüte und hatten die Hände in den Hosentaschen vergraben. Frau Rodenstein war nirgends zu entdecken. Wahrscheinlich saß sie zu Hause auf ihrer Farm und starrte aufs Telefon, hin- und hergerissen zwischen Angst und Hoffnung, ob sich die Entführer ihres Sohns melden würden.

«Das ist eine unangemeldete und illegale Demonstration», brüllte der Einsatzleiter. «Ich fordere Sie auf, sich sofort zu zerstreuen.»

«Der Minister soll sich stellen», rief einer aus der Menge zurück.

«Jawohl, Shilongo soll rauskommen!», rief ein anderer. Ein paar Leute klatschten, ein paar pfiffen auf den Fingern.

Die Frau aus dem Ministerium schüttelte den Kopf. Der Einsatzleiter schrie: «Sonst lasse ich räumen.»

Höhnisches Lachen und Pfuirufe antworteten ihm. Die uniformierten Kollegen am Rand des Bürgersteigs zählten nicht einmal ein Dutzend. Sie waren weder mit Helmen und Schilden noch mit Schlagstöcken ausgerüstet. Sollten sie etwa mit ihren Dienstpistolen in die Menge schießen? Clemencia sprang von der Mauer herab, ging auf den Einsatzleiter zu und stellte sich als Chief Inspector der Serious Crime Unit vor. Der Kollege schien ganz erleichtert, Unterstützung zu bekommen. Die Frau neben ihm erwies sich als die persönliche Referentin von Minister Shilongo. Clemencia sagte, sie wolle sich nicht einmischen, aber könne man den Demonstranten nicht anbieten, dass der Minister eine Delegation von ihnen anhören würde, wenn der Rest die Straße freigäbe.

«Der Minister ist nicht im Haus», sagte die Referentin.

Der Parkplatz rechts neben dem Eingang des Ministeriums bot nur für wenige Fahrzeuge Platz. An der Mauer, die ihn nach Westen hin begrenzte, waren in Augenhöhe Schilder angebracht. Unter dem mit der Aufschrift «Minister» parkte eine schwarze Limousine mit getönten Scheiben und einstelligem Regierungskennzeichen.

«Ach ja?», sagte Clemencia.

«Auch wenn er da wäre, hätte er Besseres zu tun, als sich mit Querulanten herumzuärgern», sagte die Referentin.

«Die Situation hier kann eskalieren», sagte Clemencia.

«Mehr Sorgen machen mir die da drüben», sagte der Einsatzleiter. Er wies mit dem Kopf die Grimm Straße hinab. Clemencia war völlig auf die Farmer und ihre Unterstützer fixiert gewesen. So hatte sie nicht wahrgenommen, dass sich dort eine etwa gleich starke Gruppe Schwarzer angesammelt hatte. Sie bildeten eine geschlossene Front, die langsam nach vorne rückte. «Dort hinten steht einer von der SWAPO-Jugendliga», sagte der Einsatzleiter. «Der hat sie wahrscheinlich mobilisiert. Lauter Habenichtse, die nichts zu verlieren haben. Und vielleicht auf Zoff aus sind.»

«Wie wäre es mit Verstärkung?», fragte Clemencia.

«Ist schon angefordert.» Der Einsatzleiter verzog das Gesicht. Wie er, wusste auch Clemencia, dass es dauern konnte, bis die kasernierte Polizei aus Luiperdsvalley anrückte.

Im Block der Farmer begann jemand, rhythmisch zu rufen: «Justice and rights, also for whites!»

Ein paar andere fielen ein, nicht mehr als zwanzig oder dreißig, doch das genügte, um die Gegendemonstranten murren zu lassen. Einer von ihnen drängte sich von hinten durch die Reihen, trat ein paar Meter ins Niemandsland zwischen den Blöcken hervor und reckte ein Stück Pappkarton empor, auf dem in krakeligen Großbuchstaben «KILL ALL WHITES!» geschrieben stand. Die Leute hinter ihm jubelten, der Sprechchor auf der anderen Seite wurde lauter und vielstimmiger. «Justice and rights, also for whites!»

«Hau ab!», rief der Einsatzleiter dem jungen Typen mit dem Pappkarton zu. Der streckte ihm den Mittelfinger entgegen, wich aber ein wenig zurück. Die Leute hinter ihm begannen jetzt, gegen die Weißen anzusingen. Ein SWAPO-Kampflied aus dem Unabhängigkeitskrieg, den wohl kaum einer von ihnen mitgemacht hatte. Die meisten waren eindeutig zu jung dafür. Halbe Kinder noch, die im freien Namibia aufgewachsen waren und nicht viel damit gewonnen hatten. Außer vielleicht die vage Hoffnung, irgendwann einmal ein Stück Land zu besitzen, von dem sie leben und auf dem sie sich zu Hause fühlen konnten.

«Frauen und Kinder nach hinten!», brüllte einer der Farmer. Das Transparent mit der Aufschrift «Schluss mit den Enteignungen!» verschwand in der Menge. Es dauerte eine halbe Minute, bis es wieder über den Köpfen auftauchte, jetzt allerdings von ein paar Händen gehalten. Die Holzlatten, an denen es befestigt war, waren plötzlich verschwunden. Verdammt, wenn nicht bald Verstärkung eintraf, würden die aufeinander losprügeln!

«Justice and rights, also for whites!»

Auf der anderen Seite wurde jetzt die Nationalhymne angestimmt. «Freedom fight we have won ...»

«Wir müssen uns dazwischenstellen», sagte Clemencia.

Der Einsatzleiter nickte, die Referentin des Ministers fragte: «Ihnen ist klar, dass Sie zum Schutze unseres Hauses hier sind?»

«Los, Leute!», befahl der Einsatzleiter. Seine zehn Männer rückten vor, bildeten eine löchrige Kette zwischen den Blumenrabatten vor dem Ministerium und der Apotheke gegenüber. Fünf von ihnen machten Front gegen die Farmer, fünf behielten die Gegendemonstranten im Auge. Es war ein ziemlich lächerlicher Auftritt der Staatsmacht, und er wirkte wohl kaum machtvoller, als sich Clemencia und der Einsatzleiter dazugesellten. Die Referentin des Ministers zog sich eiligst ins Gebäude zurück. Die Glastür fiel hinter ihr zu, und die Sicherheitsbeamten des Ministeriums begannen, den Eingang von innen mit Stühlen zu verbarrikadieren.

«Kommt nur, ihr Kaffern», schrie einer der Farmer, «wenn ihr euch traut!»

Der Gesang auf Seiten der Schwarzen wurde dünner, brach ab, wich einem Raunen, einem Grummeln, einem Brodeln, und dann flog eine Bierflasche in hohem Bogen über Clemencia und die Polizisten hinweg. Sie drehte sich in der Luft, senkte sich und zersplitterte krachend keine zwei Meter vor den weißen Demonstranten.

«Ihr Schweine!», brüllte jemand, und eine Frau kreischte hysterisch, und Clemencia fuhr herum, um den Flaschenwerfer ausfindig zu machen. Die Gesichter, die sie in den ersten Reihen mustern konnte, verrieten gar nichts. Sie wirkten hart und entschlossen, spiegelten bereits die bevorstehende Auseinandersetzung wider, die den Leuten nichts bringen würde, egal ob sie die anderen verprügeln oder selbst verprügelt würden. Nichts wäre geklärt, nichts gelöst, nur der gegenseitige Hass würde multipliziert werden. Und die Bereitschaft, sich mit allen, aber auch allen Mitteln gegen den Feind durchzusetzen.

«Hört auf mit dem Scheiß!», schrie der Einsatzleiter, aber der Punkt, an dem die Scharfmacher beider Seiten noch auf irgendwen gehört hätten, war längst überschritten. Links traten ein paar Farmer mit Latten in den Fäusten hervor, von rechts flogen Steine. Die Polizisten zogen die Köpfe ein, und Clemencia dachte, dass sie einfach überrannt würden, wenn sie sich nicht schleunigst in Sicherheit brachten. Und dann sah sie ihn. Durch eine Lücke, die sich kurzzeitig in den Reihen der schwarzen Gegendemonstranten aufgetan hatte. Er stand ganz hinten, fast so, als würde er nicht dazugehören. Clemencia hatte ihn nur einen Moment im Blick gehabt, doch sie war ganz sicher. Schließlich hatte sie sich die Gesichtszüge genau eingeprägt: den Augenstand, die Nase, die Lippen, die Warze auf der Wange. Es war der Mann, der vor dem Zentralgefängnis auf der Straße gelegen hatte. Einer der beiden, die Tobias Kausiku getötet und dann nach Melvin gesucht hatten.

Diesmal durfte Clemencia ihn nicht entkommen lassen. Am besten wäre es, sich unauffällig heranzupirschen. Nur wie?

Weder bei den Farmern noch bei den Gegendemonstranten war an ein leichtes Durchkommen zu denken. Von rechts wurde «Rassisten» gebrüllt, von links «Verbrecher». Die Weißen begannen nun, die auf sie abgefeuerten Steine zurückzuwerfen. Härter und in einer niedrigeren Flugbahn, sodass Clemencia sich unwillkürlich duckte. Noch hielten beide Seiten einige Meter Abstand zu der notdürftigen Polizeikette zwischen ihnen, doch es war zu spüren, wie die Menge weiter hinten in Bewegung geriet, wie sie schob und drückte. Lange konnte es nicht mehr dauern, bis sie gegeneinander anstürmten. Eine Gruppe schwarzer Jugendlicher brach zur Seite aus, zur Treppe vor der Spielhalle, und rüttelte mit Gewalt am Geländer, um die Stangen aus der Verankerung zu brechen. Wo blieben nur die Verstärkungskräfte? Und was hatte der Killer vor?

Dass er ausgerechnet hier auftauchte, konnte kaum ein Zufall sein. Hatte etwa er und nicht der Jugendliga-Funktionär die Gegendemonstranten zusammengetrommelt? Nein, so jemand protestierte nicht öffentlich und schon gar nicht, wenn dabei ein Polizeieinsatz drohte. Clemencia überlegte. Hatte der Killer vielleicht etwas mit den Weißen zu schaffen? Wollte er ihnen Bericht erstatten? Konnte es sein, dass Schroeder und Konsorten jemanden damit beauftragt hatten, Thomas Rodensteins Entführer zu jagen? Dann war Kausiku umgebracht worden, weil er nicht sagen konnte oder wollte, wo der Entführte festgehalten wurde. Dass die Farmer der Polizei eine Befreiungsaktion nicht zutrauten, war wenig verwunderlich, aber würden sie wirklich zum Mord bereite schwarze Helfershelfer dafür dingen?

Oder hatte der Killer etwa Clemencia verfolgt, weil er hoffte, sie würde ihn zu Melvin führen? Vielleicht hatte er sie auf dem Weg zum Ministerium beschattet und irgendwo versteckt warten wollen, bis sie wieder herauskam. Dann waren jedoch Demonstranten und Gegendemonstranten aufmarschiert, und jetzt stand er dort in der letzten Reihe und wusste nicht, was er machen sollte. Wenn er überhaupt noch dort stand. Clemencia sah nur erhobene Fäuste über unbekannten Gesichtern.

Tumult, Geschrei. Zwei der Gegendemonstranten zogen einen dritten hoch. Er blutete an der Stirn, war offensichtlich von einem Stein getroffen worden. Die beiden versuchten, seine Arme um ihre Schultern zu legen, doch er schüttelte sie wütend ab. Dann griff er mit den Fingern in die Platzwunde und reckte die blutbesudelten Hände nach oben. Die Menge tobte, übertönte fast die Polizeisirenen, die sich von Süden her näherten. Endlich! Ein, zwei Hundertschaften waren bitter nötig, um das hier vielleicht noch in den Griff zu kriegen.

Und der Killer? Clemencia stellte sich auf die Zehenspitzen, versuchte ihn in der Menschenmenge auszumachen. Sie sah zwei Männer, die sich von der letzten Reihe der Gegendemonstranten entfernten und gemächlich dem Heulen der Polizeisirenen entgegengingen. Von hinten vermochte sie ihn nicht sicher zu identifizieren, aber der links, das konnte er sein. Der andere war vermutlich sein Komplize. Der, der die Maske getragen hatte. Jetzt wurde es ihnen zu heiß, sie hauten ab. Verflucht! Clemencia spurtete los. Auf die Front der Gegendemonstranten zu, auf eine Mauer aus Leibern und untergehakten Armen und brüllenden Mündern und dem einhelligen Willen, nicht zu weichen. Clemencia sah den ersten Mannschaftswagen in die Grimm Straße einbiegen.

«Macht Platz! Es geht um …» Clemencia brach den Satz ab. Es war sinnlos. Die Gegendemonstranten würden nicht hören, weil sie nicht hören wollten. Weil es für sie keine zu verfolgenden Mörder gab. Für sie galt einzig, dieses Stück Straße zu verteidigen.

Clemencia nahm im Laufen die rechte Schulter vor und sprang gegen die Menschenmauer an. Ohne Wirkung zu hinterlassen, wurde sie zurückgeworfen, prallte gegen einen Polizisten, der ihr offensichtlich aus der Kette gefolgt war, ohne zu wissen, worum es ging. Sofort rappelte sich Clemencia wieder auf, trat ganz nahe an einen der Demonstranten in der ersten Reihe heran. Zehn Zentimeter von Auge zu Auge. Sie ließ ihn mit ihrem Blick nicht mehr los, sagte leise und langsam: «Du ... machst ... jetzt ... Platz!»

Die Augen des Jungen weiteten sich. Er duckte zur Seite weg, und in dem Moment krachte etwas mit ungeheurer Wucht auf Clemencias Hinterkopf. Es war, als würde ihr Schädel explodieren. Kein Gestern, kein Morgen, und in der Gegenwart nur weiche Watte, in die man sich sinken lassen konnte. Dann wurde alles schwarz.

Die Welt wurde in Feuer und Schmerz wiedergeboren. Noch waren Tag und Nacht nicht geschieden, nur flammende Blitze zuckten kreuz und quer durchs Dunkel, durch ein rasendes Wirbeln, stachen in pochendes Gewebe, das zu nichts nütze war, außer den Schmerzen eine Angriffsfläche zu bieten. Und das vielleicht bewies, dass da irgendetwas lebte. Die Kehle brannte, die Zunge bestand aus Sandpapier und schmirgelte hilflos über die rissigen, ausgedorrten Flächen des Gaumens.

Wasser! Clemencia musste trinken, trinken, trinken. Sofort. Gleich, nachdem sie die beiden Killer verhaftet hatte. Sie schlug die Augen auf. Direkt vor ihr Asphalt, sonnenbeschienen. Auf ihm eine Hand, die vielleicht ihre eigene war, auch wenn Clemencia im Moment nicht wusste, wie man sie hätte bewegen können. Daneben ein schwarzer, blank polierter Stiefel. Clemencia lag irgendwo auf dem Boden, in Seitenlage. Hab dich nicht so, dachte sie. Die Killer durften nicht entkommen!

«Wo ...?», fragte sie, und der Schmerz brüllte in ihrem Schädel auf.

«Ruhig!», sagte eine Männerstimme über ihr. «Die Rettungswagen müssen gleich da sein.»

Clemencia biss die Zähne zusammen und stemmte den Oberkörper hoch. Waren da nicht die Treppenstufen, der Eingang zum Ministerium? Na also. Clemencias rechte Hand löste sich vom Boden und bewegte sich nach oben. Nur um zu ertasten, ob von ihrem Hinterkopf noch etwas anderes übrig war als dieses unerträgliche Stechen. Der uniformierte Polizist neben ihr fiel ihr in den Arm. «Nicht! Es ist eine hässliche Wunde.»

Clemencia stöhnte. Sich aufzurichten war vielleicht keine so gute Idee gewesen. Das Gesicht des Kollegen raste wie wild im Kreis, ein Fahnenmast tanzte über sich aufwerfendem Asphalt, die Sonne blinkte SOS-Signale dazu. Stimmen schwollen an und ab. Oder waren das Sirenen? Clemencia sagte: «Ich muss mich irgendwo anlehnen.»

Der Polizist packte sie an den Oberarmen, drückte sie nach hinten. Schultern und Rücken lagen nun an etwas Hartem, Stein oder Beton, jedenfalls an etwas, was sich nicht zu bewegen schien. Clemencia war dankbar dafür. Sie widerstand dem Drang, ihre Augen wieder zu schließen, setzte sich der Karussellfahrt aus, in der sich die Welt um sie drehte, und tatsächlich ließ der Schwindel allmählich nach. An die Schmerzen würde sie sich auch irgendwann gewöhnen.

Die Straßenkreuzung wimmelte von Uniformierten. Ein paar von ihnen stießen gerade einen Festgenommenen unsanft in einen Mannschaftswagen. Durch die Fenster war zu erkennen, dass der Kleinbus schon gut gefüllt war. Mit Weißen wie Schwarzen. Der Großteil der Demonstranten war jedoch offensichtlich geflüchtet. Das Schlachtfeld, das sie zurückgelassen hatten, zeugte davon, dass das erst nach erbittertem Widerstand geschehen war. Steine, Schlagwerkzeuge und zerfetzte Kleidungsstücke lagen in einem Meer von Scherben.

Sogar einen Teddybären konnte Clemencia ausmachen. Er lag auf dem Rücken und streckte alle viere nach oben.

Weiter hinten in der Grimm Straße war ein Polizeiwagen umgestürzt worden. Die Scheiben auf der nach oben weisenden Seite waren eingeschlagen. Von der Apotheke her stank es nach verbranntem Gummi. Die Mülltonne dort war verkohlt, der Deckel zum Teil weggeschmort. Das Wasser, mit dem gelöscht worden war, hatte schwarze Schlieren zurückgelassen. Ein Uniformierter machte mit seinem Handy Fotos. Es war alles vorbei.

«Da waren zwei Männer, die sich von der Gegendemonstration entfernten, als die ersten Polizeiwagen eintrafen. Richtung Independence Avenue», sagte Clemencia.

«Die Lage ist völlig unter Kontrolle», sagte der Polizist neben ihr.

Zwei Krankenwagen näherten sich langsam der Polizeisperre in der Goethe Straße und wurden durchgewunken. Die Glasscherben knirschten unter ihren Reifen. Clemencia verzog das Gesicht. Der Drang, nach der Wunde zu greifen und gegen das Stechen mit den Fingern anzudrücken, war kaum zu beherrschen. Clemencia wandte den Kopf ein wenig und blickte nach links. Sie war nicht die einzige Verletzte. Circa zwanzig andere lagen auf den Freiflächen vor dem Ministerium oder lehnten wie Clemencia an den Einfassungen der Beete.

«Tote?», fragte sie.

«Nicht, dass ich wüsste.» Der Polizist über ihr schüttelte den Kopf. Hinter ihm zog sich die gelb gestrichene Fassade des Ministeriums hoch. Die wichtigen Leute hatten ihre Büros im vierten Stock. Vergeblich versuchte Clemencia zu erkennen, ob dort jemand an einem Fenster stand und herabschaute. Unten stiegen die ersten Sanitäter aus den Rescue-Fahrzeugen. Das grelle Orange ihrer Signalwesten schmerzte in den Augen.

«Clemencia!»

Sie bewegte den Kopf langsam und vorsichtig nach rechts. Dennoch begann sich sofort wieder alles zu drehen. Als sie Claus erkannte, versuchte sie zu lächeln. Er kniete sich neben sie und fasste ihre Hand. Er hielt sie fest, auch während er sich zur Seite beugte, wohl um sich die Wunde an Clemencias Kopf anzusehen. «Oh, verdammt, was ist passiert?»

«Halb so wild». Clemencia merkte selbst, dass ihre Stimme wenig überzeugend klang.

«Ein Steinwurf», erklärte der Polizist.

«Und ihr lasst sie hier herumsitzen?», zischte Claus. Dann, sanfter, sagte er zu Clemencia: «Du musst sofort ins Krankenhaus.»

Er sprang auf, machte ein paar schnelle Schritte in Richtung der Polizeiabsperrung, stoppte, wandte sich nach links, wo gerade ein weiterer Rettungswagen angekommen war. Claus hielt einen der Sanitäter auf, wies auf Clemencia zurück, gestikulierte, redete. Was auch immer er sagte, irgendwie überzeugte er den Mann, dass Clemencia praktisch im Sterben lag. Jedenfalls kamen beide schnurstracks zu ihr zurück. Der Sanitäter begutachtete die Wunde. Während er sein Verbandszeug auspackte, fragte er Clemencia nach ihrem Namen.

«Ich bin völlig in Ordnung», sagte Clemencia.

«Ist Ihnen übel oder schwindlig?»

«Nein.» Sie dachte gerade noch rechtzeitig daran, dass sie besser nicht den Kopf schüttelte. Der Sanitäter riss eine Packung Mullverband auf.

«Außerdem hat es andere sicher viel schlimmer ...» Clemencia schrie auf, als sich der Verband über die Wunde legte. Natürlich war ihr übel, natürlich war ihr schwindlig, und tief in ihrem Hirn wühlte jemand mit spitzen Haken herum. Der Sanitäter wickelte weiter, Claus ergriff wieder Clemencias Hand. Sie krallte ihre Finger in seine, blickte aber an seinem Gesicht vorbei auf den Teddybären, der immer noch wie tot mitten auf der Kreuzung lag. Jetzt nicht auf den Schmerz achten! Und bloß nicht ohnmächtig werden! Überlegen, was das für Leute waren, die ihrem Kind einen Teddybären in die Hand drückten, bevor sie es zu einer unangemeldeten Demonstration mitnahmen! Leichtsinnig, unverantwortlich, verbrecherisch? Aber vielleicht war es auch ganz anders gewesen. Keine voreingenommenen Urteile, bitte! Konnte nicht ein Erwachsener das Stofftier gerade gekauft haben? Als er aus dem Geschäft getreten war, hatte er ihm bekannte Farmer auf dem Weg zum Ministerium getroffen. Er hatte mit ihnen gesprochen, sich ihnen angeschlossen und …

«Eine Trage», sagte Claus. «Haben Sie denn keine verdammte Trage?»

«Nicht für zwei Dutzend Verletzte», sagte der Sanitäter. «Los, packen Sie an!»

Clemencia spürte, wie ihre Arme angehoben wurden. Die Köpfe der beiden Männer tauchten unter ihren Achseln durch, und ihr Körper wurde nach oben gestemmt. Augenblicklich begann sich das Karussell vor ihr zu drehen. Krankenwagen, Polizisten, Teddybären sausten im Kreis. Außer dem Hinterkopf brannte auch die linke Hüfte, und die Beine fühlten sich an, als wären sie aus Gummi. Auf dem Weg Richtung Rettungswagen versuchte Clemencia, sorgsam einen Fuß vor den anderen zu setzen, als ginge sie selbst und würde nicht geschleppt. Wahrscheinlich wirkte das wie bei einer amateurhaft gespielten Marionette. Auch wenn die Fäden daran nicht zu erkennen sind, merkt man doch, dass die Glieder nicht aus eigener Kraft bewegt werden. Clemencia hasste es, von anderen abzuhängen, und noch mehr, an fremden Strippen herumgeführt zu werden. Und nur wegen eines idiotischen Steins, den irgendein idiotischer Farmer auf ebenso idiotische Gegendemonstranten geworfen hatte. Wieso musste ausgerechnet sie getroffen werden?

Als sie endlich hinten im Rettungswagen saß und den Rücken gegen die Seitenwand lehnen konnte, atmete sie durch. Sie hatte eben Pech gehabt. Und Glück, dass nicht mehr passiert war. Sie würde sich kurz untersuchen lassen, um Schmerzmittel bitten, mit denen sie sich vollpumpen konnte, sie würde hoch und heilig versprechen, sich zu Hause auszukurieren, und gleich wieder an die Arbeit gehen. Als Erstes musste sie ...

«Denk gar nicht daran!», sagte Claus. Clemencia fragte sich, ob sie laut gedacht hatte. Oder kannte er sie wirklich so gut? Claus setzte sich neben sie und legte den Arm um ihre Schulter.

«He, Sie müssen da raus!», sagte der Sanitäter von der Hecktür aus.

«Ich kümmere mich um sie», sagte Claus.

«Dass Privatleute mitfahren, ist verboten.»

«Hundert Dollar», sagte Claus. Er nahm den Arm von Clemencias Schulter und zog seine Brieftasche hervor.

«Wir brauchen den Platz. Da sind noch andere, die ...»

«Zweihundert Dollar.» Claus ließ zwei rote Scheine zwischen Daumen und Zeigefinger knistern.

Der Sanitäter sah sich kurz um, griff dann zu, steckte das Geld ein, sagte: «Wenn jemand etwas mitkriegt: Sie haben mir vorgemacht, dass Sie selbst verletzt wurden!»

«Ja, klar.» Claus nickte. «Fahren wir jetzt endlich?»

«Rücken Sie ganz rein! Da kommen noch mehr», sagte der Sanitäter.

Seine Kollegen und er pferchten vier weitere Verletzte in den Wagen. Einer davon, ein etwa fünfundzwanzigjähriger Herero, hatte seinen rechten Arm in einer behelfsmäßigen Schlinge. Irgendwie kam er Clemencia bekannt vor. Nein, es handelte sich um keinen der beiden Killer, der Mann war ihr nur vorher unter den Gegendemonstranten aufgefallen. Sie fragte: «Sind Sie nicht der mit dem Pappschild?»

Der Mann antwortete nicht, blickte Clemencia nicht einmal an.

«Was für ein Pappschild?», fragte Claus.

Jetzt hob der Herero den Kopf. Er musterte Claus von oben bis unten, sah ihm dann herausfordernd in die Augen und sagte kalt: «Ein Pappschild mit der Aufschrift: Kill all whites!»

Claus wies auf seinen verbundenen Arm. «Das hat nicht allen gefallen, was?»

«Die kriegen ihr Fett schon noch.»

«Ich auch?»

«Schau mal in den Spiegel!», sagte der Herero.

«Hör zu, Mann! Es ist ja nicht so leicht zu bestimmen, wer weiß ist. Sind das nur die Europäer? Oder auch die Latinoamerikaner, die größtenteils europäische Vorfahren haben? Rechnest du die Araber dazu? Und die Inder? Ist es eine Milliarde, sind es zwei oder drei Milliarden auf der Welt? Gehen wir mal von einer vorsichtigen Schätzung aus. Eine Milliarde Weiße, und ein Jahr hat dreihundertfünfundsechzig Tage. Wenn du noch fünfzig Jahre lebst, macht das – warte mal – achtzehntausendzweihundertfünfzig Tage, und das heißt wiederum ...» Claus rechnete verbissen. «Das bedeutet, dass du jeden Tag knapp fünfundfünfzigtausend Weiße töten musst, um einigermaßen fertig zu werden. Sonn- und Feiertage eingeschlossen. Da hast du ganz schön was zu tun. Ich finde, du solltest gleich damit anfangen.»

«Lass es gut sein, Claus!» Clemencia legte ihre Hand auf sein Knie. Sobald sie allein wären, würde sie ihm sagen, dass sie ihn genau dafür liebte. Wofür, würde er fragen, und sie würde antworten: Dass du so gut im Kopfrechnen bist.

Im Kamin knisterte das Feuer. Ab und zu knackte ein Scheit überlaut unter dem Angriff der Flammen oder polterte aus seiner instabil gewordenen Position, sodass das Ticken der Wanduhr für einen Moment übertönt wurde. Der würzige Geruch des Kameldornholzes durchzog das Wohnzimmer, doch wirklich warm war es nicht. Elsa Rodenstein hatte zu spät eingeheizt. Sie zog die Strickjacke vor der Brust zusammen.

Das Telefon stand in der Mitte des Tischs. Elsa hatte die hölzerne Obstschale, die sich normalerweise dort befand, erst zur Seite gerückt und dann auf die Truhe neben das alte Grammophon verbannt. Nicht, weil die Orangen auf der Tischplatte keinen Platz mehr gefunden hätten, sie wirkten nur irgendwie falsch neben dem Aufzeichnungsgerät, das an das Telefon angeschlossen worden war. Die Kabel waren grau und schwarz, eines davon führte in lockeren Windungen zu einem Kopfhörer nahe der Tischkante. Er ließ Elsa an zwei Ohren denken. Den Kopf dazwischen hatte jemand weggefräst. Nur noch ein Teil der Schädeldecke spannte sich als gerundeter Bügel von der einen zur anderen Hörmuschel.

«Bei Entführungen haben wir sehr gute Chancen», sagte der Polizist. Er hatte sich als Bill Robinson vorgestellt und im selben Atemzug versichert, hierzubleiben, bis die Sache erledigt wäre. Elsa hatte nicht protestiert, es hätte sowieso keinen Zweck gehabt. Sie hatte ihm eine Brotzeit angeboten, sie hatte Tee aufgesetzt, sie duldete ihn hier in ihrem Wohnzimmer, aber auch noch Konversation zu betreiben, das konnte wahrlich niemand von ihr verlangen.

«Unser Vorteil bei Entführungen ist, dass die Täter etwas haben wollen, was sie aus eigener Kraft nicht erreichen können», sagte Robinson. «So unnachgiebig sie sich auch gebärden mögen, sie müssen verhandeln, und deswegen müssen sie im Gegensatz zu allen anderen Verbrechern Kontakt mit den Angehörigen oder der Polizei aufnehmen. Sie werden sehen,

Frau Rodenstein, die werden anrufen und Sie mit Ihrem Sohn sprechen lassen.»

Elsa blickte auf die Uhr an der Wand. Sie zeigte 21 Uhr 50. Niemand würde jetzt noch anrufen. Genauso wenig, wie tagsüber jemand angerufen hatte. Außer ein paar Freunden, die gemeint hatten, Elsa ihre Hilfe anbieten zu müssen. Wobei denn, bitte schön? Konnten sie Tote zum Leben erwecken, konnten sie Vergangenes ungeschehen machen? Elsa hatte gesagt, am besten helfe man ihr, wenn man sie in Ruhe lasse.

Robinson nippte an seinem Tee und balancierte die Tasse vorsichtig Richtung Tisch. Auch sie sah zwischen seinen klobigen, roten Fingern falsch aus. Robinson stellte die Tasse ab, lehnte sich in seinem Stuhl zurück und sagte: «Wenn wir erst einmal Kontakt haben, ist das die halbe Miete. Wir werden die Verbindungsdaten analysieren, die Hintergrundgeräusche, die Stimme und jedes einzelne gesprochene Wort. Irgendetwas bringt uns auf die Spur der Täter, und dann kriegen wir sie. Das ist wie bei einem guten Jagdhund. Wenn der eine Fährte aufgenommen hat, kann ihn nichts und niemand mehr davon abbringen.»

Die Hunde. Elsa musste daran denken, sich um die Hunde zu kümmern. Sonst würden sie nur Radau machen, und das konnte sie nicht brauchen. Sie schwieg, das Feuer brannte, die Uhr tickte. 21 Uhr 53. Robinson stand auf, ging zum Kamin und streckte die Hände nach vorn. Elsa vermutete, dass sie diesmal einen weißen Polizisten hergeschickt hatten, weil sie dachten, das erleichtere die Kommunikation. Robinson schien sich trotzdem nicht wohl in seiner Haut zu fühlen. Dagegen konnte man wenig tun. Vor allem, wenn man nicht wollte. Elsa hatte momentan an weißen Polizisten so wenig Interesse wie an schwarzen. Und schon gar nicht an einem, der große Töne spuckte, ohne die geringste Ahnung zu haben.

«Mein Onkel arbeitete mal als Farmverwalter. Oben, in der

Tsumeber Gegend», sagte Robinson. Er betrachtete jetzt die Karte von Farm Steinland an der Wand. Trotz der schützenden Glasabdeckung hatte sich das Papier gelblich verfärbt, war die Tinte verblasst. Was Gregors Großvater in eckiger deutscher Schrift eingetragen hatte, konnte man nur noch entziffern, wenn man wusste, was es bedeutete. Elsa würde es nicht übersetzen. Nicht für einen unerbetenen Polizisten.

«Als Junge war ich manchmal auf der Farm, in den Ferien sogar für einige Wochen», sagte Robinson. Gleich würde er anfügen, dass es die schönsten Wochen seines Lebens gewesen waren.

«Das war die schönste Zeit meines Lebens», sagte Robinson. «Schon in aller Früh streiften wir durchs Veld und ...»

«Ich gehe jetzt ins Bett», sagte Elsa.

Robinson blickte zu ihr her. Es schien, als wolle er etwas sagen, doch dann nickte er nur und kam an den Tisch zurück. Seine Hand rückte den Kopfhörer gerade. Das Schädeldeckenfragment. Robinson fragte: «Wo schlafen Sie?»

Elsa deutete zur Tür. «Im ersten Raum links.»

«Hören Sie da das Telefon klingeln?»

«Ja.»

«Ich bleibe hier sitzen. Aber es ist wichtig, dass Sie antworten, wenn ...»

«Ja.» Es würde sowieso niemand anrufen. Elsa stand auf.

«Gute Nacht!», sagte Robinson zögernd.

Elsa lächelte. Sie zog die Wohnzimmertür hinter sich zu, ließ sie aber nicht ins Schloss fallen. Dann ging sie ins Bad, wusch sich mit kaltem Wasser und putzte die Zähne. Cäsar und Cicero nahm sie mit ins Schlafzimmer. Da das normalerweise ein verbotener Raum war, trauten sich die Hunde kaum herein, aber auf Elsas Kommando streckten sie sich doch brav auf dem Teppich aus. Elsa löschte das Licht und legte sich angezogen auf die rechte Seite des Doppelbetts. Ihre Augen gewöhnten sich schnell an die Dunkelheit. Die Umrisse der Bettpfosten und des Schranks tauchten aus dem Schwarz auf. Selbst das Kreuz über dem Kopfende des Betts war klar zu erkennen.

Das Telefon klingelte nicht, doch durch die angelehnten Türen konnte Elsa jede Viertelstunde die Wohnzimmeruhr schlagen hören. Als die drei Schläge für Viertel vor 2 Uhr verklungen waren, erhob sie sich. Cäsar sprang auf, Cicero gähnte und streckte sich.

«Platz!», zischte Elsa scharf. Erst musste sie nach dem Polizisten schauen. Sie drückte die Wohnzimmertür vorsichtig einen Spalt auf. Robinson saß auf seinem Stuhl. Die Unterarme hatte er auf die Tischplatte gelegt, den Kopf darauf gebettet. Leise Schnarchtöne waren zu hören. Elsa wandte sich ab, knöpfte ihre Strickjacke zu und gab den Hunden ein Zeichen, mitzukommen.

Der Nachthimmel draußen war klar, vom Mond waren etwa drei Viertel beleuchtet. Der Schein reichte völlig aus, um problemlos dem Trampelpfad zu folgen, der zum Farmfriedhof führte. Ob unter den Bäumen dort ein Mensch wartete, war noch nicht zu erkennen. Aus Südwesten blies ein eisiger Wind. Elsa ging schneller, damit ihr warm wurde.

Die alten Holzmasten waren längst abgebaut und anderweitig verwendet worden. Man musste wissen, dass dort drüben seit den 1960er Jahren die alte Farmerlinie entlanggeführt hatte. Es war eine Leitung für einen einzigen Telefonanschluss gewesen, den sich die Farmer der Gegend teilten. Rief jemand aus Windhoek an, läutete es bei allen gleichermaßen, und nur die Länge der letzten akustischen Signale ließ erkennen, ob du oder dein nächster oder der übernächste Nachbar gemeint waren. Wer wollte, konnte mithören, nur selbst zu telefonieren war während der Dauer des Gesprächs für die anderen nicht möglich.

An Sonntagnachmittagen blieben die angeschlossenen Farmer über Jahre hinweg für die Außenwelt unerreichbar. Pünktlich um 15 Uhr begann nämlich Hermann Rodensteins Frau Inke mit dem Sonntagskonzert. Sie legte den Telefonhörer neben das Grammophon und spielte aus der reichhaltigen Rodenstein'schen Plattensammlung das Programm ab, das sie am Vormittag zusammengestellt hatte. Musikwünsche der Nachbarn erfüllte sie nur bei besonderen Gelegenheiten wie Geburts- oder Hochzeitstagen, doch entsprach ihre Auswahl von deutschen Volksliedern, Operettenmelodien und Schlagern der Nachkriegsjahre sowieso dem vorherrschenden Geschmack. Jedenfalls fand sich immer jemand in den Häusern entlang der Farmlinie, der den Hörer abnahm und den etwas blechernen Klängen aus dem Grammophon lauschte. Viele Nachbarn bedauerten es, als Inke Rodenstein irgendwann ohne ersichtlichen Anlass die Sonntagskonzerte für beendet erklärte.

Die Platten verstaubten mehr und mehr, dafür sammelte Inke Rodenstein nun vieles andere. Von kaum einem ihrer ausgedehnten Spaziergänge kam sie ohne eine Vogelfeder, eine Schlangenhaut, ein seltsam geformtes Stück Holz oder manchmal einen Halbedelstein zurück. Die Blumen und Blüten, die sie nach der Regenzeit pflückte, presste sie in dicken Büchern, seltene Käfer spießte sie mit Stecknadeln auf einem samtbezogenen Brett auf. Ihre Funde beschriftete sie mit kleinen, tintengeschriebenen Zetteln, auf denen die lateinische und die deutsche Bezeichnung der Käfer vermerkt waren.

Überhaupt die Tiere! Inke Rodenstein hielt Hühner und Gänse, sie lockte abends Stachelschweine mit ausgestreuten Maiskörnern an, fütterte die Mangusten mit Fleischabfällen, zähmte ein junges Warzenschwein, das auf den Namen Emil hörte. Auch die Pfauen wurden von ihr auf der Farm eingeführt. Wenn die Hunde sie in Ruhe ließen, stolzierten sie mit Vorliebe auf dem Rasen unterhalb der Veranda umher. Sonst flatterten sie auf und landeten schwer auf dem flachen Blechdach der Veranda. Ihr Getrappel dort oben verursachte ein über-

raschend lautes Geräusch. Als Gregor Rodenstein noch ein Kind war, war ihm das immer ein wenig bedrohlich vorgekommen. Natürlich hätte er das nie zugegeben.

«Gegenüber der Natur muss man Respekt zeigen, nicht Angst», hatte Inke Rodenstein einmal gesagt. «Wer die Natur fürchtet, fürchtet das Leben.»

Sie selbst fürchtete sich jedenfalls nicht. Je älter sie wurde, desto länger zogen sich ihre Streifzüge durch den Busch hin. Wohin sie ging und was sie tat, verschwieg sie selbst ihrem Mann gegenüber. Fundstücke brachte sie nun nicht mehr zum Haus zurück. Ganz im Gegenteil, es schien, als habe sie jedes Mal ein Stück ihrer selbst draußen zurückgelassen. Mit den Jahren wurde sie jedenfalls kleiner und schmaler und zäher, ihre Haut glich immer mehr gegerbtem Leder.

Manchmal übernachtete sie sogar im Veld, tauchte irgendwann am nächsten Vormittag auf und verstand nicht, dass man sich um sie Sorgen gemacht hatte. Angeblich tat es ihr zwar leid, dass ihr Mann, ihr Sohn und ein paar Arbeiter die Nacht über nach ihr gesucht hatten, doch wenn sie zwei Wochen später wieder ausblieb, schien das völlig vergessen zu sein. Obwohl Hermann Rodenstein eine der Haushaltshilfen beauftragte, ihr nicht von der Seite zu weichen, gelang es Inke immer wieder, auszubüxen. Man konnte sie ja schlecht anketten, und so blieb einem gar nichts anderes übrig, als sich an ihre Fluchten zu gewöhnen.

Als sie das letzte Mal verschwand, fand man sie erst am dritten Tag. Und das auch nur, weil die Geier beharrlich über ihr kreisten. Sie saß mit dem Rücken an einen Mast der Farmerlinie gelehnt, der Kopf war vornübergesunken, und ihre Hand umklammerte einen Stein. Nichts Wertvolles, nichts Besonderes, einen ganz gewöhnlichen Stein mit ein paar Glimmereinsprengseln. Nach der Leichenstarre zu schließen, musste Inke Rodenstein zu diesem Zeitpunkt schon mindestens vierundzwanzig Stunden tot gewesen sein. Warum die Geier nicht längst gelandet und über sie hergefallen waren, blieb ein Rätsel.

4

Festus maulte herum. Er sei Taxifahrer geworden, um Taxi zu fahren, und nicht, um am Morgen zur besten Berufsverkehrszeit irgendwo am Straßenrand auf Gott weiß wen zu warten und sich einen abzufrieren. Das war nicht nur Unsinn, sondern auch in höchstem Maß empörend. Erstens kam die Sonne schon fast hinter den Häusern hoch, sodass bald Plusgrade herrschen mussten, zweitens half man sich unter Nachbarn, ohne zu jammern. Miki Selma und Miki Matilda würden jedenfalls für Festus alles tun, was er verlangte.

«Und drittens dürfen wir dich daran erinnern», sagte Miki Selma, «dass du für jede angebrochene halbe Stunde zehn Flaschen Cola kriegst!»

«Im Verkaufswert von fünfundsechzig Dollar», sagte Miki Matilda.

«Ohne auch nur einen Tropfen Benzin zu verfahren!»

«Wie willst du das denn im normalen Betrieb einnehmen?»

«Cola!», schnaubte Festus verächtlich.

«Du müsstest schon zehn Fahrgäste auf einmal in deine Schrottkarre pferchen.»

Miki Selma und Miki Matilda hatten es sich auf der Rückbank des Taxis bequem gemacht. Der Beifahrersitz war frei. Vor etwa einer Viertelstunde hatte einer die Tür vorn aufgerissen, doch bevor er sich hereinsetzen konnte, hatte ihn Miki Selma höflich informiert, dass sie in die entgegengesetzte Richtung fahren würden. Er habe doch noch gar nicht gesagt, wohin er wolle, hatte der Mann eingewendet, doch Miki Selma hatte sich keineswegs beirren lassen. Sie besitze genug Lebenserfahrung, um zu wissen, wohin einer wie er wollen könne, und sie versichere ihm, dass dieses Taxi in eine ganz andere Richtung fahre, wenn es denn fahren werde, aber das sei sowieso noch nicht der Fall, weil sie nämlich auf etwas warten müssten, das zu erklären jetzt entschieden zu weit führen würde und jemanden, der die Worte einer älteren Dame anzweifle, sowieso nichts anginge. Ob sie sich klar genug ausgedrückt habe?

Der Mann hatte Festus angeblickt und sich, als dieser stumm mit den Achseln zuckte, an die Stirn getippt. Dann hatte er die Autotür wieder zugeworfen. Zwei weitere Okkupationsversuche waren durch energische Handzeichen schon im Keim erstickt worden, und so war der Beifahrersitz immer noch frei.

«Er müsste schon längst hier sein», sagte Miki Matilda.

«Eine halbe Stunde Verspätung ist doch völlig normal», sagte Miki Selma.

«Und wenn er gar nicht kommt?»

«Er kommt.»

Festus' Taxi stand in der Penning Street kurz vor der halbkreisförmigen Ausbuchtung, durch die man zum Tor der UN Plaza gelangte. Drinnen gab es eine Freiluftarena, Sport- und Spielstätten, ein Restaurant, diverse Kioske und die große Festhalle, die von der Familie bei Constancias Hochzeit zum stolzen Preis von fünfhundertfünfzig Dollar angemietet worden war. Obwohl das schon Jahre her war, ärgerte diese Ausgabe Miki Selma und Miki Matilda immer noch. Sie hatten damals schon geahnt, dass Constancias Mann ein «skelm» war, der nichts taugte. Ein paar Monate später hatte er sie hochschwanger sitzenlassen und war spurlos verschwunden.

Na ja, vielleicht war es besser so, als sich ein Leben lang mit ihm herumzuärgern. Und das Fest selbst war durchaus gelungen gewesen, mit Ansprachen, Gruppenfotos und reichlichem Essen, mit Musik vom Kassettenrekorder und allem, was dazugehörte. Ein kleiner Misston hatte sich nur ergeben, weil Clemencia sich geweigert hatte, mit den anderen unverheirateten Frauen nach vorne zu gehen, als ihre Schwester den Brautstrauß in die Menge werfen sollte. Aber vielleicht würde der lange Weiße Clemencia ja trotzdem bald herumkriegen, und dann könnte man eine Feier auf die Beine stellen, die der vor ein paar Jahren in nichts nachstand.

Jetzt, um halb acht Uhr morgens, wurde allerdings noch nicht geheiratet. Auch für Musikveranstaltungen und Sportwettkämpfe war es zu früh, und deswegen war der Eingang zur UN Plaza mit einem Gitter verschlossen. Auf dem Vorplatz hatte eine Ovambo-Meme ihren Gaskocher aufgebaut. Aus den beiden schweren Töpfen stieg Dampf auf. Die Frau hockte dick eingemummt auf einer Holzkiste, neben sich einen Stapel Plastikschüsseln und einen Wasserkanister. Als ein Passant vor ihr stehen blieb, griff sie nach einem Schöpflöffel. Der Mann schüttelte den Kopf und ließ den Blick über den Vorplatz schweifen.

«Ist er das?», fragte Miki Selma leise und wischte an der beschlagenen Seitenscheibe herum. Auch Miki Matilda starrte hinaus. Der Mann war knappe dreißig Jahre alt und hatte von der Wollmütze bis zu den Turnschuhen die gleichen Gangsterklamotten an, wie sie alle Freunde Melvins trugen.

«Da sieht doch einer wie der andere aus», murmelte Miki Matilda. Als Miki Selma und sie jung waren, hatten die Burschen noch darauf geachtet, dass Krawatte wie Bügelfalten picobello saßen und die Schuhe blank poliert waren. Zumindest diejenigen, die sich damals Schuhe leisten konnten.

Die beiden Mikis verfolgten den Mann mit ihren Blicken, als er zum Tor der UN Plaza ging. Er schlenderte daran entlang, blieb stehen, schaute die Straße hinauf und hinab, kehrte zu der Garküche zurück. Er sagte irgendetwas, und jetzt schüttelte die sitzende Meme den Kopf.

«Das ist er», sagte Miki Selma.

«Bist du sicher?», fragte Miki Matilda.

Miki Selma kurbelte das Autofenster herab und rief hinaus: «He, Operi!»

Der Mann fuhr herum. Miki Selma streckte ihren Arm aus dem Fenster und machte ihm Zeichen, näher zu kommen. Zögernd setzte er sich in Bewegung. Als er neben dem Taxi stand, legte er seine Hand aufs Autodach und beugte den Kopf nach unten.

«Steig ein, Operi!» Miki Selma deutete auf den Vordersitz.

«Wer seid ihr?»

«Freunde», sagte Miki Selma.

«Ich kenn euch nicht.» Der Mann nahm die Hand vom Dach.

Miki Matilda lehnte sich ein wenig über Miki Selma hinweg, damit der Mann da draußen ihre Augen sehen konnte. Jetzt war sie an der Reihe. Sie sagte: «Wir sind Freunde von Tobias Kausiku. Den kennst du, nicht?»

«Tobias? Der ist doch ...»

«Unglücklich», sagte Miki Matilda, «Tobias ist sehr, sehr unglücklich.»

Der Mann starrte Miki Matilda an, stotterte: «Ich ... ich muss jetzt leider ...»

«Unser gemeinsamer Freund Tobias kann nämlich keine Ruhe finden, dort drüben im Totenreich. Im Schattenland. Deswegen hat er mir gestern Nacht aufgetragen, dich um ein Gespräch zu bitten. Also steig gefälligst ein, Operi!»

Der Mann wich einen Schritt zurück. «Ich glaub nicht an so was. Wenn einer tot ist ...»

«... dann kann er ganz schön ungemütlich werden und auf

die seltsamsten Rachegedanken kommen», fuhr Miki Matilda fort. «Er kann dir einen Fluch anhängen, eine Krankheit, er kann dich von einem Auto überfahren lassen, dir missgünstige Menschen auf den Hals hetzen oder dich in Situationen bringen, die du liebend gern vermeiden würdest.»

«Wieso sollte Tobias sich an mir rächen wollen? Ich habe ihm nie etwas getan.»

«Operi», sagte Miki Matilda, «die Toten rechnen anders als wir Lebenden. Sei mal ehrlich: Hast du nicht in der Nacht seine Stimme gehört?»

«Nein.»

«Oder ihn im Traum gesehen?»

«Nein, nein.»

«Hat er sich in deine Gedanken gedrängt?»

«Nein», sagte Operi zögernd.

«Er wird wiederkommen. Es wird schlimmer werden. Und wenn du nicht begreifst, was er will, und wenn du nichts tust, um ihm seine Ruhe zu verschaffen, wird das böse für dich ausgehen.»

«Aber was soll ich denn ...?»

«Steig ein!», befahl Miki Matilda sanft.

Operi blickte zu der Meme hinter dem Gaskocher, dann zum Eingang der UN Plaza, wo ein Wachmann gerade das Tor aufschob.

«Vor uns kannst du abhauen, vor den Toten nicht», sagte Miki Matilda.

Die Sonne war nun neben der Festhalle aufgestiegen, ihre Strahlen hängten lange Schatten an alles, was sich ihnen in den Weg stellte. Die Schatten würden kleiner werden, je mehr sich der Mittag näherte. Und dann wieder länger, bis sie von der Dämmerung gefressen würden. So verging die Zeit. Miki Selma schnaufte hörbar durch die Nase, Miki Matilda fragte leise: «Operi?»

Wortlos öffnete Operi die Beifahrertür und stieg ein. Er wandte sich nicht zu Selma und Matilda um, sondern starrte durch die Frontscheibe. Vielleicht auch auf das kleine Schild, das an einer goldenen Kette am Rückspiegel hing. «No risk, no fun» war darauf zu lesen.

«Weißt du, was dein Name bedeutet, Operi?»

«So viel wie: Er ist bei ihm.»

«Wer, er?»

«Gott.»

«Das ist gut», sagte Miki Matilda. «Das ist ein sehr guter Name.»

«Können wir dann endlich?», fragte Festus. Er griff nach dem Zündschlüssel, der schon im Schloss steckte.

«Momentchen noch!» Miki Selma holte ihr Handy hervor und wählte Clemencias Nummer.

Clemencia hatte den Arzt nicht gefragt, wie er im Windhoek Central Hospital gelandet war. Offensichtlich war er Angolaner und vielleicht noch von den Kubanern während des Bürgerkriegs ausgebildet worden. Jedenfalls hatte er einen kompetenten Eindruck vermittelt, unaufgeregt, bestimmt. Er hatte Claus hinausgeworfen, hatte Clemencia ein paar Fragen gestellt, die Kopfwunde untersucht, ein leichtes Schädel-Hirn-Trauma diagnostiziert und angekündigt, noch genauere Untersuchungen durchzuführen, sobald die Geräte frei wären. Aber er sei sicher, dass Clemencia die Gehirnerschütterung gut wegstecken würde, wenn sie sich nur ein paar Tage Ruhe gönne.

In einem Krankenzimmer mit sieben anderen Frauen, von denen zwei schnarchten und eine die ganze Nacht hindurch stöhnte, Ruhe zu finden war nicht einfach gewesen, und als sich am Morgen herausstellte, dass das krankenhauseigene Computertomographiegerät defekt war, beschloss Clemencia, sich selbst zu entlassen. Sie war gerade mit dem nötigen Papierkram durch, als Claus wieder auftauchte und sie mitnahm. Ihr ging es gut, die Schwindelattacken blieben aus, solange sie sich nicht zu schnell und ruckartig bewegte. Es genügte allerdings, an den Steinwurf zu denken, um den Nachhall des Schlags am Hinterkopf und einen Schauer, der über Nacken und Rücken hinablief, zu verspüren.

Claus bestand darauf, Clemencia in seinem neuen Heim unterzubringen. Er habe überhaupt nichts gegen Clemencias Familie, aber für jemanden, der vor allem Ruhe brauche, könne er sich ein besseres Umfeld vorstellen. Oder, genauer gesagt, kein schlechteres. Als habe Miki Selma seinen Kommentar gehört, rief sie an, kaum dass sich Clemencia auf Claus' Bett ausgestreckt hatte. Und zehn Minuten später waren ihre beiden Tanten auch schon da. Sie eskortierten einen Herero-Mann namens Operi, der ihrer Behauptung nach am Überfall auf Farm Steinland teilgenommen hatte.

Clemencia richtete sich langsam auf und lehnte den Rücken an die Wand.

«Operi will ein Geständnis ablegen», sagte Miki Matilda mit hörbarem Stolz in der Stimme. Der Mann schluckte, widersprach aber nicht.

«Wie habt ihr ihn aufgetrieben?», fragte Clemencia.

«Ich habe so meine Methoden», sagte Miki Matilda.

«Du willst mir doch nicht weismachen, dass du ihn in einer Glaskugel gesehen hast?»

«Glaskugel? Kindchen, du hast ja keine Ahnung von meiner Arbeit.»

Ob Glaskugel oder Hühnerinnereien, Zaubersprüche oder sonstiger Hokuspokus, damit waren Clemencias Tanten sicher nicht erfolgreich gewesen. Sie mussten gewusst haben, wen sie zu suchen hatten und wo sie ihn finden konnten. Irgendwer hatte ihnen einen Tipp gegeben.

«Habt ihr mit Melvin gesprochen?», fragte Clemencia.

Die beiden schüttelten den Kopf. Immerhin schienen sie Skrupel zu haben, ihr dreist ins Gesicht zu lügen. Natürlich hatten sie mit Melvin gesprochen! Oder eher er mit ihnen, denn Clemencia konnte sich schwer vorstellen, dass sie Melvin gezwungen hatten, seinen Komplizen zu nennen. Und auch nicht, dass Selma und Matilda ihr den Verdächtigen aus eigenem Antrieb zugeführt hatten. Nein, sie taten, was Melvin ihnen aufgetragen hatte. Clemencia fragte sich, was ihr Bruder damit bezweckte. Wenn er an Mord und Entführung beteiligt war, würde er doch nicht einen Mittäter ans Messer liefern, der genau das bezeugen würde. Und war Melvin unschuldig, warum wandte er sich dann nicht direkt an Clemencia? Warum schickte er die Tanten vor und schärfte ihnen noch dazu ein, den Kontakt mit ihm zu leugnen?

«Ist doch egal, wie wir Operi gefunden haben», sagte Miki Selma.

«Hauptsache, er redet», sagte Miki Matilda. «Los, Operi!»

Und Operi redete. Zuerst nur stockend und mit gelegentlichem Blickkontakt zu Miki Matilda, dann aber immer flüssiger. Seine Version der Ereignisse auf Farm Steinland klang deutlich glaubhafter als das, was sein ermordeter Komplize Kausiku erzählt hatte. Da war keine Rede von irgendwelchen Ahnengräbern, an denen mitten in der Nacht Lieder gesungen werden mussten. Operi gab unumwunden zu, dass sie die Sonnenpaneele am Bohrloch stehlen wollten und schon begonnen hatten, eines abzuschrauben. Sie, das waren er, Tobias Kausiku und ... Melvin.

Clemencia gab sich unberührt. Im Grunde hatte sie es ja gewusst, und doch zuckte ein jäher Schmerz wie von einem erneuten Schlag durch ihren Kopf, als der Name ihres Bruders genannt wurde. Von einem zweiten Zeugen, einem Tatbeteiligten. Frau Rodenstein hatte man Rachegelüste unterstellen können, aber der Mann hier hatte keinen Grund, einen Kumpel anzuschwärzen. Melvin war dabei gewesen, und er würde für das, was er getan hatte, bezahlen müssen. Für nicht mehr und nicht weniger.

Plötzlich fühlte sich Clemencia fast erleichtert. Der Punkt, bis zu dem sie auf harmlose Erklärungen und irrwitzige Zufälle hoffen konnte, war endgültig überschritten. Sie konnte ihrem Bruder nicht helfen, sie war ihm nichts schuldig. Und sich selbst gegenüber auch nur, dass sie herausfinden wollte, wie es so weit hatte kommen können.

«Weiter!», sagte sie.

Der Überfall auf Steinland war laut Operi eine Auftragsarbeit gewesen, genau wie die Male zuvor. Pro Mann hatten sie fünfhundert Dollar für jeden Job bekommen, plus die jeweilige Beute, die sie behalten und zu Geld machen konnten. Bedingung war, dass sie sich strikt an das vom Auftraggeber bestimmte Ziel hielten. Das wurde ihnen am Tag zuvor von zwei Typen mitgeteilt, die ganz offensichtlich nur als Mittelsmänner für jemanden fungierten, der allen Grund hatte, mit solchen Aktionen nicht in Verbindung gebracht zu werden. Wer das war, wusste Operi nicht, aber dass der Mann vor allem die Farm Steinland im Visier hatte, war ziemlich eindeutig. Die Aktionen gegen die Nachbarfarmen sollten davon nur ablenken und den Eindruck erwecken, dass eine in jener Gegend ansässige Diebesbande wahllos zuschlug.

Claus pfiff durch die Zähne. Clemencia fragte nach den Mittelsmännern. Von Melvin wusste Operi, dass sie als Wachleute für die Regierung arbeiteten. Bei irgendeinem Ministerium. Gesehen hatte Operi sie nur einmal. Aus purer Neugier hatte er bei Melvin so lange nachgebohrt, bis der ihm den damaligen Treffpunkt verraten hatte. Dort, vor dem Kino in der Maerua Mall, hatte er sich auf die Lauer gelegt. Versteckt, denn die beiden hatten sich aus Sicherheitsgründen immer nur mit einem von ihnen treffen wollen, und zwar mit Melvin.

«Warum mit ihm?»

Operi hob die Schultern. Wahrscheinlich, weil über Melvin der Kontakt zustande gekommen war. Die beiden hatten ihn vor einigen Monaten in der Mshasho Bar angesprochen und ihm den ersten Auftrag schmackhaft gemacht. Ein kleiner nächtlicher Ausflug, erstklassig bezahlt, und falls etwas schiefginge, habe er sogar noch politische Rückendeckung. Melvin hatte sich überreden lassen und dann Kausiku und ihn, Operi, als Helfer rekrutiert. Die Mittelsmänner waren damit wohl einverstanden gewesen. Jedenfalls hatten sie das dreifache Honorar immer anstandslos ausbezahlt.

«Wie sahen die beiden aus?», fragte Clemencia.

«Na ja, normal. Sie waren etwas älter als ich. Der Größere maß vielleicht einen Meter achtzig, der andere ein paar Zentimeter weniger. Ich denke, dass es Ovambos waren, aber ich bin nicht sicher. Habe sie ja nicht reden hören.»

Zwei Männer. Noch existierte keinerlei Beweis, dass es dieselben waren, die Tobias Kausiku aus dem Polizeigewahrsam geholt und ermordet hatten, doch die Vermutung war nicht abwegig. Oder hoffte Clemencia nur, dass sich endlich Querverbindungen ergäben, die sie ein Stück voranbrächten? Sie fragte: «Hatte einer eine Warze an der rechten Wange?»

«Möglich. Ich weiß es nicht. Die sprachen mit Melvin auf der Treppe zum Kino. Ich stand zwanzig Meter weg, in dem Süßwarenladen schräg gegenüber, und habe durchs Schaufenster geschaut. So genau konnte ich sie nicht erkennen.»

«Okay, zurück zu jener Nacht auf Farm Steinland!»

Was Operi über die weiteren Geschehnisse am Bohrloch zu berichten hatte, deckte sich mit den Aussagen Kausikus: Von ihrer Seite her keine Waffen, keine Aggression, kein Mord, keine Entführung. Die Farmer hätten sie erwartet, gestellt und zuerst in die Luft geballert. Als Melvin zum Auto hin flüchtete, sei er angeschossen worden. Vielleicht seien die Farmer selbst darüber so erschrocken, dass sie nichts weiter unternommen hatten. Tobias habe noch Kilometer später dauernd in den Rückspiegel geschaut und überhaupt nicht glauben können, dass ihnen niemand folgte. Er, Operi, habe genug damit zu tun gehabt, die verdammte Blutung zu stillen.

«Ich dachte, du wolltest die Wahrheit sagen», schaltete sich Claus ein. «Neben dem Bohrloch lag nun mal ein ermordeter Farmer, und sein Sohn ist seit der Nacht verschwunden. Seine Entführer fordern ...»

«Damit haben wir nichts zu tun», sagte Operi.

«Wer soll es denn sonst gewesen sein? Eine zweite Bande, die ausgerechnet in derselben Nacht am selben Ort zuschlägt? Oder irgendwelche Geister?», fragte Claus.

Operi zuckte zusammen, warf einen Seitenblick zu Miki Matilda und antwortete nicht.

«Claus, bitte!», sagte Clemencia. Er sollte sich da heraushalten. Den Mann zu befragen war ihre Aufgabe. Natürlich waren Mord und Entführung nicht einfach wegzuleugnen, aber Operi hatte das Recht, darüber zu schweigen. Außerdem brachte es nichts, ihn so in die Enge zu treiben, dass er verstummte. Solange er bereitwillig redete, musste Clemencia versuchen, ein möglichst umfassendes und genaues Bild vom Ablauf jener Nacht zu bekommen. Deswegen und nicht nur, weil ihr Bruder ihr trotz allem nicht egal war, fragte sie: «Wohin habt ihr Melvin gebracht?»

«Zum Katutura Hospital. Er wollte nicht, aber uns war klar, dass er behandelt werden musste. Wir haben ihn vor der Notaufnahme ausgeladen.»

«Ihr habt ihn nicht hineinbegleitet?»

«Er hatte eine üble Schusswunde. Wir wussten, die vom Krankenhaus würden die Polizei verständigen. Dann hätten wir erklären müssen, was geschehen war, und darauf war keiner scharf, auch Melvin nicht. Ich hab noch gesehen, wie er ...»

«Was?»

«Er ist nicht in die Notaufnahme hineingegangen.»

«Und ihr seid einfach weggefahren? Habt ihn da stehen lassen? Schwer verletzt, mitten in der Nacht?»

«Er ist alt genug, haben wir gedacht. Mehr, als ihn zum Notarzt zu bringen, konnten wir doch nicht machen. Hätten wir ihn selbst operieren sollen?»

Clemencia schwieg. Operi stand herum, ihre Tanten auch, Claus saß am Fußende des Betts. An den Wänden hingen Blätter aus dem letztjährigen AZ-Fotokalender, die Namibias Naturschönheiten zeigten. Rote Dünen mit scharfen Schattenkanten, ein einzelnes, weit entferntes Zebra, wie verloren in silbrigem Buschmanngras, zwei Löwenjungen, die sich balgten, die Spitzkoppe im dramatischen Abendlicht, eine alte Akazie, die unter der Last eines riesigen Siedelwebernests fast zusammenbrach. Das alles gab es wirklich, nur mit dem Leben in diesem Land hatte es wenig zu tun.

«Die Sache war total schiefgegangen», sagte Operi leise. «Wir wollten nicht mehr darüber sprechen, aber die Gedanken waren natürlich da, sodass wir auch nicht über anderes reden konnten. Es war nicht auszuhalten, und auch wir konnten uns gegenseitig nicht mehr aushalten. Wenigstens ging es mir so, ich wollte nur weg, allein sein. Ich habe mich zu Hause verkrochen, bis ich erfahren habe, dass Tobias ermordet worden ist. Da habe ich Angst gekriegt, und seitdem bin ich auf den Straßen unterwegs.»

«Na, das ist jetzt vorbei», sagte Claus. Er wandte sich an Clemencia: «Soll ich eine Streife anrufen, oder lässt du ihn gleich durch deine Leute abholen?»

«Warte!», sagte Clemencia. Irgendetwas passte nicht zusammen. Wie Operi die Stimmung im Fluchtwagen beschrieben hatte, klang absolut glaubhaft. Dass sie sich angeschwiegen hatten, sich fremd wurden, bis zum Gefühl, einander nicht mehr zu ertragen, so etwas erfand einer wie er nicht. Das hatte er erlebt. Nur, hätte er es so erlebt, wenn sie noch eine Geisel im Auto gehabt hätten? Wären sie da nicht mit völlig anderen Themen beschäftigt gewesen? Vor allem, weil sie die Entführung ja nicht geplant hatten. Hätten sie nicht überlegt, wie es weitergehen sollte, wohin sie ihr Opfer bringen konnten, wer es bewachen sollte und was mit ihm anzufangen wäre? Vielleicht wären sie in der Erregung nicht zu rationalen Entschlüssen gekommen, vielleicht hätten sie sich angeschrien und gestritten, aber sie wären nicht in der dumpfen Selbstverachtung versunken, die Operi beschrieben hatte. Hieß das, dass sie wirklich niemanden entführt hatten? Und dass vielleicht auch der Mord an Gregor Rodenstein nicht auf ihr Konto ging?

Claus stand auf. «Du musst ihn festnehmen, Clemencia!»

Natürlich konnte sie Operi nicht einfach hier hinausspazieren lassen. Trotz aller Konsequenzen, denn die waren leicht absehbar: Operi würde seine Aussage vor der Serious Crime Unit zu Protokoll geben und dabei Melvins Namen nennen. Selbst wenn nicht herauskäme, dass Clemencia von der Tatbeteiligung ihres Bruders schon vorher gewusst hatte, wäre sie endgültig aus dem Fall draußen. Das konnte Oshivelo gar nicht anders handhaben. Wie sah das denn in der Öffentlichkeit aus? Interessenskonflikt, Gefahr der Parteilichkeit, Geruch nach Vetternwirtschaft – Clemencia konnte die Argumente jetzt schon hören, und objektiv gesehen war nichts dagegen vorzubringen.

«Clemencia!», sagte Claus. «Es handelt sich hier nicht um ein paar geklaute Flaschen Cola. Die drei haben einen Farmer ermordet und einen anderen entführt!»

Eben das würden alle ganz selbstverständlich annehmen! Und Clemencia hätte keine Möglichkeit mehr gegenzusteuern.

Geschweige denn herauszufinden, ob Melvin, Operi und Kausiku nicht bloß Bauernopfer waren, denen zwei Gewaltverbrechen angehängt werden sollten. Sie begriff noch nicht, wie der Rodenstein-Mord und die Landreform, wie die Privatinteressen des Ministers, die politischen Forderungen der Entführer und die Hinrichtung Kausikus zusammenhingen, aber sie war mehr und mehr davon überzeugt, dass eine fein gesponnene Intrige dahintersteckte.

«Nur weil dein Bruder mit drinhängt, kannst du doch nicht ...» Claus brach ab.

«Es geht nicht um Melvin», sagte Clemencia, «es geht darum, dass ich begreifen will, was hier wirklich geschehen ist.»

«Ach, tatsächlich?» Claus' Tonfall war eher bitter als spöttisch. Er glaubte ihr nicht. Er schien nicht einmal in Erwägung zu ziehen, dass es sachliche Gründe für Clemencias Zögern geben könnte. Kannte er sie so schlecht? Hatte sie nicht auf jeden Fall einen Vertrauensvorschuss verdient? Gerade von ihm? Clemencia versuchte, nicht sauer zu werden. Sie begann, Claus ruhig darzulegen, welche Gedanken ihr durch den Kopf gingen. Doch sobald sie erwähnte, dass Mord und Entführung möglicherweise wirklich nicht Melvin und seinen Freunden zugeschrieben werden könnten, machte Claus völlig zu. Es war an seiner Miene abzulesen, dass er nicht bereit war, ihr ernsthaft zuzuhören. Je mehr sie argumentierte, desto mehr fühlte er sich in seiner Meinung bestätigt, dass Clemencia nur Ausflüchte suchte, um ihrer Pflicht nicht nachkommen zu müssen. Sie brach mitten im Satz ab.

Claus nickte, grinste überheblich, sagte: «Siehst du, du merkst ja selbst, dass das nirgendwo hinführt.»

Clemencia redete nicht nur gegen Wände an, es gelang Claus sogar, ihr Innehalten misszuverstehen! Das war zu viel. Clemencia sagte: «Nein, das merke ich nicht. Das liegt wahrscheinlich daran, dass wir Schwarzen einfach zu blöd sind.

Wir denken ungefähr so komplex wie Paviane, handeln bloß aus dem Bauch heraus, und wenn noch die Familie betroffen ist, geht auch der letzte Rest Objektivität flöten.»

«Was ist denn daran verkehrt, an die Familie zu denken?», erkundigte sich Miki Selma.

«Halt du dich raus!», zischte Clemencia.

«Kindchen …!» Miki Selma rang nach Worten.

«Notfalls kann man immer noch die Rassismus-Karte ziehen, nicht wahr?» Claus' Stimme klang kühl. «Das ändert nichts daran, dass dein Bruder …»

«Was?»

Claus zeigte auf Operi, der herumstand, als ginge ihn das alles nichts an. «Wenn du ihn nicht festnimmst, muss ich wohl deine Kollegen anrufen.»

«Gute Idee», sagte Clemencia. Sie nahm die Beine vom Bett, tastete nach ihren Schuhen und bückte sich langsam, um sie zuzubinden.

«Clemencia?», fragte Claus.

Sie antwortete nicht. In ihrem Kopf begann sich wieder alles zu drehen.

«Sag mir, was du jetzt machen willst!»

«Ich ziehe meine Schuhe an», sagte Clemencia.

«Nun sei doch vernünftig! Ich will nicht mit dir streiten, aber …»

Clemencia richtete den Oberkörper auf, blieb auf der Bettkante sitzen und blickte so lange auf das Foto mit dem tanzenden Zebra, bis es wieder ruhig an der Wand hing. Claus trat zu ihr heran, legte beide Hände auf ihre Wangen. Sie fragte: «Hast du mal etwas zu schreiben?»

«Clemencia, es tut mir leid, wenn ich …»

Clemencia schüttelte seine Hände ab, stand auf und zog den Kugelschreiber aus seiner Brusttasche. Dann schrieb sie die Nummer der Serious Crime Unit auf den blauen Himmel über dem Zebra im Steppengras. Sie warf den Kugelschreiber aufs Bett, wandte sich an ihre Tanten und fragte: «Kommt ihr mit?»

Zu Hause schloss sich Clemencia in ihrem Zimmer ein und zog den Vorhang vor dem Fenster zu. Der Jukebox-Lärm aus der Mshasho Bar wurde dadurch genauso wenig abgehalten wie das Gelächter und Gekeife aus der Nachbarschaft. Immerhin verhielten sich Clemencias Tanten und der Rest der Familie überraschend ruhig. Vielleicht hatten sie ausnahmsweise einmal begriffen, wie es ihr ging.

In den nächsten zwei Stunden versuchte Claus ein paar Mal anzurufen, doch Clemencia drückte ihn immer weg. Ihr Handy schaltete sie dennoch nicht ab, weil sie auf den Anruf Oshivelos und ihre einstweilige Suspendierung wartete. Sie würde das widerspruchslos akzeptieren und auflegen, bevor sie sich genauer erklären oder rechtfertigen musste. Dann würde sie probieren, das tröstliche Halbdunkel des Zimmers in ihren Kopf eindringen zu lassen. Langsam in einen möglichst traumlosen Schlaf hinüberzudämmern war das Angenehmste, was sie sich momentan vorstellen konnte.

Aus dem Präsidium meldete sich dann nicht ihr Chef, sondern Tjikundu. Er fragte, wieso Clemencia nicht im Büro aufgetaucht sei. Der Steinwurf, eine leichte Gehirnerschütterung, erklärte sie. Davon wusste Tjikundu noch überhaupt nichts. Sein hastig beteuertes Mitgefühl ließ darauf schließen, dass ihn Clemencias Gesundheitszustand nicht übermäßig interessierte. Offensichtlich beschäftigten ihn andere Neuigkeiten mehr. Clemencia konnte sich denken, was das war. Sie wartete darauf, dass er zur Sache kam.

«Robinson hat sich gemeldet», sagte Tjikundu. «Er glaubt zu wissen, wo der entführte Thomas Rodenstein steckt. Oshivelo hat einen Großeinsatz angeordnet, und ich fahre jetzt los. Bist du fit genug, um mitzukommen?»

Kein Wort von Operi, von Melvin oder Clemencias Suspendierung! Entweder hatten die Kollegen der Serious Crime Unit in der Aufregung um Robinsons Meldung Operi noch gar nicht vernommen, oder Claus hatte ihn doch einer Stadtpolizeistreife übergeben, die nicht wusste, was mit ihm anzufangen war, und ihn vorläufig auf der Wache in Katutura oder Wanaheda eingesperrt hatte. Grundsätzlich hatte sich an Clemencias Lage nichts verbessert, aber es sah so aus, als habe sie Zeit gewonnen. Vielleicht nur ein paar Stunden. Vielleicht genügten ein paar Stunden jedoch, um die Ermittlung entscheidend voranzubringen. Vor allem, wenn es gelang, die Entführer zu fassen und so jenseits allen Zweifels nachzuweisen, dass es sich dabei eben nicht um Melvin und seine Freunde handelte.

«Natürlich bin ich fit», sagte Clemencia. «Holst du mich ab?»

Vor anderthalb Stunden hatten sie Robinson zum letzten Mal auf dem Handy erreicht. Da waren sie auf Höhe der Teufelsbachschlucht Richtung Norden gefahren, Tjikundu und Clemencia vorneweg, drei voll besetzte Einsatzwagen hinterher. Es war eines der verrücktesten Telefonate gewesen, die Clemencia je geführt hatte, und das wollte etwas heißen, wenn man mit zwei Tanten wie Selma und Matilda gestraft war. Zuerst hatte Robinson allerdings einigermaßen vernünftig gewirkt, als er Clemencia den Weg beschrieben hatte. Nur das Ziel hatte sie verblüfft.

«Auf Farm Steinland? Thomas Rodenstein wird auf seiner eigenen Farm festgehalten?», hatte sie gefragt.

«Oben in den Bergen, fast an der Farmgrenze. In einer Schutzhütte unterhalb des Kamms.» Robinsons Stimme hatte etwas gepresst geklungen, aber noch hatte sich Clemencia nichts dabei gedacht.

«Woher weißt du das? Haben die angerufen?»

«Angerufen? Nein, aber ich bin nur hundert Meter weg. Habe alles im Blick.»

«Wie viele Entführer sind es?»

«Keine Ahnung.» Robinson hatte gekichert.

«Und der junge Rodenstein?»

«Den hole ich jetzt raus.» Robinson hatte vergnügt gegluckst.

«Spinnst du? Du wartest, bis ...»

«Erbitte ... Bestäti ... gung!» Vor Lachen hatte Robinson die beiden Wörter kaum herausgebracht.

«Ich verbiete dir ausdrücklich, irgendetwas zu unternehmen, bevor wir vor Ort sind. Das ist ein dienstlicher Befehl!»

«Ich kann nichts verstehen. Muss an der Verbindung liegen.» Robinsons Worte waren laut, völlig störungsfrei und mit einem eindeutig belustigten Unterton aus dem Handy gedrungen. Er hatte «fiep, przzt, chchcht» gemacht und dann angefügt: «Falls ihr mich noch hören solltet: Ich gehe mal davon aus, dass ihr mir aufgetragen habt, keine Zeit zu verlieren und Rodenstein augenblicklich da herauszuholen.»

«Nein, Robinson!», hatte Clemencia gebrüllt.

«Over und tschüß!» Man hatte Robinson noch einmal kichern hören, und dann war Schluss gewesen. Seitdem ging er nicht mehr ans Telefon.

Sturzbesoffen oder total durchgeknallt oder beides, vermutete Tjikundu. Eventuell auch ein Tumor im Hirn. So etwas könne über Jahre unbemerkt wachsen und dann plötzlich, von einem Tag auf den anderen, die Persönlichkeit des Betroffenen völlig verändern. Das habe er, Tjikundu, zumindest mal gehört. Clemencia werde sehen, wenn sie ankämen, würde Robinson auf der Veranda des Farmhauses herumhopsen und sich wie ein infantiler Sechsjähriger freuen, dass er die halbe Windhoeker Polizei hereingelegt habe. Robinson habe keine Ahnung, wo sich der Entführte befinde. Wie solle er auch, wenn er die ganze Zeit neben dem Telefon gesessen und anscheinend vergeblich auf einen Anruf der Täter gewartet habe?

Seltsam war nur, dass sich die Wegbeschreibung als absolut stimmig erwies. Gleich hinter dem ersten Farmtor zweigte von der Hauptpad, die nach ein paar Kilometern zum Farmhaus führen würde, links eine Fahrspur ab. Sie näherte sich in einer langgezogenen Kurve dem Fuß des Bergzugs und folgte ihm dann. Nachdem Tjikundu ein trockenes Rivier durchquert hatte, teilte sich der Weg, und sie hielten sich wieder links. Jetzt ging es steil den Hang hinauf. Die Pad war mit schwerem Gerät geschoben und an manchen Passagen wohl sogar durch den Fels gesprengt worden.

Was einen derartigen Aufwand gerechtfertigt hatte, wurde klar, als sie die eingeebnete Fläche erreichten, die Robinson als unteren Parkplatz bezeichnet hatte. Das Areal wurde an zwei Seiten durch mindestens fünf Meter hohe, glatte Steinwände begrenzt. Wenn man genau hinsah, konnte man in den vertikalen Flächen die Spuren des Bohrers und der Diamantsägen erkennen, mit denen große Blöcke grauen Marmors aus dem Berg geschnitten worden waren. Warum der Abbau eingestellt worden war, wusste Clemencia nicht. Vielleicht hatte sich der Marmor als zu brüchig erwiesen, vielleicht war der Marktpreis gefallen. Jedenfalls standen weder Maschinen herum, noch gab es sonst ein Anzeichen, das auf eine gegenwärtige Nutzung schließen ließe. Es war nur eine Wunde im Berg geblieben. Dass sie so frisch wirkte, lag wahrscheinlich an den geraden Schnittflächen, die so gar nichts Natürliches an sich hatten.

«Wir lassen die Autos hier stehen», sagte Clemencia. Der Weg führte noch weiter, war nun aber in deutlich zu schlechtem Zustand für die altersschwachen Polizeifahrzeuge. Doch selbst wenn sie ihn bewältigen würden, gäbe es geschicktere

Strategien, als direkt bis zum Schlupfwinkel der Entführer vorzufahren. Man konnte ja nicht völlig ausschließen, dass an Robinsons Meldung etwas dran war.

Clemencia versuchte noch einmal vergeblich, ihn per Handy zu erreichen. Zur Sicherheit tippte sie die Nummer der Zentrale in Windhoek ein, nur um bestätigt zu bekommen, was sie vermutet hatte: Die Verbindung war einwandfrei. Dann zog sie ihre Pistole, umrundete einen gespaltenen Marmorblock und ging an der Spitze ihrer Leute bergauf. An den wenigen sandigen Stellen zeigten Reifenspuren, dass sich ein Wagen hier hochgequält hatte. Ganz frisch schienen sie nicht zu sein, aber das war schwer zu beurteilen. Der Weg folgte einer schmalen Schlucht, die immer flacher wurde, je weiter sie nach oben kamen. Was von unten wie der Berggrat gewirkt hatte, erwies sich nun nur als eine Kuppe. Vom Scheitelpunkt konnte man, gut geschützt durch massige Felsbrocken, in einen nicht allzu großen, öden Talkessel hineinblicken, hinter dem die eigentliche Gipfelkette aufragte.

Kaum hundert Meter entfernt stand die Schutzhütte, von der Robinson gesprochen hatte. Die Mauern waren aus Natursteinen aufgeschichtet und trugen ein einfaches Wellblechdach. Die einzig sichtbare Fensteröffnung war nicht mehr als ein Loch in der Mauer, ohne Scheibe und ohne erkennbaren Rahmen. Die Tür stand eine Handbreit offen. Sie schien intakt zu sein, bewegte sich jedenfalls bei einem stärkeren Windstoß ein wenig in den Angeln. Sogar das leise Quietschen war über die Entfernung hinweg zu hören. Ein trostloses Geräusch wie aus einer fremden Welt, das Clemencia die Stille erst wirklich bewusst machte. Die Umgebung wirkte völlig verlassen. Wenn nicht die Reifenspuren vor der Hütte gewesen wären, hätte man schwören mögen, dass sich da in den letzten Tagen, Wochen, Jahren kein menschliches Wesen aufgehalten hatte.

Clemencia fragte sich, wieso hier überhaupt je etwas gebaut worden war. Wasser schien es nirgends zu geben, als Weide oder Jagdrevier war die Steinwüste ringsum nicht zu gebrauchen. Wenn hier etwas lebte, dann vielleicht ein paar Skorpione oder Schlangen. Also gab es auch keinen Grund, das Tal aufzusuchen. Und zufällig kam erst recht niemand vorbei. Der ideale Ort, um einen Entführten gefangen zu halten. Nur, woher kannten die Entführer diesen Ort? Waren sie vielleicht auf der Farm zu Hause? Hatten Rodensteins Arbeiter etwa ...? Unsinn, bei der Entführung ging es um Politik und eventuell um große Geschäfte, also um nichts, was einen einfachen Farmarbeiter irgendwie berührte.

«Robinson hat uns verarscht», flüsterte Tjikundu.

Clemencia legte die Pistole vor sich auf dem Felsen ab und wischte sich über die Stirn. In ihrem Kopf pochte es wieder stärker. Sie versuchte, nicht darauf zu achten. Robinson. Zumindest war er hier gewesen. Wahrscheinlich ziemlich genau an derselben Stelle, von der aus sie gerade die Hütte beobachteten. Darauf ließ seine telefonische Beschreibung von vorhin schließen. Doch wo befand er sich jetzt? War er von den Entführern überwältigt und verschleppt worden? Konnte er wirklich bekloppt genug gewesen sein, auf eigene Faust und allein gegen sie vorzugehen?

Die Sonne stand hoch über den Bergen, ließ die Hüttentür nur einen schmalen Streifen Schatten werfen. Außer der Fahrspur, die von den Männern und ihr abgeschirmt wurde, konnte Clemencia keinen anderen Weg aus dem Talkessel erkennen, nicht einmal einen Trampelpfad. Dennoch trug sie jeweils drei uniformierten Kollegen auf, auf beiden Seiten in den Felsirrgarten vorzustoßen, um einen möglichen Fluchtversuch zu vereiteln. Zum Zielobjekt vorrücken sollten sie erst auf ihr Kommando. Clemencia starrte zu der Hütte hinab. Die Tür ächzte wieder in den Angeln. Nervtötend.

Wenn da jemand wäre, würde er sie nicht feststellen oder ganz schließen?

«Na, dann!», sagte Tjikundu. Er glitt hinter dem Felsen hervor und lief gebückt am Rand des Wegs nach unten. Nach ungefähr fünfundzwanzig Metern ging er wieder in Deckung, blickte nach vorn, wandte sich um, als sich bei der Hütte nichts regte, und gab Handzeichen, ihm zu folgen. Clemencia und zwei der Männer huschten hinterher, arbeiteten sich zwanzig Meter über Tjikundus Position hinaus vor. Hinter einem hüfthohen Felsblock hockte sich Clemencia hin. Der Stein strahlte ein wenig Wärme ab, aber der Wind blies kühl. Die Hüttentür bewegte sich nicht. Auch sonst war alles totenstill.

Was zum Teufel war mit Robinson? Ein Tumor, eine Persönlichkeitsveränderung, die es ihm trotzdem erlaubt hatte, sie zielgerichtet hierherzudirigieren? Zu dieser Hütte, die er ja auch erst ausfindig gemacht haben musste. Robinson tat gerne groß, doch lebensmüde war er nie gewesen, und Clemencia bezweifelte, dass er es von einem Tag auf den anderen geworden war. Es musste eine logische Erklärung für sein Verhalten geben. Gut, noch einmal langsam: Allein würde Robinson niemals einen Unterschlupf von Schwerkriminellen stürmen, wenn er dabei sein Leben riskierte. Also bestand keine ernsthafte Gefahr, und das hieß, dass sich dort keine Entführer befanden.

So weit war Clemencia schon vorher gekommen. Wer den Ort hier kannte, hatte keinen Grund, jemanden zu entführen, und wer einen Grund hatte, kannte den Ort nicht. Warum wollte Robinson dann aber in die Hütte hinein? Um den jungen Rodenstein herauszuholen, hatte er klar und deutlich gesagt. Ein Entführter, aber keine Entführer?

Und plötzlich begriff Clemencia, was sie längst hätte begreifen müssen. Spätestens als Robinson sie auf die Farm Steinland bestellt hatte. Und eigentlich schon früher, wenn sie nur die verhaltene Reaktion von Frau Rodenstein und die Aussagen von Melvins Kumpeln in Verbindung gebracht hätte. Es hatte gar keine Entführung stattgefunden! Thomas Rodenstein war in der Nacht, als sein Vater ermordet worden war, untergetaucht und hatte sich hier in der abgelegenen Hütte versteckt. Vielleicht aus Panik oder um allein zu trauern, vielleicht aber auch im Einverständnis mit seiner Mutter und den Nachbarfarmern, die Clemencia das Märchen von der Entführung aufgetischt hatten.

Robinson war ihnen irgendwie auf die Schliche gekommen, hatte das Versteck ausfindig gemacht und nicht gewusst, worüber er sich mehr freuen sollte: dass er schlauer gewesen war als seine Chefin oder dass sich ein Schwerverbrechen unter seinem Zugriff in Luft auflöste. Er war sich nicht zu blöde, diesen Erfolg vor versammelter Mannschaft auskosten zu wollen. Deswegen ließ er ein Dutzend Polizisten hier anfahren, deswegen wollte er ihnen und speziell Clemencia nach getaner Arbeit entgegensehen, die Hand schwer auf Thomas Rodensteins Schulter lasten lassen und ihm bedeutsam zuraunen: «Na, Junge, jetzt beichte mal, was du zu beichten hast!» So ähnlich hatte sich das Robinson wohl vorgestellt. Aber er hatte nicht mit Rodenstein am Marmorbruch gewartet, er war ihnen nicht auf dem Weg entgegengekommen, und sein Telefon war immer noch ausgeschaltet. Was war schiefgegangen?

Tjikundu huschte an Clemencia vorbei. Zwei Uniformierte hielten sich dicht hinter ihm. Der eine streckte seine Pistole beidhändig und mit durchgedrückten Armen nach vorn. Es sah aus, als könne er sich nicht entscheiden, ob er möglichst viel Distanz zwischen sich und die Waffe bringen oder ob er sich daran festklammern wollte. Hinter dem letzten großen Felsen vor der Hütte stoppten die drei, drückten ihre Rücken gegen den Stein, warteten. Clemencia hatte die Tür im Blick.

Alles unverändert, alles ruhig. Da war keiner, da war keiner mehr.

Clemencia hob den Daumen, Tjikundu nickte. Er flüsterte einem der Uniformierten etwas zu. Der Mann zögerte einen Moment, sprang dann aus der Deckung und mit schnellen Schritten nach rechts ins offene Veld hinaus. Er stolperte, fing sich, lief weiter, warf sich neben einem vertrockneten Dornbusch auf den Boden. Als er die Hütte ins Visier genommen hatte, rückte auch Clemencia vor. Mit der Pistole im Anschlag schmiegte sich Tjikundu eng an den Felsen. Clemencia hielt sich weiter links, um nicht in sein Schussfeld zu geraten, überquerte die letzten Meter freier Fläche und erreichte die Hüttenmauer kurz vor der nordöstlichen Ecke. Ein schneller Blick um die Mauerkante, dann konzentrierte sie sich ganz auf die Eingangsseite. Die Tür ächzte. Es war nur der Wind. Da war niemand.

Vor gut zwei Stunden hatte sie zum letzten Mal mit Robinson gesprochen. Mit einem Robinson im Hochgefühl des bevorstehenden Triumphs. Wahrscheinlich war er unvorsichtig geworden, hatte gedacht, es genüge, dem Farmersöhnchen zu sagen, dass jetzt Schluss mit dem Theater sei. Aber das hatte wohl nicht genügt. Wenn Clemencias Vermutung stimmte, hatte Thomas Rodenstein mindestens eine schwere Straftat vorgetäuscht. Und wer wusste schon, was er sonst noch alles zu verantworten hatte? Wollte er damit weiter durchkommen, musste er verschwunden bleiben und dafür sorgen, dass Robinson seine Erkenntnisse nicht weitergeben konnte. Hatte der angeblich Entführte Robinson überwältigt und verschleppt? Oder ihn gar endgültig zum Schweigen gebracht?

Clemencia versuchte sich einzureden, dass man wegen so einer Sache niemanden ermordete, doch sie wusste es besser. Manchmal reichte ein falsches Wort, manchmal spitzte sich eine Situation fast automatisch bis zur Katastrophe zu. Umso mehr, wenn jemand den Überblick verloren hatte und keinen anderen Ausweg mehr sah. Dass die Entführung getürkt war, würde jedenfalls unweigerlich ans Licht kommen, falls Robinson noch einmal freigelassen würde, sei es in einer Stunde oder in ein paar Wochen.

Robinson, du Idiot, dachte Clemencia, nur wegen deiner verfluchten Angeberei, wegen deiner Überheblichkeit, deiner Karrieresucht! Sie hatte ihn von Anfang an nicht leiden können, und er hatte alles dafür getan, dass das die nächsten Jahre so geblieben war. Wo es ging, hatte er ihr das Leben schwergemacht. Er hatte gegen ihre Beförderung intrigiert, weil sie eine Frau und jünger als er war. Und natürlich, weil im Zuge der Affirmative-Action-Politik sowieso nur noch Schwarze in Führungspositionen gehievt würden. Er war der Meinung, dass Menschenrechte gut und schön wären, solange sie nicht seine Verhörmethoden beeinträchtigten. Die Unschuldsvermutung galt ihm als Spitzfindigkeit praxisferner Juristen, und Vernehmungsprotokolle dienten seiner Meinung nach vor allem dazu, die Lügen eines Beschuldigten herauszuarbeiten. Wenn er ausnahmsweise mal Kaffee aufsetzte, rieb er das den anderen im Büro die nächsten paar Wochen unter die Nase. Nicht einmal ordentlich Auto fahren konnte er.

Mensch, Robinson, dachte Clemencia, und dann dachte sie, dass sie ihn zum letzten Mal gehört hatte, als er die Geräusche einer gestörten Handyverbindung nachzuahmen versuchte. Wie ein kleiner, ins Spiel versunkener Junge. Nein, am Schluss hatte er noch «over und tschüß» gesagt. Over und tschüß. Im Grunde wäre das die passende Aufschrift für seinen Grabstein, genauso leicht und leichtfertig, wie er selbst gewesen war. So leicht und leichtfertig, wie Clemencia gern über seinen Tod hinweggehen würde, obwohl sie wusste, dass sie das nicht schaffen würde.

Tjikundu war inzwischen nachgerückt. Er kauerte ein paar

Meter von Clemencia entfernt unter der Fensteröffnung. Hinter der Hüttentür hatte sich ein Uniformierter postiert, andere schlichen an den Seitenmauern entlang, um die Rückfront der Hütte zu sichern. Am Hang, im Wirrwarr der Felsen, nahm Clemencia eine schattenhafte Bewegung wahr, sah einen Vogel aufflattern und dann den Kopf eines der Männer auftauchen, die sie zur Absicherung eingeteilt hatte. Keine Wolke, kein Dunst dämpfte das Sonnenlicht. In der Hütte würde ein Halbdunkel herrschen, an das sich die Augen erst gewöhnen mussten.

Die Tür stand nur etwa zehn Zentimeter weit offen. Clemencia schob sich an der Mauer entlang auf sie zu und gab dem Mann auf der anderen Seite ein Handzeichen. Der fasste mit den Fingerspitzen nach der Klinke. Als er die Tür mit einem Ruck ganz aufriss, drückte sich Clemencia blitzschnell durch die Öffnung, wand sich nach links um den Türpfosten ins Dunkel, raus aus dem einfallenden Sonnenlicht, das eine scharfe Kante auf den Boden zeichnete.

Keine Dielen, kein Stein, nur gestampfte Erde, über die nun einer der Männer hereinhechtete. Durch das Fenster brüllte Tjikundu «Keine Bewegung!», und hinterm Haus brüllte auch irgendwer irgendetwas, und der Polizist auf dem Boden robbte schräg nach vorn, als hätte ihm jemand aufgetragen, schnellstmöglich den Tisch an der Wand zu erreichen. Ein Tisch, ein Stuhl, ein Kocher mit Gasflasche, Kisten, Kanister, eine Plastikschüssel, eine große Rolle Draht, ein Rucksack an einem Wandhaken, darunter noch eine Kiste und ganz hinten im dunkelsten Winkel das Bett. Eigentlich war es eher eine Pritsche mit niedrigen Metallfüßen. Auf ihr lag eine Matratze und darauf wiederum ein menschlicher Körper, dessen Kopf mit einer Jacke bedeckt war. Es war …

«Waffen runter!», schrie Tjikundu vom Fenster her.

Es war verdammt nochmal Robinsons braune Lederjacke,

und der Mensch, über dessen Gesicht sie gebreitet war, zielte mit keiner Waffe irgendwohin. Er war nicht hochgefahren, hatte sich nicht einmal bewegt, als sie die Hütte gestürmt hatten. Das wäre das Erste gewesen, was Clemencia aufgefallen wäre. Ob irgendwo eine Bewegung zu erspüren war, und sei es auch nur der Lufthauch, wenn jemand ausatmete. Oder bewegte sich die Jacke doch ein wenig?

Und dann bemerkte Clemencia die Einschnitte auf Hemd und Hose, als ob etwas Dünnes, kaum Sichtbares mit Gewalt über den liegenden Körper gespannt worden wäre. Es war Draht, die Art von Draht, mit dem die Farmer ihr Land einzäunten. Clemencia hätte losjubeln können, denn niemand machte sich die Mühe, eine Leiche mit Draht auf eine Metallpritsche zu fesseln. Vielleicht lebte Robinson noch. Clemencia rief: «Alles unter Kontrolle, Leute! Keiner macht ...»

In dem Moment fiel ein Schuss. Ein scharfer Knall, bei dem Clemencia zusammenzuckte, und dann noch einer und noch einer in schneller Abfolge. Draußen ballerte jemand sein Magazin leer, und Robinson lebte vielleicht noch, aber er konnte sich weder wehren noch in Sicherheit bringen, war hilflos dem Pistolenfeuer ausgesetzt. Er mochte sich das alles durch seine grenzenlose Idiotie selbst eingebrockt haben, doch Clemencia hatte ihn voreilig für tot erklärt, einen ihrer Leute, für die sie Verantwortung trug. Wenn sie ihn nun endgültig erledigten, während sie dabei war, würde sie für immer und ewig und trotz besseren Wissens das Gefühl verspüren, sie selbst habe irgendwie ...

Noch ein Knall, und noch einer, und mitten hinein brüllte Tjikundu: «Herrgott, verflucht noch mal!»

Als Clemencia klar wurde, dass *sie* Robinson zu schützen hatte, einzig und allein sie, hatte sie die paar Meter bis zur Pritsche längst überwunden, war davor in Anschlag gegangen, sicherte mit ihrer Waffe gegen Tür und Fenster. Draußen gleißte das Sonnenlicht. Keine huschenden Schatten, keine Bewegung, nichts. Das Echo der letzten Schüsse rollte raunend von irgendeiner Bergkette zurück.

«Die ... die schießen», stammelte der Uniformierte unter dem Tisch hervor.

Clemencia griff nach hinten, zog die Jacke weg und riskierte einen Blick. Robinson sah ihr mit aufgerissenen Augen entgegen. In seinem Mund steckte ein Knebel, der mit einem Tuch festgebunden war. Über den Hals lief ein Stück fest gespannten Drahts. Der Adamsapfel stieß dagegen, als Robinson schluckte.

«Bist du getroffen?», fragte Clemencia. Robinson verneinte mit einer kaum merklichen Kopfbewegung. Clemencia wandte sich wieder um und zielte in Richtung Hütteneingang. Von draußen war nun das Geräusch hektischer Schritte zu hören, Stiefel auf Kies und Steinen, ein nicht ganz unterdrückter Ruf, ein halblautes Kommando Tjikundus. Es wurde auch Zeit, dass sich die Kollegen gegen den Angreifer in Stellung brachten. Thomas Rodenstein? Ausweglose Situation hin oder her, sollte er tatsächlich eine ganze Polizeieinheit unter Beschuss genommen haben? Oder existierte vielleicht doch eine Bande zu allem entschlossener Entführer? Nein, die Schüsse waren zwar schnell hintereinander gefallen, hatten aber nur nach einer einzelnen Waffe geklungen. Und jetzt herrschte wieder Ruhe.

Der Uniformierte kroch unter dem Tisch hervor, richtete sich halb auf und blickte Clemencia fragend an. Sie sagte: «Ich habe keine Ahnung, was da los war.»

«Ich ...», sagte der Mann. «Es tut mir leid.»

Clemencia fixierte die Türöffnung.

«Ich habe eine Frau und drei Kinder», sagte der Mann. «Ich hatte nicht um mein Leben Angst, ich musste an sie denken. Was die machen, wenn ich hier abgeknallt werde.»

«Geh an den Eingang», sagte Clemencia, «aber bleib in Deckung!»

«Ich ...» Der Mann brach ab, nickte, pirschte sich von der Seite her vorsichtig bis zum Türrahmen vor. Clemencia legte ihre Pistole auf dem gestampften Boden ab. Sie knotete das Tuch auf und zog den Knebel aus Robinsons Mund. Robinson schnaufte durch, so gut das mit seiner eingezwängten Kehle ging.

«Das Schwein hat mir eins übergezogen und dann ...» Robinson keuchte.

«Der junge Rodenstein?»

«Woher weißt du das?», krächzte Robinson.

«Ist dir klar, dass er dich eigentlich hätte umbringen müssen?»

Robinson schloss die Augen, öffnete sie wieder, sagte: «Kannst du vielleicht den verdammten Draht wegmachen?»

Die Enden waren unter dem Metallrahmen der Pritsche zusammengedreht. Mit einer Zange hätte Clemencia sich leichter getan, doch auch so gelang es ihr nach einiger Zeit, wenigstens den über Robinsons Hals gespannten Draht zu lösen. Robinson atmete tief durch und sagte: «Thomas Rodenstein ist ein Farmer aus einer alteingesessenen Familie. So einer knallt vielleicht mal einen Viehdieb ab, aber keinen weißen Polizisten. Ich konnte das einschätzen.»

«Klar», sagte Clemencia, «deswegen bist du hier auch ans Bett gefesselt. Was spricht eigentlich dagegen, dich noch eine Weile so liegen zu lassen?»

«Die kommen», rief der Uniformierte von der Tür. «Unsere Leute. Es scheint alles klar zu sein.»

Clemencia lächelte Robinson an und ging zum Hütteneingang. Tjikundu und die Männer standen in einer lockeren Gruppe beieinander und blickten auf den Boden. Es sah nicht so aus, als rechneten sie mit weiteren Schüssen oder einer anderen Attacke. Clemencia trat näher, und der Kreis öffnete sich. Auf den Steinen lag eine armdicke Puffotter. Ihr flacher, dreieckiger Kopf und das folgende Drittel des Schlangenkörpers waren durch Pistolenkugeln zerfetzt. Trotzdem sah das Vieh furchteinflößend aus. Tjikundu deutete auf einen der Männer und sagte: «Er wäre fast draufgestiegen, da drüben zwischen den Felsen. Da hat er aus Panik geschossen.»

Der Polizist war immer noch mausgrau im Gesicht. Seine Lippen wirkten blutleer.

«Ich möchte nicht hier draußen leben müssen», sagte Tjikundu. «Nicht geschenkt würde ich dieses verdammte Land nehmen.»

«He», rief Robinson aus der Hütte. «Wie wäre es, wenn ihr mich mal losmacht?»

Der junge Rodenstein war nach Robinsons Angaben zu Fuß geflohen. Wenn er sich hier in den Bergen nicht noch ein Reserveversteck eingerichtet hatte, blieben realistischerweise nur zwei Ziele, die er angepeilt haben konnte: sein eigenes Zuhause, zu dem man etwa zwei Stunden marschierte, oder das entgegengesetzt liegende und nur geringfügig weiter entfernte Farmhaus seines Nachbarn Schroeder. In beiden Fällen konnte er – wenn überhaupt – erst vor kurzem angekommen sein. Er würde sich allerdings auch nicht lange dort aufhalten. Obwohl er nicht wissen konnte, dass Robinson so schnell befreit werden würde, musste er damit rechnen, dass die Polizei das Verschwinden ihres Kollegen bald bemerken und auf den Farmen der Umgebung nachforschen würde. Er würde sich einen Wagen nehmen oder von Schroeder zu einem in sicherer Distanz wohnenden Sympathisanten bringen lassen, wo er Unterschlupf finden konnte. Davon gab es sicher genug, denn – wie Tjikundu es ausdrückte – wer weiße

Haut hatte und Land besaß, hielt zusammen wie Pech und Schwefel.

Jedenfalls mussten unverzüglich Straßensperren eingerichtet werden. An der Hütte war kein Empfang, aber sobald sie die Kuppe erreicht hatten und zu den Fahrzeugen beim Marmorbruch hinabstiegen, rief Clemencia die Zentrale an. Als sie durchgab, nach wem gefahndet werden sollte, herrschte am anderen Ende kurzes Schweigen. Dann sagte die Kollegin, dass sie gerade eben mit Thomas Rodenstein gesprochen habe. Keine drei Minuten sei das her, sie habe noch nicht einmal Oshivelo in Kenntnis setzen können.

Clemencia fragte nach. Rodenstein hatte gemeldet, dass er seinen Entführern entkommen sei und sich bis nach Hause durchgeschlagen habe. Er hatte dringend darum gebeten, ein paar Leute der Serious Crime Unit zu ihm hinauszuschicken. Clemencia versprach, sich um die Angelegenheit zu kümmern. Sie seien sowieso auf Farm Steinland. Oshivelo würden sie informieren, sobald sie ein bisschen mehr Klarheit gewonnen hätten.

Auch Clemencias Kollegen verstanden nicht, wieso der junge Rodenstein jetzt freiwillig auftauchte und sich überdies die Polizei ins Haus bestellte. Nur Robinson war das ziemlich egal, er lachte sich ins Fäustchen. Während der Fahrt zum Farmhaus quatschte er unaufhörlich und malte sich aus, wie Rodenstein staunen würde, wenn er vor ihm auftauchte. Denn das sei das Letzte, womit das Farmersöhnchen rechnen würde. Und dann wollte Robinson loslegen. So, so, Rodenstein sei also den Entführern entkommen? Dafür habe er aber ziemlich lang gebraucht, angesichts der Tatsache, dass sie nie existiert hatten. Er habe doch nicht im Ernst geglaubt, damit durchzukommen? Nur weil er ihn, Robinson, auf hinterlistige Weise überrascht habe? Mit ein paar Drahtfesseln sei ein Profi wie er aber wirklich nicht auszuschalten. Natürlich habe er sich abgesichert. Wie blöd müsse man eigentlich sein, um nicht zu vermuten, dass er vorher seine Kollegen genauestens informiert und ihre sofortige Unterstützung angefordert habe?

«So? Genauestens informiert?», brummte Tjikundu.

«Natürlich, sonst hättet ihr mich ja nicht gefunden.»

«Wir haben die Männer zwischen Giftschlangen herumkriechen lassen und sind mit entsicherten Pistolen über Felsen gestolpert, weil wir dachten, wir müssten gegen schwer bewaffnete Entführer vorgehen!»

«Von Entführern habe ich kein Wort gesagt, nur dass ich ...»

«Halt jetzt einfach die Klappe, Robinson!» Tjikundu schaute verbissen nach vorn. Sie hatten den Berg hinter sich, waren wieder auf der sandigen Pad im flachen Gelände angelangt. Tjikundu drückte aufs Gas. Der Wagen beschleunigte, schwamm in den tiefen Fahrspuren hin und her, geriet manchmal an die Hakkiebüsche am Wegrand, sodass die Dornen hässlich an der Karosserie entlangkratzten. Die Staubwolke würde man vom Farmhaus auf weite Entfernung sehen, doch Clemencia sagte nichts. Der junge Rodenstein würde nicht mehr flüchten. Er hatte sich eine andere Strategie zurechtgelegt, auch wenn Clemencia sich nicht vorzustellen vermochte, welche. Eigentlich war es egal, denn die Entführungsgeschichte war unter den gegebenen Umständen sowieso unhaltbar geworden. Clemencia hätte trotzdem gern gewusst, wie er sich herausreden wollte. Als Tjikundu unter den Schattenplanen am Farmhaus einparkte, sagte sie Robinson, dass er vorläufig im Auto bleiben solle. Sie lasse ihn dann holen. Er schaute erst empört, grinste dann und lehnte sich zurück. «Soll eine Überraschung werden, was?»

«Kommen Sie hier herum!», rief Frau Rodenstein vom Hauseck her. Clemencia und die anderen folgten ihr. An der Verandabrüstung lehnte Schroeder, der Besitzer der Nachbarfarm. Der musste wohl immer dabei sein, wenn etwas Krummes lief. Thomas Rodenstein saß in einem Korbstuhl und hielt eine Flasche Tafel Lager in der Hand. Den breitkrempigen Hut hatte er auf dem Tisch vor sich abgelegt, seine Kleidung sah so verschwitzt und staubig aus, wie man es nach ein paar Tagen Wildnis erwarten konnte. Anscheinend hatte er noch nicht die Zeit gefunden, sich umzuziehen. Statt sich Lügen auszudenken, hätte er besser duschen sollen, dachte Clemencia. So schnell würde er dazu keine Gelegenheit mehr finden, wenn sie ihn jetzt festnahm.

Als Clemencia näher trat, stand Thomas Rodenstein auf. Er streckte ihr die Hand entgegen und sagte: «Sie sind die Kriminalinspektorin, nicht? Sie und Ihre Leute müssen gleich los. Ich komme mit und zeige Ihnen den Weg.»

«Nun mal langsam!» Clemencia setzte sich.

«Sie dürfen keine Zeit verlieren. Die Leute sind gefährlich!»

Clemencia begann zu ahnen, worauf das hinauslief. Einer der Pfauen schrie auf dem Rasen, die uniformierten Kollegen standen unschlüssig herum, Tjikundus Miene versteinerte, und Clemencia forderte den jungen Rodenstein auf, zu sagen, was er zu sagen hatte. «Aber bitte von Anfang an!»

Seine Geschichte war banal und dreist zugleich. Als sei inzwischen gar nichts geschehen, blieb er anfangs bei den Lügen, die Clemencia von den Farmern aufgetischt worden waren. Nachdem die drei Gangster seinen Vater erschossen hätten, sei er gezwungen worden, mit ihnen ins Auto zu steigen. Sie hätten ihn zu einer verlassenen Berghütte gebracht, hätten ihn dort gefesselt und geknebelt. Dann seien sie abgehauen. Erst am nächsten Abend seien wieder welche gekommen, andere diesmal. Auch ein Weißer sei dabei gewesen. Sie hätten ihn ein paar Schritte machen lassen, ihm zu essen und zu trinken gegeben und ihn dann wieder gefesselt. So sei das Tag für Tag gegangen, bis es ihm am heutigen Vormittag gelungen sei, sich zu befreien. Er sei davon ausgegangen, dass seine Entführer erst am Abend wiederkämen, doch sicherheitshalber habe er durchs Fenster geschaut, und tatsächlich sei da einer den Weg herabspaziert. Wieder ein Weißer. Um unbemerkt zu fliehen, sei es zu spät gewesen.

Er habe geflucht und sich Vorwürfe gemacht, weil er nicht eine halbe Stunde schneller gewesen war, aber dann habe er seine Hoffnung darauf gesetzt, dass ihn der Entführer immer noch auf die Pritsche gebunden wähnen musste. Er habe sich an die Tür gestellt. Alles oder nichts, habe er gedacht, und als der Entführer ohne jede Vorsichtsmaßnahme eingetreten sei, habe er seine ganze Kraft und Wut in einen Faustschlag gelegt. Er habe den Mann voll am Solarplexus erwischt, so dass er vornüber zusammengesackt sei. Bevor der Kerl wieder Luft bekommen habe, habe er ihn mit Draht verschnürt. Auch geknebelt, weil er befürchtet habe, dass noch andere Mitglieder der Bande in der Nähe sein könnten. Es sei aber alles ruhig geblieben, und so sei er hierher zur Farm marschiert und habe sofort die Polizei in Windhoek angerufen. Er sei kein Fesselungsexperte und könne nur hoffen, dass sich der Entführer noch nicht losgemacht habe. Deswegen dürfe man jetzt keine Zeit verlieren und ...

«Sehr witzig!» Robinsons Kopf tauchte hinter der Verandabrüstung auf. «Selten so gelacht!»

Seine Stimme klang einigermaßen ruhig, doch das leichte Zucken um die Mundwinkel verriet, dass er seine Empörung nur mühsam beherrschte. Clemencia hätte sich denken können, dass er es nicht lange aushalten würde, im Hintergrund zu bleiben. Immerhin war der Zeitpunkt seines Auftauchens durchaus geschickt gewählt. Gespannt wartete Clemencia auf Thomas Rodensteins Reaktion.

«Das ist doch ...», platzte es aus Rodenstein heraus. Verblüfft, ungläubig, mit genau dem angemessenen Maß an Verunsicherung. «Das ist der Entführer, den ich in der Hütte ...»

«Jetzt reicht es!», zischte Robinson.

«Detective Inspector Bill Robinson, Serious Crime Unit, Windhoek», stellte Clemencia ihn vor.

«Wie? Das ist ein ...? Woher hätte ich denn wissen sollen ...?», stammelte Rodenstein.

«Vielleicht, weil ich es gesagt habe?», spottete Robinson. «Schon vor der Hütte habe ich gerufen, dass ich von der Polizei bin. Er kam raus, wir haben uns nett unterhalten, ich habe ihm gesagt, dass mit dem Entführungsmärchen nun Schluss sei, und er hat gesagt, dass er sowieso genug von dem Versteckspiel habe. Dann könnten wir ja gehen, habe ich gesagt, und er hat genickt und mir völlig unvermittelt die Faust in den Magen geschlagen. So war das nämlich!»

«Was erzählen Sie denn da?», rief Thomas Rodenstein fassungslos.

«Entführungsmärchen? Wie meinen Sie das?», fragte Schroeder.

«Lassen Sie meinen Sohn in Frieden!», sagte Frau Rodenstein. «Er hat einiges durchgemacht.»

«Wir waren doch alle dabei, als die Kerle Thomas ins Auto gezwungen haben», sagte Schroeder.

«Tagelang haben Sie von der Polizei nichts zuwege gebracht», sagte Frau Rodenstein, «und kaum gelingt es Thomas, sich selbst zu befreien ...»

«Der war die ganze Zeit frei, das wissen Sie nur zu gut», brüllte Robinson. «Sie haben mich doch selbst draufgebracht, Frau Rodenstein! Ich bin Ihnen gefolgt, als Sie sich mit Ihrem Sohn mitten in der Nacht getroffen haben. Dort drüben, bei den Gräbern. Und nachdem Sie sich verabschiedet hatten, bin ich ihm nachgeschlichen. Mehr als zwei verdammte Stunden immer hinter diesem Taschenlampenstrahl her, bis zu der Hütte in den Bergen. Ich habe bis zum Morgen gewartet und die Gegend kontrolliert. Dann bin ich zu ihm runter.»

«Dass ich mit Thomas da draußen war, müssen Sie geträumt haben», sagte Frau Rodenstein kalt. «Ich war die ganze Nacht im Haus.»

«Und ich auf einer Pritsche gefesselt», sagte Thomas Rodenstein.

«Wie hätte ich die Hütte denn dann finden sollen, bitte schön?», fragte Robinson triumphierend.

Mit schwerem Flügelschlag flog der Pfau auf und landete auf dem Blechdach der Veranda. Man hörte überdeutlich, wie er dort oben herumkratzte.

Schroeder blickte Clemencia an, als er sagte: «Wenn nur die Entführer wussten, wohin sie Thomas gebracht hatten, und wenn Ihr Mitarbeiter ihn trotzdem gefunden hat, könnte es dann nicht sein, dass da eine Verbindung besteht?»

«Was?», fragte Robinson.

«Das kann er natürlich nicht zugeben, und deswegen erfindet er solche Geschichten», sagte der junge Rodenstein.

«Ihr habt sie ja nicht alle!», zischte Robinson. Der Pfau stolzierte auf dem Blech herum, und Robinson brüllte: «Kann vielleicht mal jemand das blöde Vieh da oben erschießen?»

«Die Überfälle, der Mord, die Entführung. Uns war von Anfang an klar, dass es dabei um die verfluchten Enteignungen ging», sagte Schroeder. «Dahinter stecken natürlich mächtige SWAPO-Bosse. Einen kleinen Polizisten für sich einzuspannen, dürfte für die das geringste Problem gewesen sein. Ich wundere mich nur, dass sie einen Weißen gekauft haben.»

«Ist doch geschickt», sagte Rodenstein. «So vermutet keiner, für wen er arbeitet.»

Robinson fehlten die Worte. Er blickte von einem zum anderen und schien sich nicht entscheiden zu können, wen er zuerst erwürgen sollte. Vielleicht begriff er auch, dass die Vorwürfe gegen ihn mit ein paar markigen Worten nicht wegzuwischen waren. Zwar hielt man einen Polizisten bei Staatsanwaltschaft und Gericht gemeinhin für glaubwürdig, doch wenn ihm die übereinstimmenden Aussagen mehrerer Beteiligter widersprachen, mochte das anders ausgehen. Zumal sein unprofessionelles Verhalten am Vormittag die Sache verschlimmerte. Hätte er gewartet, bis der Rest der Truppe eintraf, wäre gar kein Zweifel aufgekommen.

Zweifel? Clemencia fragte sich, ob es wirklich nur Robinsons Großmannssucht war, die ihn allein hatte vorpreschen lassen. Hatte er aus ganz anderen Gründen ohne Zeugen agieren wollen? Etwa, weil er den jungen Rodenstein befreien und dann vorgeben wollte, die Entführung wäre nur vorgetäuscht gewesen? Rodenstein und die Farmer stünden als Betrüger da, die öffentliche Meinung würde kippen, der Enteignungsprozess könnte beschleunigt durchgezogen werden – es gab sicher genug hochrangige Politiker, die mit einer solchen Entwicklung äußerst zufrieden wären.

«Ich soll von der SWAPO gekauft worden sein? Ausgerechnet ich? Von denen?», fragte Robinson.

Kaum vorstellbar, da hatte er schon recht. Im Grunde war er ein Rassist, auch wenn er die Bezeichnung empört zurückgewiesen hätte. Die Apartheid habe er abgelehnt, behauptete er immer, denn es komme nicht auf die Hautfarbe an, sondern auf Leistung, Zuverlässigkeit, Pflichtbewusstsein, Arbeitsethos. Fakt sei aber nun mal, dass in den kulturellen Traditionen der afrikanischen Stämme solche Werte nicht gezählt hätten. Bis die in Fleisch und Blut übergegangen wären, würde es wahrscheinlich noch Jahrhunderte dauern. Und dann begann er gemeinhin über die Fat Cats zu schimpfen, die ohne Rücksicht auf Eignung und Können nach der Unabhängigkeit die Pfründen unter sich aufgeteilt hätten. Sah er das nicht mehr so verbissen, wenn er selbst profitieren konnte? Vielleicht hatte man ihm Clemencias Position in Aussicht gestellt, falls er seinen Job gut erledigte. Und doch, den Farmern glaubte Clemencia noch weniger. Sie sagte: «Reg dich nicht auf, Robinson, wir kriegen das raus!»

Clemencia rief in Windhoek an, um ein Team der Scenes of Crime Unit auf die Farm zu bestellen. Die sollten die Berghütte auseinandernehmen. Es musste sich doch feststellen lassen, ob Thomas Rodenstein die letzten Tage allein dort gehaust hatte oder ob sich Spuren von anderen nachweisen ließen. Clemencia machte sich allerdings keine Illusionen, die Ergebnisse noch selbst bewerten zu können. Bis die vorlagen, wäre sie längst suspendiert. Aber für ein paar Nachforschungen blieb noch Zeit. Sie wies drei uniformierte Kollegen an, die Rodensteins und Schroeder zu bewachen. Keinesfalls durften sie mit irgendjemandem in Kontakt treten. Mit dem Rest der Männer machte sich Clemencia auf den Weg zu dem kleinen Farmfriedhof. Der Wind war eingeschlafen, die Zypressen ragten kerzengerade in den blauen Himmel. Die Sonne war inzwischen so weit nach Westen gewandert, dass ihre Schatten länger waren als die Bäume selbst.

«Da, unter dem standen sie, Mutter und Sohn», sagte Robinson. «Ich konnte nicht nah genug ran, um zu verstehen, worüber sie redeten.»

Der Boden um die Gräber war zu zertrampelt, um etwas daraus schließen zu können, doch wenn Robinson die Wahrheit sagte, war er Thomas Rodenstein ja zwei Stunden lang querfeldein gefolgt. Clemencia versuchte sich zu orientieren. Der Bergrücken im Osten, dessen Form von hier aus an einen Schildkrötenpanzer erinnerte, könnte es sein. Ja, der Marmorbruch war deutlich zu erkennen. Eine offene Wunde im Berg, die im schräg einfallenden Licht stahlgrau schimmerte. Einen weiter nach oben führenden Weg konnte man auf die Entfernung höchstens erahnen. Die Hütte selbst blieb hinter dem Kamm verborgen. Clemencia tat ein paar Schritte in Richtung des Bergs und suchte dabei den Boden mit ihren Blicken ab.

«Chefin, lassen Sie mich das machen!», sagte einer der Uniformierten. Es war der älteste und kleinste der Männer. Seine Gesichtszüge und die gelblich braune Haut ließen vermuten, dass er dem Volk der San angehörte oder zumindest teilweise Buschmannblut in seinen Adern hatte.

«Erfahrung im Spurenlesen?», fragte Clemencia.

«Ja.»

«Woher?»

«Von früher.» Er schien keine große Lust zu haben, über die Vergangenheit zu reden. Vielleicht war er im Buschkrieg der 1980er Jahre für die falsche Seite aktiv gewesen. Bei den Koevoet-Einheiten oder beim Buschmann-Bataillon 201 der South West African Territorial Forces. Clemencia wusste, dass die Südafrikaner damals Spurenleser gerade unter den San-Stämmen angeworben hatten. Die hatten den Ruf, aus jedem Stiefelabdruck wie in einem Buch zu lesen und flüchtigen PLAN-Guerilleros tagelang auf den Fersen zu bleiben. Dafür waren sie gut genug gewesen, Apartheid hin oder her.

Clemencia nickte dem Mann zu. Er schlenderte in einem 30-Grad-Winkel zur eigentlichen Zielrichtung ins Veld hinaus. Nach fünfzig Metern schwenkte er zur Seite ab, folgte einem imaginären Halbkreis, der irgendwo die gesuchte Spur kreuzen musste. Falls es sie gab und falls sie noch erkennbar war, denn der Wind hatte zumindest um die Mittagsstunden beständig geweht. Doch dann stoppte der Mann, hockte sich auf die Fersen ab, beugte Oberkörper und Kopf, blickte nach unten.

Trotz der Polizeiuniform wirkte er in dieser Haltung wie ein Buschmann aus alten Zeiten. Nicht anders hatten seine Urahnen die Spuren von Oryx-Antilopen und Zebras geprüft, lange bevor die ersten Weißen sich hier ansiedelten, lange bevor die Hereros ihre Viehherden über die Savanne trieben und die Ovambos im Norden Mahangu und Sorghum anbauten, bevor die Damaras das Bergland okkupierten und die Namas von Süden her vorstießen. Viel Platz war nicht geblieben für die San und ihre Lebensweise. Die meisten von ihnen spielten höchstens noch ein Zerrbild davon in irgendwelchen Living Museums vor oder suchten vergeblich in zu vielen Flaschen billigen Fusels nach ihr. Vielleicht gab es nur einen in ganz Namibia, der sich mit einer Polizeiuniform verkleidet und geduldig auf die Gelegenheit gewartet hatte, sich so über eine Spur zu beugen, wie es seine Vorväter getan hatten.

Mit halb zugekniffenen Augen sah Clemencia dem Mann zu. Er richtete sich wieder auf, zickzackte voran, auf den Schildkrötenberg zu, hockte noch einmal ab, stand auf, folgte dann mit gesenktem Kopf einer annähernd geraden Linie bis zu einer niedrigen Felskoppie. Fast erwartete Clemencia, dass er dort verschwinden würde, eingesogen von dem harschen Land, das ihn heimholen wollte, weil es wusste, dass nur noch unter der Erde Platz für seinesgleichen war. Dort, wo schon Tausende und Abertausende lagen. Für einen oder zwei Momente schien es Clemencia denkbar, dass die Halbwüste hier eigentlich aus vertrocknetem Fleisch und Knochen bestand, dass der rote Sand, die dürren Dornbüsche, die durch Hitze und Frost gesprengten Felsen ursprünglich Menschen waren und dass ihr Fühlen und Denken, ihr Hoffen und Bangen immer noch darin schlummerten.

Clemencias Hinterkopf pochte. Sie tastete vorsichtig nach dem Verband über der Wunde. Dann fuhr sie sich mit dem Handrücken über die Augen. Wenn sie sich weiter so gehenließ, würde sie bald mit Miki Matilda zusammen in Glaskugeln starren. Oder auf Hühnerinnereien, über denen die Fliegen schwirrten. Der Mann dort draußen im Veld war kein Geist, sondern ein Polizist wie sie selbst. Er würde nicht verschwinden, und er verschwand auch nicht. Im Gegenteil, er kehrte nun zurück, geradewegs auf sie zu. Als er unter der Zypresse angekommen war, sagte er: «Zwei Männer gingen nach Osten. Mit einigem Abstand voneinander. Und zwar in der vergangenen Nacht.»

«Na also», sagte Robinson befriedigt.

Clemencia ließ sich den Befund erläutern. Die Ränder der Fußabdrücke waren scharf und frisch, also konnten sie noch keine vierundzwanzig Stunden alt sein. Andererseits waren über ihnen Spuren einer ausschließlich nachtaktiven Spinne zu finden, so dass sie nicht nach Morgengrauen entstanden sein konnten.

«Und wie wollen Sie erkennen, dass die Männer Abstand hielten?»

«Die Spuren kreuzen sich mal, und mal laufen sie ein Stück auseinander. So, als sei einer dem anderen auf größere Entfernung gefolgt, ohne sich an der Spur zu orientieren. Zwei Männer, die gemeinsam unterwegs sind, gehen hintereinander oder nebeneinander.»

«Sie sind San?», fragte Clemencia den Mann.

«Hei-//om. Aus der Outjo-Gegend», sagte er. Seltsamerweise wirkte er nun größer als vorhin.

Clemencia bedankte sich bei ihm und schickte einen Kollegen los, um Thomas Rodenstein herbringen zu lassen. Die anderen Männer setzten sich unter die Zypressen. Robinson fing mit einer längeren Rede an, doch Clemencia hörte ihm nicht zu. Stattdessen las sie die Aufschriften der Grabsteine: Johann Rodenstein. Thalita Rodenstein, geb. von Terwitz. Armin Rodenstein. Hermann und Inke Rodenstein, geborene Matheisen. Namen, die fremd klangen. So, als ob sie nicht hierhergehörten. Aber vielleicht kam es auf die Namen gar nicht an, sondern auf …

Ja, worauf eigentlich? Zuhause ist, wo deine Toten liegen, hatte Clemencias Vater mal gesagt. Zu einer Zeit, als er noch gesprochen hatte und nicht nur völlig abwesend sitzen blieb, wo man ihn hinsetzte. Zuhause ist, wo deine Toten liegen. Clemencia fragte sich, ob Elsa Rodenstein ihren ermordeten Mann auch dann hier begraben würde, wenn sie Farm Steinland verkaufen musste. War der Leichnam inzwischen eigentlich freigegeben? Robinson unterbrach seinen Sermon, zuckte mit den Achseln. Er wusste von nichts, es interessierte ihn auch nicht.

Als Thomas Rodenstein da war, nickte Clemencia dem San-Kollegen zu. Er führte sie und die gesamte Gruppe zu der Koppie, in deren Windschatten eine vegetationslose Sandfläche lag. Auf ihr zeichnete sich klar eine Fußspur ab. Sie wies auf den Schildkrötenberg hin.

«Das kann irgendwer irgendwann gewesen sein», sagte Thomas Rodenstein. Dem Staub und Dreck nach zu schließen, hatte er auch seine Schuhe nicht gewechselt.

«Nicht irgendwann, sondern vergangene Nacht», sagte der San-Kollege.

«Gehen Sie mal neben der Spur lang!», sagte Clemencia.

Rodenstein zögerte, tat dann aber, was sie von ihm verlangte. Der Spurenleser kauerte sich wieder hin und verglich die Abdrücke genau. Er sagte: «Identisch.»

«Unsinn!» Der junge Rodenstein hob den rechten Fuß an, deutete mit der Hand auf seinen Schuh. «Das sind Vellies. Die trägt hier draußen praktisch jeder.»

Der San sah ihn von unten herauf an. Er wiederholte: «Identisch.»

«Mein Kollege wird der Spur folgen», sagte Clemencia. «Ich wette, sie führt bis zur Berghütte hinauf.»

«Was weiß denn ich, wer da spazieren gegangen ist! Ich jedenfalls nicht», zischte Thomas Rodenstein.

Clemencia sagte: «Ich nehme Sie fest unter dem Verdacht der Vortäuschung einer Straftat, des tätlichen Angriffs auf einen Polizeibeamten, der Freiheitsberaubung und Nötigung.

Sie haben das Recht, die Aussage zu verweigern. Alles, was Sie sagen, kann jedoch gegen Sie verwendet werden. Sie haben außerdem das Recht ...»

«Und so weiter, und so fort», fiel ihr Robinson ins Wort.

Dass eine Farm sich seit hundert Jahren im Besitz derselben Familie befand, war durchaus ungewöhnlich. Manche Farmer mussten verkaufen, weil sie pleite gingen, andere waren dagegen erfolgreich genug, um ihr Stück Land für ein größeres, günstiger gelegenes, regenreicheres abzustoßen. Wer konnte, schickte seine Kinder zum Studium ins Ausland, oft mit dem Effekt, dass die fertig ausgebildeten Ärzte oder Ingenieure ihr Glück dort zu machen versuchten, wo solche Berufe gebraucht und angemessen vergütet wurden.

Auch die Unwägbarkeiten der Politik hatten von Anfang an eine Rolle gespielt. Schon nach dem Ersten Weltkrieg war eine beträchtliche Anzahl der Deutschen des Landes verwiesen worden. Als die Südafrikaner später mit der Apartheidspolitik ernst machten, als die Odendaal-Kommission die Umsiedlung der schwarzen Bevölkerung in ethnisch homogene Homelands empfahl, hatte das auch für viele Weiße Konsequenzen. Allein im neu abgesteckten Damaraland mussten über zweihundert Farmer ihren angestammten Besitz aufgeben, damit die Rassentrennung verwirklicht werden konnte. Dass Farm Steinland fünfzig Kilometer zu weit südlich lag, um ebenfalls betroffen zu sein, war pures Glück gewesen.

Später, im Bürgerkrieg der 1970er und 1980er Jahre, verkauften einige alteingesessene Weiße, weil ihnen die Zukunft zu ungewiss dünkte, und nach der Machtübernahme der SWAPO verkauften andere, denen die Zukunft allzu gewiss erschien. Lieber jetzt noch ein paar Dollar einkassieren, bevor man entschädigungslos von seinem Land gejagt würde!

In diesen Jahren – es musste 1993 oder 1994 gewesen sein – erwarb der erste Schwarze eine kommerzielle Farm im Bezirk Karibib. Es war ein Ovambo, der mit nicht näher bekannten Geschäften zu Wohlstand gekommen war und sich höchstens jedes zweite Wochenende von Windhoek herbemühte. Vielleicht schaute man ein wenig kritischer als bei anderen Nachbarn, ob er seine Zäune in Ordnung hielt und die Brandstreifen rodete, doch lud man ihn trotzdem gelegentlich zum Sonntagnachmittagskaffee ein. Der Apfelkuchen schien ihm zu schmecken, politische Gesprächsthemen wurden vermieden, und dass man sich auf Englisch statt auf Deutsch oder Afrikaans unterhalten musste, konnte man verkraften. Die Zeiten hatten sich eben geändert.

2007, bei der Feier zum hundertjährigen Bestehen des Karibiber Farmervereins, waren bereits drei Ovambo-Neusiedler anwesend. Sie saßen mit ihren Frauen an einem Tisch und ließen unbewegt die launigen Begrüßungsworte Schroeders und den mit Anekdoten gewürzten historischen Rückblick Haseneys über sich ergehen. Ob sie sich unbehaglich fühlten, ob ihnen bewusst wurde, dass der erste Deutschstämmige sich in diesem Teil des Landes schon zehnmal früher als der erste Ovambo angesiedelt hatte?

Gregor Rodenstein dachte noch darüber nach, als er nach vorn gebeten wurde. Wie schon sein Vater Hermann und sein Großvater Johann sollte er zum Ehrenvorsitzenden ernannt werden. Schroeder schüttelte Gregor Rodenstein die Hand und überreichte ihm die Urkunde. Auf ihr prangte das Emblem des Farmervereins mit dem Wahlspruch, den irgendeines der Gründungsmitglieder dem Wappen von Mecklenburg-Schwerin entlehnt hatte: Per aspera ad astra. Über die raue Pad zu den Sternen empor.

Gregor Rodenstein hatte eine Dankesrede vorbereitet, in der er an die Verpflichtung durch die Geschichte und die Kraft der Tradition erinnern wollte. Er zog seinen Zettel aus der Tasche, blickte noch einmal auf, sah die schwarzen Gesichter am Tisch links hinten, begann mit «Liebe Freunde …» und fühlte seinen Gaumen plötzlich trocken werden. Ihm schoss das Blut in den Kopf, er tastete mit der Hand nach irgendetwas, woran er sich festhalten konnte. Auf einmal drehte sich alles. Lichter blitzten auf, die Beine wurden ihm schwer. Von den Sternen hinab auf die raue Pad, dachte er, presste ein knappes «Danke!» hervor und schaffte es irgendwie, sich wieder zu setzen. Vom Rest der Feier bekam er kaum etwas mit, doch stimmte er seiner Frau später zu, dass alles sehr schön gewesen sei.

5

Hätte man Operi gefragt, wie er seine letzte Nacht verbringen würde, wenn er wüsste, für längere Zeit in den Knast einzufahren, hätte er bis gestern sicher gesagt: mit der besten Nutte, die er sich leisten könnte. Doch nun hatte er, obwohl es an Geld noch nicht fehlte, überhaupt keine Lust darauf. Wahrscheinlich hätte er nicht einmal einen hochgekriegt. Er fühlte sich mies, ihm war kalt, es war dunkel, er beschleunigte seine Schritte. Scheiß auf die Huren, dachte er. Außerdem war ja noch keineswegs ausgemacht, ob das wirklich seine letzte Nacht in Freiheit sein würde.

Seit vielen Stunden streifte er ziellos durch Katutura, wusste nur, wohin er nicht gehen durfte. Nämlich zu sich nach Hause. Und auch nicht zu den Freunden und Verwandten, die ihm einen Unterschlupf bieten konnten. Bei all denen war in den letzten Tagen nachgefragt worden. Ihnen waren irgendwelche Geschichten erzählt worden, ihnen war gedroht und Geld geboten worden, damit sie Operis Aufenthaltsort preisgaben. Und das sicher nicht, weil Tobias Kausikus Killer mit Operi einen trinken wollten. Er wusste nicht, wem er trauen konnte. Also traute er keinem mehr.

Operi strollte die Eveline Street entlang. Über den größeren Bars warben beleuchtete Reklameschilder für Savanna und Windhoek Lager. Eine Gruppe kichernder Mädchen stieg aus einem Taxi. Trotz der Kälte trugen sie Miniröcke. Das Rap-Stakkato aus den Musikboxen stampfte durch Operis Hirn. Er hatte eigentlich nicht mehr hierherkommen wollen. Wahrscheinlich hatte ihn die Macht der Gewohnheit in die Partyzone Katuturas geführt. Die letzten Nächte hatte er in jeweils unterschiedlichen Clubs durchgesoffen. Vorzugsweise in solchen, wo getanzt wurde, damit er die Hitze der Leiber aufsaugen konnte. Die Nächte galt es zu überstehen. Tagsüber war es warm genug, um sich in irgendeiner Ecke langzulegen und zu schlafen. Aber so konnte das nicht weitergehen, nicht auf Dauer. Zu viele Leute waren hier unterwegs, zu viele, die ihn kannten und die vielleicht die Handynummer der Killer in der Tasche hatten.

Operi bog nach links ab, in einen staubigen, dunklen Weg Richtung Goreangab-Damm. Schnell wurden die Passanten weniger. Zwischen Baracken und Schuppen flackerten Feuer. Sie ließen die windschiefen Verschläge wie Felskuppen erscheinen, in die düstere Höhlen gegraben worden waren. Unheimlich. Scheiße, Mann, dachte Operi, die Leute können sich bloß kein ordentliches Licht leisten. Trotzdem wurde er das Gefühl nicht los, dass da irgendwelche verdammten Geister hausten. Geister, so ungreifbar wie Gedanken, die kamen und gingen. Geister, die nur darauf warteten, dass einer wie er ihnen in die Quere geriet. Einer, den sie umschwirren und in den Nacken schlagen und dem sie Schatten vor die Augen legen konnten. Über den sie höhnisch lachen würden, wenn er sein Messer aus dem Hosenbund zog und sinnlos damit durch die eisige Luft fuchtelte.

Als ihm drei Besoffene entgegenwankten, zwang sich Operi, die Richtung zu halten. Er war ein harter Hund, ein Tsotsi. Ihm wichen gefälligst die anderen aus, nicht umgekehrt. Dennoch atmete er durch, als er die drei passiert hatte, und ging schnell auf ein warmes gelbes Licht an der nächsten Kreuzung zu. Es stammte von einer Petroleumlampe, die auf einem Plastikeimer stand. Durch den Lichtschein waberten dünne Rauchfetzen von einem dort aufgebauten Kapana-Stand hoch. Ein alter Mann wärmte seine Hände darüber. Es sah aus, als wolle er sie rösten.

Operi trat näher. Was an Kohlen noch glühte, hatte der Alte auf einer Seite des Grills zusammengekehrt. Daneben lagen zwei Brötchenhälften und ein paar kümmerliche, ziemlich verbrannt wirkende Fleischstückchen. Operi deutete darauf und zog zehn Dollar hervor.

«Ist alles, was übrig ist», sagte der Mann.

«Das seh ich.»

«Und warm ist es nicht mehr.»

«Egal», sagte Operi.

«Ich hab auch keine Sauce mehr.»

«Willst du das Zeug nun verkaufen oder nicht?», fragte Operi. Der Alte kippte die Fleischwürfel zwischen die Brötchenhälften. Dann wischte er sich die Hand an der Hose ab und griff nach dem 10-Dollar-Schein. Operi hatte den ganzen Tag nichts gegessen. Er langte zu, biss in das Brötchen. Das Kapana schmeckte nicht schlecht, nur ein wenig nach kalter Asche, aber das störte ihn nicht. Er hatte sich schon von deutlich Schlimmerem ernährt. Sein Problem war, dass er das Zeug nicht die Kehle hinabbrachte. Er kaute und kaute, bis er nur noch einen undefinierbaren Brei im Mund spürte, und dann ging nichts. Fast so, als habe er vergessen, wie man schluckte. In den Därmen spürte er plötzlich ein schmerzhaftes Ziehen. Sein Magen schien sich zu verengen und zu verhärten, und Operi starrte auf das angebissene Brötchen in seiner Hand. Er legte es neben den Rost zurück.

«Das Letzte ist für die Ahnen», sagte der Alte und grinste. Ihm fehlten zwei Schneidezähne.

Operi kaute, schüttelte den Kopf, kaute. «Für die Ahnen?»

«War nur Spaß.» Der alte Mann griff nach dem Brötchen, biss hinein, schmatzte, drehte den Oberkörper und nahm die Petroleumlampe hoch. Operis Schatten wanderte um ihn herum.

«Schluss für heute», sagte der Alte.

Operi stolperte voran, kaute, versuchte vergeblich zu schlucken. Was, zum Teufel, war los? Wieso konnte er auf einmal nicht mehr essen? Das Licht hinter ihm erlosch, die Straße lag in düsterem Grau. Irgendwo kläffte ein Köter, und Operi glaubte den Mann vom Grillstand leise kichern zu hören. Das ging nicht mit rechten Dingen zu. Operi spuckte aus, was er im Mund hatte.

Die Ahnen? Sein Vater lebte noch, seine beiden Großväter hatte er nie kennengelernt. Warum sollten die plötzlich ...? Nein, wenn es ein Fluch war, dann ging er sicher auf die beiden Hexen zurück, auf Melvins verdammte Tanten. Aber wieso? Operi war doch mit ihnen mitgegangen, er hatte getan, was sie von ihm verlangt hatten, er hatte alles erzählt, was sie wissen wollten. Für sie gab es nicht den geringsten Grund, ihm so etwas anzuhängen. Nicht mehr essen zu können!

Operi hatte in seinem Heimatort bei Okakarara mal erlebt, wie einer auf diese Weise verflucht worden war. Den Grund dafür wusste er nicht mehr, vielleicht hatte man ihn als Kind auch gar nicht darüber aufgeklärt, aber er erinnerte sich noch haargenau, wie der Mann von Tag zu Tag weniger geworden war. Wie seine Wangen eingefallen waren, seine Arme kraftlos wurden und sein Blick immer irrer. Nach einer Woche oder zwei vermochte er nicht mehr vom Lager aufzustehen. Wasser konnte man ihm noch einflößen, doch selbst das kleinste bisschen Hirsebrei spuckte er sofort wieder aus. Irgendwann war er so dünn und leicht geworden, dass Operis Mutter sagte, bald würde er vom Wind fortgetragen werden. Und dann war er tot.

Operi wollte nicht sterben. Und so schon gleich gar nicht. Dann lieber noch wie Tobias Kausiku mit ein paar Kugeln im Körper. Tobias? Vielleicht hatten die beiden Hexen recht gehabt, als sie behaupteten, der Geist seines toten Kumpels sei hinter ihm her. Operi wandte sich um. Der alte Mann vom Grillstand war spurlos verschwunden. Seinen Rost hatte er stehen lassen. Schwachrot glimmten die letzten noch nicht ausgebrannten Kohlen unter der Asche hervor. Wenn ein Windstoß hineinfuhr, wurde das Glühen heller und größer. Wie Raubtieraugen. Als ob die Geister erwachten, um sich lautlos auf die Jagd zu begeben.

Kein Mensch war zu sehen. Operi tat ein paar zögernde Schritte rückwärts, wandte sich um, lief los, rannte, so schnell er konnte. Als er wieder in die Eveline Street einbog, keuchte er schwer, aber ihm war nichts passiert. Er lebte noch. Ob die Geister Lichter, laute Musik und feiernde Menschen scheuten, wusste er nicht, doch er fühlte sich ein wenig sicherer. Er betrat die New World Bar, eine der besseren und vor allem helleren Lokalitäten, lehnte sich gegen die Theke und bestellte einen doppelten Whisky. Die Flüssigkeit lief brennend die Kehle hinunter. Das Trinken funktionierte einwandfrei, doch wenn er sich nur vorstellte, einen Bissen Essbares zu sich zu nehmen, krampften sich seine Eingeweide so zusammen, dass er sich an der Theke festkrallen musste, um nicht zusammenzuklappen.

Aus den Lautsprechern schallte ein Song von The Dogg. Am Poolbillard gerieten sich zwei in die Haare, und Operi bedeutete dem Barkeeper, dass er noch einen Whisky wollte. Er wehrte eine Nutte ab, die fragte, ob er ihr auch einen ausgebe. Er konnte keine Gesellschaft brauchen, er musste nachdenken. Um 2 Uhr nachts war er sicher, dass ihm ein Fluch angehängt worden war. Um 3 Uhr zweifelte er nicht mehr daran, dass Tobias Kausikus Geist dahintersteckte. Eine weitere Stunde später war ihm klar, was der Tote von ihm verlangte: Rache. Auge um Auge, Zahn um Zahn. Er musste die beiden Killer zur Strecke bringen. Dann würde Tobias' Geist Ruhe finden, dann würde der Fluch von Operi abfallen.

Er beschloss, sofort nach Hause zu gehen und zu warten, bis die Killer wieder bei ihm auftauchten. Er würde sein Messer ziehen, sie abschlachten und danach eine große Schüssel Mieliepap verspeisen. Es war ein guter Plan. Ganz einfach, wie alle guten Pläne. Operi wollte gleich los. Nur fünf Minuten noch. Sobald ihm wieder einfiel, wo er eigentlich zu Hause war. Die Musik kam jetzt aus seinen Eingeweiden, die Theke drehte sich im Kreis.

Um 5 Uhr setzte Operi seine letzten Dollars in Whisky um, gegen 6 Uhr 30 wurde ihm nahegelegt, das Lokal zu verlassen, wenn er nichts mehr konsumierte, um kurz nach 7 Uhr wurde er vor die Tür gesetzt. Die Luft war eiskalt und traf ihn wie Pistolenschüsse, aber es war schon hell, sodass die Gefahr, auf Geister zu treffen, gering war. Operi wankte nach Hause, ließ die Tür sperrangelweit auf und legte sich ins Bett. Er zog seine Wolldecke über sich, sodass das Messer in seiner rechten Hand nicht zu sehen war. Er würde so tun, als ob er schliefe, dann wie der Blitz zustechen und die Killer abmurksen.

Als Operi wieder aufwachte, war es Mittag. Die Sonne schien durch die offene Tür, das Messer lag auf dem gestampften Boden neben seinen Schuhen, und außer ihm war niemand in der Kammer. Seltsamerweise lebte er noch. Vorsichtig mühte er sich aus dem Bett, bückte sich nach dem Messer. Ihm war speiübel, durch seinen Magen zuckten Krämpfe, sein Kopf dröhnte, aber er lebte. Und er wollte nicht sterben. Weder so noch so. Das musst doch gerade du verstehen, Tobias, dachte er, das kannst du doch nicht von mir verlangen!

«Tu ich auch nicht», murmelte Tobias' Stimme von irgendwoher.

«Warum dann der Fluch?», stöhnte Operi. Er kniete sich auf den Boden und drückte die Stirn in die Wolldecke.

«Ich will bloß meine Ruhe haben», sagte Tobias' Stimme.

«Wie denn?», kreischte Operi, und in dem Moment begriff

er, was von ihm verlangt wurde. Tobias wollte keine anderen Toten bei sich sehen. Vielleicht gab es nicht genug Platz da drüben in der Geisterwelt, vielleicht traten sie sich gegenseitig auf die Füße, vielleicht hatte er nur keine Lust, seinen Mördern wieder zu begegnen. Und ihm, Operi, auch nicht.

Er sollte keine Rache üben, er sollte niemanden umbringen, sondern aufpassen, dass er selbst nicht umgebracht würde. Tobias hatte ihm keinen Fluch angehängt, er hatte ihn nur gewarnt. Und ihn eindrücklich darauf hingewiesen, dass er selbst für sein Leben verantwortlich war. Er konnte nicht ewig vor sich und allen anderen davonlaufen. Er musste zu dem stehen, was er getan hatte. Er musste sich stellen.

«Ist es das, Tobias?», fragte Operi leise. Tobias antwortete nicht mehr, doch das war auch nicht nötig. Operi richtete den Oberkörper auf. Er schluckte. Er hatte unbändige Lust, eine Riesenportion Maisbrei hinabzuschlingen. Doch zuerst legte er das Messer auf das zerwühlte Bett, griff nach seinem Handy und wählte die Nummer der Polizei. Es dauerte eine ganze Weile, bis er mit der Serious Crime Unit verbunden wurde.

Auf die Festnahme von Frau Rodenstein hatten sie verzichtet. Der Leichnam ihres Mannes war gerade erst von der Gerichtsmedizin freigegeben worden, und da sich schon ihr Sohn nicht um die Beerdigung kümmern konnte, wäre es ausgesprochen inhuman gewesen, auch die Witwe daran zu hindern. Thomas Rodenstein und die vier Nachbarfarmer, die die angebliche Entführung bezeugt hatten, waren dagegen noch am Abend einkassiert und nach Windhoek gebracht worden. Seit den frühen Morgenstunden wurden sie in den Büros der Serious Crime Unit einzeln verhört. Die von Oshivelo zusätzlich angeforderten Kräfte aus der VIP Protection Unit standen Clemencias Team dabei zur Seite. Akten und Internet nach irgendwelchen extremistischen Entführerbanden zu durchforsten, erübrigte sich nach Lage der Dinge sowieso. Die existierten nämlich nicht.

Clemencia hatte sich Thomas Rodenstein vorgenommen. Ruhig zählte sie die Indizien auf, die gegen seine Darstellung der Ereignisse sprachen. Dann schilderte sie ihm die kriminaltechnischen Untersuchungen, die gerade bei der Berghütte durchgeführt würden. Man würde auf dem Wasserkessel, dem Tisch und an allen Gegenständen, an die er als Gefesselter nicht gelangen konnte, nur seine Fingerabdrücke finden. Oder eventuell noch die seiner Nachbarn, die ihn während seines Aufenthalts dort versorgt hätten. Auch die Reifenspuren vor der Hütte würde man dem Fahrzeug eines der Farmer zuordnen können.

Thomas Rodenstein schwieg dazu. Clemencia fragte ihn, wieso irgendwelche Entführer ihn ausgerechnet auf seinem eigenen Grund und Boden gefangen halten sollten. Wie sie von der Hütte gewusst haben sollten. Warum sie riskiert hatten, täglich aus Windhoek anzufahren und in der verlassenen Gegend möglicherweise aufzufallen. Und war es nicht sträflich leichtsinnig, ihn den ganzen Rest des Tages unbeaufsichtigt zu lassen?

Thomas Rodenstein zuckte mit den Achseln. Er wisse nicht, wie Entführer dächten. Er habe auch keine Veranlassung, sich in sie hineinzuversetzen. Er könne nur sagen, was sie mit ihm gemacht hätten, und das habe er bereits getan.

«Die Fußspuren von der Hütte zur Farm ...»

«Stammen nicht von mir», sagte Rodenstein.

«Das nächtliche Gespräch mit Ihrer Mutter ...»

«Hat nie stattgefunden», sagte Rodenstein.

«Die Aussage meines Kollegen, dass Sie ihn ...»

«Ist erstunken und erlogen», sagte Rodenstein.

Clemencia fing von vorne an, ließ ihn den Ablauf der nächtlichen Auseinandersetzung am Bohrloch schildern. Sie fragte nach, beharrte auf Details. Wie hatten seine Nachbarn reagiert, als er mit dem Gewehr bedroht worden sei? In welcher Reihenfolge waren er und die angeblichen Entführer in den Wagen gestiegen? Welche Farbe hatten die Sitzbezüge, auf denen er Platz genommen habe? Clemencias Protokollführer schrieb Rodensteins Antworten haarklein mit. Es müsste mit dem Teufel zugehen, wenn sich nicht Widersprüche zu den Aussagen der anderen Farmer ergäben. Irgendwann würde sich die Entführungsgeschichte beim besten Willen nicht mehr aufrechterhalten lassen.

Doch vorerst sah es nicht so aus. Als sich die vernehmenden Beamten nach zwei Stunden zu einer Kaffeepause in Oshivelos überheiztem Zimmer trafen, hatte noch keiner einen Erfolg zu vermelden. Die Farmer blieben stur bei ihrer ursprünglichen Darstellung.

«Wir müssen nur einen von ihnen knacken», sagte Tjikundu, «dann fallen die anderen wie eine Reihe Dominosteine.»

«Meinen vielleicht», sagte van Wyk. «Den Haseney. Seine Frau hat vorgestern entbunden, und der frisch gebackene Vater scheint absolut keine Lust zu haben, die nächsten Wochen in U-Haft zu verbringen. Wir könnten ihm einen Deal anbieten.»

«Lass ihn mir!», sagte Robinson. «Ich male ihm aus, wie das in einer Gemeinschaftszelle wird. Mit dreißig perversen Berufskriminellen zusammen, von denen zwanzig Aids haben und davon mindestens zehn unbändige Lust auf einen weißen Männerarsch, den sie ...»

«So genau wollen wir es nicht wissen, Robinson», sagte Clemencia scharf. Sie spürte Oshivelos Blick auf sich ruhen, wandte sich ihrem Chef zu, sah ihm herausfordernd in die Augen. Wenn er ihr etwas sagen wollte, sollte er das tun. Wenn er über Melvins Verstrickung in den Überfall Bescheid wusste, musste er schon selbst damit herauskommen und sie zum Teufel schicken. Sonst würde sie weitermachen. Aber vielleicht hatte Oshivelo auch keine Ahnung. Claus hatte jedenfalls nicht die Serious Crime Unit angerufen, sondern Melvins Kumpel Operi mit der Bemerkung aus dem Haus geworfen, er solle tun, was er für richtig halte.

Das wenigstens hatte Claus erzählt, als Clemencia ihn spätabends vor ihrer Tür wartend angetroffen hatte. Er hatte vor Kälte gezittert, und sie hatte ihn mit hineingenommen, ohne groß zu überlegen. Über ihren Streit hatten sie nicht mehr gesprochen. Noch reichte es, mit der Hand durch seine Locken zu fahren, seinen Geruch einzuatmen und seine Haut auf ihrer zu spüren. Clemencia fragte sich, wieso sie das Wort «noch» gedacht hatte.

«Ist irgendetwas, Chief Inspector Garises?», fragte Oshivelo.

Clemencia verscheuchte die Gedanken an Claus. Jetzt war wahrscheinlich ihre letzte Chance, von sich aus reinen Tisch zu machen und um ihre Suspendierung zu bitten. Oshivelo wusste zwar nichts, aber er ahnte etwas. Er spürte es mit dem Instinkt, den er in den langen Jahren seiner Tätigkeit für die interne SWAPO-Aufklärung entwickelt hatte. Während des Bürgerkriegs hatte er gelernt, in jedem noch so vertrauenserweckenden Genossen einen potentiellen Verräter zu sehen. Doch Clemencia war keine Verräterin. Sie tat nur, was zu tun war. Sie musste dranbleiben, denn Typen wie Robinson würden das hier nicht auf die Reihe bringen. Auch Tjikundu und van Wyk nicht. Nur ihr würde das eventuell gelingen, und zwar gerade weil ihr Bruder betroffen war. Weil sie ihn kannte. Nur sie konnte aufklären, dass er in eine ganz große Sache hineingezogen worden war, in der nichts so war, wie es auf den ersten Blick schien.

«Frau Garises?», fragte Oshivelo.

«Was meinen Sie, Sir?», fragte Clemencia. Sie wich Oshivelos Blick nicht aus.

Der Chef nahm die Decke, die über der Lehne seines Schreibtischsessels hing, und legte sie sich über die Schultern. Es war eine dicke Wolldecke in Naturfarben und mit stilisierten Springböcken darauf. Oshivelo sagte: «Wir machen weiter. Robinson übernimmt diesen Haseney und setzt ihn unter Druck. Ich will endlich wissen, was hier eigentlich gespielt wird.»

Clemencia war überzeugt, dass Robinson alle Register ziehen würde, doch weitere zwei Stunden später stellte sich heraus, dass es nichts genützt hatte. Genauso wenig wie ihre eigenen Bemühungen. Hoffnungen auf einen Durchbruch waren kurzzeitig bei van Wyk aufgeblitzt, als die Spurensicherungsleute meldeten, dass sie auf Schroeders Farm einen handschriftlichen Entwurf der Erpressungs-E-Mail aus dem Müll gefischt hatten. Ein Schriftenvergleich stand noch aus, da der Zettel noch ins Hauptquartier gebracht werden musste, doch Schroeder gab sowieso zu, ihn geschrieben zu haben. Allerdings erst, nachdem ihm die Mail von Frau Rodenstein weitergeleitet worden sei. Er habe den Text abgeschrieben, um ihn seinen Freunden und Bekannten gegenüber genau zitieren zu können. Die Streichungen und Korrekturen würden keineswegs beweisen, dass es sich um einen Entwurf gehandelt habe, sondern zeigten nur, dass er in höchstem Maße erregt gewesen sei. Wegen der Fehler habe er den Zettel dann ja auch in den Abfall geworfen und einen neuen geschrieben. Wo der sei? Nun, den müsse er irgendwo verloren haben. Warum er die Mail nicht einfach ausgedruckt habe? Weil Druckerpatronen einen Haufen Geld kosteten und er als Farmer sparen müsse, wo es ginge.

Seine Erklärung war absolut unwahrscheinlich, sie war lächerlich, doch es gelang ihnen nicht, sie zweifelsfrei zu widerlegen. So offensichtlich die vorgetäuschte Entführung von Rodensteins Nachbarn unterstützt worden war, so klar wurde auch, dass sie sich geschworen hatten, nichts dergleichen einzugestehen. Mochten die Stürme um sie herum noch so sehr pfeifen!

Vielleicht lag gerade darin der Schlüssel für die Verstocktheit der weißen Farmer. In dem Gefühl, dass die Welt aus den Fugen geraten war, dass ihre eigene Existenz wackelte und wankte und einzustürzen drohte, wenn sie sie nicht mit ihren Schultern stützten wie Atlas das Himmelsgewölbe. Mit allem, was sie aufbieten konnten, mit verzweifelter Entschlossenheit, mit Wahrheit und Lüge, mit Intrigen und – ja, warum nicht, wenn sonst sowieso alles verloren war? – vielleicht auch mit Mord und Totschlag.

Clemencia musterte über ihren Schreibtisch hinweg Thomas Rodenstein. Hatte sein Vater das anders gesehen? Hatte er nicht mehr kämpfen, hatte er seine Farm dem Staat übereignen, das Land verlassen wollen? War er deswegen zur Gefahr für seine Familie und die ebenfalls von Enteignung und Gewalttaten bedrohten Nachbarn geworden? Wenn Thomas Rodenstein seinen Vater erschossen hätte, würde das auch erklären, wieso er so verbissen an der Entführungsgeschichte festhielt. Sie ließ ihn nicht in Tatverdacht geraten, weil er damit ebenso als Verbrechensopfer gelten musste wie sein Vater.

So sanft wie möglich fragte Clemencia: «Beschreiben Sie mir, was Sie dachten, als Sie sich über Ihren angeschossenen Vater beugten!»

«Erschossen», sagte Rodenstein. «Er war tot, als ich dort war.»

«Was Sie dachten und fühlten», wiederholte Clemencia.

«Ich ... Er war tot, und ich ...» Rodenstein brach ab.

Clemencia ließ ihm Zeit, sich zu sammeln. Vielleicht hätte es funktioniert, vielleicht hätte er geantwortet, wenn nicht Tjikundu plötzlich ins Zimmer gerumpelt wäre. Clemencia zischte: «Jetzt nicht!»

«Es ist wichtig», sagte Tjikundu. Dann berichtete er, dass

einer der Komplizen Tobias Kausikus angerufen habe. Ein gewisser Operi Zeraua. Er wisse, wie man Kausikus Mörder schnappen könne, und bitte darum, ein paar bewaffnete Beamte zu ihm nach Hause zu schicken. Möglichst sofort, wenn sie ihn noch lebend antreffen wollten.

Operi aß gerade, als die Polizisten kamen. Er hatte nichts zu Hause gehabt, doch die Nachbarsfamilie hatte ihm den Rest ihres Frühstücks-Paps überlassen. Der Brei war hart und bröckelig, und als ihn Operi in der Pfanne aufwärmte, bildete sich die goldgelbe Kruste, die er so gern mochte. Er aß mit den Fingern, stopfte sich den Mund voll und schluckte, als sei überhaupt nichts Besonderes daran. Auch mit seinem Magen war wieder alles in Ordnung. Das bewies ihm, dass er sich richtig entschieden hatte.

Obwohl die Tür offen stand, klopfte einer der Polizisten ans Holz, bevor sein Kollege und er eintraten. Beide trugen die Uniform der City Police. Operi hatte angenommen, dass die von der Serious Crime Unit selbst kommen würden, um ihn abzuholen. So wichtig sollte er ihnen doch sein! Er griff in die Pfanne und brach ein mundgerechtes Stück Pap ab. Der kleinere Polizist fragte: «Operi Zeraua?»

Operi sah kauend zu ihm auf, nickte, schluckte, sagte: «Ihr seid aber schnell da. Kann ich noch kurz fertig essen?»

«Ich fürchte, nein», sagte der erste Polizist. Der zweite blickte Richtung Straße zurück und zog dann die Hüttentür zu.

«Auf ein paar Minuten kommt es doch nicht an», sagte Operi. Er hatte noch nicht einmal die Hälfte des Paps gegessen. Der erste Polizist kratzte sich am Kinn und fuhr dann gedankenverloren mit dem Zeigefinger über die Warze auf seiner Wange. Irgendwie kam er Operi bekannt vor, doch von den Bullen, mit denen er schon unfreiwilligerweise Bekanntschaft geschlossen hatte, war es keiner. Deren Visagen hatte er sich gemerkt, schon allein, um ihnen zukünftig aus dem Weg zu gehen.

«Wir haben keine Sekunde zu verlieren», sagte der Polizist von der Tür her. Wieso blieb er da stehen? Glaubte er, dass Operi fliehen wollte, obwohl er sich selbst bei den Bullen gemeldet hatte?

«Ist viel zu gefährlich», sagte der Polizist mit der Warze. Operi hatte ihn sicher schon gesehen, und den anderen auch, er konnte sie jetzt nur nirgends einordnen. Vielleicht, weil er in den falschen Schubladen seines Gedächtnisses nach ihnen suchte. War er ihnen in irgendeiner Kneipe, bei einer Feier begegnet? Die beiden waren ja auch nicht in Polizeiuniform geboren worden. Privat waren die ... Verdammt, die Warze! Hatte nicht diese Kriminalpolizistin nach einem Mann mit Warze gefragt? Oder genauer, ob einer von den beiden, die Melvin mit den Farmüberfällen beauftragt hatten, eine Warze gehabt habe? Kein Zweifel, das waren sie! Das waren die zwei, die Operi einmal in der Maerua Mall beobachtet hatte. Die Mittelsmänner und – wenn er die Polizistin richtig verstanden hatte – höchstwahrscheinlich auch die Killer von Tobias. Herrgott noch mal!

Nein, das konnte nicht sein! Operi hatte gerade eben bei der Serious Crime Unit angerufen. Die hatten versprochen, ihn sofort durch Polizisten abholen zu lassen, und schon erschienen zwei Typen, die wie Polizisten aussahen, um ihn abzuholen. Wie sollten die Killer denn gewusst haben ...? Operis Messer lag auf dem Bett. Oben auf der Wolldecke. Zwei Meter entfernt. Operi schluckte und ließ den Maispap, den er zwischen den Fingern geknetet hatte, in die Pfanne zurückfallen.

«Na, wenn es so eilig ist ...», sagte er möglichst leichthin und spürte im selben Moment etwas Hartes, Metallenes an seinem Hinterkopf. Er bewegte sich nicht, ließ nur den Blick zu dem Uniformierten an der Tür hinübergleiten. Der hatte auch eine Pistole gezogen und hob sie langsam an. Operi hatte nicht die geringste Chance, an sein Messer zu gelangen. Er hatte überhaupt keine Chance. Außer vielleicht, den beiden klarzumachen, was sie riskierten, wenn sie ihn umlegten und er drüben auf der Seite der Geister die Fäden in der Hand hielt. Er sagte: «Wenn ihr das tut, verfluche ich euch. Eure Kehlen werden sich zuschnüren, und ihr werdet nicht mehr essen können, bis ihr elendiglich verhungert.»

«Ich krieg ja richtig Angst», sagte der an der Tür.

Der hinter Operi lachte. Das Lachen klang ein wenig höhnisch, aber im Grunde ganz normal. Keiner hätte vermuten können, dass es plötzlich in einem gewaltigen Knall explodieren würde. Trommelfelle rissen, Gedanken wurden heimatlos, die Welt ging unter. Bevor Operi in sich zusammensackte, blickte er noch auf die Pfanne mit dem Maispap und kicherte innerlich bei der Vorstellung, dass die beiden Killer nicht so schnell und leicht sterben würden wie er.

Das vor ein paar Jahren fertiggestellte Staatshaus war ein Musterbeispiel für gigantomanischen Kitsch nordkoreanischer Machart und das noch von Baugerüsten eingehüllte neue Unabhängigkeitsmuseum zwischen Christuskirche und Alter Feste würde ihm an monumentaler Hässlichkeit nicht viel nachstehen. Dagegen wirkte der Neubau des Ministry for Lands and Resettlement direkt gelungen. Eine der klassischen Moderne verpflichtete Architektur ohne vergoldete Plastikschnörksel, eine dezente Farbgebung in Rot und Grau, viel Glas im gegliederten Eingangsbereich, der beinahe den Eindruck von Offenheit gegenüber den Bürgern vermittelt hätte, wäre das nicht von dem überdimensionierten Zaun davor Lügen gestraft worden.

Die exponierte Lage und die im Vergleich zum alten Sitz des Ministeriums riesigen Ausmaße hoben aber auch die symbolische Bedeutung des Baus hervor. Längs der Robert Mugabe Avenue schuf sich die SWAPO-Regierung eine Reihe von Denkmälern ihrer selbst, und das durchaus mit programmatischer Aussage. Verkörperte das Staatshaus hoch auf einem Hügel den unbedingten Machtanspruch der Partei und das weit über die kolonialen Wahrzeichen hinausragende Unabhängigkeitsmuseum die Legitimation dieser Macht durch den Sieg im Befreiungskrieg, so sollte das neue Ministerium wohl zeigen, wofür man all die Opfer gebracht hatte: wegen des Landes, das sich die Weißen im Lauf eines Jahrhunderts angeeignet hatten und das sie nun – streng nach Recht, Gesetz und ministeriellen Erlassen – gefälligst wieder zurückgeben sollten.

Zur offiziellen Einweihung des Neubaus hatte sich alles angesagt, was Rang und Namen hatte, Staatspräsident und Minister inklusive. Um 11 Uhr sollte die Zeremonie beginnen, doch obwohl es schon zehn Minuten über die Zeit war, hatte Claus Tiedtke es nicht eilig hineinzugehen. Wie fast immer, war das Fernsehteam der NBC nicht rechtzeitig eingetroffen, und da die maßgeblichen Politiker das schon geahnt hatten, ließen sie sich ebenfalls Zeit. Anzufangen, ohne das Ganze in bewegten Bildern zu dokumentieren, kam keinesfalls in Frage.

Claus schlenderte mit ein paar Kollegen von den anderssprachigen Blättern durch die Eingangshalle, besichtigte zwei, drei Büros, ließ sich von den Sicherheitsleuten mit Metalldetektoren abscannen und ging zum Dienstzimmer des Ministers hoch, wo Paulus Shilongo hinter seinem neuen Schreibtisch für die Fotografen posierte. Er wirkte ein wenig angespannt, und wenn auch nur die Hälfte dessen, was Claus vermutete, zutraf, dann durchaus zu Recht.

Um 11 Uhr 45 ging die Veranstaltung endlich los. Flankiert von Shilongo und dessen Staatssekretär Kawanyama, sprach der Präsident zuerst. Er würdigte die neuen Einrichtungen, die es dem Ministerium erleichtern würden, seinen wichtigen Aufgaben nachzukommen, und ermahnte die Beschäftigten, ihrer Verantwortung gerecht zu werden. Offensichtlich nicht sehr auf den Anlass vorbereitet, verlor er sich im Folgenden in den allgemeinen Entwicklungszielen der Vision 2030 und beendete seine Rede, ohne irgendeine heikle oder nur erwähnenswerte politische Aussage gemacht zu haben. Dafür sorgte allerdings Minister Shilongo, der nach ihm ans improvisierte Rednerpult trat. Erst warf er mit Zahlen um sich, erläuterte, wie viele Farmen von seinem Ministerium für welche Summen angekauft worden waren und wie viele Neusiedler der vormals benachteiligten Bevölkerungsmehrheit davon profitiert hätten.

«Aber», fuhr er fort, «das ist natürlich lange nicht genug. Wir alle wissen: Das Land ernährt, das Land bietet Arbeit, ohne Land bist du nichts. Und wie sieht es in der Realität aus? Immer noch sind über fünfzig Prozent unserer Mitbürger arbeitslos, mittellos und ständig von Hunger bedroht. Immer noch sind die Weißen mit Abstand die reichste Bevölkerungsgruppe, immer noch verfügen sie über den Großteil des kommerziellen Farmlands und pochen dabei auf die Besitzrechte, die sie sich in hundert Jahren Kolonialismus und Apartheid in sehr zweifelhafter Weise erworben haben. Der glorreiche Sieg im Unabhängigkeitskampf mag uns von den äußeren Besatzern befreit haben, doch die Imperialisten im Inneren unseres Landes wollen keineswegs sehen, woher nun der Wind weht. Wir haben an ihre Einsicht appelliert, haben auf friedliche Entwicklung, auf das Prinzip ‹williger Käufer – williger Verkäufer› gesetzt, aber sie haben uns sabotiert. Seit zwanzig Jahren wehren sie sich mit Händen und Füßen gegen unsere Bemühungen, für eine gerechtere Verteilung des Landes zu sorgen. Und inzwischen nicht mehr nur mit Händen und Füßen. Inzwischen schrecken bestimmte Gruppen nicht einmal vor kriminellen Aktionen zurück.»

Minister Shilongo machte eine Kunstpause, ließ den Blick über die Anwesenden schweifen. Auch Claus sah sich um. Außer ihm waren nicht viele Weiße anwesend. Der Kollege von der *Republikein*, zwei Vorstandsmitglieder des kommerziellen Farmerverbands, ein paar Repräsentanten von Entwicklungsdiensten und NGOs. Shilongo fuhr fort:

«Sicher haben Sie aus den Medien von Überfällen, Mordanschlägen und der Entführung eines weißen Farmers erfahren. Wahrscheinlich waren Sie darüber genauso bestürzt wie ich. Und ich hoffe, Sie werden nun auch genauso empört reagieren wie ich. Soeben wurde mir nämlich berichtet, dass unsere Polizei den angeblich Entführten und seine Helfershelfer festgenommen hat. Sie selbst haben die Tat in verbrecherischer Weise vorgetäuscht. Sie selbst haben die erpresserischen Forderungen, die sie als bedauernswerte Opfer erscheinen ließen, frei erfunden, nur um unsere Politik einer gerechten Landreform in der Öffentlichkeit zu diskreditieren. Aber so werden sie nicht zu ihrem Ziel gelangen! So nicht, und anders auch nicht! Die sollen sich in Acht nehmen. Wer uns die Pistole an die Schläfe hält, braucht sich nicht zu wundern, dass ihm selbst bald die Kugeln um die Ohren fliegen werden. Wir haben die Macht, die gesamte weiße Schurkenbande aus dem Land zu fegen. Und wenn es nötig ist oder wenn sie uns weiterhin so provozieren, werden wir das auch gnadenlos tun.»

Der Minister hatte sich in Rage geredet. Die Adern an seinem Hals waren geschwollen, als wollten sie gleich platzen. Der Staatspräsident saß ruhig in seinem Sessel und lächelte starr vor sich hin. Die Miene von Staatssekretär Kawanyama blieb unbewegt. Auch in der Zuhörerschaft klatschte niemand, buhte niemand. Alle schienen von diesem unerwarteten Ausbruch wie vor den Kopf geschlagen, doch Claus spürte, dass es unter der Oberfläche zu brodeln begann. Man war sich nur noch nicht klar, worin die größere Sensation bestand. Dass sich ein hoher SWAPO-Amtsträger unverhohlen als zweiter Robert Mugabe gab und allen Weißen den Kampf ansagte oder dass weiße Farmer in krimineller Weise die Politik der Regierung zu beeinflussen suchten.

Der Kollege von der *Republikein* begann, sich Notizen zu machen. In atemberaubender Geschwindigkeit flog der Stift über die Seiten. Claus schrieb nicht. Er fragte sich, wieso Clemencia gestern Nacht kein Wort darüber verloren hatte, dass Thomas Rodensteins Entführung nur fingiert war. Wenn das überhaupt stimmte. Aber irgendetwas musste wohl dran sein, sonst hätte sich Shilongo nicht so exponiert.

«Ich danke für Ihre Aufmerksamkeit», sagte Minister Shilongo und trat vom Rednerpult zurück. Der Arm der Kollegin von der *New Era* schoss nach oben. «Eine Frage, Herr Minister?»

Shilongo verwies auf seinen Staatssekretär und setzte sich neben den Präsidenten.

Keine Silbe war von Clemencia gekommen. Dabei wusste sie ganz genau, dass Claus an dieser Story arbeitete. Hätte sie ihn auf dem Laufenden gehalten, könnte er jetzt besser beurteilen, was von Shilongos Anschuldigungen zu halten war. Claus hatte jedenfalls nicht gezögert, ihr seine Erkenntnisse über das Kaufangebot für Farm Steinland mitzuteilen. Er verstand ja, dass sie laufende Fahndungsbemühungen nicht gefährden wollte, aber darum ging es hier nicht. Was ein Minister am Vormittag lauthals hinausposaunte, konnte doch ein paar Stunden vorher nicht als Dienstgeheimnis gelten, über das man auch dem eigenen Partner gegenüber schweigen musste. Großes Vertrauen bewies das jedenfalls nicht.

Doch war es bei anderen Fällen nicht ähnlich gewesen? Clemencia hatte immer versucht, ihn so weit wie möglich herauszuhalten. Dienstliches und Privates zu trennen, war grundsätzlich aller Ehren wert, doch bei jemandem wie Clemencia, die so in ihrer Arbeit aufging und sich auch emotional davon gefangen nehmen ließ, blieb dann eben nicht mehr allzu viel übrig, was man hätte teilen können.

Staatssekretär Kawanyama trat nun hinter das Mikrofon. Er begann seine Rede mit einer Begrüßung der anwesenden Ehrengäste, deren Titel und Funktionen er in ermüdender Ausführlichkeit darlegte. Sein Chef hatte den Ballon fast bis zum Platzen aufgeblasen, und ihm ging es offensichtlich darum, die Luft langsam wieder abzulassen. Auch im weiteren Verlauf seiner Rede hörte Claus nur mit halbem Ohr hin.

Vielleicht lag es doch daran, dass Clemencia und er aus zu unterschiedlichen Welten stammten. Er mochte sich noch so sehr als Namibier fühlen, er mochte ernsthaft versuchen, über die Schatten der Geschichte zu springen, aber auch wenn er nach Katutura gezogen war, blieb er ein Weißer, ein Deutschstämmiger. Wie die Rodensteins. Ob ihm Clemencia deswegen nicht traute? Weil sie meinte, wenn es hart auf hart ginge, würde er sich auf seine Wurzeln besinnen, so wie sie selbst ja auch nicht von ihrer Familie samt ihres kriminellen Bruders loskam. Und stimmte das nicht sogar? Claus war mit den Rodensteins nicht verwandt, doch er war hundertmal eher geneigt, weißen Farmern Glauben zu schenken als den SWAPO-Typen da vorn. Dem feisten Minister mit dem dicken Hals genauso wie dem glatten Staatssekretär im eleganten Zweireiher.

Kawanyama kam zum Ende. Er sagte: «Wenn Sie nun Fragen zum neuen Sitz unseres Ministeriums haben, bin ich gerne bereit, sie Ihnen zu beantworten.»

Die Frau von *New Era* hatte sich schon erhoben. «Würden Sie uns bitte Näheres zu der vorgetäuschten Entführung mitteilen!»

«Dafür müssten Sie sich an die zuständigen Pressestellen bei Polizei und Staatsanwaltschaft wenden.»

«Ihr Minister hat erwähnt, dass der angeblich Entführte festgenommen wurde. Können Sie uns zumindest sagen, wo und wie ...?»

«Bitte beschränken Sie sich auf Fragen zum Zuständigkeitsbereich unseres Ministeriums!»

Nun versuchte es der Kollege vom *Namibian.* «Werden die in der Erpressungsforderung aufgelisteten zwanzig Farmen jetzt enteignet?»

«Die entsprechenden Verwaltungsvorgänge werden gerade geprüft», sagte Kawanyama.

«Wenn ich den Minister richtig verstanden habe, diente die angebliche Entführung doch nur dazu, die geplanten Enteignungen politisch unmöglich zu machen.»

«Was ist Ihre Frage, bitte?» Kawanyama lächelte geduldig.

«Nun, der politische Druck fällt ja weg, die Farmeigner sind selbst als Täter entlarvt worden. Dann dürfte doch jetzt den Enteignungen nichts mehr entgegenstehen?»

«Sobald die Überprüfung abgeschlossen ist, werden die Ergebnisse der Presse mitgeteilt.»

«Aber ...»

«Sonst noch Fragen?» Kawanyama blickte in die Runde. Ein junger Coloured, vielleicht von *Insight* oder einem anderen Magazin, meldete sich. Auch er interessierte sich nur für die Entführung, nicht dafür, dass der Minister ziemlich drastisch allen Weißen den Kampf angesagt hatte. Kawanyama bügelte die Fragen routiniert ab, Shilongo thronte schwer in seinem Sessel und erweckte den Eindruck, ihn ginge das alles nichts an. Die hatten sich die Rollen schön aufgeteilt. Der eine stieß wilde rassistische Drohungen aus, der andere tat so, als bestünde er nur aus Verwaltungsvorschriften und könne ansonsten kein Wässerchen trüben. Erst einmal die Weißen einschüchtern, dann die Sache halbherzig relativieren. Und wenn sich einer aus der radikalen SWAPO-Basis bemüßigt fühlen sollte, die Gewaltphantasien des Ministers in die Tat umzusetzen, konnte man so immer noch auf die Ausführungen des Staatssekretärs verweisen. Hatte er etwa nicht klargestellt, dass man im Ministerium strikt nach den Buchstaben des Gesetzes handle? Ein übles Spiel! Claus erhob sich langsam.

«Ja?» Kawanyama nickte ihm zu.

«Was passiert mit Farm Steinland, falls sie enteignet wird?»

«Wie Sie wissen, sieht das Gesetz unterschiedliche Modelle vor. Entweder wird die Farm unter einer Reihe von Neusiedlerfamilien aufgeteilt oder als ganze zum Kauf ausgeschrieben. Dann kann ein aufstrebender Unternehmer aus vormals benachteiligten Bevölkerungsschichten sie mit Hilfe von staatlichen Vorzugsdarlehen erwerben. Welche Option gewählt wird, hängt von den Charakteristika der Farm ab. Wie das bei Steinland aussehen würde, kann ich Ihnen ohne Einsicht in die Unterlagen nicht beantworten.»

«Gut, dann hätte ich noch drei Fragen», sagte Claus. «Erstens: Ist es richtig, dass seine Exzellenz, der Minister, einen Neffen namens Hidipo Mashego hat? Zweitens: Ist es richtig, dass dieser Mashego, auch wenn er als Chauffeur nur ein bescheidenes Einkommen hat, am 20. Januar dieses Jahres die Farm Steinland kaufen wollte? Drittens: Ist es richtig, dass erst nach Ablehnung dieses Kaufangebots sowohl das Enteignungsverfahren eingeleitet wurde als auch die Überfälle auf Farm Steinland begannen?»

Claus spürte alle Augen auf sich gerichtet. Man hätte ein Blatt Papier fallen hören können, nur fiel keines, und auch sonst rührte sich nichts. Sogar Kawanyama blieb ein paar Sekunden sprachlos, bis er sich endlich fasste. «Ich glaube, ich habe mich vorhin deutlich genug ausgedrückt. Ich kann Ihnen nur zu Sachverhalten Auskunft geben, die ...»

«Das ist eine bodenlose Unverschämtheit!» Minister Shilongo war aufgesprungen. Er schnaubte heftig und hielt den Schädel nach vorn geneigt, als wolle er jeden Moment gegen Claus anstürmen.

«Herr Minister ...», sagte Claus.

«Das wird Konsequenzen haben, da können Sie sicher sein!», zischte Shilongo.

«Drei harmlose Fragen, Herr Minister. Sind Sie mit Mashego verwandt, hat der die Farm zu kaufen versucht und ...?»

«Das sind keine Fragen, das sind hinterhältige Unterstellungen!», brüllte Shilongo.

«Sie brauchen doch nur nein zu sagen, wenn etwas nicht stimmt.» Claus blieb ruhig. Jetzt hatte er ihn. Da kam Shilongo nicht mehr raus, schon gar nicht, wenn er den Choleriker gab.

«Glauben Sie, ich weiß nicht, woher Ihr Mist stammt?», brüllte Shilongo. «Sie gehören doch auch zu dieser verbrecherischen Mischpoke, die sich so gern als Opfer gebärdet. Und Ihnen wird genauso das Handwerk gelegt werden!»

«Sind Sie mit Mashego verwandt, Herr Minister?»

Shilongo ließ die Faust auf den Schreibtisch donnern. «Schluss jetzt!»

Ein paar Zuhörer begannen zu grummeln. Irgendwo hinten rief einer: «Antworten!»

Claus fragte: «Wissen Sie, in wessen Auftrag Ihr mittelloser Neffe Mashego die Farm Steinland zu kaufen versuchte?»

Shilongo blitzte ihn aus kleinen Augen an.

«Antworten!», riefen ein, zwei andere von hinten.

«Die Veranstaltung ist hiermit beendet», zischte Shilongo. Er raffte seine Unterlagen zusammen, nickte dem Präsidenten kurz zu und schritt betont gemessen Richtung Ausgang. Als er die Tür hinter sich geschlossen hatte, wurde es laut. Ein paar Leute redeten auf Claus ein, doch er hörte ihnen nicht zu. Er setzte sich. Seinen mühsam erworbenen Informationsvorsprung gegenüber den anderen Medien hatte er gerade eben preisgegeben. Und er hatte sich einen Feind fürs Leben gemacht. Wahrscheinlich war es auch von der Sache her falsch gewesen, Shilongo so in die Enge zu treiben, aber genau das hatte Claus jetzt gebraucht. Er fühlte sich großartig.

«Ruhe bitte! Meine Damen und Herren, Ruhe bitte!» Kawanyamas Stimme klang gelassen und gleichzeitig bestimmt.

Als er sich einigermaßen durchgesetzt hatte, rief die forsche Kollegin von *New Era* über die Köpfe hinweg: «Eine Frage noch, Herr Staatssekretär: Könnte Minister Shilongo denn Farm Steinland kaufen, wenn sie verstaatlicht würde?»

Befriedigt registrierte Claus, dass selbst sie, eine Journalistin vom SWAPO-Parteiblatt, auf seine Linie eingeschwenkt war. Shilongo stand voll in der Schusslinie, und da würde es auch nicht helfen, wenn sein Staatssekretär gleich verkündete, dass er sich auf hypothetische Fragestellungen nicht einlassen wolle. Doch Kawanyama überraschte ihn wie wohl alle anderen Anwesenden, indem er kühl erklärte: «Natürlich könnte sich der Minister um den Erwerb der Farm bemühen. Er gehört schließlich den vormals benachteiligten Bevölkerungsschichten an und kann deshalb wie jeder andere von der Landreform profitieren. Streng nach Recht und Gesetz natürlich!»

«Nach Recht und Gesetz?», rief die Kollegin von *New Era*. «Steht Shilongo nicht selbst dem Ministerium vor, das über die Farmverkäufe entscheidet?»

Auch bei den anderen Zuhörern war das Echo auf Kawanyamas Aussage desaströs. Einige schüttelten nur die Köpfe oder lachten offen heraus, andere höhnten, sie wären auch gern mal so benachteiligt wie einer, der sich seit über zehn Jahren auf diversen Ministersesseln räkelte. Hier werde der Bock zum Gärtner gemacht. Nein, schlimmer, hier könne sich der Bock auch noch den besten Garten aussuchen. Ein ganz Mutiger wollte wissen, ob seine Exzellenz, der Staatspräsident, in dieser Sache hinter seinem Minister stehe.

«Sie haben den Minister gehört: Die Veranstaltung ist beendet», sagte der Präsident. Dann zog er ab, gefolgt von seinen Leibwächtern und dem Rest der politischen Prominenz. Claus brauchte eine halbe Stunde, bis er sich von seinen nach Hintergrundinformationen gierenden Kollegen freimachen konnte. Er hätte jetzt in die Redaktion fahren, die Titelstory für die morgige Ausgabe schreiben müssen, doch die Hochspannung, unter der er gestanden hatte, war völlig von ihm abgefallen. Er fühlte sich unendlich müde und beschloss, sich wenigstens für eine Stunde oder zwei hinzulegen.

Als er in Katutura ankam, stand die Tür seines Häuschens einen Spalt offen. Das Schloss war aufgebrochen und seine beiden Zimmer waren vollständig ausgeräumt worden. Sogar Bettzeug und Matratze fehlten. Claus rief die 302302 an und meldete den Einbruch. Dann versuchte er Clemencia zu erreichen, doch ihr Handy war ausgeschaltet. Wie eigentlich immer, wenn er sie brauchte.

«Die Nächste rechts, und dann müssen wir nach dem Haus schauen», sagte Clemencia. Die Hütten hier in Hakahana unterschieden sich nicht groß voneinander. Die mit der grünen Tür sei es, auf der linken Seite, hatte Operi Zeraua am Telefon durchgegeben. Das musste zu finden sein. Tjikundu bog in die Omuve Street ein. Ein Schild versprach schnelle und günstige Handyreparaturen. Daneben warb die Zeichnung eines grimmigen Langbärtigen für einen «Taliban Barber Shop». Über Leinen hing Wäsche zum Trocknen. Sie war vom Straßenstaub schon wieder rötlich überzogen.

Keine fünfzig Meter weiter vorn hatte sich etwa ein Dutzend

Menschen angesammelt. Obwohl sie nur herumstanden, hatte Clemencia den Eindruck, dass da irgendetwas passiert war. Vielleicht, weil sie alle der Straße den Rücken zuwandten und auf eine Hütte starrten? Noch bevor Clemencia die Farbe der Tür erkennen konnte, wusste sie, dass dort ihr Ziel war. Und sie ahnte, dass sie zu spät kamen. Clemencia sah auf ihre Uhr, sagte: «14 Uhr 39.»

«Verdammt, da wird doch nicht ...», sagte Tjikundu.

«Wann hat er angerufen?», fragte Clemencia.

«Vor einer Viertelstunde», sagte Tjikundu. «Sechzehn Minuten genau. Es ist gerade mal sechzehn Minuten her.»

Sie stiegen aus. Ohne dass sie ein Wort sagen mussten, wichen die Leute zur Seite. Die Hüttentür war grün gestrichen und stand offen. Clemencia schob sich dicht hinter Tjikundu hinein. Der Tote saß vornübergesunken auf einem Plastikstuhl, seine rechte Wange presste sich auf die Tischplatte, direkt neben einer Pfanne, die zur Hälfte mit Maispap gefüllt war. Es war der Mann, den Clemencia gestern bei Claus ausgefragt hatte. Operi Zeraua. Seine Augen standen weit offen. Blut und Hirnmasse klebten auf seinem Nacken, dem Hemd, dem Tisch. Eine Kugel hatte Operis Hinterkopf buchstäblich zerfetzt. Er musste sofort tot gewesen sein. Wenigstens das, dachte Clemencia, wenigstens das.

«Ich ...», sagte Tjikundu. Dann ging er hinaus.

Erst Gregor Rodenstein, dann Tobias Kausiku, jetzt Operi Zeraua. Alle aus nächster Nähe erschossen. Jedes Mal ein Anblick, der einem auf Jahre hinaus Alpträume bescheren musste. Umso mehr, wenn man selbst eine Mitschuld trug. Zumindest die beiden letzten Morde hätte Clemencia verhindern können. Bei Kausiku hatte sie sich vor dem Gefängnis überraschen lassen, Operi hatte sie gestern nicht festgenommen. Und jetzt war sie zu spät gekommen. Herrgott, vor einer Viertelstunde hatte er noch gelebt!

«In welche Richtung sind sie abgehauen?», rief Tjikundu draußen. Irgendwer antwortete so leise, dass Clemencia die Worte nicht verstehen konnte.

«Zu Fuß oder mit einem Fahrzeug?» Das war wieder Tjikundu.

Clemencia blickte auf die halb gefüllte Pfanne. Wenn Operi daraus gegessen hatte, war anzunehmen, dass er den Pap unmittelbar vorher warm gemacht hatte.

«Kennzeichen, Marke, Farbe?», rief Tjikundu draußen.

Clemencia drückte ihren Zeigefinger durch die Maisbreischicht. Der Pap war kalt. Nicht einmal unten am Pfannenboden war noch ein Rest Wärme zu spüren. Auf der Herfahrt hatte Tjikundu einmal eine Abzweigung verpasst. Sie hatten umgedreht und waren ein kleines Stück zurückgefahren. Aber mehr als eine Minute konnte das nicht gekostet haben. Nein, sie wären auch ohne diese Verzögerung nicht rechtzeitig eingetroffen.

«Könnt ihr wenigstens sagen, ob es ein großer oder kleiner heller Wagen war?» Tjikundu sprach immer noch laut, es klang aber deutlich resignierter. Clemencia kannte ihn gut genug, um zu wissen, dass er trotz der miesen Beschreibung telefonisch Straßensperren fordern würde. Zu Erfolgen würden sie nicht mehr führen. Es war zu spät.

Clemencia wischte ihren Finger an der Hose ab. Dann sah sie, dass auch an der rechten Hand des Toten Pap-Reste klebten. Er hatte gegessen, als die Killer hereingekommen waren. Einer war hinter ihn getreten und hatte ihn abgeknallt. Einfach so. Sie hatten ihm keine Zeit gelassen, seine Henkersmahlzeit zu beenden. Nicht einmal, sich die Hand abzuwischen.

«Ach, wirklich?», rief Tjikundu draußen. «Aber dass es Menschen waren, da seid ihr sicher?»

Eine Viertelstunde. Mehr nicht. War es wirklich ein Zufall, dass die Killer gerade jetzt gekommen waren? So kurz nach dem Anruf? Clemencia durchstöberte den karg eingerichteten Raum, fand Operis Handy schließlich in der zerwühlten Decke auf seinem Bett. Sie drückte auf Menü, ließ sich den letzten Anruf zeigen. Die Nummer war nicht die der Serious Crime Unit, sondern die von Nampol. Clemencia drückte auf Wählen. Der Kollege in der Zentrale bestätigte, dass ein Operi Zeraua vorhin angerufen habe.

«Was hat er gesagt?»

«Ich denke, es war irgendein Spinner. Er hat etwas von einem Farmüberfall gefaselt. Und dass er sich stellen wolle, bevor sie ihn umlegen. Ich habe ihn dann zu euch weitervermittelt.»

«Danke», sagte Clemencia und legte auf. Mal angenommen, die Killer hatten Operis Anruf irgendwie abgefangen. Ihnen war klar, dass das ihre letzte Chance war. Zuschlagen und verschwinden, bevor die Kriminalpolizei auftauchte. Kein Wunder, dass sie Operi nicht aufessen lassen konnten. Nur, wie sollten sie den Anruf mitbekommen haben? Hatten sie einen Komplizen bei der Telefongesellschaft? Verfügten sie über die Möglichkeit, ein Handy zu orten? Unwahrscheinlich, aber selbst wenn, blieb es ein Rätsel, wie sie so schnell gewesen sein konnten. Die Ortung auswerten, herfahren, aussteigen, töten, einsteigen, flüchten. Hieß das, dass sie sich ganz in der Nähe aufgehalten hatten? Dass ihr Unterschlupf im Umkreis von ein paar hundert Metern lag?

Tjikundu kam herein, sagte: «Die Spurensicherung habe ich angerufen. Die Zeugen bringen nichts. Nichts, was irgendwie brauchbar wäre.»

«Hast du sie gefragt, wann der Schuss gefallen ist?»

«Na, wann schon?» Tjikundu zuckte mit den Achseln. «Gestern wird es nicht gewesen sein, wenn ich gerade erst mit ihm telefoniert habe.»

Nein, gestern nicht. Clemencia trat vor die Hütte. Nur einer der Nachbarn besaß eine Uhr. Er hatte nicht darauf gesehen, war sich aber mit den anderen einig, dass seit dem Schuss deutlich mehr als eine Viertelstunde vergangen war. Eher schon eine halbe Stunde. Operi musste demnach unmittelbar nach seinem Anruf erschossen worden sein. Da blieb kein Spielraum für eine Handyortung.

Also doch ein Zufall. Die Killer hatten Operi auf andere Weise aufgespürt. Dass sie seine Adresse schon länger kannten, war sowieso anzunehmen. Sie waren ja auch bei Clemencia zu Hause aufgetaucht, um sich nach Melvin zu erkundigen. Clemencia ließ sich von den Nachbarn bestätigen, was sie bereits geahnt hatte: Die beiden Mörder hatten auch hier Polizeiuniformen getragen. Ob einer eine Warze hatte, wussten die Zeugen nicht.

«Ich kann auf die Scenes-of-Crime-Leute warten, wenn du wegen der Vernehmungen ins Präsidium willst», sagte Tjikundu durch die offene Tür.

«Nein, fahr du ruhig», sagte Clemencia. Als Tjikundu eingestiegen war, ging sie in die Hütte zurück. Operis Gesicht verriet nicht, was er in den letzten Sekunden seines Lebens gedacht hatte. Behutsam schloss Clemencia ihm die Augen.

Robinson legte den Akt auf den Schreibtisch des Chefs. Oshivelo hatte beide Hände um eine große Tasse gelegt, sodass die Schrift darauf verdeckt war. Doch jeder in der Serious Crime Unit wusste den Text längst auswendig: *Namibia, Land of the Brave 1990 – 2010. Twenty years of Independence and Freedom.* Robinson tippte auf den Aktendeckel und sagte: «Operi Zeraua. Den haben wir in der Kartei. Zwei Verurteilungen wegen Ladendiebstahls, und dann war da noch ein Einbruch, aber da wurde er mangels Beweisen freigesprochen.»

Aus der Tasse hing an einem Faden das Etikett des Teebeutels. Oshivelo zog daran. Er sah nicht auf, als er sagte: «Sie werden hoffentlich einen Grund haben, mir so etwas mitzuteilen.»

«Bei dem Einbruch wurde Operi Zeraua vom Hausbesitzer überrascht und später einwandfrei identifiziert. Freigesprochen wurde er trotzdem, weil ihm zwei Leute ein Alibi verschafften. Aussage stand gegen Aussage.»

Oshivelo zog den Teebeutel aus dem heißen Wasser und drückte ihn mit den Fingern sorgfältig aus. «Jetzt sagen Sie schon, Robinson!»

«Einer von den beiden, die ihn da herauspaukten, war Tobias Kausiku.»

Oshivelo warf den Teebeutel in den Papierkorb.

Robinson sagte: «Derselbe Kausiku, der beim Überfall auf Farm Steinland dabei war und dann ...»

«Ich weiß Bescheid!» Oshivelo führte die Tasse mit beiden Händen an die Lippen. Er nahm einen winzigen Schluck, fragte dann: «Warum sind wir bei der Überprüfung von Kausikus Kontakten nicht auf diesen Zeraua gestoßen?»

Robinson grinste. «Keine Ahnung, Chef. Aber der Knaller kommt erst noch: Der Zweite, der für Zerauas Alibi sorgte, war Melvin Gariseb. Der Bruder von Chief Inspector Clemencia Garises.»

Oshivelo stellte die Tasse ab. Er stand auf, ging zum Fenster, blickte hinaus und wandte sich wieder zu Robinson um. «Heißt das ...?»

«Ich weiß nicht, Chef», sagte Robinson.

Oshivelo setzte sich und schlürfte von seinem Tee. Dann sagte er: «Und ich weiß nicht, ob ich diesen Scheißwinter überleben werde.»

Einer der beiden von der Scenes of Crime Unit war Clemencia schon einmal negativ aufgefallen. Vor wenigen Tagen hatte er sich bei der Untersuchung von Kausikus Ford Escort um jeden Handgriff bitten lassen. Jetzt maulte er herum, dass die Sauerei seltsamerweise immer am größten sei, wenn Clemencia ihn irgendwohin bestelle. Er messe gern Fußspuren aus, er nehme gern Fingerabdrücke von glatten, sauberen Flächen, aber er habe überhaupt keine Lust, Gehirnteile aus einer Pfanne mit Pap zu pulen.

«Wie heißen Sie?», fragte Clemencia.

«Ich?», fragte der Mann.

«Der da hieß Operi Zeraua.» Clemencia deutete auf den Toten. «Und er hätte sein Gehirn auch lieber unter der Schädeldecke behalten.»

Der Spurensicherungsmann verzog den Mund, sagte aber nichts. Am liebsten hätte Clemencia ihn und seinen Kollegen weggeschickt. Die Täter hatten die Hütte nicht durchstöbert, sie hatten nichts stehlen wollen. Sie waren hereingekommen, hatten Operi erschossen und waren wieder abgehauen. Wie sollten sie da Spuren hinterlassen haben, die ein unmotiviertes Scenes of Crime Team finden würde?

Clemencia ließ ihren Blick über die Wände der Hütte schweifen. Blech, Pressspan und um das Bett zwei angenagt wirkende Styroporplatten. Aber nichts von dem, was sonst auch bei den ärmsten Familien den Raum schmückte. Keine gesprungenen Spiegel, keine von irgendeiner Täufergemeinde verteilten Poster mit biblischen Sinnsprüchen, keine SWAPO-Wimpel, kein aus dem Müll geborgener kolonialer Bilderrahmen, in den eine Kinderzeichnung mit lachenden Sonnen geklebt worden wäre, kein Zeitungsausriss, keine Fotos, nichts. Und doch hatte Operi ein Leben geführt. Er hatte Eltern gehabt, Großeltern, Frauen, Freunde, vielleicht Schwestern und Brüder.

Der Spurensicherungsmann pinselte die Lehne des Plastikstuhls ein, und Clemencia holte ihr Handy hervor. Sie erreichte Miki Matilda sofort und sagte: «Operi Zeraua ist tot. Erschossen.»

«Oh», sagte Miki Matilda.

«Ihr müsst das Melvin mitteilen. Und ihm von mir ausrichten, dass ich meinen einzigen Bruder nicht mit zerplatztem Schädel sehen will. Deswegen soll er sich sofort bei mir melden.»

«Aber wir wissen doch nicht, wo Melvin ...»

«Sag es ihm einfach, Matilda!» Clemencia wollte schon auflegen, schob aber dann noch nach: «Ach ja, geh persönlich zu ihm! Rufe ihn nicht an! Und er soll auch nicht bei mir anrufen, sondern dir sagen, wo ich ihn treffen kann. Ich verlasse mich auf dich.»

Sie wollte nichts riskieren. Vielleicht gab es ja doch einen Informanten der Killer bei MTC. Vielleicht überwachten sie Melvins Mobiltelefon genauso wie das von Operi. Clemencia mochte immer noch nicht ausschließen, dass zwischen Operis Anruf und dem Auftauchen seiner Mörder ein Zusammenhang bestand. Auch wenn der zeitliche Abstand es eigentlich nicht erlaubte, spürte sie, dass es so war.

Vielleicht hatte der Mord doch erst kurz vor Tjikundus und ihrem Eintreffen stattgefunden? Dann hätte Operi den Pap in seiner Pfanne gar nicht aufgewärmt gehabt. Dann hätten die Nachbarn über den Zeitpunkt des Schusses falsche Angaben gemacht. Aber wieso sollten sie? Nein, Clemencias Vermutung und der Zeitrahmen passten einfach nicht zusammen. Und wenn mit Letzterem etwas nicht stimmte? Wenn zum Beispiel ...

«Nicht anfassen!», sagte der Spurensicherungsmann, als Clemencia nach Operis Handy auf der Bettdecke griff. Sie scherte sich nicht darum und rief noch einmal das Call register auf. Da standen die gewählte Nummer, das Datum und – natürlich, warum hatte sie nicht gleich daran gedacht! – die Uhrzeit. 13 Uhr 53. Um 13 Uhr 53 hatte Operi bei der Polizeizentrale angerufen. Um 14 Uhr 39 waren Clemencia und Tjikundu am

Tatort eingetroffen. Es waren keine sechzehn Minuten seit dem Anruf vergangen gewesen, wie Tjikundu gemeint hatte, sondern sechsundvierzig Minuten!

Eine halbe Stunde mehr, und plötzlich ging die Rechnung auf. Die Mörder hatten den Anruf abgefangen, hatten etwa so lang wie die Polizei bis zu Operis Hütte benötigt, von Clemencia aus auch ein wenig länger, vielleicht zwanzig Minuten. Plus fünf Minuten für den Mord und um wieder ins Fluchtauto zu gelangen. Dann blieben immer noch einundzwanzig Minuten. Einundzwanzig Minuten, in denen der Pap in der Pfanne kalt werden konnte. Einundzwanzig Minuten, die den Nachbarn bei ihrer Zeitschätzung völlig recht gaben. Herrgott, so hatte es sich abgespielt! Der Anruf hatte die Killer zu Operi geführt.

Eine halbe Stunde mehr. Tjikundu hatte sich einfach geirrt. Nur durften solche Fehler nicht passieren. Wenn man nicht einmal den Ablauf der Ereignisse richtig rekonstruierte, hatte man überhaupt keine Chance, den Tätern auf die Spur zu kommen. Clemencia griff zu ihrem Telefon.

«Ja», meldete sich Tjikundu.

«Hier Clemencia.» Sie überlegte, ob sie ihn fragen sollte, wieso er eine Uhr trage, wenn er sie nicht lesen könne.

Tjikundu kam ihr zuvor. «Sind die von der Spurensicherung fertig?»

«Fast.»

«Und?»

«Sieht nicht so aus, als hätten sie etwas gefunden.»

«War auch nicht anzunehmen.»

«Nein», sagte Clemencia. Es war auch nicht anzunehmen, dass Tjikundu keine Uhr lesen konnte.

«Aber deswegen rufst du nicht an», sagte er.

«Nein, ich ...» Clemencia hätte ihm eigentlich nur gern die Hölle heiß gemacht. Ihm gesagt, dass die Schlamperei aufhören müsse. Und dass er sich bei ihr bedanken könne, wenn sie im Mordfall Operi Zeraua nicht von völlig falschen Voraussetzungen ausgingen.

«Ja?», fragte Tjikundu.

Der tote Operi lag vornübergesunken, mit der Wange auf der Tischplatte. Eine halbe Stunde mehr Zeit für die Mörder, eine halbe Stunde mehr nach Operis Anruf! Clemencia sagte: «Mir ist nur gerade eingefallen, dass du dich um die Beamten des Zentralgefängnisses kümmern wolltest. Ob einer von denen verpfiffen hat, dass wir Tobias Kausiku zum Verhör holen würden. Gibt es da etwas Neues?»

«Wie kommst du jetzt darauf?»

«Einer der Nachbarn hier arbeitet als Gefängniswärter», log Clemencia.

«Ich hatte nicht viel Zeit dafür», sagte Tjikundu, «aber nein, bis jetzt keine Verdachtsmomente.»

War auch nicht anzunehmen, dachte Clemencia, als sie sich bedankte und auflegte.

Robinson hatte die Akten dreier vergleichbarer Kandidaten herausgesucht. Ungefähr das gleiche Alter wie Operi Zeraua, ungefähr die gleiche kriminelle Gewichtsklasse. Ob es ebenfalls Hereros waren, wusste er nicht. Nach den Namen konnte man nur bedingt urteilen. Kürzlich hatte Robinson mit Rehobother Bastern zu tun gehabt, die auf den schönen italienischen Namen Bertolini hörten. Wer sich Hans nennen ließ, war noch lange kein Deutschstämmiger, und falls Kollege van Wyk zum Beispiel überhaupt irgendwann einen burischen Vorfahren gehabt haben sollte, dann war das schon sehr lange her.

Nun gut, von Robinson aus sollte jeder heißen, wie er wollte. Früher war es halt einfacher gewesen. Heutzutage standen ethnische Informationen nicht mehr in den Akten, und wenn nicht ein Foto dabei gewesen wäre, hätte man nicht einmal sicher sein können, ob man es mit einem Schwarzen oder einem Weißen zu tun hatte. Das hier waren vielleicht keine Hereros, aber jedenfalls Schwarze.

Oshivelo blätterte kurz durch die Akten, fragte dann: «Und wo ist die von Melvin Gariseb?»

«Die habe ich nicht gefunden, Chef.»

«Was soll das heißen?»

«Die ist nicht da. Zumindest nicht dort, wo sie sein müsste.» Robinson hatte sich natürlich gleich gefragt, ob Clemencia damit etwas zu tun haben konnte. Er hatte es schließlich immer für einen Fehler gehalten, in der Unit eine Frau hochzubefördern, die ihre eigene Familie nicht im Griff hatte. Doch er sagte nichts dergleichen. Im Moment schien es ihm besser, sich bedeckt zu halten. Schon allein, weil er sich bei der Berghütte auf Farm Steinland nicht mit Ruhm bekleckert und weil sich Clemencia dabei sehr anständig verhalten hatte. Wenn mit ihr und ihrem Bruder etwas faul war, würde Oshivelo das schon herausbekommen, jetzt, da er sich der Sache persönlich annahm. Robinson sagte: «Dass die Akte fehlt, muss nichts bedeuten. Vielleicht hat sie nur jemand falsch einsortiert. Bei der Schlamperei da unten wundert man sich ja manchmal, dass man überhaupt etwas findet.»

«Lassen Sie van Wyk im Archiv weitersuchen, Robinson! Und Sie bringen mir jetzt die Farmer. Einen nach dem anderen!»

Auf die Idee, in eines der dafür vorgesehenen Vernehmungszimmer zu gehen, kam der Chef offensichtlich nicht. Wahrscheinlich war es ihm außer in seiner eigenen überhitzten Bude überall zu kalt. Krankhaft, sich in so einem schwülen Mief wohl zu fühlen, dachte Robinson. Dann holte er Haseney. Als er ihn durch die Tür eskortierte, hatte Oshivelo die Akten auf seinem Schreibtisch ausgelegt und die Seiten mit den Fotos aufgeschlagen. Haseney musterte die Gesichter und tippte dann auf das Foto von Operi Zeraua. «Der war beim Überfall dabei.»

«Sicher?», fragte Oshivelo.

«Ganz sicher.»

Eine halbe Stunde mehr. Wie die beiden Killer sie genutzt hatten, konnte Clemencia sich gut vorstellen. Viel interessanter und mindestens genauso beunruhigend schien ihr, was in den Büros der Serious Crime Unit in dieser Zeit passiert war. Und was nicht passiert war. Natürlich hatte Clemencia alles liegen und stehen lassen, als sie über Operis Anruf unterrichtet worden war. Nur waren da eben schon dreißig Minuten vergangen.

Tjikundu hatte den Anruf entgegengenommen, er hatte mit Operi gesprochen, er hatte Clemencia informiert und dabei erkennen lassen, dass er den Ernst der Lage durchaus kapiert hatte. Doch warum hatte er dann eine halbe Stunde gewartet? Gerade lang genug, um es den Killern zu ermöglichen, Operi umzubringen, ohne dass sie von der Polizei gestört würden. Was hatte Tjikundu in dieser halben Stunde gemacht? Nur den ihm zugeteilten Farmer verhört? Oder hatte er vielleicht kurz telefoniert, nachdem er Operis Aufenthaltsort erfahren hatte? Hatte er die Adresse durchgegeben und dem Mann am anderen Ende zugeflüstert, sie sollten sich mit dem, was zu tun war, beeilen? Allzu viel Zeit könne er nicht herausschlagen. Dreißig Minuten höchstens.

Von wegen ein Mittäter bei MTC! Von wegen Handyortung! Tjikundu war die undichte Stelle. Und mehr als das. Er hatte die Killer auf Operi gehetzt, genau wie er ihnen früher schon mitgeteilt hatte, wann Tobias Kausiku aus dem Gefängnis abgeholt würde. Da war er selbst mitgefahren, um sicherzustellen, dass die Aktion auch klappte und die Killer Kausiku in die Finger bekamen. Kein Wunder, dass sich Tjikundu so billig am

Steuer des Wagens hatte überraschen lassen. Er hatte sich widerstandslos bedrohen lassen, damit auch Clemencia aufgeben musste. Aus Sorge um ihren Kollegen! Jetzt erklärte sich auch, warum die Killer das Risiko eingegangen waren, sie beide nur in den Kofferraum zu sperren. Nicht wegen Clemencias schöner Augen hatten sie ihr Leben verschont, sondern wegen Tjikundu. Weil er mit den Mördern zusammenarbeitete, sie vielleicht sogar kommandierte.

Im Nachhinein fügte sich so vieles ins Bild, all die Kleinigkeiten, die Clemencia sofort hätten auffallen müssen. Gerade vorhin zum Beispiel, als Tjikundu behauptet hatte, die Befragung von Operis Nachbarn hätte nichts Brauchbares ergeben. Und doch hatten die Zeugen beobachtet, dass die Killer Polizeiuniformen getragen hatten. Das mussten sie auch Tjikundu mitgeteilt haben, als er sie nach dem Aussehen der Täter befragt hatte. War das etwa keine wichtige Information gewesen? Hätte irgendein Kollege, der an ihrer Verfolgung interessiert war, das verschwiegen?

Ja, Tjikundu arbeitete mit den Killern zusammen. Nur, was brachte ihn dazu? Wieso wollte er Clemencias Bruder und dessen kriminelle Freunde unbedingt tot sehen?

Van Wyk lehnte an der Wand, Tjikundu war inzwischen auch eingetroffen. Beide schwiegen, genau wie Robinson auch. Dass Oshivelo die Vernehmung der Farmer zur Chefsache erklärt hatte, störte Robinson keineswegs. Wohl aber, dass die vorgetäuschte Entführung anscheinend überhaupt keine Rolle mehr spielte. Immerhin hatten die Farmer ihn der Lüge und sogar der Beteiligung an diesem nicht existenten Verbrechen bezichtigt.

«Erkennen Sie einen der Männer hier in den Akten?», fragte Oshivelo.

Farmer Schroeder holte seine Brille aus einem Etui und setzte sie auf. «Die brauche ich nur zum Lesen. Auf die Entfernung sehe ich blendend. Nicht, dass einer Ihrer Schlaumeier mir dann vorhält, ich könne bei dem Überfall ja gar niemanden erkannt haben.»

«Lassen Sie sich Zeit!», sagte Oshivelo.

Robinson hatte dieses Farmergesocks gründlich satt. Jetzt redeten sie auch noch frech daher. Man sollte sie wegsperren und ihnen kein Wort mehr gestatten. Was sollte Schroeders Aussage schon bringen? Drei andere Farmer hatten Operi Zeraua bereits identifiziert. Es war klar, dass er dabei gewesen war. Er hatte es in seinem Telefonat mit Tjikundu sogar selbst zugegeben. Robinson kapierte nicht, wieso Oshivelo auf dieser Sache so herumritt.

«Der da. Das war der Dritte», sagte Schroeder. Natürlich hatte auch er Operi identifiziert. Na schön, dachte Robinson, und was jetzt?

«Der Dritte?», fragte Oshivelo.

«Es waren drei Tsotsis, die Farm Steinland überfallen, Gregor Rodenstein erschossen und seinen Sohn ...»

«Warum sprechen Sie vom Dritten? Warum nicht vom Zweiten oder von einem der drei?»

«Erster, Zweiter, Dritter, ist doch egal», sagte Schroeder.

«Was egal und was wichtig ist, überlassen Sie gefälligst mir», sagte Oshivelo.

Einen Moment lang schien Schroeder aufbrausen zu wollen, dann überlegte er es sich anders und lenkte ein. «Die anderen zwei habe ich schon gegenüber Ihrer Inspektorin identifiziert. Also ist das hier der Dritte.»

Die anderen zwei? Robinson wusste nur von einem. Er sagte: «Kausiku. Clemencia hat auf die Farm Tobias Kausikus Foto mitgenommen.»

«Mir hat sie zwei Fotos gezeigt. Von zwei verschiedenen

Männern. Man könnte auch sagen, vom ersten und zweiten der Gangster.» Schroeder wies auf die Akte vor sich. «Und das ist der dritte.»

Das hatte Clemencia bei den Teambesprechungen nie erwähnt. In den Ermittlungsakten stand auch kein Sterbenswörtchen darüber. Nur Kausiku wurde da genannt.

Oshivelo erhob sich mühsam, ging zum Fenster und von dort quer durch den Raum. Er murmelte Unverständliches vor sich hin und zischte dann unvermittelt, ob es denn hier – verdammt nochmal – niemanden gebe, der ihm mal einen heißen Tee bringen könne. Tjikundu verließ wortlos das Zimmer. Oshivelo wandte sich an van Wyk: «Was ist nun mit der Akte Melvin Gariseb?»

Van Wyk schüttelte den Kopf. Sie hätten im Archiv das Unterste zuoberst gekehrt. Vergeblich. Und nein, an die Akten käme niemand so leicht heran. Außer natürlich ermittelnde Beamte hier aus dem Haus.

«Und da wäre noch etwas, Chef. Wahrscheinlich hätte ich es Ihnen schon längst sagen müssen, aber wie hätte ich wissen sollen ...?» Van Wyk räusperte sich. Dann berichtete er, dass die mutmaßlichen Killer Kausikus und Zerauas auch bei Clemencias Haus aufgetaucht waren. Er habe gedacht, sie hätten damit Clemencia einschüchtern wollen. Auf die Idee, dass ihr Bruder gemeint sein könne, wäre er im Leben nicht gekommen.

Robinson pfiff durch die Zähne. Erstens: Melvin Gariseb, Operi Zeraua und Tobias Kausiku waren befreundet. Zweitens: Die beiden Letztgenannten hatten mit einem weiteren Komplizen zusammen Farm Steinland überfallen. Drittens: Clemencia hatte ein Foto dieses Komplizen besessen und herumgezeigt. Viertens: Der Mann war identifiziert worden, und Clemencia hatte das gegen alle Regeln verschwiegen. Fünftens: Die Killer hatten auch nach Melvin gesucht. Sechstens: Die

Polizeiakte von Melvin mit seinem Foto drin war aus dem internen Archiv verschwunden. Zusammen ergaben die sechs Sätze eine ziemlich eindeutige, wenn auch höchst unerfreuliche Geschichte. Zumindest für Clemencia Garises.

«Robinson», sagte Oshivelo, «Sie rufen Chief Inspector Garises an und sagen ihr, sie solle sich sofort bei mir melden!»

Robinson zückte sein Handy.

«Warten Sie!», sagte Oshivelo. «Vielleicht ist es besser, wenn Sie sich persönlich zu Chief Inspector Garises begeben, um sie hierherzubegleiten. Und lassen Sie ihr gegenüber bloß keinen Ton verlauten, Robinson!»

«Wofür halten Sie mich, Chef?», fragte Robinson. In Gedanken gab er sich selbst die Antwort: Für den künftigen Chief Inspector der Serious Crime Unit vielleicht.

Von Anfang an war Ballistol mehr als ein Gewehrreinigungsöl gewesen. Schon kurz nachdem es 1904 in Deutschland auf den Markt kam, hatten auch die Siedler in Südwest immer eine oder zwei Flaschen davon auf ihre Ochsenwagen gepackt, denn sie wussten genau, dass sie mit einer unzuverlässigen Waffe nicht überlebt hätten. Sei es, weil sie ohne erlegtes Wild verhungert wären, sei es, weil sie sonst eine leichte Beute für Raubtiere oder vagabundierende Eingeborenenkrieger geworden wären.

Wer als Erster den Einfall hatte, Ballistol auch für die Behandlung erkrankter Rinder zu verwenden, wusste niemand mehr. Wahrscheinlich wurde die Idee aus der Not geboren. Irgendeinem Farmer irgendwo weit entfernt von jeder Zivilisation waren die Medikamente ausgegangen, aber er hatte noch Ballistol, das von der Konsistenz ein wenig an Hustensaft erinnerte, genauso schlecht schmeckte und jedenfalls ein deutsches Qualitätsprodukt war. Vielleicht geht die Kuh mit ihrem Blähbauch ein, wenn ich es ihr gebe, dachte der Farmer wohl, doch wenn ich ihr gar nichts gebe, geht sie auf jeden

Fall ein. Gesagt, getan, der Versuch glückte, das Tier trottete zwei Tage später wieder gesund über die karge Weide, und die Kunde von der wundersamen Heilung verbreitete sich langsam, aber sicher von Warmbad im tiefen Süden bis nach Schuckmannsburg im hintersten Caprivi.

Es war nur ein kleiner Schritt bis zu der Einsicht, dass ein Mittel, das dem Vieh gut tat, auch dem Menschen nicht viel schaden würde. Bald wandte man Ballistol gegen fast jede Art von Zipperlein und ernsthaften Krankheiten an, äußerlich wie innerlich, bei Sodbrennen und zur Desinfektion offener Wunden, bei Lebensmittelvergiftungen, Zeckenbissen und Zahnfleischbluten. Mit ihm wurden Kolibakterien und Typhuserreger genauso abgetötet, wie es sich als Sonnenschutzmittel und zum Reinigen der Ohren eignete. Manche Farmersfrauen machten damit sogar ihren Salat an, wenn sie welchen hatten. Ballistol konnte nicht immer verhindern, dass Kinder starben, dass ganze Herden einer Seuche erlagen oder dass ein Gewehrmechanismus im falschen Moment klemmte, aber es war das Beste, was man besaß.

Auf manchen Farmen standen die Flaschen mit dem rot-weiß-grünen Etikett neben dem Waffenschrank, auf anderen wanderten sie in die ansonsten spärlich bestückte Hausapotheke, bei den Rodensteins lagerten sie dagegen auf dem zweituntersten Regalbrett des Vorratsraums. Doch wo auch immer es aufbewahrt wurde, für die Farmer ganz Südwestafrikas hätte Ballistol als Symbol des Lebens gelten können, das sie eben führten. Eines freien, harten Lebens, in dem man improvisieren und sich zu helfen wissen musste und das einen tagtäglich mit der Erfahrung belohnte, dass in der Welt alles eins war. Ob Mensch, Tier oder Waffe, die Unterschiede waren geringer, als man sich das im fernen Europa vorzustellen vermochte, denn all das blieb gleichermaßen der harschen Realität dieses Landes unterworfen.

Natürlich konnte die Bedeutung von Ballistol nicht ewig währen. Neue Medikamente wurden entwickelt und importiert, Verkehrs-

wege wurden ausgebaut, Kraftfahrzeuge angeschafft, sodass man in ein paar lächerlichen Stunden eine gut ausgestattete Apotheke in Windhoek, Swakopmund oder Tsumeb erreichen konnte. Telefonleitungen wurden installiert, über die man Veterinäre anrufen konnte, die sich als Veterinäre verstanden, und Humanmediziner, die sich auf die Behandlung von Menschen beschränkten.

Je weniger Alte es gab, die auf das überlieferte Hausmittel schworen, desto mehr wurden sie von den jüngeren Generationen belächelt. Als irgendwann auf den Beipackzetteln der Sprühdosen und Tuben, die die Flaschen ersetzt hatten, davor gewarnt wurde, das Öl anders als für den vorgesehenen Zweck zu verwenden, war dann endgültig Schluss. Ballistol war kein Symbol mehr, nur noch eines unter vielen Konkurrenzprodukten zur Pflege von Waffen. Waffen, die im Gegensatz zu früher das Überleben nicht mehr sichern konnten. Man konnte das bedauern oder begrüßen, das änderte nichts an den Tatsachen. Die Zeiten hatten sich gewandelt.

Gregor Rodenstein schraubte die Ballistol-Tube zu und wischte sich die Finger an dem Zeitungspapier ab, auf dem er das Gewehr abgelegt hatte. Er trug die Tube Richtung Werkstatt zurück, doch schon auf der Terrasse kehrte er um, trat durch den Flur in die Küche und weiter in den angrenzenden Vorratsraum. Auf dem zweituntersten Regalbrett standen links Konservendosen. Geschälte Tomaten, Mais- und Erbsengemüse, Sauerkraut. Gregor Rodenstein schichtete ein paar der Dosen übereinander, sodass eine Lücke entstand. Sie war gerade groß genug, um das Ballistol dort Platz finden zu lassen.

Minister Shilongo war auf Farm Steinland scharf und hatte über zwei Mittelsmänner Melvin und seine Freunde beauftragt, die Rodensteins durch Überfälle weichzuklopfen. Da schien alles nachvollziehbar. Ein Auftraggeber A mit erkennbarem Motiv, die Handlanger B für die kriminellen Aktionen und eine Zwischeninstanz C, die es erschweren sollte, die

Verbindung zwischen A und B zu erkennen. Doch das war nur die eine Linie.

Die andere bestand darin, dass ebendiese Mittelsmänner plötzlich die Drecksarbeit selbst anpackten und genau die Männer umlegten, die sie vorher dafür angeheuert hatten. Und zwar anscheinend im Auftrag Tjikundus, dessen Interessen völlig undurchsichtig blieben. Klar war nur, dass sich irgendetwas grundsätzlich verändert haben musste. Und zwar in der Nacht, als Gregor Rodenstein erschossen wurde. Was war da wirklich geschehen?

Die Zusammenhänge, die verdammten Zusammenhänge! Lag es an dieser elenden Kopfwunde, dass Clemencia die Fakten nicht zu einer stimmigen Geschichte verknüpfen konnte? Oder fehlten ihr einfach noch entscheidende Informationen? Waren die Fakten überhaupt Fakten? Was sie gegen Tjikundu in der Hand hatte, konnte man – objektiv gesehen – allenfalls als Verdachtsmomente bezeichnen. Ein paar seltsame Zufälle und Vernehmungspraktiken, eine halbe Stunde Verzögerung bei der Weitergabe eines Anrufs, eine falsch wiedergegebene Uhrzeit, die außer Clemencia niemand bezeugen konnte, mehr war da eigentlich nicht. Sie war sich ihrer Sache zwar sicher, doch bevor sie Tjikundu festnahm, brauchte sie echte Beweise. Wenn es ihr irgendwie gelänge, an sein Handy heranzukommen! Da waren wahrscheinlich die Nummern der Killer gespeichert, und mit etwas Glück würde sie sogar Tjikundus Telefonverkehr mit ihnen auf Stunde und Minute genau nachweisen können.

Die Klappe des Leichenwagens schlug zu. Stumm sahen die Nachbarn zu, wie sich der Wagen in Bewegung setzte. Auch als er um die Ecke verschwunden war, rührte sich keiner von ihnen vom Fleck. Clemencia schlüpfte unter dem Absperrband durch und betrat noch einmal Operis Hütte. Auf dem Tisch stand die Pfanne mit dem Maispap. Irgendwer sollte sie saubermachen, bevor sich die Ratten und Mäuse darüber hermachten.

Für einen Moment stellte sich Clemencia vor, wie sie Tjikundu mit gezückter Pistole dazu zwingen würde. Sie verscheuchte den Gedanken. Natürlich würde sie das nicht tun, selbst wenn sich die Gelegenheit böte. Es war zu billig. Clemencia griff nach dem Pfannenstiel, sah sich um. Es gab keinen Abfalleimer in der Hütte, nicht einmal eine Plastiktüte. Der Wasserkanister neben dem Bett war leer. Nach Spülmittel oder Schwamm brauchte sie gar nicht erst zu suchen.

Als Robinson draußen nach ihr rief, hielt Clemencia die Pfanne noch in der Hand. Sie stellte sie wieder auf den Tisch und drehte den Griff in die Position von vorher. Dann verließ sie die Hütte. Die Fahrertür des Einsatzwagens stand weit offen. Robinson ging gerade auf die andere Seite hinüber und rief: «Du sollst sofort zum Chef kommen!»

Clemencia nickte. Robinson zog die Beifahrertür auf und blieb daneben stehen. Fast wie ein professioneller Chauffeur, der die Tür wieder schließen musste, sobald sein Fahrgast Platz genommen hatte.

«Gibt es etwas Wichtiges?», fragte Clemencia.

«Keine Ahnung.» Robinson hob die Achseln und holte tief Luft. «Mir sagt ja keiner etwas. Ist doch immer dasselbe. Robinson, tipp das schnell ab, suche eine Akte, bring eine andere weg, hol mal Chief Inspector Garises, mach dieses und jenes, aber kein Wort darüber, warum das alles so dringend ist! Und wieso gerade ich jeden Schwachsinn erledigen muss! Als ob ich sonst nichts zu tun hätte. Du kannst sagen, was du willst, aber ich fresse einen Besen, wenn das nichts mit der Hautfarbe zu tun hat. Heutzutage bist du als Weißer bei der Polizei …»

«Ist ja gut, Robinson!» Clemencia stieg ein. Robinson knallte die Tür hinter ihr zu und eilte zur Fahrerseite zurück, als käme es auf jede Sekunde an. Hoffentlich raste er nicht wieder wie ein Verrückter durch die Straßen. Clemencia fragte sich, was so wichtig war, dass Oshivelo sie dafür abholen ließ.

Robinson startete den Motor, wendete mit quietschenden Reifen, sagte: «Ihr schneidet euch doch mit diesem Affirmative-Action-Quatsch ins eigene Fleisch. Nur mal angenommen, ich wäre beruflich dreimal besser als du, reine Annahme, verstehst du, das ist jetzt nicht persönlich gemeint ...»

Wenn es um einen Einsatz ging, bei dem keine Zeit zu verlieren war, hätte Oshivelo besser angerufen. Clemencia hätte ein Taxi angehalten und wäre jetzt schon im Präsidium. Sie zog ihr Handy aus der Tasche. Es war eingeschaltet.

«... dann hätte ich trotzdem keine Chance, zum Beispiel in deine Position befördert zu werden. Einfach, weil ich weiß bin. Um mich persönlich geht es dabei gar nicht. Ich meine nur, auf Dauer kann sich keine Firma und keine Behörde leisten, die Fähigkeiten ihrer besten Mitarbeiter ...»

Robinson plapperte gern daher, aber so ohne Punkt und Komma war das auch für ihn ungewöhnlich. Noch dazu ließ er sich über ein Thema aus, bei dem er sicher sein konnte, dass Clemencia gegenteiliger Meinung war. Ganz abgesehen von den Seitenhieben gegen sie persönlich. Wollte er Widerspruch provozieren? Wollte er eine Diskussion beginnen, die zu nichts führen konnte? Die vielleicht zu nichts führen sollte! Die nur den Zweck hatte, ein anderes Thema unter allen Umständen zu vermeiden. Zum Beispiel, wieso Clemencia unverzüglich ins Präsidium kommen sollte! Robinson wusste es genau, gab sich aber größte Mühe, das vor ihr zu verbergen.

«... brachliegen zu lassen. Das ist die pure Verschwendung, das schmälert die Effizienz unserer Behörden, um die es – das weißt du genauso gut wie ich – so toll ja auch nicht bestellt ist. Ich meine, wir sind ein Drittweltland mit ...»

Und Oshivelo hatte Robinson nicht geschickt, weil das schneller ging, sondern weil der notfalls dafür sorgen sollte, dass Clemencia tatsächlich mitkam. Also befürchtete der Chef, dass sie das nicht tun würde. Wohl, weil er zu Recht annahm, sie wolle nicht von seinem Büro direkt in die Haftzelle geführt werden. Alles zusammengenommen bedeutete das, sie hatten die Sache mit Melvin herausgekriegt! Sie wussten, dass Clemencia Indizien unterschlagen, die Aufklärung einer Straftat behindert und einen Verdächtigen begünstigt hatte.

«... mit einer winzigen Elite an gut ausgebildeten Fachleuten. Die aus politischen Gründen von den entsprechenden Positionen fernzuhalten ist der reine Wahnsinn ...»

Ihrem Chef brauchte Clemencia nicht mit Erklärungsversuchen zu kommen. Er würde sie höchstens fragen, ob sie die Vorwürfe zugäbe, und sonst kein Wort hören wollen. Sie säße im Knast und würde sich die Nägel abbeißen, während Tjikundu und seine Killer ungestört ihr blutiges Geschäft weiterbetrieben. Clemencia sagte: «Halt mal bitte da vorn an!»

«In fünfzig Jahren oder in dreißig, falls es irgendwer schaffen sollte, das Bildungssystem auf Vordermann zu bringen, könnte man vielleicht darüber reden, aber bis dahin ist ohne uns Weiße ...»

Robinson kreuzte die Hereford Street, passierte den neuen Shoprite Supermarkt, gab unverändert Gas, quatschte weiter Unsinn und tat einfach so, als hätte er Clemencia nicht gehört. Einen Ton schärfer wiederholte sie: «Kannst du vielleicht einen Moment anhalten?»

«Anhalten? Du weißt doch selbst, dass der Chef nicht gern wartet.»

«Nur einen Moment.»

Robinson schien zu überlegen, ob er Clemencias Bitte weiter ignorieren konnte. Anscheinend kam er zu dem Schluss, dass ihr das höchst verdächtig vorkommen müsste und sie nur provozieren würde, ihm Scherereien zu machen. Jedenfalls bremste er, lenkte den Wagen an den linken Fahrbahnrand und schaltete die Warnblinkanlage ein. Sie standen in der Monte Christo Road, kurz hinter der Kreuzung mit der Rendsburger Straße. Rechts erstreckte sich ein breiter Streifen Brachfeld, durch das Trampelpfade liefen, links lag das Lafrenz-Industriegebiet. Eine mit Stacheldraht bewehrte Betonmauer verbarg die Sicht in Werkstätten und Lagerhallen.

In einer davon war Melvin kurzzeitig als Hilfsarbeiter beschäftigt gewesen. Nachdem er ein paar Mal zu spät erschienen war, hatten sie ihm mit Ablauf der Probezeit gekündigt. Melvin hatte Clemencia gesagt, er sei mit den paar Kisten, die auf- oder abzuladen waren, sowieso in null Komma nichts fertig gewesen. Und dann habe er die Halle kehren dürfen, ganz egal, ob er das schon dreimal erledigt hatte und man inzwischen vom Boden hätte essen können. Wenn sie ihn nicht rausgeworfen hätten, hätte er selbst gekündigt, denn auf so eine Arbeit pfeife er.

Robinsons Hände lagen auf dem Lenkrad. Er blickte von Clemencia weg in Richtung der grauen Mauer, vor der außer verdorrtem Gras, Steinen und Glasscherben nichts zu sehen war. Auf der Monte Christo Road fuhren ein paar Autos vorbei. Da die Fenster des Polizeiwagens geschlossen waren, drang der Verkehrslärm nur gedämpft herein. Sonst war nur das gleichmäßige Ticken der Warnblinkanlage zu hören.

«Willst du nicht wissen, warum du anhalten solltest?», fragte Clemencia.

«Doch, doch», sagte Robinson schnell. «Warum?»

«Weil ich möchte, dass du mir in die Augen siehst, wenn du jetzt antwortest.»

Robinson drehte ihr langsam das Gesicht zu. Die Situation war ihm sichtlich unangenehm.

«Ist es Oshivelo egal, ob du mich tot oder lebendig bei ihm ablieferst?», fragte Clemencia.

«Was?»

«Ich werde nämlich gleich aussteigen, und wenn du mich daran hindern willst, wirst du mich erschießen müssen. Überleg dir schnell, ob du dazu bereit bist!»

Robinson blickte ihr nun tatsächlich in die Augen. Verblüfft, unsicher, erschrocken. Er sagte: «Mach bloß keinen Scheiß, Clemencia!»

Sie lachte. «Habe ich schon! Und jetzt muss ich das durchziehen. Ich brauche noch ein wenig Zeit. Und Bewegungsfreiheit.»

Robinson nahm die rechte Hand vom Lenkrad und wedelte damit in der Luft herum, während er mit dem weitermachte, was er am besten konnte: Quasseln. «Hör zu, Clemencia: Du sitzt ein paar Tage in U-Haft ein, okay. Nicht angenehm, aber auszuhalten. Wenn sich der Rauch verzogen hat, kommst du auf Kaution frei. Es wird eine offizielle Untersuchung eingeleitet, die sich ewig hinziehen wird. Beweise können verlorengehen, Zeugen werden sich nicht mehr genau erinnern. Du wirst sehen, irgendwann wird sich alles in Luft auflösen. Du wirst freigesprochen, deine Bezüge werden nachgezahlt, alles wird gut, wenn du nur jetzt ...»

«Pass auf, Robinson! Ich kann dir das auf die Schnelle nicht im Einzelnen erklären, aber ...» Clemencia zögerte. Auf Robinson vertrauen zu müssen, war so ziemlich das Letzte, was sie sich wünschte, doch welche Wahl hatte sie schon? In den Büros der Serious Crime Unit würde sie selbst sich jedenfalls nicht blicken lassen können. Sie fuhr fort: «Behaltet Tjikundu im Auge! Schau, dass du irgendwie sein Handy in die Finger kriegst, und lass es mir zukommen! Ich gebe dir Bescheid, wo wir uns treffen können.»

«Ich soll was?», fragte Robinson ungläubig.

«Tjikundu hat Dreck am Stecken, und zwar gewaltig. Hast du dich nie gefragt, woher die Killer ihre Informationen hatten? Erst bei Kausiku, nun bei Operi?»

Robinson nickte heftig, als ob ihm endlich ein Licht aufgegangen wäre. «Du hast das einfach nicht verkraftet, Clemencia. Die Leichen und das mit deinem Bruder und was weiß ich alles. Wahrscheinlich bist du gar nicht zurechnungsfähig, doch auf alle Fälle sind das glasklare mildernde Umstände. Also mach jetzt keine Schwierigkeiten und …»

«Ich melde mich bei dir», sagte Clemencia, obwohl völlig klar war, dass sie von Robinson keine Hilfe zu erwarten hatte. Sie tastete nach dem Türgriff.

«Kannst du nicht mal an mich denken?», brüllte Robinson unvermittelt los. «Ist dir klar, was Oshivelo mit mir macht, wenn ich ohne dich erscheine? Der röstet mich auf offenem Feuer und wärmt sich seine verdammten Finger dran.»

Clemencia stieß die Beifahrertür auf.

«Ich kann dich nicht einfach gehen lassen.» Robinson schüttelte den Kopf und griff nach seiner Pistole.

Clemencia stieg aus.

«Bleib da, bitte!»

Clemencia hörte, wie Robinson die Pistole entsicherte. Dann öffnete sich die Tür auf seiner Seite. Er tauchte hinter dem Wagen auf und schrie: «Zum letzten Mal, setz dich wieder rein!»

Clemencia querte die Monte Christo Road und folgte einem der Fußpfade Richtung Südwesten. Weiter hinten ragte die Haupttribüne des Sam Nujoma Stadions auf. Clemencia wandte sich nicht um, als Robinson «verdammte Scheiße» brüllte, und auch nicht, als der Schuss aufbellte. Ruhig weitergehen! Robinson hatte sicher nur in die Luft geschossen. Clemencia zählte langsam bis zehn, blickte erst dann zurück. Robinson schüttelte den Kopf, und sie winkte ihm kurz zu. Er wandte sich um, streckte die Arme nach vorn und zielte über das Dach des Polizeiwagens hinweg auf die Mauer vor dem Industriegelände. Dann ballerte er los. Er hörte erst auf, als das Magazin seiner Waffe leer war.

Um 17 Uhr stand die Sonne eine Handbreit über dem Horizont. Sie war groß, orangefarben und wäre – falls sich jemand die Zeit dafür genommen hätte – schön anzusehen gewesen. Doch die Souvenirverkäufer in der Fidel Castro Street waren damit beschäftigt, ihre Waren zusammenzupacken. Vor den Läden in der Independence Avenue rasselten die ersten Gitter herab, und die unternehmungslustigen Touristen, die aus ihren Hotels ausschwärmten, begannen zu ahnen, dass sie wegen des Windhoeker Nachtlebens nicht die lange Reise aus Übersee hätten unternehmen müssen.

In den Suburbs trotteten Hausangestellte Richtung Bushaltestelle, an hohen Zäunen entlang, hinter denen die Wachhunde aufgeregt bellten. Die Fuchsmangusten in den Gärten der Reichen suchten sich eine Stelle, die noch von den Sonnenstrahlen erreicht wurde. Sie streckten sich aus und sogen die dünne Wärme für die bevorstehende klirrende Nacht auf. Die Mausvögel sammelten sich in kahlen Bäumen, um nach letztem aufgeregtem Geschnatter allmählich ihre Gemeinschaftsnester aufzusuchen. Dort würden sie sich so eng aneinanderdrücken, dass man nicht wusste, welcher Schnabel zu welchem Körper gehörte.

Ungefähr um 17 Uhr stotterte auch Detective Inspector Robinson in der Serious Crime Unit hervor, dass er Chief Inspector Clemencia Garises weder am Tatort angetroffen noch sonst irgendwo aufgetrieben habe. Sein Chef Ndangi Oshivelo fegte eine Teetasse von seinem Schreibtisch, bevor er die Fahndung nach Frau Garises und ihrem Bruder einleitete. Die Kriminalpolizisten Tjikundu und van Wyk schlugen sich derweil mit einem Anwalt herum, der die unverzügliche Freilassung von vier ohne jeden Beweis und unter lächerlichen Anschuldigungen festgenommenen Farmern forderte.

Ebenfalls in Begleitung eines Anwalts verließ der Minister for Lands and Resettlement, Paulus Shilongo, das Hauptquartier der Stadtpolizei, wo er den Journalisten Claus Tiedtke wegen Verleumdung und übler Nachrede angezeigt hatte. Bei der vom Staatspräsidenten höchstselbst einberufenen Dringlichkeitssitzung des SWAPO-Exekutivkomitees fehlte er demzufolge. Claus Tiedtke wiederum gab um 17 Uhr seine Versuche auf, jemanden zu finden, der ihm noch vor Anbruch der Nacht das aufgebrochene Türschloss an seinem Häuschen auswechselte. Er machte sich auf den Weg in die Redaktion der *Allgemeinen Zeitung*, wo man gerade stritt, ob man für die Ausgabe des nächsten Tages «Shilongo droht allen Weißen» oder «Sensation im Fall Steinland» titeln sollte.

Auf ebendieser Farm entzündete Frau Rodenstein neben der im Schlafzimmer aufgebahrten Leiche ihres Manns ein paar weiße Kerzen der Art an, die einer gewissen Miki Matilda im Township Katutura ausgegangen waren, sodass sie den nötigen Nachschub soeben gegen unverhältnismäßig viele Flaschen Coca-Cola eingetauscht hatte. Kaum einen Kilometer davon entfernt, in einer Kneipe nahe der sogenannten Herero Mall, bestellte ein Mann mit einer Warze an der Wange keine Cola, sondern Old Brown Sherry. Der Typ neben ihm streckte Zeige- und Mittelfinger aus, wahrscheinlich zum Zeichen, dass man ihnen zwei OBS durch die Gitterstäbe der Shebeen-Theke schieben sollte. Dann sagte er zu seinem Kumpel: «Und den Dritten kriegen wir auch noch.»

Eigentlich hätte sich Clemencia erbärmlich fühlen müssen. Ihr drohte die Verhaftung, und ihre berufliche Position hatte sie wohl genauso endgültig verspielt wie ihre Glaubwürdigkeit. Selbst ihre Möglichkeiten, an der Aufklärung der drei aktuellen Morde mitzuwirken, gingen gegen null, da sie sich nirgends mehr sehen lassen konnte. Seltsamerweise machte ihr all das viel weniger aus, als sie vor wenigen Tagen für möglich gehalten hätte. Sie hatte Fehler begangen, sie hatte Entscheidendes zu spät begriffen, und wenn sie dafür zahlen musste, dann war das eben so. Es änderte nichts daran, dass sie versucht hatte, ihr Bestes zu geben.

Clemencia ließ das abgesperrte Gelände des Sam-Nujoma-Stadions rechts liegen. Im Moment war das wahrscheinlich die größte menschenleere Fläche in ganz Katutura, an den Wochenenden während der Fußballsaison sah das hier aber anders aus. Wann immer er sich den Eintritt leisten konnte, hatte Melvin in diesem Stadion Erfolge und Misserfolge seines Clubs Black Africa miterlebt. Clemencia hatte ihn nur einmal begleitet, zu einem Länderspiel Namibia gegen Botswana.

An das Spiel erinnerte sie sich kaum, geschweige denn an das Ergebnis. Im Gedächtnis war ihr nur geblieben, dass die Lautsprecheranlage just in dem Moment ausgefallen war, als sich die Mannschaften zum Abspielen der Nationalhymnen aufgestellt hatten. Man hatte eine Zeitlang geduldig gewartet, dann war Unruhe aufgekommen, und als der Schiedsrichter mit den Mannschaftsführern zu tuscheln begann, hatte Melvin lautstark die namibische Hymne angestimmt. Namibia, Land of the Brave. Nach den ersten paar Takten war die Menschenmenge auf der Haupttribüne eingefallen, und unten auf dem Rasen hatten die Spieler ihre rechte Hand auf Höhe des Herzens gelegt. Nachher hatte Clemencia Melvin spöttisch gefragt, seit wann er denn so patriotisch sei, aber ein klein wenig stolz war sie doch auf ihn gewesen.

Ohne sich dessen bewusst geworden zu sein, war Clemencia von der Andrew Mogalie Street abgebogen. Wie früher folgte sie nun dem Rivier, das weiter südlich am Haus ihrer Familie vorbeiführte. Als Melvin und sie Kinder waren, hatten sie immer hier gespielt. Staunend hatten sie zugesehen, wie sich an manchen Tagen in der Regenzeit das trockene Flussbett von einer Minute auf die andere füllte, wie die Wassermassen hindurchschossen, Stromschnellen bildeten, Löcher gruben und Steine versetzten, die ein halbes Dutzend Kinder nicht vom Fleck gebracht hätte. Das Spektakel dauerte nie lange, bald plätscherte die braune Brühe nur noch sanft, stand dann an den tiefer gelegenen Stellen in Tümpeln, die man durchwaten und mit selbstgegrabenen Kanälen verbinden konnte. Das war auch die Zeit, um die von Gott weiß woher angespülten Schätze zu bergen, seltsam geformte Äste, Plastikflaschen, einen einzelnen Turnschuh und, an einem besonders glücklichen Tag, ein verrostetes Kinderfahrrad mit einer Klingel an der Lenkstange.

Spätestens im Mai wurden die letzten feuchten Flecken von der Sonne aufgezehrt, das Rivier lag wieder trocken, wie der Rest des Landes auch, nur Sand, Staub und Steine, aber es war der Staub, in dem Clemencia und Melvin ihre Fußabdrücke hinterließen, und es waren die Steine, auf denen sie hockten, wenn sie sich ausmalten, welche Wunder ihr Leben einmal umgestalten würden. Katutura hieß so viel wie «Der Platz, an dem wir nicht leben wollen», und das hatte für die erste, von den Südafrikanern hier zwangsangesiedelte Generation sicher auch gestimmt. Vielleicht stimmte es auch heute noch für manche, die sich ein Stück Land erträumten, um dort ein paar Ziegen weiden zu lassen, doch nicht für Clemencia. Nie war sie sich so sicher gewesen, dass sie hierhergehörte, in dieses Viertel zwischen Stadion, Friedhof, Schule und Kirche, in diese paar Straßenzüge mit den niedrigen 2-Zimmer-Häuschen und den verbauten Vorgärten, wo nichts annähernd so gut gedieh wie die Erinnerungen.

Clemencia überquerte die Shanghai Street und folgte weiter dem Rivier, um sich dem Grundstück ihrer Familie von der Rückseite her zu nähern. Sie musste vorsichtig sein. Robinson hatte sicher sofort durchgegeben, dass sie abgehauen war, und dann konnte es dort schon von Polizisten wimmeln. Was sie in diesem Fall tun sollte, wusste sie nicht. War die Luft rein, wollte sie ihre Tanten zwingen, Melvins Versteck zu verraten. Wenn ihr das gelang und wenn Melvin auspackte und wenn seine Informationen mehr boten, als Clemencia realistischerweise annehmen konnte, hatte sie vielleicht eine Chance, noch einmal irgendwie mitmischen zu können. Doch es waren viele Wenns, sie eröffneten eher eine vage Hoffnung als eine echte Chance, und plötzlich war sich Clemencia nicht einmal mehr sicher, ob sie wirklich wegen einer solchen Hoffnung hierhergekommen war. Vielleicht hatte sie sich nur danach gesehnt, zu Hause zu sein. Sie stieg an der Seite des Rivierbetts hoch und ging auf den Maschendrahtzaun zu, der seit ihrer Jugend nicht mehr erneuert worden war.

«Fassen Sie mich nicht an, junger Mann!», rief Miki Selma empört. Miki Matilda nickte. Zwar stand eigentlich nicht ein junger Mann vor der Gartentür, sondern deren sechs, und eigentlich hatte auch keiner versucht, Miki Selma anzufassen, doch der Anführer der Kerle, der eigentlich eher ein gestandener Polizist nahe des Pensionsalters als ein junger Mann war, hatte sie aufgefordert, den Weg freizugeben. Da blieb Selma natürlich nichts anderes übrig, als ihn in die Schranken zu verweisen.

«Haben Sie überhaupt einen Durchsuchungsbeschluss?», fragte Miki Matilda, weil das kürzlich jemand in *Generations*, ihrer Lieblings-Fernseh-Soap, auch gefragt hatte. Sie wies Timothy und Jessica an, im Haus zu verschwinden, und rückte an die Seite Selmas vor. Schulter an Schulter, den Busen entschlossen gegen das Gartentor gedrückt.

«Wir wollen Ihre Sachen nicht durchwühlen, Ma'am. Wir wollen uns nur vergewissern, dass die beiden genannten Personen wirklich nicht zu Hause sind.»

«Glauben Sie uns etwa nicht?», rief Miki Selma.

«Unser Wort hat bisher noch jedem genügt», fügte Miki Matilda an.

«Wer garantiert uns überhaupt, dass Sie wirklich Polizisten sind?»

«Wir hatten schon mal zwei Gangster in geklauten Uniformen da.»

«Aus Schaden wird man klug», sagte Miki Selma. Miki Matilda nickte, obwohl sie eigentlich keinen Schaden erlitten hatten. Nur Festus, der Taxifahrer von gegenüber, war ein wenig verletzt worden. Aber das gehörte hier nicht zur Sache, und klug genug, um nicht einfach ein paar womöglich falsche Polizisten ins Haus zu lassen, waren Selma und Matilda auch ohne Schaden allemal.

Miki Matilda wandte sich nach hinten. «Was habe ich euch gesagt, Kinder? Ab ins Haus!»

Timothy und Jessica machten keine Anstalten dazu. Miki Matilda hätte ihnen gern die Ohren lang gezogen, doch jetzt gab es Wichtigeres. Der ältere Uniformierte zog eine Plastikkarte heraus und zeigte sie vor. Miki Selma griff mit spitzen Fingern zu, streckte den Arm weit aus und bog den Kopf zurück, um trotz ihrer Weitsichtigkeit erkennen zu können, was darauf geschrieben stand. Miki Matilda kniff die Augen halb zusammen. Ein Foto, ein Name, ein Dienstgrad, eine Unterschrift und ein ziemlich amtlich wirkender Stempel. Matilda sagte: «So etwas nachzumachen ist heutzutage überhaupt kein Problem.»

Miki Selma ließ ihren Blick vom Ausweis zum Gesicht des Polizisten und wieder zurück wandern. Triumphierend brüllte sie: «Der auf dem Foto ist doch viel jünger!»

«Ma'am ...», sagte der Polizist.

«Und die Gesichtszüge sind ganz anders. Schau dir mal die Nase an!»

Miki Matilda nickte, obwohl eine gewisse Ähnlichkeit zwischen dem Gesicht auf dem Foto und dem Mann selbst eigentlich kaum zu leugnen war. Aber konnte das nicht auch bedeuten, dass die Fälscher äußerst raffiniert zu Werke gegangen waren? Wer sogar daran dachte, sich ein passendes Foto zu besorgen, war ein ganz gefährlicher Zeitgenosse, und so einen durfte man erst recht nicht einlassen. Selbst wenn das eine kleine Notlüge erforderte. Miki Matilda sagte: «Du hast recht, Selma, das ist eindeutig ein anderer Mann.»

Der Polizist griff nach seinem Ausweis, Miki Selma ließ nicht los, der Polizist zerrte, Miki Selma schrie: «Wenn Sie Gewalt anwenden, zeige ich Sie an!»

«Jetzt reicht es, Ma'am», sagte der Polizist.

«Hilfe!», brüllte Miki Selma. «Zu Hilfe!»

Schon als die Polizeiautos vorgefahren waren, hatten sich die Nachbarn auf die Straße heraus begeben, doch sie zögerten einzugreifen. Vielleicht erschienen ihnen sechs Männer ein wenig zu viel, vielleicht erinnerte man sich zu gut, wie es Festus ergangen war, vielleicht hätten Selma und Matilda etwas großzügiger mit den gehorteten Flaschen Coca-Cola umgehen sollen.

«Hilfe!», kreischte Miki Selma. Der Polizist entwand ihr den Ausweis, steckte ihn ein und legte die Hand aufs Tor. Miki Matilda presste sich mit aller Kraft dagegen, Miki Selma schrie wie am Spieß: «Die Kinder! Sie wollen die Kinder verhaften!»

Mit seinen dünnen Armen stemmte sich Timothy von unten gegen die Klinke der Gartentür. Jessica verstärkte die menschliche Barrikade, indem sie sich gegen die Rücken von Selma und Matilda drückte.

«Unschuldige Kinder!», stimmte jetzt Miki Matilda in Selmas Gebrüll ein, obwohl die Polizisten eigentlich hinter Clemencia und Melvin her waren. Aber im Vergleich zu ihr waren auch die beiden ja durchaus Kinder, unschuldig sowieso, sodass Matilda keineswegs gelogen hatte.

«Betrüger, Mörder, Vergewaltiger!», kreischte Miki Selma.

«Also los jetzt!» Der Anführer der Polizisten trat einen Schritt zurück, um seinen Männern Platz für den Sturmangriff zu geben. Der Widerstand Matildas und der Ihren blieb erbittert, endete aber vor der Übermacht der feindlichen Kräfte in einer raschen und bedingungslosen Kapitulation. Immerhin, ein paar Minuten hatten sie herausgeholt. Vielleicht genügte das ja.

Die Verschläge und kleinen Wellblechhütten waren je nach momentanem Bedarf ans Haus angebaut oder dort errichtet worden, wo Freiflächen entbehrlich schienen. Einen Plan hatte es nie gegeben. Und so hatte sich der Weg längs des Hauses in einen Durchgang verwandelt, der im Laufe der Jahrzehnte immer schmaler und winkeliger geworden war. Nur vor der Haustür erweiterte er sich zu ein paar windgeschützten Quadratmetern, in deren Mitte die Außenfeuerstelle mit dem Potjie lag.

Bis dahin vermochte Clemencia vom Zaun aus zu sehen, doch was sich vorn am Gartentor abspielte, wäre ihr verborgen geblieben, hätte Miki Selma nicht so herumgebrüllt. Die Antworten ihres Gesprächspartners verstand Clemencia nicht. Dennoch war unschwer zu erraten, dass gerade die Polizei aufgetaucht war, ganz wie Clemencia befürchtet hatte. Mit ihren Tanten würde sie nun kaum sprechen können. Sich auf ihr eigenes Bett zu legen, die Augen zu schließen und an früher zu denken, davon konnte erst recht keine Rede sein.

«Glauben Sie mir etwa nicht?», rief Miki Selma am Vordereingang. Würde sie sich nicht so leicht und lautstark empören, wäre Clemencia ihren Verfolgern wohl direkt in die

Arme gelaufen. Dieses eine Mal konnte sie Selma fast dankbar sein.

«Wer garantiert uns überhaupt, dass Sie wirklich Polizisten sind?», brüllte Miki Selma. Es klang fast, als wolle sie Clemencia warnen und ihr Zeit verschaffen, sich in Sicherheit zu bringen. Nur konnte das nicht sein. Woher sollte Miki Selma ahnen, dass Clemencia gerade jetzt nach Hause kam, und noch dazu von der Rückseite her?

Clemencia wandte sich um. Wohin jetzt? Sie tat zwei Schritte Richtung Rivier, hörte ein gedämpftes Poltern, blieb stehen. Das Geräusch war aus dem Verschlag in der nordwestlichen Ecke des Grundstücks gedrungen. Aus der windschiefen Bruchbude, in der Miki Matilda früher ein paar Hühner gehalten hatte. Ob Timothy dort drin etwas anstellte? Clemencia horchte. Nichts. Nur Miki Selma kommentierte die Gesichtszüge eines Polizisten so laut, dass das ganze Viertel daran Anteil nehmen musste. Warum schrie sie nur so?

Verdammt! Wenn sie nicht Clemencia warnen wollte, dann vielleicht ...

Clemencia machte kehrt, drängte sich so ungestüm durch die Lücke im Zaun, dass sie sich den Jackenärmel am Draht aufriss. Egal. Zwei, drei schnelle Schritte, sie zog die Tür des Verschlags auf. Eine Pritsche füllte dessen Fläche fast vollständig aus. Auf ihr saß Melvin, vornübergebeugt. Langsam richtete er den Oberkörper auf. Er hatte sich anscheinend gerade die Schuhe zugebunden und war auch sonst vollständig angezogen. Die Ausbuchtung im Bauchbereich verriet, dass er einen dicken Verband unter dem Pullover trug.

Ein paar zerschlissene Decken hingen über den Rand der Pritsche, der schmale Streifen gestampfter Erde davor war übersät mit Kerzenstummeln, Knöchelchen und Rindenstücken. An der Wellblechwand klebte ein Bild der Muttergottes, die in einen sternenübersäten blauen Mantel gehüllt war.

Fehlte nur noch Miki Matildas Gips-Buddha! Herrgott, die Tanten hatten Melvin mit ihrem Hokuspokus gesundzubeten versucht! Waren die noch zu retten?

Melvin sah zu Clemencia hoch, nickte Richtung Straße und fragte: «Gehörst du zu denen?»

Was wusste denn Clemencia, zu wem sie gehörte? Zur Polizei, die sie verhaften wollte? Zu ihrer total verrückten Familie, die sich und sie selbst mit allen Mitteln ins Unglück zu stürzen versuchte? Draußen begann Miki Selma aus voller Kehle um Hilfe zu rufen. Es gab eine Menge zu klären, aber erst einmal mussten Melvin und Clemencia hier weg. Sofort.

«Kannst du gehen?», fragte Clemencia.

Melvin zuckte mit den Achseln und verzog das Gesicht. Clemencia konnte sehen, dass er Schmerzen hatte. Sie streckte ihm die Hand entgegen, dachte, dass er sicher noch in der Nacht nach dem Desaster auf Farm Steinland hierher gewankt war. Nach Hause. Schwer verletzt, verstört, von der Polizei bedroht, von seinen Freunden im Stich gelassen. Seitdem hatte er hier gelegen, ein paar lächerliche Meter von Clemencias Schlafraum im Haupthaus entfernt. Miki Matilda und Miki Selma hatten ihn versteckt, behandelt, verpflegt und dafür gesorgt, dass niemand ein Sterbenswörtchen verlauten ließ. Denn zumindest die Kinder mussten mitbekommen haben, dass ihr Onkel in den ehemaligen Hühnerstall eingezogen war. Auch Constancia, auch Clemencias Vater und alle, die sich mehr oder weniger den ganzen Tag zu Hause aufhielten, mussten es mitbekommen haben. Nur Clemencia nicht. Sie zog Melvin an der Hand hoch und legte den Arm um seine Schulter. Als sie am Zaun angelangt waren, kreischte Miki Selma am Vordereingang etwas von Betrügern und Mördern.

«Ich geh nicht lebenslang in den Knast, niemals», stieß Melvin hervor und zwängte sich durch die Lücke im Maschendraht. Clemencia folgte ihm. Die Sonne war gerade untergegangen, doch noch lag auf dem Trampelpfad längs des Riviers genug Licht. Clemencia stützte ihren schwer atmenden Bruder, sie kamen quälend langsam voran. Kurz vor der Shanghai Street war dann Schluss. Melvin gelang es einfach nicht mehr, einen Fuß anzuheben und ihn vor den anderen zu setzen. Vorsichtig ließ ihn Clemencia zu Boden gleiten. Die Polizisten würden sein Pritschenlager entdecken, sie würden merken, dass die Decken noch warm waren, sie würden die Lücke im Zaun sehen. Viel Zeit blieb nicht.

Melvin keuchte und sagte: «Gib mir mal deine Pistole!»

«Spinnst du?» Clemencia blickte auf ihn hinab, wie er da lag, die Augen schloss und wieder öffnete, den Kopf ein wenig anhob. Um ihn waren Riviersand, Steine und Erinnerungen. Der Spielplatz ihrer Kindheit.

Melvin grinste schwach und sagte leise: «Ist doch ein schöner Platz, um zu sterben.»

Es war schon genug gestorben worden. Mehr als genug. Clemencia sagte: «Kannst du dich an das Fahrrad erinnern, das wir hier aus dem Wasser gezogen haben?»

«Nein.»

«Ein blaues Kinderfahrrad.»

«Nein.»

«Mit einer Klingel dran.»

Melvin schloss seine Augen wieder und murmelte: «Aber die funktionierte nicht.»

«Doch.»

«Nein.»

«Das müssen wir klären. Später», sagte Clemencia. Sie griff nach ihrem Handy. Die Nummer von Festus, dem Nachbarn mit dem Taxi, hatte sie gespeichert. Als er aufgeregt darzulegen begann, dass die Polizei soeben ihr Haus gestürmt habe, unterbrach sie und bat ihn, sofort herzukommen. Drei Minuten später hielt das Taxi an der Senke des Riviers. Festus schien kaum überrascht, Melvin zu sehen. Er packte mit an, um ihn zum Wagen zu tragen und auf die Rückbank zu betten. Dann fragte er: «Katutura Hospital?»

Clemencia streckte ihm ihre Hand entgegen. «Gib mir die Schlüssel!»

«Ich fahr euch schon.»

«Du kommst nicht mit», sagte Clemencia.

Festus schüttelte den Kopf. «Ich fahr euch, wohin du willst, das riskiere ich. Ich bin Taxifahrer und weiß sonst von nichts. Aber wenn du fährst und sie euch schnappen, dann beschlagnahmen sie meine Karre!»

«Gib mir bitte die Schlüssel!»

«Das kannst du nicht verlangen, Clemencia. Ich hab nur den Wagen, ich muss Geld verdienen und meine Familie ernähren, ich ...»

«Sobald das hier vorbei ist, bezahlen wir dich.»

Festus lachte bitter. «Ja, mit verfluchten Cola-Flaschen wahrscheinlich, die bei der Kälte sowieso keiner trinken will.»

Clemencia legte ihre Hand auf seinen Unterarm, sagte: «Ich brauche den Wagen wirklich.»

Festus legte den Kopf in den Nacken, schaute in den dunkel werdenden Himmel hoch, fingerte die Autoschlüssel aus der Hosentasche und sagte: «Bring ihn mir heil zurück, bitte!»

6

Clemencia telefonierte ein paarmal und brachte Melvin dann ins Privathaus des angolanischen Arztes, der ihre Kopfwunde behandelt hatte. Es war ein Risiko, doch sie hatte den Mann richtig eingeschätzt. Er stellte keine unangenehmen Fragen und willigte sofort ein, sich Melvins Wunde anzusehen. Dass Miki Matilda die Kugel mit der Klinge eines Einwegrasierers und den bloßen Fingern herausgeholt hatte, konnte er kaum glauben. Noch weniger verstand er, wieso es bei solchen Operationsmethoden nicht zu Entzündungen gekommen war. Jetzt sei nur Ruhe nötig, dann werde das schon wieder, sagte er. Er verband Melvin frisch und bot sein Wohnzimmer zur Übernachtung an.

Zum Schlafen kamen Clemencia und Melvin allerdings nicht. Dazu war zu viel zu besprechen. Clemencia erfuhr nur wenig Neues über den Fall, dafür einiges über ihren Bruder. Dass er die Schnauze von seinem bisherigen Leben voll hatte, zum Beispiel. Er hatte große Pläne geschmiedet, sich mit einer Werkstatt für Reparaturen aller Art selbständig machen wollen. Für die Zukunft hatte er sich ausgemalt, ein größeres Grundstück zu kaufen und ein Haus zu bauen, in dem jedes Familienmitglied sein eigenes Zimmer bekäme und in dem zwei Bäder, eines mit Wanne und eines mit Dusche, vorhanden wären. Mit den Farmüberfällen hatte er sich das Grundkapital und – was ihm noch wichtiger gewesen war – die nötigen Beziehungen verschaffen wollen. Er hatte gleich geahnt, dass der anonyme Auftraggeber ein prominenter Zeitgenosse sein musste. Er war seinen Kontaktleuten gefolgt, hatte nachgeforscht und herausgefunden, dass es sich dabei um Minister Shilongo persönlich handelte. Wenn der ihm verpflichtet war, konnte nichts mehr schiefgehen, hatte er gedacht.

Doch dann war alles schiefgegangen. Der Überfall auf Farm Steinland, die Schussverletzung, zwei Tage zwischen Leben und Tod. Die Tanten hatten ihn versteckt und das später damit gerechtfertigt, dass sie nicht sicher seien, ob Clemencia wirklich wisse, dass man in der Familie unter allen Umständen zusammenhalten müsse. Als Melvin über den Berg war, hatte er erfahren, dass seine Kumpel und er unter Mordverdacht standen und dass Kausiku umgebracht worden war. Für ihn war klar, dass Minister Shilongo jede Spur auslöschen wollte, die zu ihm führen konnte. Melvin hatte mit dem Gedanken gespielt, sich zu stellen und sein Wissen zu offenbaren. Doch er hatte keine Beweise, galt noch dazu als Mörder. Wer würde einem wie ihm schon glauben? Er hatte sich nicht aus seinem Verschlag getraut und gehofft, dass Clemencia von selbst auf die Zusammenhänge käme.

Als sie ihm vorhielt, dass er Operi aber durchaus zu ihr geschickt habe, fiel Melvin aus allen Wolken. Nie würde er einen Freund verraten. Er wollte nicht ausschließen, dessen Namen im Halbdelirium genannt zu haben, aber den Rest hatten Miki Selma und Miki Matilda zu verantworten. Irgendwie hatten sie begriffen, dass Clemencia Informationen aus erster Hand benötigte, und wenn man dafür jemanden der Polizei zum Fraß vorwerfen musste, dann doch lieber einen, der nicht zur Familie gehörte.

So, wie Melvin das vorbrachte, glaubte ihm Clemencia. Und ebenso glaubte sie seinen Beteuerungen, dass weder er noch seine Freunde auf Gregor Rodenstein geschossen hätten. Sie ging mit ihm die Nacht auf Farm Steinland bis ins kleinste

Detail durch, ließ ihn die Beteiligten beschreiben. Melvin erinnerte sich an Frau Rodenstein und ihren Sohn, an Schroeder, der ihm die Kugel verpasst hatte, auch an Müller und Haseney, nur an Gregor Rodenstein nicht. Das war seltsam, denn immerhin gehörte dem die Farm. Er hätte sich in so einer Situation wohl kaum schweigend im Hintergrund gehalten. Also war er wohl erst eingetroffen und getötet worden, als Melvin und seine Kumpel längst geflüchtet waren. Hatte doch einer der Nachbarfarmer geschossen? Wurde er von allen anderen und von Rodensteins Familie gedeckt? Clemencia vermochte sich das einfach nicht vorzustellen.

Wer hatte Gregor Rodenstein auf dem Gewissen? Wenn sie das wusste, würden sich eine Menge anderer Fragen von selbst beantworten. Es würde einsichtig werden, wer aus welchem Grund und auf welche Weise darauf reagiert hatte. Warum die Farmer logen und was Tjikundus Killer antrieb. Melvin müsste keine lebenslange Haftstrafe befürchten. Auch Clemencias Vergehen würden sich relativieren, da sie dann ja nur einen fälschlich des Mordes Bezichtigten geschützt hätte. Sie könnte sich wieder in die Öffentlichkeit trauen. Mit Melvin als Kronzeugen könnte sie vielleicht Shilongo und den Killern und Tjikundu das Handwerk legen.

Wer hatte Gregor Rodenstein getötet? Und warum? Es musste mit dieser gottverlassenen Farm zusammenhängen, mit diesem steinigen, trockenen Land, das einer von Rodensteins Ahnen vor hundert Jahren erworben hatte und das der Familie jetzt weggenommen werden sollte. Ein Stück Land, das unter Stammesrecht, unter den Gesetzen des deutschen Kaiserreichs, der südafrikanischen Republik und des unabhängigen Namibia nicht mehr und nicht weniger steinig gewesen war. Was soll's also, hätte man sagen können, wenn es nicht gleichzeitig viel mehr als ein Stück Land dargestellt hätte, ein Symbol nämlich für das Überlegenheitsgefühl der Weißen hier und den Sinn des Befreiungskampfs dort, für die Zukunftsperspektive Namibias und für das Recht, sich irgendwo zu Hause zu fühlen. Gerade weil in den trockenen Weiten sonst nicht viel wuchs, wurzelten Interessen und Identitäten vielleicht tiefer als anderswo. Es schien, dass mancher dafür lebte und tötete.

Das beantwortete immer noch nicht die Frage, wer den Abzug gedrückt hatte. An die festgenommenen Farmer kam Clemencia nicht heran, doch es gab ja noch jemanden, der mindestens genauso gut wissen musste, was sich ereignet hatte: Frau Rodenstein. Melvin musste der Witwe seine Wahrheit ins Gesicht sagen, und Clemencia würde sie fragen, warum ihr Bruder für einen Mord büßen sollte, den er nicht begangen hatte. Und ob dieses verdammte Land um sie herum nicht schon genug Leute ins Unglück gestürzt habe? Clemencia und Melvin beschlossen, zur Farm Steinland hinauszufahren.

Der Roadblock an der B1 war vierundzwanzig Stunden am Tag besetzt. Die Polizisten, die dort Dienst schoben, waren jedoch auch nur Menschen. Sie froren genau wie alle anderen, und so konnte man darauf hoffen, dass sie kurz vor dem Morgengrauen, zur verkehrsärmsten und kältesten Stunde, ihr Wachhäuschen nicht verlassen würden. Als Clemencia am Stoppschild hielt, sah die Beamtin hinter dem Fenster tatsächlich kaum auf und winkte das Taxi durch. Clemencia beschleunigte, die Straße lag schwarz vor ihr.

Melvin schlief auf dem Beifahrersitz ein, noch bevor es draußen hell wurde, und für Clemencia fühlte sich jeder Kilometer ein wenig länger an als der zuvor. Nach dem ersten Sekundenschlaf lenkte sie den Wagen auf einen Parkplatz hinter Okahandja und schloss die Augen. Als sie eine Stunde später wieder aufwachte, wusste sie nicht, ob sie geträumt hatte. Irgendwie hatte sich in der Zeit jedenfalls eine Idee entwickelt. Sie kam so übermächtig daher, dass sie einfach gut sein musste. Ohne weiter Für und Wider zu erwägen, stieg Clemencia aus dem Taxi, schaltete ihr Handy ein und wählte.

«Guten Morgen, Robinson», sagte sie. «Ist Tjikundu schon im Büro? Gut. Schau, dass du in seine Nähe kommst! Ich werde ihn in fünf Minuten anrufen und ihm scheinbar unabsichtlich zu verstehen geben, wo mein Bruder Melvin zu finden ist. Achte auf Tjikundus Reaktion! Er wird nicht sagen, dass er mit mir gesprochen hat. Dir nicht und auch sonst niemandem. Er wird stattdessen jemanden anrufen und ihm den von mir angegebenen Ort durchgeben. Und dann werden zwei Killer aufbrechen, um meinen Bruder umzulegen. Hast du das verstanden, Robinson?»

«Clemencia, hör mit dem Unsinn auf und stell dich endlich! Der Chef ...»

«Wenn sich Tjikundu so verhält und wenn du daraus nicht die richtigen Schlüsse ziehst und wenn du dann nicht endlich etwas unternimmst ...» Ein Lastwagen brummte vorbei. Der Fahrer hupte und winkte Clemencia aus dem Fenster heraus zu. Sie presste das Telefon ans Ohr, doch Robinson hatte es anscheinend sowieso die Sprache verschlagen.

«... dann ist dir nicht mehr zu helfen. Und uns auch nicht», murmelte Clemencia und beendete das Gespräch. Sie wartete genau fünf Minuten. Dann wählte sie Tjikundus Nummer.

Als Tjikundus Telefon klingelte, blätterte Robinson geflissentlich im Vernehmungsprotokoll des Farmers Haseney und spitzte dabei die Ohren. Tjikundu sprach den Anrufer nicht mit Namen an, hörte fast ausschließlich zu und sagte selbst nur Belanglosigkeiten wie «Ja, klar», «Eine große Schweinerei, wenn du mich fragst» und «Natürlich kannst du auf mich zählen».

Als er aufgelegt hatte, fragte Robinson wie nebenbei: «Was Wichtiges?»

«Nein.»

«Wer war's denn?»

«Privat», sagte Tjikundu.

Robinson nickte. Ob tatsächlich Clemencia angerufen hatte, konnte er nicht sicher wissen. Und falls sie es gewesen war, bedeutete es überhaupt nichts, dass Tjikundu darüber schwieg. Robinson posaunte ja auch nicht sofort heraus, dass er selbst gerade mit Clemencia gesprochen hatte. Dabei hatte er längst kein so freundschaftliches Verhältnis zu ihr wie Tjikundu. Klar, dass der sie nicht verraten wollte.

Tjikundu stand auf, wandte sich zur Tür. Robinson fragte: «Wohin gehst du?»

«Pissen», sagte Tjikundu. «Warum?»

«Nur so», sagte Robinson.

Tjikundu drehte sich zu ihm um. «Willst du vielleicht mitkommen und mir den Pimmel halten?»

«Jetzt hau schon ab!», sagte Robinson. Vielleicht würde Tjikundu draußen telefonieren, vielleicht auch nicht. Wie sollte Robinson das denn bitte überprüfen, ohne Aufsehen zu erregen? Mal abgesehen davon, dass Clemencias Anschuldigungen sowieso nach barem Unsinn klangen. Was hatte er überhaupt damit zu schaffen? Plötzlich drängte sich ihm der Verdacht auf, dass Clemencia ihn vor der ganzen Unit unmöglich machen wollte. Sie ging gerade mit fliegenden Fahnen unter und dachte bloß daran, so viele Kollegen wie möglich mit ins Verderben zu reißen. Vor allem ihn, Robinson, den sie noch nie hatte leiden können und der, wenn es mit rechten Dingen zuging, ihre Position erben würde.

Robinson warf das Protokoll auf den Schreibtisch. Er hatte Clemencia einmal laufen lassen, und das war ein großer Fehler gewesen. Er würde den Teufel tun, jetzt noch einen größeren zu begehen. Was dachte sie sich eigentlich? Nach ihr wurde gefahndet, weil sie ihren Halunken von Bruder deckte, und Robinson sollte für sie irgendwelche hirnrissigen Aufträge ausführen? Nein, er würde brav seinen Job tun. Und sein Job bestand unter anderem darin, Chief Inspector Clemencia Garises festzunehmen, bevor sie noch mehr Unheil anrichtete.

Robinson versuchte, bei ihr anzurufen, doch ihr Handy war schon wieder ausgeschaltet. Wahrscheinlich befürchtete sie, geortet zu werden. Robinson ließ das Gespräch von vorhin noch einmal Revue passieren. Hatte er da nicht einen Lastwagen hupen und mit hoher Geschwindigkeit vorbeifahren hören? Dass Clemencia sich in der Stadt aufhielt, konnte man so schon mal ausschließen. Nennenswerten LKW-Verkehr gab es jedoch nur auf der Hauptstraße Richtung Südafrika, auf dem Transkalahari Highway nach Botswana oder aber Richtung Norden.

Bei jemand anderem hätte Robinson vermutet, dass er sich ins Ausland absetzen wollte, doch Clemencia war nicht der Typ dafür. Die warf nicht einfach alles hin. Schon gar nicht bei einem Verbrechen, in das sie persönlich so stark verwickelt war. Wenn sie Windhoek verließ, dann wahrscheinlich wegen irgendwelcher Nachforschungen. Die Asphaltstraße nach Norden teilte sich bei Okahandja. Die B1 führte weiter nach Otjiwarongo und ins Ovamboland, die B2 ging über Karibib nach Swakopmund. Und von Karibib bog man zur Farm Steinland ab! Was Clemencia da noch herauszufinden hoffte, wusste Robinson nicht, aber es war der einzige Ort außerhalb von Windhoek, der für den Fall eine Rolle spielte. Clemencia war auf dem Weg dorthin!

Tjikundu kam zurück. Er setzte sich, schaltete den Computer ein und wartete, bis der hochgefahren war. Dann drehte er sich zu Robinson um. «Du fragst ja gar nicht, wie es gewesen ist.»

«Was?»

«Das Pissen.»

«Du kannst mich mal», sagte Robinson. Er erhob sich, verließ Tjikundus Büro und knallte die Tür hinter sich zu. Auf dem Gang blieb er stehen, überlegte kurz, nickte. Er würde jetzt zu Oshivelo gehen und ihm sagen, dass er sichere Hinweise dafür habe, wo sich Clemencia aufhalte.

Elsa Rodenstein lehnte das Gewehr an den Stamm der Zypresse und nahm den Spaten in die Hand. Sie hätte eine geschützte Stelle unter dem Baum bevorzugt, aber das würde wegen des Wurzelwerks schwierig werden. Also entfernte sie sich ein paar Schritte. Hier? Sie drehte sich langsam um die eigene Achse, blickte in alle Himmelsrichtungen. Nach Norden zu lag das Farmhaus. Nach Süden hatte man den weitesten Blick über das zur Farm gehörige Land. Endloses Buschveld, auf dem die Springböcke grasten. Das würde ihm sicher gefallen. Elsa entschied sich dann doch für eine Ost-West-Ausrichtung. Wenn die Sonne morgens über dem Bergrücken im Osten auftauchte, sollten ihre ersten Strahlen die Schrift sofort ins rechte Licht rücken.

Mit der Spatenspitze zeichnete Elsa ein Rechteck in den Sand. Circa zwei Meter auf achtzig Zentimeter. Ja, so war es gut. Und daneben blieb noch genug Platz für sie später. Elsa setzte den Spaten am Rand der Markierung an und trieb das Blatt mit der Sohle tief in den Sand.

«Kom, ek doen dit», sagte Andries. Er und zwei andere Arbeiter standen zwischen den alten Gedenksteinen.

Elsa schüttelte den Kopf. Das würde sie schon selbst tun. Eigentlich war es Aufgabe der Söhne, das Grab für ihren toten Vater auszuheben, aber Thomas war nun mal nicht da. Sie konnte nicht warten, bis die Polizei ihn irgendwann nach

Hause schicken würde. Ihre Farmarbeiter würde Elsa trotzdem nicht an diese Arbeit lassen. Die sollten irgendwo Zaunlöcher und Abfallgruben graben, sich aber vom Farmfriedhof fernhalten. Das war eine Familienangelegenheit. Elsa schippte den Sand zur Seite.

«Mevrou ...», begann Andries noch einmal.

«Gaan terug huis toe!», sagte Elsa. Andries stammelte, dass er nicht zum Haus zurückgehen würde. Dort sei es nicht sicher, weil man nie wissen könne, was die Geister im Schilde führten.

Dann sollte er doch tun, was er wollte! Was ging das Elsa an? Sie sagte: «Ich will allein sein.»

Allein mit dem Sand, den Steinen und dem Wind, der in den Bäumen rauschte. Sie würde nicht an Gregor denken, nicht an die langen Jahre, die sie gemeinsam hier gelebt hatten. Sie würde sich nur aufs Graben konzentrieren, Spatenstich um Spatenstich. Immer tiefer würde sie kommen, und der Haufen neben dem Grab würde immer größer werden, und sie würde nicht ermüden, bis es getan war. Bis es genug war.

Den Spaten in den Sand stechen, kippen, anheben, den Sand zur Seite hin auswerfen, neu ansetzen. Elsa sah zum ersten Mal auf, als sie mit der obersten Schicht der markierten Fläche durch war. Etwa zehn Zentimeter tief war sie gekommen. Sie streckte den Rücken durch. Der Wind trocknete den Schweiß auf ihrer Stirn. Andries und die anderen waren verschwunden.

Clemencia fuhr langsam zwischen dem alten Kühlhaus und der Werkstatt durch. Kein Mensch war zu sehen. Sie parkte das Taxi unter dem Sonnendach ein, blickte auf Melvin links neben ihr. Schlafend sah er viel jünger aus. Fast wie ein Junge, der glaubte, sein Leben vor sich zu haben. Alle Zeit der Welt und Hoffnung ohne Grenzen. Doch wie schnell war eine solche Zuversicht verspielt. Man wachte eines Tages auf, begriff nicht das Warum und Wieso, erkannte plötzlich nur, dass man die entscheidenden Weggabelungen längst passiert hatte, ohne ihrer gewahr geworden zu sein. Clemencia hätte ihren Bruder gern noch eine Weile schlafen lassen, doch das ging nicht. Sie hatten eben nicht mehr alle Zeit der Welt.

Clemencia legte ihre Hand auf Melvins Arm, zögerte. Na, gut, ein paar Minuten wollte sie ihm noch gönnen. Sie konnte ja erst einmal nach Frau Rodenstein suchen. Leise stieg sie aus dem Taxi, ging zum Vordereingang des Farmhauses, klopfte, wartete ein wenig, drückte die Klinke hinab. Die Tür war nicht abgeschlossen. Clemencia rief: «Frau Rodenstein?»

Ein Hund bellte zweimal, dann herrschte wieder Ruhe. Clemencia zog die Tür zu und ging um das Haus herum. Vor ihren Füßen flog ein Pfau vom Rasen auf, landete schwer auf dem Blechdach über der Veranda. Clemencia stieg die Stufen hoch. Sie rief noch einmal und trat durch die sperrangelweit geöffnete Hintertür ein, als niemand antwortete. Aus dem Wohnzimmer dudelte das Radio. Ein afrikaanser Sender war eingestellt, doch weder Frau Rodenstein noch sonst jemand hörte zu. In der Küche begann der Kühlschrank zu brummen. Das Frühstücksgeschirr war abgeräumt, aber noch nicht gespült. Rechts neben dem Herd lag aufgeschlagen eine afrikaanse Zeitschrift, *Die Huisgenoot*. Von der Hausangestellten, mit der Clemencia bei ihrem zweiten Besuch gesprochen hatte, war nichts zu sehen.

«Ist jemand da?», rief Clemencia. Sie blickte durch ein Fenster zu den Wohnungen der Arbeiter hinüber. Eine Harke lehnte an einer Mauer, ein Hocker stand neben der Tür, ein roter Plastikball lag im Sand, aber auch dort war kein spielendes Kind, keine Frau mit einem Wäschekorb, kein alter Mann, der sich in der Morgensonne wärmte, zu entdecken. Das Gelände um das Farmgebäude war wie ausgestorben. So, als sei jedes menschliche Wesen Hals über Kopf geflüchtet. Von einer Sekunde auf die andere. Und man hatte nicht den Eindruck, dass irgendwer zurückkommen würde, um das Radio auszuschalten oder weiter im *Huisgenoot* zu blättern.

Die Tür zum Schlafzimmer war nur angelehnt. Als Clemencia sie aufdrückte, knurrten ihr zwei Hunde entgegen. Sie lagen vor der Seite des Doppelbetts, auf der eine grotesk anzusehende Mumie ruhte. Ihr Kopf war vollständig mit weißem Mull einbandagiert. Ob das schon ein Gerichtsmediziner oder erst Frau Rodenstein getan hatte? Jedenfalls musste das der ermordete Gregor Rodenstein sein. Man hatte ihm einen schwarzen Anzug angezogen und seine wächsern wirkenden Hände übereinandergelegt.

«Ruhig!», murmelte Clemencia den Hunden zu. Sie hörten tatsächlich zu knurren auf und rührten sich nicht vom Fleck, als Clemencia sich der auf dem Nachtkästchen brennenden Kerze näherte. Auch wenn keiner mehr in dieses Haus zurückkehren sollte, musste man es ja nicht gleich in Schutt und Asche legen. Clemencia blies die Flamme aus. Der Docht glimmte nach, ein feiner schwarzer Rauchfaden wand sich nach oben. Neben der Kerze lag ein aufgefaltetes Schreiben. Clemencia erkannte den Briefkopf des Ministry for Lands and Resettlement und überflog den Text. Er sagte in dürren Worten, dass Farm Steinland für eine Umverteilung im Sinne des Land Reform Act als geeignet eingestuft worden sei, und forderte den Besitzer auf, Grund und unbewegliches Eigentum innerhalb eines Monats an den namibischen Staat zu veräußern. Clemencia blickte auf das Datum rechts oben. Die Frist lief in genau zehn Tagen ab. Ob sie nach allem, was geschehen war, noch relevant war?

Clemencia legte den Brief zurück. Sie zeigte auf die offene Tür und befahl den Hunden, hier zu verschwinden. Sie reagierten nicht. Als sich Clemencia bückte, um nach dem Halsband des einen zu greifen, schnappte der nach ihrer Hand. Der andere knurrte wieder. Herrgott, jetzt auch noch zwei Hunde, die über der Leiche ihres Herrn wachten, bis sie selbst verhungern würden? Plötzlich schien alles nach Tod zu riechen.

Clemencia trat auf den Flur hinaus, kontrollierte schnell den Rest der verlassenen Räume und atmete auf, als sie draußen auf der Veranda war. In der Ferne sah sie den Wasserspeicher und das Gestänge des Sonnenkollektors, bei dem Gregor Rodenstein gefunden worden war. Gefleckte Rinder trotteten in einer Linie darauf zu. Seitlich davon zeigten die Zypressen an, wo sich der Farmfriedhof befand. Und dort blitzte es nun auf, als werde das Sonnenlicht von einer glänzenden Fläche reflektiert. Irgendetwas bewegte sich knapp über dem Boden, und auch wenn nicht genau auszumachen war, was da geschah, schien dort immerhin jemand am Leben zu sein.

Beim Taxi angelangt, weckte Clemencia Melvin auf. Er war viel zu schwach, um bis zum Farmfriedhof zu marschieren, und so versuchte Clemencia, mit dem Wagen dorthin zu gelangen. Sie fuhr querfeldein, wühlte sich mit viel Gas durch den Sand und blieb erst stecken, als sie nur noch ein paar Meter von ihrem Ziel entfernt waren. Sie stiegen aus. An einem Zypressenstamm lehnte ein Gewehr. Frau Rodenstein stand bis zur Brust in einem Loch, stemmte einen Spaten über dessen Rand hoch und warf Erde auf den Aushub, den sie schon herausbefördert hatte. Sie blickte kurz zu Clemencia her und bückte sich wieder nach unten.

«Das ist mein Bruder Melvin», sagte Clemencia. «Ich würde gern wissen, warum Sie ihn fälschlicherweise als den Mörder Ihres Manns identifiziert haben.»

Frau Rodenstein warf eine Schippe Sand auf den Haufen.

«Ich denke, es ist an der Zeit, reinen Tisch zu machen», sagte Clemencia.

Frau Rodenstein legte den Spaten ab und stützte die Ellenbogen auf den Rand des Lochs. Der feine rote Sand rieselte nach unten. Sie sah Melvin an, sagte: «Er war dabei.»

«Ja, ich war dabei, aber wir haben niemanden umgebracht.» Melvin ließ sich auf die Umfassung eines der Gräber hinab. Er krümmte sich unter der Anstrengung, und seine Hand krampfte sich in den Oberschenkel.

Vielleicht hätte Clemencia ihm die Fahrt hierher nicht zumuten dürfen. Sie begann, auf Frau Rodenstein einzureden, setzte ihr auseinander, dass Melvin und seine Freunde im Auftrag von Minister Shilongo gehandelt hatten. Der wolle sich Farm Steinland unter den Nagel reißen, und keiner werde ihn davon abhalten, wenn Frau Rodenstein nicht endlich die Wahrheit sage. Denn von den drei Männern, die Shilongos kriminelles Handeln belegen könnten, seien zwei tot, und auch der letzte, Melvin, würde sich lieber umbringen statt auszusagen, falls er für einen nicht begangenen Mord verantwortlich gemacht werden sollte.

Nur Frau Rodenstein könne das verhindern, indem sie mitteile, wer ihren Mann wirklich erschossen habe. Wenn ihr Clemencias Bruder egal wäre, dann solle sie an ihre Farm denken. Die zu behalten, darum ginge es ihr doch. Um die Enteignungspläne zu durchkreuzen, habe sie mit Unterstützung ihrer Nachbarn sogar eine Entführung vorgetäuscht, und jetzt, da sie die Chance habe, den verantwortlichen Minister samt seiner angeblich dem Gemeinwohl verpflichteten Politik zu entlarven, wolle sie schweigen?

Frau Rodenstein schwieg nicht nur, sie schien auch kaum zuzuhören. Nun bückte sie sich so tief, dass sie vollständig im Grab verschwand. Als sie wieder auftauchte, hielt sie mit beiden Händen einen fußballgroßen Stein umklammert und wuchtete ihn mit Mühe über den Rand hinweg. Wieder gab der lockere Sand der obersten Schicht nach, rutschte ab.

«Sie, Ihr Sohn und Ihre Nachbarn haben dort drüben drei Männer gestellt», sagte Clemencia. «Schroeder hat meinen Bruder angeschossen, und dann habt ihr die drei flüchten lassen. Warum? Und warum ist Ihr Mann erst zu Ihnen gestoßen, als alles vorbei war? Was hat er vorher gemacht? Und was ist passiert, als er endlich am Bohrloch eingetroffen war? Gab es Streit? Wollen Sie wirklich jemanden schützen, der Ihren eigenen Mann getötet hat?»

Frau Rodenstein grub wie besessen. Als wolle sie weiterschuften, bis sie auf nackten Fels stieß. Selbst dann würde sie nicht aufhören, würde mit dem Spaten darauf einhacken, dass die Funken sprühten. Sie würde kleine Stücke absprengen und sie mit der Hand herauswerfen, da das Grab längst zu tief wäre, um den Spaten über den Rand zu heben. Sie würde nicht daran denken, wie sie da jemals wieder herauskommen konnte, sie würde graben und auf den Fels einschlagen und, wenn der Spaten zu Bruch ginge, mit den Fingernägeln weiterkratzen, bis alles über ihr einstürzen würde, Sand, Erde, Steine, Fels, bis sie selbst an dem Platz begraben wäre, an dem sie ihren Mann zur letzten Ruhe betten wollte, tief unter der Oberfläche des Lands, das ihr und ihm Heimat gewesen war.

Und plötzlich begriff Clemencia. Scheinbar unvereinbare Fakten fügten sich ineinander, Widersprüche schnurrten zu nichts zusammen. Nicht um sicher zu gehen, sondern nur, um Frau Rodenstein zu zeigen, dass sie Bescheid wusste, fragte sie: «Wann ist das Schreiben angekommen? Der Brief, der Ihnen die bevorstehende Enteignung offiziell bestätigte?»

Er war knapp zwei Wochen vor Gregor Rodensteins Tod datiert, aber bis er vom Ministerium zur Post gebracht, bis er bearbeitet und nach Karibib transportiert worden war, waren sicher mehr als ein paar Tage vergangen. Und dann hatte er im Postfach der Rodensteins gelegen. Wie oft sie das wohl leerten? Einmal pro Woche wahrscheinlich.

Wie auch immer, man kannte Gregor Rodenstein hier in der Gegend. Clemencia würde Zeugen dafür finden, dass er am Tag seines Todes nach Karibib gefahren war. Er hatte eingekauft, vielleicht einen Kaffee getrunken und dann seine Post abgeholt. Er hatte sein Fach aufgesperrt, hatte den Absender gelesen und nicht gewagt, den Brief sofort zu öffnen. Auf der Rückfahrt zur Farm hatte er immer wieder auf den Beifahrersitz geblickt, auf den unschuldigen weißen Umschlag, dessen Inhalt er ahnte, nein, genau kannte, und erst als er das Farmtor passiert hatte und sich auf seinem Grund und Boden befand, auf dem Land, das nicht mehr lange seines wäre, hatte er den Umschlag aufgerissen und bestätigt bekommen, dass alles vorbei war. Die Kämpfe, die Mühen, das Erbe der Familie, der Sinn seines Lebens brachen über ihm zusammen.

Frau Rodenstein machte eine Pause. Schwer atmend stützte sie sich auf dem Spaten ab und blickte zu Clemencia hoch. Wohl um abzuschätzen, ob diese tatsächlich kapiert hatte, was geschehen war.

«Er hat Ihnen gegenüber nichts angedeutet, oder?», fragte Clemencia. «Er hat es einfach getan.»

Der Wind kam aus Nordosten. Er bog die Spitzen der paar dürren Gräser, die noch aufrecht standen, und trieb Schleier feinen roten Staubs vor sich her. Aus dem Schatten eines Hakkie-Busches bewegte sich langsam ein Chamäleon hervor, verharrte dann im Schritt, als wäre unvermittelt die Zeit angehalten worden. Es war ein Namaqua-Chamäleon, das sich vor kurzem gehäutet hatte. Noch hingen Fetzen des gesprengten alten Schuppenkleids über der frisch glänzenden bräunlichen Haut.

Gregor Rodenstein setzte den Kolben des Gewehrs auf den Sand und ging in die Knie. An der Flanke hatte das Tier fünf blasser gefärbte runde Flecken, längs des Rückenkamms ragten knopfartige

Auswüchse hervor. Der Kopf war massig und wurde fast bis zum Halsansatz von einer dünnen Linie durchzogen, die verriet, wo sich das Maul öffnen würde, wenn es galt, einen Käfer oder eine kleine Eidechse zu verschlingen. Doch jetzt war es geschlossen und verlieh dem Chamäleon den Ausdruck eines griesgrämigen alten Manns, der sein Gegenüber mit starrem Auge abschätzte. Was denkst du, was willst du, was tust du?

Für dich bin ich keine Gefahr, dachte Gregor Rodenstein, ich schau dich nur an. So, wie vorhin die Gräber. Das von Johann Rodenstein, der sich eine Heimat geschaffen hatte, indem er afrikanischen Bergen und Rivieren deutsche Namen gab. Das seiner Frau Thalita, deren Aufgabe darin bestanden hatte, die neue Heimat mit Weißhäutigen zu bevölkern, und die in der Sonne verdorrt war wie das Gras in den Trockenmonaten. Die Gräber ihrer noch vor der ersten Regenzeit verstorbenen Kinder. Den Gedenkstein für Armin, der dem Tausendjährigen Reich nachgelaufen war, bis er keine Heimat mehr hatte. Das Grab Hermanns, dem sein Land genug Welt war, und das seiner Frau Inke, die als Letztes einen Stein dieser Farm in die Hand genommen hatte. Sie alle hatten hier gelebt, und alle waren sie längst tot.

Das Chamäleon begann, vor und zurück zu wippen, ohne die Füße von der Stelle zu bewegen. Ein Zittern lief durch seinen Körper, in einem unregelmäßigen, doch natürlich wirkenden Rhythmus. Es sah aus, als beuge der Wind eine ungewöhnliche Pflanze, die sich im roten Sand festkrallte. Versuchte sich das Tier vor Feinden zu tarnen, oder machte es Jagd auf Beute? Egal, fressen oder gefressen werden, darum drehte sich doch alles.

Nein, dachte Gregor Rodenstein, nicht bei uns Menschen. Wir können uns entscheiden, damit aufzuhören. Am Lauf der Welt wird sich deswegen nichts ändern, aber es bleibt unsere Freiheit, zu sagen, dass wir keine Lust mehr haben, zu fressen oder gefressen zu werden. Gregor Rodenstein drückte die Mündung des Gewehrlaufs unter sein Kinn und fingerte nach dem Abzug. Mit ausgestrecktem Arm er-

reichte er ihn gerade eben und dachte, dass manchmal ja auch etwas glücken müsse. Dann drückte er ab.

«Er hat sich selbst umgebracht», sagte Clemencia. Frau Rodenstein oder ihr Sohn hatten den Schuss gehört, irgendwo draußen im Veld, irgendwann im Laufe des Nachmittags. Als sie Gregor Rodenstein gefunden hatten, war er tot gewesen. Sie hatten ihn ins Farmhaus geschleppt und in seiner Tasche den Brief der Enteignungskommission gefunden. Sie hatten ihre Nachbarn verständigt, und die waren gekommen, um irgendwie zu helfen oder auch nur da zu sein. Zusammen hatten sie nach Worten für Trauer und Trost gesucht, doch was sie fanden, hatte fadenscheinig und falsch geklungen.

Stattdessen zu schweigen war noch weniger zu ertragen gewesen, und so hatten sich andere Worte ihren Weg gebahnt. Dass die Farm Gregor Rodenstein alles bedeutet hatte, dass sein Leben an ihr hing, dass er den Terrorakten und staatlichen Willkürentscheidungen nicht standhalten konnte, dass es Verantwortliche dafür gab, Schuldige, die ihn zu dieser Tat getrieben hatten, dass es demzufolge eigentlich kein Selbstmord war, sondern Mord, ein besonders perfider Mord, weil die Mörder im Windhoeker Ministerium nicht einmal den Mumm hatten, selbst den Finger krumm zu machen.

Irgendwann läutete das Telefon. Ein unbekannter Anrufer kündigte für die Nacht einen Überfall an. Einen Raubzug gegen Farm Steinland. Elsa Rodenstein, ihr Sohn, die Nachbarn blickten einander an. Das würde man zu verhindern wissen, gerade jetzt. Aug' um Auge, Zahn um Zahn. Man würde die Verbrecher abknallen, denn niemand zweifelte daran, dass sie zu denen gehörten, die Gregor auf dem Gewissen hatten. Mitleid war fehl am Platz, das Risiko blieb überschaubar. Schließlich hatte man das Überraschungsmoment auf der eigenen

Seite, und für später konnte man sich gegenseitig bescheinigen, in Notwehr geschossen zu haben. Nur schade, dass die Hintermänner davonkommen würden!

Und dann hatte jemand eine Idee. Was wäre denn, wenn man ein wenig nachhelfen würde, um die Wahrheit zu verdeutlichen? Man war sich doch einig, dass Gregor eigentlich ermordet worden war. Warum sollte das nicht jeder auf den ersten Blick erkennen können?

'n Boer maak 'n plan, die Deutschen machen zwei, sagte man, doch das stimmte in diesem Fall nicht. Sie hatten keinen Plan B, sie setzten alles auf eine Karte, sprachen ihre Aufgaben genauso ab wie ihre späteren Aussagen. Den Rachedurstigen passte es vielleicht nicht, dass man die Angreifer nun doch leben und entfliehen lassen musste, aber das ging nicht anders. Würde man ihre Leichen neben dem toten Gregor finden, würden die Strafverfolgungsbehörden die Akte sofort zuschlagen. Was gab es schon zu ermitteln, wenn man niemanden anklagen konnte? Ermitteln sollten sie aber, sie sollten nach den Tätern suchen, ihre Verbindungen überprüfen, nach Motiven und Auftraggebern forschen. Und wenn die Polizei zu blöd war, um selbst herauszufinden, dass bestimmte Politiker auch vor Mord nicht zurückschreckten, dann musste man sie eben mit der Nase darauf stoßen. Deswegen – und nicht nur, um zu rechtfertigen, warum man die Täter hatte entkommen lassen – die inszenierte Entführung Thomas Rodensteins! Schob man eine entsprechende Freilassungsforderung nach, musste jeder kapieren, dass hier versucht worden war, die Landreform mit Gewalt durchzusetzen. Das würde ihr und den Mächtigen, die sie propagierten, das Genick brechen.

Falls der Plan funktionierte, war Gregor Rodenstein nicht umsonst gestorben. Dann hatte er keineswegs vor der Macht resigniert, er hatte nicht aufgegeben, sich nicht in ein dunkles Land davongeschlichen, das keiner je besitzen würde, nein, dann hatte er für seine zwölftausend Hektar bis über den letzten Atemzug hinaus gekämpft. Unser Land kriegt ihr nur über unsere Leichen, hatte Clemencia auf einem Plakat bei der Demonstration gelesen. Für die Farmer und Frau Rodenstein galt es, zu beweisen, dass Gregor noch weiter gegangen war: Mein Land kriegt ihr nicht einmal über meine Leiche.

Zumindest die Hinterbliebenen wollten auch selbst daran glauben. Den Grund für den Selbstmord Gregors zu kennen, genügte ihnen nicht. Verzweifelt suchten sie nach einem Sinn, der sie den Tod von Mann und Vater akzeptieren ließe, und als sie ihn gefunden oder eher erfunden hatten, zögerten sie nicht. Nachdem Melvin und seine Freunde verjagt worden waren, trug man Gregors Leichnam zum Bohrloch hinaus, an die Stelle, wo er angeblich ermordet worden war.

Clemencia trat einen Schritt näher ans Grab, sah zu, wie Frau Rodenstein gegen den nachrinnenden Sand ankämpfte. Sie zum Sprechen zu bewegen schien unter den gegebenen Umständen aussichtslos. Es ging nicht mehr nur um Lügen, Land und Politik. Im Grunde verlangte Clemencia von ihr, alles zu dementieren, was ihr den Tod ihres Mannes erträglich machte. Sie streckte die Hand aus, sagte: «Kommen Sie, ich helfe Ihnen heraus.»

Das Blatt des Spatens klirrte auf hartem Fels.

«Es ist tief genug», sagte Clemencia.

Frau Rodenstein richtete sich auf. Sie war sichtlich am Ende ihrer Kräfte, sagte aber: «Die Schakale ...»

«Es ist tief genug.»

«Meinen Sie wirklich?»

«Er soll doch Ihre Stimme hören, wenn Sie ihn besuchen.»

Frau Rodenstein nickte langsam. Zögernd legte sie den Spaten weg.

«Clemencia!», rief Melvin halblaut von hinten.

Frau Rodenstein lächelte dünn, fuhr sich mit der Hand übers

graue Haar und schüttelte den Kopf, um Sand und Staub loszuwerden. Dann sagte sie: «Ich sehe sicher fürchterlich aus.»

«Entsetzlich», sagte Clemencia und streckte ihr auch die andere Hand entgegen.

«Da kommen zwei Polizisten!», rief Melvin, und Clemencia fuhr herum. Die beiden liefen vom Farmhaus her auf sie zu. Sie folgten dem Trampelpfad, hatten schon die Senke des Riviers durchquert, waren vielleicht sechzig, siebzig Meter entfernt. Ein kleiner, ein größerer, beide in Polizeiuniformen, der Körperbau mochte stimmen, die Gesichter waren noch nicht zweifelsfrei zu erkennen, aber – verdammt – wer sollte das schon sein, wenn nicht die Killer? Also hatte Tjikundu ... Egal. Clemencia zischte Melvin zu: «Hinter den Wagen, schnell!»

«Und Sie bleiben da drin!» Das galt Frau Rodenstein. Mit ein paar schnellen Schritten sprang Clemencia zur Zypresse, nahm das Gewehr hoch. Nein, mit der Pistole konnte sie besser umgehen. Sie warf Frau Rodenstein das Gewehr hinüber. Melvin kroch auf den Vorderreifen des Taxis zu, Clemencia eilte hinterher. Im Laufen zog sie ihre Dienstwaffe und ging dann hinter dem Kotflügel in Deckung. Sie entsicherte die Pistole, rief über die Motorhaube hinweg: «Stehen bleiben!»

Einer der Uniformierten scherte aus, lief geduckt Richtung Osten. Offensichtlich wollte er von der Seite kommen, sodass sie Clemencia ins Kreuzfeuer nehmen konnten. Der andere ging unbeirrt weiter. Er hatte seine Waffe im Anschlag und zielte auf Clemencia.

«Bleiben Sie stehen, sonst schieße ich!», brüllte sie.

«Polizei!», rief der Uniformierte. «Lassen Sie Ihre Waffe fallen und treten Sie mit erhobenen Händen hervor!»

Er war auf etwa zwanzig Meter herangekommen. Nahe genug jedenfalls, dass man die Warze in seinem Gesicht sehen konnte. Clemencia richtete ihre Pistole in die Luft und drückte ab. Der Warnschuss knallte gewaltig, und da war auch schon das Echo, fast genauso laut. Die Kugel, die der Killer abgefeuert hatte, schlug durch die Frontscheibe des Taxis und ließ das Glas zerspringen.

Unter dem Sonnendach und rechts davon, zur Werkstatt hin, parkten insgesamt drei Fahrzeuge. Der Bakkie und der alte VW Citi Golf hatten Karibiber Kennzeichen, waren Robinson zudem von seinem Aufenthalt während der Telefonüberwachung her bekannt. Die gehörten den Rodensteins. Der weiße Nissan X-Trail dagegen war in Windhoek zugelassen. Robinson hatte Clemencia zwar in einem solchen Wagen noch nie gesehen, aber nach allem, was sie sich in letzter Zeit geleistet hatte, traute er ihr durchaus zu, dass sie ihn einfach geklaut hatte.

Robinson deutete mit dem Kopf Richtung Nissan und sagte: «Wusste ich es doch, dass sie hier ist!»

Tjikundu sagte nichts. Robinson hätte ja lieber ein Dutzend Uniformierte mitgenommen, die er nach eigenem Gutdünken herumkommandieren könnte, doch Oshivelo hatte ihm und seiner Intuition wieder einmal nicht genug getraut, um einen Großeinsatz anzuordnen. Wenigstens hatte er ihn auf die Farm herausfahren lassen. Dass ihn unbedingt Tjikundu begleiten musste, nun gut, ein Befehl vom Chef war eben ein Befehl. Tjikundu selbst hätte wohl gern auf den Ausflug verzichtet. Jedenfalls hatte er ewig herumgetrödelt und dann nur gemault, als Robinson die verlorene Zeit durch eine etwas forschere Fahrweise wieder hereingeholt hatte. Auch jetzt machte der Kollege nicht den interessiertesten Eindruck. Er ließ den Blick über Farmhaus und Nebengebäude streichen und sagte: «Sieht alles ziemlich verlassen aus.»

«Und der Wagen ist wohl vom Himmel gefallen?», sagte

Robinson. Garantiert befand sich Clemencia im Haus und verhörte Frau Rodenstein. Robinson überlegte gerade, wie man den Nissan lahmlegen könnte, um Clemencia an der Flucht zu hindern, als Tjikundu von der Seite ans Lenkrad griff und zweimal kräftig auf die Hupe drückte.

«Spinnst du?», zischte Robinson und schlug seine Hand weg. Der Chef hatte eindeutig befohlen, Clemencia unter allen Umständen festzunehmen. Das konnte Tjikundu nicht einfach ignorieren, selbst wenn er noch so dicke mit ihr befreundet war. Robinson fragte: «Willst du sie etwa warnen?»

«Wenn jemand da wäre, würde er doch die Nase rausstrecken.»

«Wir gehen jetzt rein und holen sie uns», sagte Robinson. «Und wenn du das sabotierst, Tjikundu, brauchst du nicht glauben, dass ich dich gegenüber dem Chef decken werde.»

«Wir verschwenden bloß unsere Zeit», sagte Tjikundu, stieg dann aber doch aus und folgte Robinson zum Hauseingang. Die Tür war unverschlossen. Robinson holte seine Dienstpistole hervor und drang vorsichtig in das Halbdunkel des Flurs ein. Er hörte irgendwo eine gedämpfte Stimme, wandte sich zu Tjikundu um und hob den Daumen. Hatte er es doch gewusst!

Dicht an der Wand schob er sich voran, blickte kurz in die leere Küche. Aus einem der Zimmer weiter hinten bellte ein Hund. Robinson folgte der Frauenstimme Richtung Wohnzimmer. Sie sprach Afrikaans, und kurz vor der Tür konnte Robinson auch die Worte verstehen: «Und nun die Nachrichten, zusammengestellt von der Nachrichtenredaktion der NBC, übersetzt und gelesen von ...»

Tjikundu grinste blöd, hob den Daumen. Na gut, es war bloß das Radio, aber wo ein Radio lief, waren gewöhnlich auch Leute. Robinson stieß die Wohnzimmertür auf, brüllte: «Hände über den Kopf!»

«Zuerst die Schlagzeilen», tönte es aus dem Radio. «Minister Shilongo ist heute zurückgetreten. Das SADC-Tribunal wird mit sofortiger Wirkung aufgelöst. Fünf Tote bei schwerem Autounfall zwischen ...»

Das Radio befand sich auf der Kommode neben dem alten Grammophon. In der Mitte des Tischs, auf dem Robinson vor zwei Tagen das Telefon verdrahtet hatte, stand eine Schale mit Äpfeln. Ein Stuhl war ein wenig zurückgerückt. An den Wänden hingen genau die Bilder und unleserlichen Dokumente, die Robinson letzthin zur Genüge angestarrt hatte.

«Und nun zu den Meldungen im Einzelnen ...»

In dem verdammten Zimmer war kein Mensch. Robinson sagte: «Na gut, dann müssen wir eben ...»

«Halt mal die Klappe!», sagte Tjikundu.

«... hat Minister Paulus Shilongo heute Morgen bekanntgegeben, dass er aus gesundheitlichen Gründen von allen Regierungs- und Parteiämtern zurücktritt. Shilongo ist seit fünfunddreißig Jahren SWAPO-Mitglied und wurde 1998 ins Zentralkomitee der Partei berufen. Nach der Unabhängigkeit wurde er ins Parlament gewählt, dem er seitdem ununterbrochen angehört. Er übernahm in verschiedenen Ressorts Regierungsverantwortung, zuletzt als Minister for Lands and Resettlement. In dieser Funktion hat er sich besonders für eine beschleunigte Landreform stark gemacht. Staatspräsident Hifikepunye Pohamba dankte in einer ersten Reaktion dem scheidenden Minister für seinen jahrzehntelangen Einsatz und wünschte ihm Glück für seine persönliche Zukunft. Über einen Nachfolger im Ministeramt ist noch nichts bekannt.»

«Die haben Shilongo abgesägt», sagte Tjikundu.

«Vielleicht ist er ja wirklich krank», sagte Robinson. Wer Macht und Geld hatte, hurte herum, und wer herumhurte, fing sich schnell eine HIV-Infektion ein, die natürlich keiner von denen öffentlich eingestehen würde. Irgendwann wurde dann trotz Medikamenten der Körper so schwach, dass man nicht einmal mehr aufrecht im Amtssessel sitzen konnte. Shilongo wäre nicht der Erste mit einem solchen Schicksal, er würde auch nicht der Letzte sein, und was Robinson anbelangte, war ihm das herzlich egal.

«Glück für seine *persönliche* Zukunft haben sie ihm gewünscht. Das heißt, politisch hat er keine mehr. Das heißt auch, er soll bloß nicht wagen, noch einmal öffentlich den Mund aufzutun.» Tjikundu schaltete das Radio ab und setzte sich an den Tisch.

«Können wir die Schweigeminute für Shilongo auf später verschieben?», fragte Robinson. «Wenn wir unsere werte Kollegin Clemencia Garis ...»

Ein Schuss unterbrach jäh seinen Satz, und gleich darauf krachte es noch einmal. Robinson duckte instinktiv ab, realisierte beim dritten Knall, dass keine unmittelbare Gefahr bestand. Die Schüsse waren ein ganzes Stück entfernt gefallen, hinter dem Haus, draußen im offenen Veld. Robinson sprang auf. Das riecht nach Ärger, dachte er, während er durch den Hinterausgang auf die Veranda eilte. Mit gezogener Pistole ging er hinter der Brüstung in Deckung. Tjikundu war neben ihm.

Nicht weit von den Zypressen am Farmfriedhof stand ein Windhoeker Taxi, leicht erkennbar an der groß aufgemalten Nummer. Dass sich jemand im oder beim Taxi befand, war anzunehmen. Sonst würde der Polizist, der zwanzig Meter davon entfernt hinter einem Felsblock kauerte, nicht darauf zielen. Weiter östlich spurtete ein anderer Polizist vorwärts und warf sich nun bäuchlings auf den Sand. Auch er schien eine Pistole in den Händen zu halten.

«Verdammte Scheiße», stieß Tjikundu hervor.

Verdammte Scheiße, dachte Robinson, zwei Polizisten, die jemanden jagten. Beziehungsweise, zwei Männer in Polizeiuniformen! Hatte nicht Clemencia vorhergesagt, dass sich die Killer auf den Weg machen würden, sobald sie Tjikundu mitgeteilt hatte, wo sich ihr Bruder aufhielt? Hatte Tjikundu etwa doch …? Nein, nicht Tjikundu. Der war Kollege, ein bewährter Inspector der Serious Crime Unit. Gut, er war ein Schwarzer, und so konnte man nie hundertprozentig wissen, was in seinem Kopf alles vorging, aber er würde sicher nicht …

Oder hatte er deswegen vorhin auf Zeit gespielt? Damit die beiden ihren Job erledigen konnten? Hatte er nicht wegen Clemencia gehupt, sondern um die Killer zu warnen?

Tjikundu kauerte dicht neben Robinson. Er hatte ebenfalls seine Waffe gezogen und schaute über die Brüstung nach vorn. Und jetzt flüsterte er Robinson zu: «Von wegen Polizisten! Das müssen die Killer sein, die Kausiku und Zeraua umgebracht haben.»

«Ja», flüsterte Robinson zurück. Herrgott, was sollte er bloß tun?

«Die wollen noch jemanden umlegen. Frau Rodenstein oder Clemencia, was weiß ich? Auf jeden Fall müssen wir das verhindern!», sagte Tjikundu.

Herrgott, was sollte Robinson bloß denken? Wenn Tjikundu die Mörder hierhergeschickt hatte, dann würde er sie jetzt doch nicht aufhalten wollen. Oder?

«Bist du dabei, Robinson?», fragte Tjikundu.

Robinson schluckte, nickte langsam. Gut, dann war er eben dabei. Aber er würde darauf achten, dass Tjikundu immer schön vor ihm blieb. Keine Sekunde würde er ihn aus den Augen verlieren. Tjikundu flankte über die Verandabrüstung und lief Richtung Farmfriedhof los.

In die Waffe passten sechs Patronen, und genauso viele waren auch drin gewesen. Natürlich hatte Clemencia kein Ersatzmagazin dabei. Selbst wenn sie daran gedacht hätte, als gesuchte

Verbrecherin hätte sie ja schlecht in der Waffenkammer der Polizei um Nachschub bitten können.

Der erste Warnschuss war gerechtfertigt gewesen. Die Killer hätten ja durchaus abgeschreckt werden können, wenn sie merkten, dass es diesmal nicht ein wehrloses Opfer aus kurzer Distanz abzuknallen galt. Doch als der eine sofort gezielt zurückgefeuert hatte, hätte Clemencia keinesfalls noch einmal in die Luft schießen dürfen. Ein unverzeihlicher Fehler, der sie die zweite Patrone gekostet hatte. Wahrscheinlich hatte irgendein idiotischer Polizistenreflex sie hoffen lassen, die beiden Killer ohne größere Probleme festnehmen zu können, um sie zur Aussage gegen Tjikundu und Minister Shilongo zu bewegen. Doch darum ging es längst nicht mehr. Es ging ums nackte Leben. Und darum, ob vier Patronen reichten, es noch eine Weile zu behalten.

«Hör zu, Kleine!», rief der hinter dem Felsen. «Dein Bruder steht unter Mordverdacht. Du bist Kollegin, du weißt genau, dass wir ihn festnehmen müssen.»

Zwischen ihm und Clemencia befanden sich das Taxi und zwanzig Meter freie Sandfläche, auf der höchstens faustgroße Steine lagen. Der Kerl würde es sich zweimal überlegen, näher zu kommen. Mehr Sorgen machte Clemencia sein Komplize, der am Boden entlangrobbte. Er war zwar noch gut fünfzig Meter entfernt, aber schon so weit nach Osten vorgestoßen, dass das Taxi Clemencia und Melvin keine Deckung mehr gegen ihn bot. Doch er schoss nicht. Noch nicht.

«Du und die Frau da in dem Loch, ihr habt nichts zu befürchten», rief der Erste. «Du wirfst die Pistole weg, wir verhaften deinen Bruder, und ihr macht, was ihr wollt.»

Ob der Kerl wirklich dachte, dass Clemencia ihm auch nur ein Wort glaubte? Sie hatten sich doch beim Windhoeker Zentralgefängnis Aug' in Auge gegenübergestanden. Die Killer hatten sich schon Clemencias Tanten in Uniformen präsentiert. Und sie waren darin nach Operi Zerauas Ermordung gesehen worden. Wie konnten sie sich einbilden, dass Clemencia ihnen Glauben schenkte und sie für echte Polizisten hielte?

«Wir tun nur unsere Pflicht», rief der Killer. «Und jetzt wirf endlich deine Pistole über den Wagen!»

Der Zweite war inzwischen quer zum Taxi weitergekrochen. Erst als er die vorderste Zypresse genau zwischen sich und Clemencia gebracht hatte, schwenkte er ein. Verflucht, wenn er in deren Schutz vorrückte, wenn er bis zu ihrem Stamm gelangte, dann war es vorbei. Dann waren ihm Melvin und Clemencia schutzlos ausgeliefert. Sie mussten schnellstmöglich hier weg.

Das Taxi fiel als Fluchtfahrzeug aus. Es steckte im Sand fest, würde sich nur tiefer eingraben, wenn Clemencia anzufahren versuchte. Sich auf der Rückbank verschanzen? Da saß man hoffnungslos in der Falle, und die Wagentüren würden von den Pistolenkugeln sowieso durchschlagen werden. Zu den anderen Bäumen, zu den Gräbern? Die Grabsteine waren zu klein, um genug Deckung zu bieten. Höchstens der Haufen, den Frau Rodenstein herausgeschaufelt hatte, würde ausreichen. Zumindest für Clemencia. Melvin sollte ins Grab springen und den Kopf einziehen. Nur waren bis dorthin ein paar Meter zu überwinden. Mehr als genug, um sich eine Kugel einzufangen. Clemencia sah Frau Rodenstein vorsichtig über den Rand des Lochs blicken. Dann schob sich der Lauf ihres Gewehrs heraus.

«Bleiben Sie in Deckung!», zischte Clemencia hinüber.

«Verstärkung ist bereits auf dem Weg», rief der erste Killer. «Ihr habt keine Chance, hier herauszukommen!»

Frau Rodensteins Gewehr schwenkte langsam zur Seite, blieb erst stehen, als die Mündung auf das Taxi zeigte. Auf Clemencia.

«Was ...?», fragte sie und begriff im selben Moment, für

wen der Killer redete. Das Märchen vom Polizeieinsatz galt ausschließlich Frau Rodenstein. Und ihrem Gewehr. Drei Waffen gegen eine schien dem Killer ein vorteilhafteres Verhältnis als zwei gegen zwei. Und warum sollte sein Bluff nicht funktionieren? Frau Rodenstein hatte schließlich keine Ahnung von der Vorgeschichte, sie kannte die Killer nicht, sie sah nur zwei Uniformierte, die das zu tun versuchten, was sie ihrer Meinung nach schon längst hätten tun sollen: Melvin festzunehmen.

«Ich bin Polizistin, die beiden nicht. Das sind Mörder. Beim Letzten, den sie umgebracht haben, trugen sie auch Uniformen. Und jetzt wollen sie Melvin ans Leben.» Clemencia sprach hastig und überlegte dabei fieberhaft, wie sie Frau Rodenstein überzeugen konnte. Sie brauchte ein schlagendes Argument, einen unumstößlichen Beweis. Ihr fiel nichts ein. Nur Behauptungen, Beteuerungen und düstere Prophezeiungen, nur Worte, die wahr sein konnten oder auch nicht. «Wenn ich Melvin ausliefere, wird er nicht eingesperrt werden, wie Sie vielleicht denken. Ich schwöre Ihnen, er wird diese Farm nicht lebend verlassen.»

Der zweite Killer robbte im Sichtschatten der Zypresse vorwärts, war schon gefährlich nahe. Links und rechts des Baums waren seine Ellbogen zu sehen, wie sie sich abwechselnd in den Sand drückten. Vielleicht konnte Clemencia das ausnützen. Wenn sie ihn am rechten Arm traf, wenn Frau Rodenstein nicht vorher auf sie selbst schoss, wenn ...

«Muss denn wirklich Blut fließen? Gib auf, Melvin Gariseb!», rief der erste Killer.

Melvin lehnte mit dem Rücken am rechten Vorderreifen des Taxis. Die Hände hatte er über dem Bauch gekreuzt, ungefähr auf Höhe der Wunde. Der ersten Schusswunde, dachte Clemencia. Eine zweite würde er sicher nicht überleben. Clemencia sagte: «Frau Rodenstein, den Selbstmord Ihres Manns haben

Sie nicht verhindern können, doch jetzt können Sie ein Leben retten.»

Frau Rodenstein antwortete nicht, rührte sich nicht, richtete das Gewehr nicht zur Seite, weder auf den Killer hinter dem Felsen noch auf den zweiten, der herankroch. Er war jetzt nur noch zehn Meter von der Zypresse weg. Clemencia brachte ihre Pistole in Anschlag, stabilisierte mit der linken Hand das Gelenk der rechten, flüsterte Melvin zu: «Sobald ich es sage, läufst du zu dem offenen Grab. Lass dich in das Loch fallen und bleib unten! Und mach schnell, so schnell es geht!»

Clemencia kniff das linke Auge zu, atmete aus, zielte dicht am Stamm der Zypresse vorbei, drückte ab. Den Pistolenknall nahm sie diesmal kaum wahr, so sehr achtete sie auf den Killer. Ein paar Zentimeter vor seinem Oberarm spritzte der Sand hoch, in einer lächerlich kleinen Staubfontäne über der Stelle, wo sich das Projektil in den Boden gegraben hatte. Verflucht, dachte Clemencia, und dann brach die Hölle los.

Ein, zwei, drei Schüsse schnell hintereinander, und dazwischen das hässliche Geräusch, mit dem die Kugeln das Blech des Taxis zerfetzten. Der vierte Knall, aber der Kerl, den Clemencia ins Visier genommen hatte, hatte die Arme schützend über dem Kopf zusammengeschlagen, der fünfte, und Frau Rodenstein stand wie erstarrt, der sechste, wann war denn endlich Schluss? Clemencia sprang auf und schoss blindlings über die Motorhaube hinweg in Richtung des ersten Killers, traf wieder nicht, natürlich nicht, so schon gleich gar nicht, sie sah ihn ja überhaupt nicht hinter dem Felsblock, hörte nur ein metallisches Klicken, als ob der Mann gerade das leere Magazin aus seiner Waffe zöge, und Clemencia brüllte: «Jetzt, Melvin, los!»

Sie hielt ihre Waffe auf den Felsblock gerichtet und riskierte gleichzeitig einen schnellen Blick nach schräg hinten. Der zweite Killer fingerte gerade nach seiner Pistole, die er offensichtlich losgelassen hatte, als Clemencias Geschoss vor ihm eingeschlagen hatte. Sie rief: «Lauf, Melvin!»

Überdeutlich hörte sie nun das Ersatzmagazin des ersten Killers einrasten: Den Typen mangelte es nicht an Munition, die waren bestens ausgerüstet. Clemencia hatte noch zwei Schuss. Einen für jeden. Ab jetzt sollte sie möglichst treffen, sonst …

«Melvin?», fragte sie, blickte nach unten. Da saß er, lehnte immer noch am Vorderreifen, hatte sich keinen Zentimeter von der Stelle gerührt. Clemencia ließ sich am Wagenblech hinabgleiten und setzte sich neben ihn in den Sand. Sie fragte: «Du schaffst es nicht bis da hinüber?»

«Das Grab ist für jemand anderen», sagte Melvin leise.

«Das ist jetzt wirklich nicht der richtige Zeitpunkt, um …»

«Ich will hier nicht beerdigt werden», sagte Melvin, «ich will auf dem Friedhof von Katutura liegen, und zwar auf dem alten bei uns in der Nähe. Du musst dich darum kümmern.»

«Melvin …»

«Versprich mir das, Clemencia!»

«So weit sind wir noch lange nicht», sagte Clemencia, obwohl sie es besser wusste. Der zweite Killer bewegte sich wieder vorwärts. Wenige Meter noch, dann hatte er den Stamm der Zypresse erreicht.

«Versprich es mir!», sagte Melvin.

Zwei Patronen noch, dachte Clemencia. Sie sagte: «In Ordnung.»

Melvin lächelte, stützte sich im Sand ab, drehte den Oberkörper zur Seite und stemmte sich in eine kniende Position hoch. Clemencia legte ihm die freie Hand auf die Schulter, zischte: «Bleib unten!»

«Ich komm jetzt raus», rief Melvin laut. «Ich ergebe mich.»

«Bist du wahnsinnig?» Clemencias Hand krallte sich in Melvins Arm.

Mit ungeahnter Kraft schüttelte er sie ab, richtete sich ganz auf, reckte die Hände über den Kopf und rief: «Wenn ihr die anderen in Ruhe lasst, gehe ich freiwillig mit euch mit.»

«Nein», brüllte Clemencia. Er wusste doch, dass die Killer ihn umlegen würden! Nahm er das in Kauf, wollte er gar sterben und noch in letzter Minute den Helden spielen, um so wenigstens seiner Schwester das Leben zu retten? Nur war das nicht seine Aufgabe, ganz im Gegenteil, sie musste auf ihn aufpassen, er war ihr kleiner Bruder.

Sie ließ ihre Waffe fallen, klammerte beide Arme um Melvins Knie, hörte den ersten Killer «Langsam rauskommen!» rufen, sah, wie der zweite seine Pistole neben dem Zypressenstamm nach vorn richtete, und ahnte, nein, wusste einfach, dass der Mann sich gerade fragte, wieso er eigentlich warten solle, wenn er die Sache gleich erledigen konnte. Sekundenbruchteile, bevor der Schuss des Killers aufbellte, warf sich Clemencia mit ihrem ganzen Körpergewicht gegen Melvins Beine.

Melvin verlor das Gleichgewicht, stürzte, schrie. Ob er getroffen worden war? Aber wer schrie, lebte wenigstens noch, und da knallte schon der nächste Schuss, ein dumpfer, schwerer Klang wie ein Echo aus den Tiefen der Hölle, und jemand brüllte auf, und Melvin lag bäuchlings im Sand, und Clemencia hatte ihre vermaledeite Waffe immer noch nicht wieder schussbereit in der Hand.

«Ich habe ihn erwischt», rief Frau Rodenstein. Ja, klar, der letzte Schuss war aus einem Gewehr abgefeuert worden. Aus ihrem Gewehr. Nur, wen hatte sie erwischt? Melvin lag wie tot da, doch gebrüllt hatte jemand anderer, und nun torkelte der zweite Killer hinter der Zypresse hervor. Seine rechte Hand umklammerte die Pistole, er schoss zweimal in Richtung des offenen Grabs, humpelte dabei seitwärts und versuchte, das Taxi zwischen sich und Frau Rodenstein zu bringen. Bevor er aus Clemencias Blickfeld verschwand, sah sie, wie sich seine

Hose am Oberschenkel rot färbte. Frau Rodenstein hatte *ihn* erwischt.

Gut, dachte Clemencia, das ist sehr gut. Fast befriedigt nahm sie wahr, dass nun auch der erste Killer wieder wütend feuerte. Frau Rodenstein duckte sich in ihr Loch, Melvin lag flach im Schutz des Taxis, und Clemencia hielt sich ebenfalls unten, wartete ab. Das Geballere würde aufhören, sobald sich der Verletzte zu seinem Komplizen hinter den Felsblock gerettet hatte. Dann würden sie erst einmal überlegen müssen, denn nun waren die Karten neu gemischt.

Frau Rodenstein hatte sich auf Clemencias Seite geschlagen, warum auch immer. Vielleicht hatte sie begriffen, dass jemand kein echter Polizist sein konnte, wenn er just in dem Moment auf einen Verdächtigen schoss, als der sich ergeben hatte. Jedenfalls stand es nun zwei gegen zwei, einer der Killer war verwundet, hatte außerdem seine vorteilhafte Position räumen müssen. Mit dem Kreuzfeuer war Schluss, die beiden saßen eng aufeinander hinter dem Felsen fest, und Clemencia hatte immer noch zwei wertvolle Patronen. Das sah doch wesentlich besser aus, wenn nur ... Sie griff nach Melvins Bein, rüttelte kurz, fragte leise: «Du bist nicht getroffen worden, oder?»

Melvin stöhnte.

Clemencia beugte sich über ihn, drehte ihn auf den Rücken. Melvin öffnete die Augen, sagte: «Ich habe den Luftzug gespürt.»

Der Killer hatte ihn verfehlt, das war das einzig Wichtige. Clemencia nickte.

«Die Kugel flog so knapp an meiner Wange vorbei.» Melvin zeigte mit Daumen und Zeigefinger einen halben Zentimeter an. «Und, Clemencia, ich habe sie gesehen. Haargenau. Wie in extremer Zeitlupe. Es war gar keine Kugel, es war ein längliches, vorne spitz zulaufendes Projektil. Es rotierte um die eigene Achse.»

Man konnte mit bloßen Augen kein Projektil verfolgen. Vierhundert Meter pro Sekunde waren viel zu schnell. So etwas schaffte das menschliche Wahrnehmungsvermögen nicht, dazu war es nicht gemacht.

«Du musst mir das glauben, Clemencia!»

«Du hast den Tod an dir vorbeistreifen sehen», sagte sie.

«Ich hab das Projektil gesehen. Es kam genau auf meine Augen zu, und kurz vor meinem Gesicht schlug es einen Haken, gerade um so viel, dass es mich verfehlte.»

«Komm, setz dich wieder auf!», sagte Clemencia.

«Es wollte mich nicht töten, verstehst du? Ich stand zufällig in seiner Bahn, aber es war niemals für mich bestimmt.»

«Nein, es war nicht für dich bestimmt.»

«Es war ein gutes Projektil.» Melvin nickte, schloss die Augen wieder und sagte: «Ich bin müde.»

Er war vor wenigen Tagen angeschossen worden, er war schwach, er war durcheinander. Sobald das hier vorbei war, würde ihn Clemencia an einen sicheren Ort bringen, in ein bequemes Bett mit einer flauschigen Decke, weit weg von Killern und verhaftungswütigen Polizisten, weit weg auch vom Lärm der Mshasho Bar, von Miki Selma und Miki Matilda, die an ihm ihre Zaubermittelchen ausprobieren wollten. Clemencia würde an seinem Bett sitzen, und er würde lang und ruhig schlafen, und wenn er erwachte, wäre alles in Ordnung.

Sie richtete den Oberkörper auf, streckte den Kopf vorsichtig über die Motorhaube hinaus. Die Sonne war höher gestiegen, der Felsblock warf nur noch wenig Schatten. Die Killer waren nicht zu sehen, dafür aber zwei andere Männer, die vom Farmhaus kommend den Felsen fast erreicht hatten. Vorneweg lief Tjikundu mit gezogener Pistole. Im Abstand von einigen Metern folgte Robinson. Tjikundu rief: «Irgendwelche Probleme, Leute?»

Robinson kontrollierte zum dritten Mal, ob seine Waffe entsichert war. Das konnte doch nicht wahr sein: Gerade erst war eine wilde Schießerei zu Ende gegangen – wenn sie überhaupt vorüber war und die Beteiligten nicht nur kurz Atem schöpften – und Tjikundu fragte locker flockig: «Irgendwelche Probleme, Leute?»

Was für Leute überhaupt? Waren es Tjikundus Vertraute, von ihm kommandierte Killer, wie Clemencia behauptete? Sie als seine Leute anzusprechen hieße, dass er sich unverschämt sicher fühlte. Es schien ihn überhaupt nicht zu stören, dass Robinson ihm mit gezogener Pistole hinterherstiefelte. Oder hatte Tjikundu mit den Typen nichts zu schaffen und versuchte nur zu bluffen? Vielleicht tat er so, als hielte er die Killer für Polizisten, um an sie heranzukommen und sie dann umso leichter überwältigen zu können. Das wäre allerdings ein ziemlich riskantes Manöver. Wenn die Killer es durchschauten, würden sie doch sofort das Feuer eröffnen.

Robinson achtete darauf, dass Tjikundu sich schön in der Schusslinie befand, und schloss ein wenig auf. Welcher Teufel hatte ihn nur geritten, in dieses verfluchte Schlachtfeld hineinzumarschieren? Zwischen Mörder und Verrückte. Zwischen Kollegen, von denen man nicht wusste, ob sie zu den einen, zu den anderen oder gar zu beiden gehörten.

«Ein Verdächtiger versucht, sich der Festnahme zu widersetzen», sagte der am Oberschenkel verletzte Killer. Er schoss nicht, der andere schoss auch nicht, dem Himmel sei Dank, aber mehr Klarheit brachte das Robinson keineswegs. Es konnte bedeuten, dass Tjikundus Bluff funktioniert hatte. Und genauso gut, dass er und die Killer unter einer Decke steckten. Herrgott, irgendwie musste Robinson doch herausfinden, was hier gespielt wurde. Und zwar möglichst, bevor eine neue Ballerei losbrach, bei der er nicht einmal wüsste, auf wen er schießen sollte.

«Bleib stehen, Tjikundu!», rief Clemencia hinter dem Taxi hervor.

Tjikundu reagierte nicht, ging unbeirrt auf die Killer zu. Robinson überlegte, ob er jetzt noch abhauen konnte. Einfach umdrehen und laufen, was das Zeug hielt. Wenn er Haken schlug wie ein Hase, würden sie ihn vielleicht verfehlen. Wenn sie ihn aber trafen, würde er nie erfahren, wer ihn in den Rücken geschossen hatte, die Killer, Tjikundu, Clemencia oder sogar Frau Rodenstein, weil sie ihm nicht verzieh, dass er ihren Sohn hopsgenommen hatte. Robinson hatte keine Ahnung, wer hier als Nächster ausrastete. Er schlich Tjikundu nach, stolperte über einen Stein, spürte plötzlich die verdammte Sonne unerträglich heiß auf seinen Schädel brennen.

Wie auch immer das ausgehen würde, es war ein beschissener Tag. Ein Tag, der zu nichts gut war als dazu, sich zu verfluchen, einen solch beschissenen Beruf gewählt zu haben. Wieso war Robinson nicht Immobilienmakler geworden oder einer, der den Schwarzen zeigte, wie man einen Computer bediente, oder sonst was? Was hatte er auf diesem beschissenen Land eigentlich verloren? Tjikundu stand nun unmittelbar vor den Killern. Die saßen im Schutz eines Felsblocks, jeweils mit einer Pistole bewaffnet. Es schien sich um südafrikanische Vektor Z-88 zu handeln. Ziemlich zuverlässig und alles andere als ein Spielzeug. Robinson hielt sich dicht hinter Tjikundu.

«Wir kriegen das geregelt, Kollegen. Ihr könnt auf uns zählen», sagte Tjikundu. Er deutete eine Verbeugung an und stellte sich vor, als wäre er gerade auf dem Festempfang anlässlich der Auszeichnung zum Polizisten des Jahres: «Tjikundu, Serious Crime Unit Windhoek.»

Der verletzte Killer verzog das Gesicht, der andere nickte zögernd.

«Und das ist Detective Inspector Robinson», sagte Tjikundu, «einer der Besten, die wir in der Unit haben. Unbestechlich und höchst effektiv. Dem entkommt keiner, der etwas auf dem Kerbholz hat.»

«Ah, ja?», sagte der eine Killer.

«Ist Robinson einem Verbrechen auf der Spur, ist er unerbittlich», sagte Tjikundu. «Für Recht und Gesetz würde er jederzeit sein Leben geben.»

«Respekt!», sagte der andere Killer.

Was bezweckte Tjikundu mit dem Herumgequatsche nun wieder? Robinson war nicht wohl bei der Sache, überhaupt nicht. Doch solange er nicht begriff, was eigentlich ablief, blieb ihm nichts übrig, als abzuwarten. Er sagte: «Ich bin nur ein kleiner Kriminalpolizist, der ...»

«Es ist uns eine Ehre», sagte der unverletzte Killer. Er richtete sich auf, legte seine Pistole auf dem Felsen ab und streckte Robinson die Hand entgegen. Herr im Himmel, Händeschütteln mit einem Killer? Robinson warf einen Seitenblick zu Tjikundu. Der sagte: «Außerdem ist Kollege Robinson ein Meister der Verstellung und Tarnung.»

Robinson begriff. Das war eine versteckte Anweisung! Er sollte so tun, als sei alles ganz normal. Die Killer sollten noch nicht merken, dass sie längst durchschaut waren. Tjikundu hatte einen Plan, er wusste, was er tat und auf welchen Moment er wartete. Und dass er ihn, Robinson, heimlich ins Vertrauen zog, bedeutete doch wohl, dass sie beide auf derselben Seite standen. Mit Tjikundu konnte man rechnen! Der war kein Verräter, der befehligte keine Killertruppe! Robinson fiel ein Stein vom Herzen. Er ließ seine Pistole in die linke Hand gleiten und schlug in die ausgestreckte Rechte des Killers ein.

«Sehr angenehm ...», sagte der Killer und drückte zu, dass Robinson vor Schmerz aufstöhnte. Er versuchte, seine Hand zurückzuziehen, doch sein Gegenüber ließ nicht los.

«... Ihre Bekanntschaft ...», stieß der Killer hervor.

Robinson blickte auf. Das Lächeln im Gesicht des Killers wirkte festgefroren und stand in seltsamem Kontrast zu den Schweißperlen auf Stirn und Schläfen. Eine davon setzte sich in Bewegung, rann langsam auf die Warze an der rechten Wange zu, und Robinson begriff plötzlich, dass er den schwersten Fehler seines Lebens begangen hatte. Und den letzten. Er sah auch Tjikundus Miene erstarren, der Mund war vor Anspannung zusammengekniffen, derselbe Mund, der vorhin wie Gift herausgespuckt hatte, dass Robinson für Recht und Gesetz sein Leben geben würde. Tjikundu hatte nicht nur ihm eine versteckte Anweisung erteilt, sondern auch den Killern, und die hatten sofort kapiert, was er von ihnen verlangte, und – verflucht – nun richtete der Verwundete, der am Fuß des Felsbrockens saß, seine Pistole auf Robinsons Brust.

«... gemacht zu haben», zischte der andere Killer.

Robinson riss mit aller Gewalt, doch er bekam seine rechte Hand nicht frei. Dann musste er eben mit der linken schießen. Erst den Verwundeten abknallen, bevor der ihn erwischte, dann das Schwein von Tjikundu und dann den Dritten, der ihm die Hand zerquetschte. Noch war Robinson nicht tot, noch hatte er eine Pistole, er durfte nur nicht zögern, keinen Moment länger durfte er warten, er musste jetzt sofort und augenblicklich ...

Er spürte, wie ihm die Pistole aus der linken Hand glitt. Sie fiel zu seinen Füßen in den Sand. Robinson vernahm seine eigene Stimme kaum, als sie «nein» sagte, doch der Pistolenschuss, der gleich darauf fiel, würde ihm für den Rest seines Lebens in den Ohren gellen. Das war gewiss.

Ob Robinson Clemencias Hinweise ausgeplaudert hatte oder ob sich Tjikundu bis eben noch unentdeckt gewähnt hatte, spielte keine Rolle mehr. Nun ließ er jedenfalls die Maske fallen. Er würde doch nicht glauben, sich irgendwie herauswinden zu können, nachdem er unbefangen auf die Killer zugegangen und von ihnen freundlich empfangen worden war. Anscheinend hatte er erkannt, dass sie in Schwierigkeiten steckten, und beschlossen, ihnen beizustehen. Sie würden zu dritt versuchen, Melvin umzubringen.

Aber damit war es nicht getan. Die namenlosen Killer konnten es sich vielleicht leisten, nach einem Mord unterzutauchen, Tjikundu nicht. Ihn kannte man, für ihn stand eine Existenz auf dem Spiel, er würde alles verlieren, falls es Zeugen für seine Tat gab. Also plante er, auch Clemencia, Frau Rodenstein und Robinson zu beseitigen. Detective Inspector Tjikundu! Clemencias Kollege seit vielen langen Jahren.

Über die Motorhaube hinweg sah Clemencia, wie Robinson einem der uniformierten Killer die Hand reichte. Was sollte das denn? War er etwa nicht nur aus Dummheit Tjikundu gefolgt, sondern weil er mit ihm gemeinsame Sache machte? Wenn schon der unbedarfte Robinson bei einem Mordkomplott mitmischte, dann konnte man niemandem mehr trauen. Was war mit van Wyk, mit Oshivelo? Spielte die ganze Einheit ein schmutziges Spiel?

Das Händeschütteln dauerte für eine höfliche Begrüßung ein wenig lang, wurde zu einem Ziehen und Zerren, ähnelte nun fast einer Kraftprobe zwischen Robinson und dem Killer. Clemencia spürte, dass da irgendetwas nicht stimmte, verstand nicht, wieso keiner der beiden losließ, wieso Robinson nun mit weit aufgerissenen Augen nach unten starrte, sie verstand überhaupt nichts, bis sie das Sonnenlicht auf Tjikundus Pistole aufblitzen sah. Und als sie endlich begriffen hatte, dass sie Robinson Unrecht getan hatte, dass er nicht zu den Mördern gehörte, sondern gerade verzweifelt darum kämpfte, nicht selbst getötet zu werden, war es zu spät. Tjikundu drückte ab.

«Nein!», schrie Clemencia. Als der Schuss verhallt war, stand Robinson immer noch auf den Beinen. Der Killer hatte seine Hand losgelassen und wirbelte herum. Hastig langte er nach seiner Waffe oben auf dem Felsbrocken. Tjikundu stand mit ausgestrecktem Arm da, keine zwei Meter von ihm entfernt, und als sich die Finger des Killers um den Griff seiner Pistole schlossen, feuerte Tjikundu noch einmal. Der Kopf des Killers wurde zurückgeworfen, als habe er einen Schlag mit einer unsichtbaren Keule bekommen, und dann brach der Mann zusammen, sackte hinter den Felsen ab.

Clemencia bewegte sich nicht. Ein paar hundert Meter entfernt lag das Farmhaus, eingebettet in Bäume und unwirkliche immergrüne Sträucher. Es schien auf einer dünnen, flirrenden Wasserfläche zu treiben, eine schwimmende Insel auf einem sagenumwobenen See, irgendwo in einer verlassenen Ebene zwischen kahlen Bergen. Nur gab es da keinen See und kein Meer, nicht in den letzten paar Millionen Jahren zumindest. Es gab nur Sand und Felsen, die vom Frost der Nacht und der Hitze des Tags gesprengt wurden, und vielleicht gab es auch noch das, was Menschen diesem Steinland abgetrotzt hatten. Aber sicher war das nicht.

«Es ist vorbei», sagte Tjikundu gerade so laut, dass Clemencia ihn noch verstehen konnte. Robinson stand starr wie eine Statue. Er hatte den Kopf gesenkt, blickte zum Fuß des Felsblocks hin, wo zwei tote Killer liegen mussten. Zwei Männer, deren Mordtaten durch Tjikundu ermöglicht, wenn nicht angeordnet worden waren. Und nun hatte er sie erschossen.

«Clemencia, ihr könnt rauskommen!», rief Tjikundu. Er öffnete sein Holster, steckte die Pistole weg und bückte sich hinab. Schusswaffengebrauch zur unmittelbaren Abwehr einer Gefahr für Leib und Leben, würde er angeben. Notwehr, würde er sagen. Die Killer hätten sonst Robinson und ihn abgeknallt, würde er behaupten. Er habe sowieso bis zur letzten

Sekunde gewartet, würde er sich brüsten. Und wenn jemand wissen wollte, warum er nicht versucht habe, die beiden nur kampfunfähig zu machen, würde er geringschätzig gegenfragen, ob er auf einen Meter Distanz zwei bewaffneten Killern etwa ins Bein hätte schießen sollen.

Aber am Ausgang der Schießerei würde sich bei der Polizei eh niemand stören. Zwei Schwerkriminelle, die das mehr als verdient hatten, waren tot. Man brauchte sie nicht zu verhören, nicht durchzufüttern, sich nicht von eingebildeten Verteidigern vor Gericht anstänkern zu lassen und sich auch nicht zu ärgern, wenn die Mörder irgendwann freikämen und erneut auf die Gesellschaft losgelassen würden. Nein, dann lieber so, Schluss, aus, basta, und zu verdanken hatte man das einzig und allein der Entschlossenheit Tjikundus. Er würde als Held aus der Sache herauskommen.

«Clemencia?», rief Tjikundu, als er wieder hinter dem Felsen auftauchte. Clemencia trat aus ihrer Deckung hervor und ging auf ihn zu. Im Magazin ihrer Pistole waren noch zwei Patronen. Sie konnte Tjikundu vom Helden zum toten Helden befördern, doch das würde niemandem die Augen dafür öffnen, dass er ein heimtückischer Verbrecher war, der im letzten Moment die Seiten gewechselt hatte. Der Sand knirschte unter Clemencias Schritten.

«Scheiße, Tjikundu, und ich dachte ...», stammelte Robinson. Er wischte sich über die Stirn, schien seine Schockstarre überwunden zu haben. Clemencia umrundete den Felsblock, sah die beiden Killer tot nebeneinanderliegen. Zwei Kopfschüsse. Ein Gemetzel, nein, eine Doppelhinrichtung. Sorgfältig geplant und so geschickt eingefädelt, dass man dem Täter dafür einen Orden verleihen würde.

«Es tut mir so leid, Tjikundu», sagte Robinson, «aber für einen Moment glaubte ich wirklich, dass du und die beiden da ...»

Clemencia ging in die Knie und klopfte die Hosentaschen der Killer ab.

«Was machst du da?», fragte Tjikundu.

«Ich muss mich entschuldigen, Tjikundu», plapperte Robinson, «und dir danken. Wenn du nicht gewesen wärst ...»

Clemencia zog ein Handy hervor, steckte es ein.

«Verdammt, Tjikundu, du hast mir das Leben gerettet!», sagte Robinson.

Auch in der Jackentasche des anderen Toten fand sich ein Handy. Die gespeicherten Gespräche boten noch eine Chance, Tjikundus Verbindung zu den Killern nachzuweisen. Es wäre ein handfestes Indiz. Wahrscheinlich würde es nicht genügen, um ihn zu überführen, doch Clemencia würde es wenigstens versuchen.

«Das sind Beweismittel», sagte Tjikundu, «die kannst du nicht einfach einstecken.»

«Willst du mich sonst erschießen?», fragte Clemencia. Ihre Stimme zitterte vor unterdrücktem Zorn.

«Nein, ich nehme dich nur fest», sagte Tjikundu. «Und den da auch.»

Melvin schleppte sich gerade vom Taxi herüber. Ihm folgte Frau Rodenstein. Als sie da war, sagte sie, sie wolle zu Protokoll geben, dass Melvin ihren Mann nicht erschossen habe. Tjikundu zuckte mit den Achseln, telefonierte, und zusammen warteten sie, bis die Spurensicherung und eine Unmenge Uniformierter aus Windhoek eintrafen. Im Trubel gelang es Clemencia – unbemerkt, wie sie hoffte – die Handys einem ihr bekannten Kriminaltechniker zuzustecken. Sie ließ ihn schwören, sie niemand anderem als ihr persönlich auszuhändigen. Dann lief die übliche Routine ab. Bis alles so weit aufgenommen und gesichert war, dass man losfahren konnte, dämmerte es bereits. Als der Konvoi in Windhoek ankam, war es tiefe Nacht und bitterkalt.

7

Auch eine Nacht in einer Haftzelle ging vorüber. Selbst wenn man allein war und sich fragte, ob man für so gefährlich oder für so wichtig gehalten wurde, dass man nicht mit zehn anderen zusammengepfercht wurde. Selbst wenn man keine Sekunde schlief, weil Schüsse im Kopf widerhallten und die Gedanken kreisten. Weil Clemencia nicht wusste, wohin Melvin gebracht worden war und ob Tjikundu feierte oder sich schlaflos im Bett umherwälzte.

Eine Nacht in einer Haftzelle ging vergleichsweise schnell vorüber, weil man akzeptieren musste, dass sich bis zum Morgen nichts tun würde. Schwieriger waren die Vormittagsstunden. Clemencia hätte erwartet, dass Oshivelo sie baldmöglichst zu sich bringen lassen würde, doch das geschah nicht. Sie saß hinter Gittern, und keiner kam. Irgendwann begann sie Radau zu machen und verlangte vom Wachhabenden, endlich dem Haftrichter vorgeführt zu werden. Außerdem habe sie das Recht, einen Anwalt zu sprechen.

«Ist keiner da, weder Richter noch Anwalt», sagte der Beamte.

Die kämen gleich, wenn sie mal telefonieren dürfte, sagte Clemencia. Der Mann lachte herzhaft. Sie drohte ihm mit einem Disziplinarverfahren. Seinen Job könne er für immer in den Wind schreiben, falls sie nicht binnen dreißig Minuten mit irgendjemand Relevantem sprechen könne. Der Wachhabende schien zumindest ein wenig beeindruckt. Sie einigten sich darauf, dass er bei der Serious Crime Unit anrufen und fragen würde, wann sie vernommen werden sollte.

Zwei Stunden verstrichen, eine weitere halbe Stunde musste Clemencia randalieren, bis sich ein Beamter sehen ließ. Es war ein anderer als der erste, und er wusste weder, ob sein Kollege telefoniert hatte, noch sonst etwas. Clemencia trug auch ihm ihr Anliegen vor und ahnte dabei schon, dass Stunden später ein dritter ankommen würde, der wieder von nichts gehört haben wollte. Die Frage war nur, ob sie auf Anweisung von oben so handelten oder ob es Brauch des Hauses war, verhaftete Querulanten auflaufen zu lassen.

Der Nachmittag verging, am frühen Abend gab es eine Schüssel Pap mit einer undefinierbaren braunen Soße, die Nacht kam und zog sich in die Länge, das Dunkel flüsterte Clemencia zu, dass sie unbedingt schlafen müsse, doch auch diesmal tat sie kaum ein Auge zu. Die Schüsse in ihrem Kopf waren leiser geworden, dafür fror sie so gottserbärmlich, dass sie unmöglich auf dem Zementboden liegen bleiben konnte. Es ist eben eine Winternacht, lang und kalt, dachte sie, während sie auf der Stelle hüpfte. Auf und ab, lang und kalt, auf und ab, und mit jedem Sprung verging eine weitere Sekunde, rückte die Tageswärme näher.

Gegen Morgen schlief Clemencia doch ein. Sie wachte erst auf, als Robinson sie am Arm rüttelte und fröhlich verkündete, dass er eine gute und eine schlechte Nachricht für sie habe. Welche wolle sie zuerst hören? Die schlechte wahrscheinlich, oder? Ihrer Bitte nach einem Haftprüfungstermin könne leider nicht stattgegeben werden.

«Was soll das heißen, Robinson?», fragte Clemencia.

«Die gute ist, du bist ab sofort frei. War ja auch logisch. Ich meine, was hast du denn schon gemacht außer Beweismittel zu unterschlagen, die Akte deines Bruders verschwinden zu lassen, Verdächtige zu begünstigen, dich der Festnahme zu widersetzen? Na ja, Oshivelo und der Staatsanwalt und was weiß ich wer noch sind sich jedenfalls einig, dass die Anschuldigungen gegen dich haltlos sind. Und jetzt gehen wir erst einmal einen Kaffee trinken.»

«Ich will sofort in die Unit.»

«Okay, okay.» Robinson hob beschwichtigend die Hände.

Draußen beim Wagen entschied Clemencia sich um. Erst einen Abstecher zur Kriminaltechnik! Auf dem Weg dorthin fragte sie, was sich alles getan habe. Robinson legte los: «Eine Hektik war das gestern, das kannst du dir nicht vorstellen! Der Generalinspekteur der Polizei, der Oberstaatsanwalt, Minister und andere hohe SWAPO-Bonzen gaben sich die Klinke in die Hand. Konferenzen hinter geschlossenen Türen, Getuschel hier, Getuschel da, Frau Rodenstein wollte unbedingt aussagen, dein deutscher Journalist kreuzte mit einem Anwalt auf und machte Ärger, die Farmer tanzten noch einmal bei Oshivelo vor. Und wir sollten arbeiten! Immerhin haben wir die beiden toten Killer identifiziert. Zwei Wachleute und Nebenerwerbskriminelle. Die kannten wohl die Truppe deines Bruders ganz gut, aber irgendwann hat es Streit gegeben, und als Melvin und die Seinen ihnen die Fresse poliert haben, haben die beiden anscheinend blutige Rache geschworen.»

«Was?», fragte Clemencia ungläubig.

«Die genauen Zusammenhänge rekonstruieren wir noch. Mit Politik haben die Morde an Kausiku und Zeraua jedenfalls nichts zu tun, das dürfte feststehen.»

Clemencia traute ihren Ohren kaum. Die kehrten alles unter den Teppich! Robinson etwas vorwerfen zu wollen war zwecklos. Er hatte längst den Durchblick verloren, plapperte bloß getreulich nach, was irgendwer an Stelle der Wahrheit setzen wollte. Nur wer? Clemencia fragte: «War unter den Politikern, die gestern ein und aus gingen, auch Minister Shilongo?»

«Exminister Shilongo», sagte Robinson. «Nein, der war

nicht da, und Tjikundu meint, der habe sowieso nirgends mehr mitzureden. Den hätten seine Parteigenossen auf null heruntergestutzt.»

Clemencia fragte nach, erfuhr nach einigem Hin und Her, dass Tjikundu und Robinson schon auf Farm Steinland vom Rücktritt des Ministers gehört hatten. Im Radio, kurz bevor die Schießerei begann. Das war der Grund! Deswegen hatte Tjikundu mitten im Fluss die Pferde gewechselt. Weil das Pferd, auf das er gesetzt hatte, ein ganzes Stück vor dem Ziel kläglich zusammengebrochen war. Und dann galt die Devise: Rette sich, wer kann!

Tjikundu hatte also vorher nicht gegen Shilongo gearbeitet, wie Clemencia mal vermutet hatte, ganz im Gegenteil. Nach dem Fiasko auf Farm Steinland war Shilongo politisch mächtig unter Druck geraten, obwohl man ihn zu der Zeit mit den Raubzügen nicht wirklich in Verbindung bringen konnte. Wenn Melvin, Kausiku oder Zeraua jedoch ausgesagt und auf ihn verwiesen hätten, wäre seine schöne Karriere mit einem noch lauteren Knall als jetzt zu Ende gegangen. Also mussten die drei beseitigt werden. Da die Polizei aber hinter ihnen her war und Kausiku bald gefasst hatte, brauchten Shilongos Killer Unterstützung. In dieser Situation musste der Minister Tjikundu angeheuert haben.

«Soll ich auf dich warten?», fragte Robinson. Er parkte gerade vor dem Eingang des kriminaltechnischen Dienstes ein. Clemencia schüttelte den Kopf. Die Handys der Killer waren wahrscheinlich mit einem Code gesichert, und dann konnte es eine Weile dauern, bis man an die Gesprächsdaten herankam. Clemencia stieg aus, hatte Glück, dass sie den Mann, dem sie die Geräte übergeben hatte, gleich traf. Er versicherte, dass niemand nach ihnen gefragt habe. Nein, auch Tjikundu nicht. Gut. Clemencia schaltete das erste Handy ein. Das heißt, sie versuchte es.

Eine Minute später war klar, dass aus beiden die SIM-Karten entfernt worden waren. Wären nur die Listen gelöscht worden, hätte man die Verbindungsdaten über die Telefongesellschaft rekonstruieren können. Aber so wusste man ja nicht einmal, bei welcher Gesellschaft man suchen sollte, geschweige denn, unter welcher Rufnummer. Den Faden von Tjikundus Seite her aufzurollen, bliebe ebenfalls vergeblich. Man fände ein, zwei unbekannte Nummern, die niemand je den Killern zuordnen könnte.

Tjikundu hatte gründlich aufgeräumt, und zwar gleich nach den Morden. Er schoss zwei Menschen nieder, bückte sich zu ihren Leichen hinab und nahm seelenruhig ihre Telefone auseinander! Eiskalt. Clemencia hatte keine Angst, sie befürchtete nur, dass sie dagegen nicht ankommen würde. Sie ließ den Kriminaltechniker stehen und ging vor die Tür hinaus. Die Passanten liefen vorbei, als hätten sie ein Ziel. Als wäre es ein ganz normaler Wintervormittag.

Clemencia setzte sich auf eine Treppenstufe. Nein, sie würde nicht aufgeben. Nicht jetzt, da ihr so sonnenklar war, wie sich alles abgespielt hatte. Na gut, fast alles. Ein paar offene Fragen gab es noch, zum Beispiel, was den anonymen Anruf bei den Rodensteins betraf. Die grundsätzlichen Zusammenhänge wurden davon kaum berührt. Clemencia wusste, was Tjikundu und Shilongo verbrochen hatten, was Melvin und seine Freunde getan oder nicht getan hatten und welche Pläne die Farmer geschmiedet hatten. Und sie war nicht als einziger Mensch zu logischem Denken fähig. Wer die Wahrheit nicht aus Eigeninteresse verschleiern wollte, würde ihre Argumentation nachvollziehen können und müssen. Zumindest jeder, der zu lesen verstand. Und wenn das Zehntausende taten, dann gewannen ihre Gedanken ein Gewicht, das leicht ein paar Kriminelle erdrücken konnte. Clemencia klappte ihr Handy auf.

«Claus? Ich muss dich sehen. Wo bist du?»

«Zu Hause.»

«Gut, ich komme nach Katutura raus.»

«Ich … Meine alte Wohnung war noch frei. Ich wohne nicht mehr in Katutura.»

«Na gut, dann komme ich eben …»

«Das Haus wurde aufgebrochen und alles geklaut. Sogar die Matratzen.»

«Das tut mir leid», sagte Clemencia, «doch wir müssen jetzt …»

«Es geht nicht um die paar Sachen. Es geht darum, dass ich dort nicht mehr schlafen konnte. Bei jedem Geräusch dachte ich …» Claus brach ab, schwieg einen Moment, begann dann neu: «Ich habe versucht, dich anzurufen, aber du warst nicht zu erreichen.»

«Ich war bis eben im Knast», sagte Clemencia. «Da nehmen sie einem das Telefon ab.»

«Vorher», sagte Claus. «Vorher habe ich dich nicht erreicht. Ich weiß, dass du im Knast warst. Ich habe gestern den ganzen Tag über alles in Bewegung gesetzt, um dich rauszuholen.»

Clemencia spürte den Vorwurf in seiner Stimme. Sie konnte weder etwas für den Einbruch, noch hatte sie freiwillig zwei Nächte hinter Gittern verbracht, noch hatte sie Claus gebeten, für ihre Freilassung zu kämpfen. Aber sie wollte nicht streiten. Sie sagte: «Danke. Jetzt bin ich raus. Und ich brauche dich dringend. Morgen muss ein fetter Artikel auf die Titelseite deiner Zeitung und wenn möglich auch in die *Republikein* und …»

«Du brauchst mich, um einen Artikel zu lancieren?»

«Ich weiß genau, wie sich alles abgespielt hat. Rodenstein hat sich selbst umgebracht, die Farmer haben das nur als Mord dargestellt, um Shilongos Politik zu diskreditieren. Per Zufall haben sie damit ins Schwarze getroffen, denn Shilongo hatte die Überfälle tatsächlich angeordnet, und als er unter Druck geriet, hat er Tjikundu beauftragt, die Zeugen …»

«Hör auf, Clemencia! Denk nicht mehr darüber nach und komm her! Wir ziehen die Vorhänge zu, gehen ins Bett und …»

«Claus, der ehrenwerte Exminister Shilongo hat zwei Morde in Auftrag gegeben, plus einen Mordversuch gegen meinen Bruder, und mein langjähriger Kollege Tjikundu hat zwei andere Morde begangen!»

«Ich will einfach nur deine Haut spüren», sagte Claus.

Clemencia schloss für einen Moment die Augen. Sicher würde ihr das gut tun. Irgendwo liegen, sich berühren lassen, spüren, wie die Hand, die sie streichelte, langsam wärmer wurde. Wahrscheinlich wäre es schön. Wenn sie ihren Kopf ausschalten könnte. Wenn sie nicht dauernd daran denken müsste, dass zwei Mörder unbehelligt herumliefen.

«Was geht uns die Welt an?», fragte Claus leise.

«Ich kann nicht», sagte Clemencia. «Nicht jetzt.»

Claus schwieg, und sie schwieg auch, und das Schweigen fühlte sich plötzlich schwer an, dunkel und so undurchsichtig, dass alles Mögliche darin geschehen konnte. Und dann fragte Claus: «Was glaubst du, wieso sie dich aus der Haft entlassen haben? Du hättest todsicher ein paar Jahre gekriegt, nach allem, was du dir geleistet hast. Wäre dir das lieber gewesen?»

«Was …?», fragte Clemencia.

«Mein Artikel ist heute früh in der *Allgemeinen Zeitung* erschienen. Mit einer fetten Schlagzeile. Und drunter fünf Spalten, in denen genau das steht, was die polizeilichen und staatsanwaltschaftlichen Ermittlungen im Fall Farm Steinland ergeben haben. Und, falls du es genau wissen willst: Ja, ich habe versprochen, dass nichts dementiert und nicht nachgekartet wird. Die Sache ist erledigt.»

«Du hast einen Deal gemacht?», fragte Clemencia ungläubig. «Mit wem? Wer war daran beteiligt?»

«Wegen dir, Clemencia, verstehst du?»

Sie hatten ihn über den Tisch gezogen. Die letzten Getreuen Shilongos oder auch dessen Gegner in der SWAPO-Führung, die den ganzen Wirbel satt hatten. Sie hatten ein paar Andeutungen gemacht, und die Staatsanwaltschaft und Oshivelo hatten daraus bereitwillig eine Version der Ereignisse gezimmert, die keinem weh tat. Und Claus setzte sie in der Öffentlichkeit durch! Dabei wäre Clemencia so oder so freigelassen worden. Dann eben ein paar Tage später. Dann eben gegen Kaution. Bei einer Anklage wäre im schlimmsten Fall eine Bewährungsstrafe zu befürchten gewesen. Clemencia sagte: «Auf so eine Sache hättest du dich nie und nimmer einlassen dürfen!»

«Ich habe dein ‹Danke› gerade nicht so gut verstanden, aber: Bitte, gern geschehen!», zischte Claus, und dann: «Ich glaube, es ist besser, wenn du doch nicht kommst. Ein paar Wochen Abstand tun uns vielleicht ganz gut.»

Clemencia legte auf.

Es war schon fast Mittag, und so musste Clemencia bis zum Beginn der Post Street Mall laufen, um noch einen Zeitungsverkäufer zu finden. Sie beherrschte nur ein paar Brocken Deutsch, doch Claus' Artikel war auch in der afrikaansen *Republikein* erschienen. Allerdings erst auf der zweiten Seite. Vom Titelblatt lächelte Clemencia der ehemalige Staatssekretär Kawanyama entgegen. Er war am Tag zuvor zum Minister for Lands and Resettlement ernannt worden.

Mit der Zeitung in der Hand überquerte Clemencia die Independence Avenue, setzte sich auf eine Bank im Zoo Park und überflog, was Claus zum Fall Steinland verbrochen hatte. Der Bericht war mit «Viel Lärm um nichts» übertitelt und zitierte am Ende eine Warnung des Staatspräsidenten an alle, die mit falschen Behauptungen Zwist zwischen Namibiern unterschiedlicher Abstammung zu säen gedächten. Stattdessen solle sich jedermann im Sinne der Vision 2030 der Entwicklung des Vaterlandes widmen.

In den Zeilen dazwischen wurde deutlich, dass sich beileibe nicht nur Claus auf einen Deal eingelassen hatte. Alle hatten sich zurückpfeifen lassen, alle hatten ihre Haut und so viel darüber hinaus gerettet, dass sie damit leben konnten. Nur die Wahrheit war auf der Strecke geblieben. Gregor Rodenstein war nun einem tragischen Unfall beim Reinigen seines Gewehrs zum Opfer gefallen. Für einen Selbstmord hätte es gar keinen Grund gegeben, da angeblich nie beschlossen worden war, Farm Steinland zu verstaatlichen. Auch an den Nachbarfarmen hätte das Ministerium keinerlei Interesse, die strategischen Überlegungen gingen in ganz andere Richtungen. Das war das Zuckerstück für die Farmer.

Anzeigen wegen Vortäuschung einer Straftat, Behinderung der Polizei oder Ähnlichem blieben ihnen ebenfalls erspart, denn die Entführung entpuppte sich als Missverständnis. Thomas Rodenstein habe sich ohne Wissen seiner Familie in eine Berghütte zurückgezogen gehabt. In der nachvollziehbaren Anspannung nach dem Unfalltod des Vaters sei seine Abwesenheit überinterpretiert worden. Die Freilassungsforderung? Ein geschmackloser Scherz unbeteiligter Trittbrettfahrer, nach denen noch gefahndet werde.

Im Gegenzug bedauerten die Farmer, einen von drei Männern angeschossen zu haben, die auf Farm Steinland die Gräber ihrer Ahnen besuchen wollten. Um einen Überfall – wie im ersten Moment vermutet – habe es sich eindeutig nicht gehandelt. Zwar käme es gelegentlich vor, dass ein Hungerleider wildere, aber von organisierter Kriminalität gegen weiße Grundbesitzer könne keine Rede sein. Wenn keine Überfälle stattgefunden hatten, gab es keine Täter, keine Auftraggeber und schon gar keine politischen Motive. Straffreiheit für Shilongo also! Die hatte man ihm zugestanden, wenn er freiwillig seinen Ministerposten räumte und darauf verzichtete, mit seinem Insiderwissen anderen Genossen Schwierigkeiten zu machen.

Um Shilongo reinzuwaschen, musste aber auch Melvin mitspielen. Dass es in seinem eigenen Interesse lag, die Farmüberfälle aus der Welt zu schaffen, war ihm garantiert verdeutlicht worden, doch man war wohl nicht sicher gewesen, ob das reichte. Immerhin durfte er den Mann nicht belasten, der zwei seiner Freunde und fast ihn selbst auf dem Gewissen hatte. Also hatte man noch etwas draufgelegt, wie ein harmloser Satz des Artikels erkennen ließ: Die Behandlungskosten des versehentlich Angeschossenen würden von der Farmergemeinschaft übernommen, über ein angemessenes Schmerzensgeld hätten sich die Beteiligten geeinigt. Melvin hatte sich ebenfalls kaufen lassen!

Weniger Phantasie hatte man bei der Erklärung der vier Morde aufgewendet. Kausiku und Zeraua waren einem Racheakt skrupelloser Krimineller zum Opfer gefallen, wie schon Robinson angedeutet hatte. Die Killer waren in Notwehr von der Polizei erschossen worden. Tjikundus Name tauchte in dem Artikel nicht auf, doch Clemencia würde darauf wetten, dass ihm der Lohn für seine Heldentat bereits zugesichert war.

Das war es nun also. Das war die offizielle, letztgültige Version. Interessen waren ausgeglichen, Verbrechen und Intrigen weggeredet, die paar Leichen, die auf dem Weg liegen geblieben waren, beiseitegeräumt worden. Eine Auseinandersetzung um Farm Steinland hatte nie stattgefunden. Clemencia hatte gedacht, mächtig sei, wer bestimmen könne, wo es in Zukunft langgehe. Doch dagegen konnte man mit ein wenig Mut noch ankämpfen. Aussichtslos war das, wenn sich jemand die Vergangenheit anzueignen vermochte, wenn er entscheiden konnte, was geschehen und was nicht geschehen war. Wenn er zu bestimmen wusste, wofür eine Farm wie Steinland eigentlich stand. Wie es jetzt aussah, war sie weder ererbte Heimat noch ein Relikt des Kolonialismus, nicht die verdiente Beute des Stärksten, die Identität einer Familie, die Hoffnung vieler Landloser, die Zukunft der Nation, sondern nur ein uninteressantes ödes Stück Halbwüste, das keiner Aufregung wert war.

Die hohe Kunst der Politik bestand darin, die Deutungshoheit zu gewinnen. Und hatten das nicht alle auf die eine oder andere Art versucht? Shilongo und Tjikundu, Frau Rodenstein und die Farmer, Claus und – mit den bescheidenen Mitteln, die ihnen zur Verfügung standen – auch Melvin und seine Freunde? Nur, in dieser Hinsicht hatte sich keiner von ihnen durchgesetzt. Oder?

Clemencia lehnte sich zurück. Der weit ausladende Gummibaum vor dem Zoo Park Café trug fette dunkelgrüne Blätter. Die Rasenflächen dufteten noch von dem Wasser, mit dem sie am Vormittag gegossen worden waren. Die Wege dazwischen waren sorgfältig gekehrt worden. Im Teich ließen zwei völlig gleich gekleidete Mädchen Papierschiffchen schwimmen. Von der Bank gegenüber rief ihnen ihre Mutter zu, sie sollten sich nicht schmutzig machen. Alles hier war schön und friedlich und schien mindestens ebenso falsch zu sein.

Clemencia hatte nie recht nachvollziehen können, was andere an dem kargen Land außerhalb der Stadt attraktiv fanden, doch jetzt sehnte sie sich fast nach dessen Ehrlichkeit. Nach seiner Stille, seiner Monotonie und Weitläufigkeit. Nach der spröden Härte seiner Felsen und Klippen. Nach den verkrüppelten Bäumchen und den Büschen, die praktisch nur aus Dornen bestanden. Nach Staub und Sand, nach den vertrockneten Gräsern, die zeigten, woher der Wind wehte.

Eine Brise war aufgekommen, raschelte in der Zeitung auf Clemencias Schoß und blätterte sie auf. Clemencia faltete sie wieder zusammen, sah erneut Kawanyamas Foto auf der Titelseite. Der neue Minister lächelte staatsmännisch. Die Zeilen daneben besagten, dass er in seiner Antrittsrede eine Neuorientierung der Landpolitik angekündigt hatte.

Es dauerte ein wenig, bis Clemencia die Nummer des Ministeriums herausgefunden und Telefonzentrale wie Sekretariat überredet hatte, sie durchzustellen. Dann hatte sie Kawanyama am Apparat. Sie sagte: «Herzlichen Glückwunsch zum neuen Amt!»

«Danke sehr! Und Ihnen ebenfalls, vorerst nur zur Aufklärung dieses unangenehmen Falls! Aber ich drücke Ihnen beide Daumen, dass Sie bald zum Deputy Commissioner befördert werden.»

«Wie bitte?» Für Spott war Clemencia gerade überhaupt nicht empfänglich.

«Es fällt ja nicht in meine Zuständigkeit, doch wer sonst sollte dafür geeignet sein?»

«Und was ist mit Oshivelo?»

«Ach, das wissen Sie noch gar nicht? Er hört auf, will weg aus Windhoek. Irgendwohin, wo es weder Winter noch Kälte gibt. Wenn es sein muss, in die Hölle, hat er gesagt. Unter uns, ich glaube, dass er todkrank ist.»

Möglich, dachte Clemencia. Vielleicht hatte Oshivelo aber auch die schmutzigen Spiele satt. Oder es ging tatsächlich darum, einen Karriereplatz für sie frei zu räumen. Wenn alle anderen sich kaufen ließen, wieso dann nicht Chief Inspector Clemencia Garises? Sie sagte: «Herr Minister, es gäbe da etwas, worüber ich mit Ihnen gern unter vier Augen sprechen würde.»

Kawanyama zögerte nur einen Moment. Dann sagte er: «Kommen Sie vorbei!»

«Gleich?»

«Gleich.»

Als Clemencia am neuen Ministerium eintraf, hatten sich vor dem Zaun etwa hundert Demonstranten versammelt. Fast nur junge Männer, die in kleinen Gruppen herumstanden. Sie schwiegen und wirkten so, als warteten sie darauf, dass ihnen jemand sagte, was sie tun sollten. Clemencia schob sich zwischen ihnen durch und erkannte den Typen wieder, der zur letzten Demonstration das Schild mit der Aufschrift «Kill all whites!» mitgebracht hatte. Grußlos ging sie an ihm vorbei und passierte die Polizeikette an der Zufahrt. Was sie Kawanyama sagen sollte, wusste sie noch nicht genau. Sie hoffte, dass sie die richtigen Worte finden würde, wenn sie ihm gegenübersaß.

«In einem weit entfernten Land gab es vor langer Zeit einmal einen Minister, der sich für Gott hielt. Das war er aber nicht. Er war habgierig, kriminell und so dumm, dass er eine völlig falsche Politik betrieb. Einem Gott ähnelte eher schon sein Staatssekretär, denn der war nahezu allwissend. Er wusste, was das Beste für sein Land war, er wusste genauestens, was sein Minister plante und tat, und vor allem wusste er, dass er dabei nicht länger zusehen wollte. Als der Minister eines Tages eine Bande losschickte, um eine Farm zu überfallen, die er gern für sich gehabt hätte, rief der Staatssekretär dort an und warnte die Farmbesitzer. Ob die drei Bandenmitglieder daraufhin erschossen oder verhaftet würden, konnte er nicht vorhersagen, denn er war nur nahezu allwissend, aber das war im Grunde auch gleichgültig. In beiden Fällen würde die Polizei die Sache untersuchen und, wenn sie ordentlich arbeitete, den Minister als Auftraggeber des Überfalls ermitteln. Dann wäre der Minister weg, und der Staatssekretär könnte als neuer Minister eine viel bessere Politik machen, und alle wären glücklich und zufrieden bis an ihr Lebensende.»

Kawanyama lehnte sich zurück. Er sagte: «Sie sollten bei

Ihrem Job bleiben, Frau Garises, statt Märchen zu erzählen. Sie wissen ja nicht einmal, dass es am Ende heißen muss: Und wenn sie nicht gestorben sind, dann leben sie noch heute.»

Wollte er Clemencia damit sagen, sie solle sich glücklich schätzen, noch am Leben zu sein? Wollte er ihr drohen? Es war ihr egal. Sie sagte: «Ich bin aber noch nicht am Ende angekommen. Es gab nämlich ein kleines Problem. Der Staatssekretär, der fast alles wusste, kannte auch die Polizei in seinem Land genau. Von Anfang an befürchtete er, dass sie nicht gut genug ermitteln würde oder sich gar vom Minister bestechen ließe. Das wollte er verhindern, und so informierte er sich. Eine Kriminalpolizistin schien ihm für die Aufgabe geeignet, obwohl oder gerade weil sie einen Bruder hatte, der sich schon auf illegale Aktionen eingelassen hatte. Und als dann der Minister zwei Vertrauten befahl, ein paar x-beliebige Kriminelle für die geplanten Überfälle anzuheuern, ließ sie der Staatssekretär zufällig auf die Polizeiakte des Bruders stoßen. Die beiden dachten, dass der doch ein geeigneter Kandidat wäre, und warben ihn an. Jetzt musste der Staatssekretär nur noch auf den geeigneten Zeitpunkt für seinen Anruf warten. Wenn ihr Bruder getötet oder verhaftet werden sollte, würde die Polizistin nicht ruhen, bis sie die Hintergründe geklärt und den bösen Minister zur Rechenschaft gezogen hätte. So schätzte der Staatssekretär sie ein, und wie bei vielen Dingen hatte er hiermit durchaus recht.»

«Sie sollten sich nicht zu wichtig nehmen, Frau Garises», sagte Kawanyama. Er stand auf, trat ans Fenster und blickte durch die Scheibe auf die Robert Mugabe Avenue hinab. Clemencia folgte ihm. Unten vor dem Zaun standen die Demonstranten. Es schienen mehr geworden zu sein.

Clemencia sagte: «Es lief blendend. Alle handelten ungefähr so, wie sich der Staatssekretär das gedacht hatte. Und wenn sie nicht dabei gestorben sind, dann leben sie noch heute.»

Kawanyama wandte sich zu ihr um. «So weit die Märchen. Die Realität in dem Land, von dem Sie sprechen, sieht anders aus. Da graben Hunderte von Menschen auf der Kupferberg-Mülldeponie nach verdorbenen Lebensmitteln, um ihren Hunger zu stillen. Im Nordosten, wo ich herkomme, sind siebenundsiebzig Prozent der Kinder unterernährt, landesweit einundfünfzig Prozent der Erwachsenen arbeitslos. Und, und, und. Ein Verbrecher ist, wer bei solchen Zuständen symbolische Politik betreibt. Landverteilung löst keines unserer Probleme, im Gegenteil, sie verschlingt erhebliche staatliche Mittel und verringert die Produktivität. Wir müssen unser Land aber dringend produktiver machen, mit allen Mitteln. Wir müssen jeden Einzelnen einbinden, ob weiß oder schwarz, und in einer gewaltigen Kraftanstrengung ...»

«Ein Anruf, und vier Tote, Herr Minister, das ist Ihre Bilanz!», sagte Clemencia. Melvin wäre um ein Haar der fünfte gewesen. Und sie selbst? Sie hatte mit sich gekämpft, inwieweit sie ihrem Bruder helfen durfte. Sie hatte sich dazu durchgerungen, die Wahrheit ans Tageslicht zu bringen. Sie hatte alles versucht, damit Gerechtigkeit geschähe. Dafür hatte sie ihre Karriere, ihre Freiheit und ihr Leben aufs Spiel gesetzt. Und nun stellte sich heraus, dass sie von Anfang an nur als Marionette gehandelt hatte? Als Schachfigur eines Politikers, der einen anderen ablösen wollte?

«Der Fall Steinland ist abgeschlossen. Für alles Weitere biete ich Ihnen meine Unterstützung an, Frau Garises. Wenn es Ihnen zum Beispiel unerträglich erschiene, mit Ihrem Kollegen Tjikundu weiter zusammenzuarbeiten, könnte ich durchaus ...»

«Sie würden ihn für mich umlegen lassen?» Clemencia lachte auf.

Durch das Fensterglas hörte man, wie die Demonstranten unten auf der Straße zu pfeifen und zu buhen begannen.

Offensichtlich hatten sie Kawanyama am Fenster entdeckt. Fäuste wurden geschüttelt, Transparente in die Höhe gereckt. «Kein Land, keine Zukunft» stand auf einem.

«Sie mögen mich nicht, Frau Garises», sagte Kawanyama, «und die da unten mögen mich ebenfalls nicht, weil sie es nicht besser wissen. Aber ich muss auch nicht gemocht werden, ich habe eine Aufgabe zu erfüllen, und genau das werde ich tun.»

«Und wenn Sie dabei über Leichen gehen müssen», sagte Clemencia.

Kawanyama lächelte genau so, wie er auf dem Foto in der Zeitung gelächelt hatte. Und, als wäre das zu viel, war da wie aus dem Nichts ein Knall, ein Splittern, die Fensterscheibe zerplatzte, ein Stein flog einen Meter an Kawanyamas Kopf vorbei, schlug gegen den Schreibtisch und blieb auf dem Teppichboden liegen. Glasscherben bröckelten, knirschten unter Clemencias Schuhen, als sie sich zwischen den beiden Fenstern in Sicherheit brachte. Draußen johlte die Menge.

Kawanyama hatte nicht einmal den Kopf eingezogen. Er blieb stehen, wo er war, lächelte noch immer und sagte endlich: «Sie werden mich nicht daran hindern, meinem Land zu dienen, Frau Garises!»

Aber vielleicht wird das ein anderer tun, dachte Clemencia, vielleicht wird dir der nächste Wurf den Schädel zertrümmern. Sie ging zum Schreibtisch und hob den Stein auf. Er wog etwa ein halbes Kilo, hatte scharfe Kanten und eine fast plane, raue Fläche, als wäre er irgendwo abgesplittert. Eines der Längsenden verjüngte sich ein wenig, sodass man an einen primitiven Faustkeil erinnert wurde. Obwohl er ganz gut in der Hand lag, war er aber kein von Menschen hergestelltes Werkzeug und keine Waffe, er war ein hellgrauer Stein mit leicht rötlichem Schimmer. Vor Jahrmillionen war er durch die Erdkräfte zusammengebacken, als Teil eines Gebirges aufgefaltet, im Lauf der Zeit freigelegt und irgendwann abgesprengt worden. Durch nichts unterschied er sich von anderen, einen wie ihn konnte man zu Zehntausenden im ganzen Land finden. Und doch kam es Clemencia vor, als müsse er von Farm Steinland stammen.

Glossar

Affirmative action: eine auf ein Gesetz aus dem Jahr 1998 zurückgehende Politik, die die beruflichen Chancen ehemals durch die Apartheid benachteiligter Bevölkerungsgruppen aktiv zu fördern versucht

Afrikaans: aus dem Holländischen entwickelte Sprache der Buren im südlichen Afrika. Bis heute Umgangssprache in weiten Teilen Namibias

Bakkie (Afrikaans): Geländewagen mit offener Ladefläche, Pick-up

Black Economic Empowerment: in Südafrika und Namibia betriebene Wirtschaftspolitik mit dem Ziel, die Teilhabe der Schwarzen am Bruttosozialprodukt zu erhöhen

Bokkie (Afrikaans): wörtlich «Böcklein». In Namibia umgangssprachlich für Schafe und Ziegen beiderlei Geschlechts gebraucht

Buschkrieg: andere Bezeichnung für den namibischen Befreiungskrieg, der durch Guerillaaktionen und Verfolgung der Guerilleros in unwegsamem Busch gekennzeichnet war

Braai (Afrikaans): in Namibia Bezeichnung für das Grillen und das damit verbundene gesellige Beisammensein

Damara: namibische Ethnie negroiden Ursprungs, die nach Sprache und Kultur den Khoisan-Völkern zugerechnet wird

Farmpad: Farmweg

Fat cats (Englisch): abschätziger Ausdruck für reiche und politisch mächtige Männer, die ihre Mittel eigennützig einsetzen

Hakkie / Hakkiebusch (Afrikaans / Deutsch): Schwarzdornakazie. Busch mit gekrümmten Dornen

Hei-//om: Stamm der San (Buschleute), der ursprünglich in der Gegend des heutigen Etosha-Nationalparks lebte

Herero: namibische Ethnie der Bantu-Sprachfamilie

Jerries (Englisch): aus dem Zweiten Weltkrieg stammende Bezeichnung für die Deutschen, die wahrscheinlich aus dem Wort «german» abgeleitet wurde

Kamp: abgezäunter Teil einer Farm

Kapana: gegrillte und in Würfel geschnittene Fleisch- und Fettstreifen vom Rind, die an Straßenständen verkauft werden und als bevorzugter Snack in den Townships Namibias gelten

Karakul: eine seit 1907 in Namibia gezüchtete Schafrasse. Aus den Fellen der neugeborenen Lämmer werden Persianerpelze gefertigt

Katutura: 1959 im Zuge der Rassentrennung gegründete Township, in der die schwarze Bevölkerung Windhoeks zwangsweise angesiedelt wurde

Kettie: Steinschleuder

Koevoet (Afrikaans): von 1978 bis 1989 bestehende paramilitärische Polizeieinheit der Südafrikaner, die mit Hilfe einheimischer Fährtenleser SWAPO-Rebellen bekämpfte

Koppie (Afrikaans): einzeln stehender Berg oder Hügel

Kwaito: in den 1990ern entstandene, dem Hip-Hop ähnliche Musikrichtung im südlichen Afrika. Der Name kommt wahrscheinlich von «Kwaai» (Afrikaans für «bösartig», auch «cool») und «To» für Township

Mahangu (Oshivambo): Perlhirse

Meme (Oshivambo): «Mutter» und allgemeiner «verehrte Frau»

Meneer (Afrikaans): Herr

Mevrou (Afrikaans): Frau

Mieliepap (Afrikaans): Maisbrei

Miki (Damara-Nama): Bezeichnung für Tante, wenn es sich dabei um die Schwester des Vaters oder die Frau des Bruders der Mutter handelt. Bei direkter Ansprache wird «Mikis» ohne den Eigennamen verwendet

Mopaneraupen: Raupen eines Nachtfalters aus der Familie der Pfauenspinner, die sich von den Blättern des Mopanestrauchs ernähren. Geröstet oder getrocknet werden die Raupen in Namibia gern gegessen

Mshasho (Oshivambo): Handfeuerwaffe. Auch der Name eines bekannten namibischen Musiklabels, das sich auf Kwaito-Musik spezialisiert hat

Nama: namibische Ethnie der Khoisan-Sprachfamilie

Nampol: Namibian Police Force, die staatliche Polizei

NGOs: Non-Governmental Organizations, Nichtregierungsorganisationen. Der Ausdruck wird für Interessenverbände benutzt, die sich zum Beispiel sozial oder umweltpolitisch engagieren

Odendaal-Kommission: 1962 gegründete Kommission unter dem Vorsitz des südafrikanischen Politikers Fox Odendaal. Im Sinne der Apartheid arbeitete sie einen Plan zur Einrichtung von nach Ethnien getrennten Homelands in Südwestafrika aus

Ovambo: zahlenmäßig mit Abstand die größte Ethnie Namibias. Ihre Sprache Oshivambo gehört der Bantu-Sprachfamilie an

Pad (Afrikaans): Piste, Landstraße oder Weg

PLAN: People's Liberation Army of Namibia, namibische Volksbefreiungsarmee; militärischer Arm der SWAPO während des Befreiungskampfs

Potjie (Afrikaans, gesprochen: Poikie): dreibeiniger gusseiserner Topf, in dem über Glut oder offenem Feuer gekocht wird

Rivier (Afrikaans): Trockenfluss

San: auch Buschmänner. Die Ureinwohner Namibias gehören zu den Khoisan-Völkern

Shebeen (Englisch): illegale, sehr einfach eingerichtete Kneipe

Skelm (Afrikaans): Gauner

Smeer ouma (Afrikaans): wörtlich «Schmieroma». Kräuterhexe, die mit Salben und Tinkturen behandelt

Sorghum: Mohrenhirse

South West African Territorial Forces: südwestafrikanische Territorialkräfte. Ab 1980 aufgestellte Einheiten, die an der Seite des südafrikanischen Militärs den Krieg gegen SWAPO und PLAN-Kämpfer führten

Stoep (Afrikaans): Veranda

SWAPO: South-West Africa People's Organisation. 1960 von Sam Nujoma und anderen gegründete Befreiungsorganisation, die seit 1966 bewaffnet gegen die südafrikanischen Besatzer kämpfte und von der Unabhängigkeit Namibias 1990 bis heute das Land mit absoluter Mehrheit regiert

Tombo-Bier: selbstgebrautes Hirsebier

Tsotsi: Bezeichnung für Gangster in den Townships des südlichen Afrika. Der Begriff kommt wahrscheinlich aus dem Sesotho-Wort «tsotsa» gleich «sich auffallend kleiden»

Veld (Afrikaans), auch Buschveld: Savanne, mit Bäumen durchsetztes Grasland

Veldschuhe, Vellies: meist aus Kuduleder angefertigte knöchelhohe Schuhe

Vision 2030: im Juni 2004 von der SWAPO-Regierung verkündetes Langzeitprogramm mit dem Ziel, in Namibia den Lebensstandard eines Industrielandes zu erreichen

Wanaheda: an Katutura angrenzende Township, deren Name

aus den Anfangsbuchstaben der vier Ethnien (O)Wambo, Nama, Herero, Damara zusammengesetzt ist

Werft: historisch die von Palisaden umgebene Wohnstätte der Eingeborenen. Heute: Siedlung von Farmarbeitern

Herzlichen Dank für alles an Barbara und für die bereitwillige Unterstützung bei meinen Recherchen an Uschi Dahlet, Vera und Volker Gretschel, Helgard Huber, Inki und Gero Kubisch von Farm Okapaue, Monica Nambelela, Carola und Sven von Blottnitz, Sylvia Schlettwein, Ilme und Herbert Schneider von Farm Habis, Helmut Sydow und – in memoriam – Selma van Wyk.

Verwendete Literatur

Gretschel, Hans-Volker: Von Kampwitwen und -waisen. Berichte aus den Internierungslagern in Südwestafrika 1939–1946, Windhoek – Göttingen 2009

Otter, Steven: Khayelitsha. uMlungu in a township, Johannesburg 2007

Schneider, Herbert: 100th Anniversary of the Karibib Farmers' Association and the history and agricultural development of the Karibib District, Windhoek 2007

Von Wietersheim, Erika: This land is my land. Motions and emotions around land reform in Namibia, Windhoek 2008

Ondjiva
Kunene
Oshakati
OVAMBOLAND
Opuwo
KAOKOVELD
Skelettküste
Etosha-Nationalpark
N
S
Sesfontein
Tsumeb
Kamanjab
Terrace Bay
Outjo
Khorixas
Otjiwarongo
Twyfelfontein
Okaharara
DAMARA-
LAND
Osire
Omaruru
Erongo-
Gebirge
Cape Cross
Okahandja
Karibib
Khomas-Hochland
Windhoek
Swakopmund
Walvis Bay
Auas-Berge
Rehoboth
Atlantischer
Ozean
NAMIBIA
Namib-
Naukluft-
Park
Helmeringhausen
Lüderitz
Aus
Elizabeth
Bay
DIAMANTEN-
SPERRGEBIET
Canyon
Oranjemund
nach Kapstadt
Mittelmeer
Nil
Niger
Kongo
Atlantischer Ozean
ANGOLA
ZAMBIA
NAMIBIA
ZIMBABWE
Windhoek
BOTSWANA
SÜDAFRIKA
Indischer Ozean
Kapstadt